COLOC
AVEC MON ENNEMI

De la même auteure aux éditions

addictives

Campus Rules
Fucking Wedding

Dans la collection

addictives
POCHE

Stepbro' Next Door

MÉLODIE CHAVIN

COLOC AVEC MON ENNEMI

addictives

« Je ne suis pour toi qu'un renard
semblable à cent mille renards.
Mais, si tu m'apprivoises,
nous aurons besoin l'un de l'autre.
Tu seras pour moi unique au monde.
Je serai pour toi unique au monde. »
Le Petit Prince, Antoine de Saint-Exupéry

1

NEW YORK TO WASHINGTON

Lexie

New York, début juin. Notre *Master of music and Graduate diploma* enfin en poche, nous terminons de préparer nos cartons, avec ma meilleure amie. Je peine à réaliser que nos six années d'études à la Julliard School sont enfin terminées. Le temps a filé si vite… La cérémonie de remise des diplômes fut riche en émotions, pour tous. Voir dans les yeux de mes parents leur fierté n'a pas de prix. Nous avons effectué le célèbre *hat throwing*[1] qui marque enfin la fin de nos études. J'en ai des frissons rien que d'y repenser… Miley, ma meilleure amie depuis le primaire, ferme le dernier carton avant de se redresser.

Avec Miley, nous partageons tout ! On a fait les quatre cents coups ensemble. C'est à deux que nous avons vécu nos

1. Lancer du *mortarboard* (chapeau du diplômé) dans les airs.

premières règles, nos premiers émois, et le même petit copain à la *middle school* ! Bon, on n'avait que 13 ans… On ne fait plus ça maintenant !

Parfois, nos mères respectives se demandent si nous ne sommes pas sœurs jumelles. Nos caractères sont similaires, on a le même humour, la même folie. Nous sommes inséparables, Lexie ne va pas sans Miley, Miley ne va pas sans Lexie. La blonde et la brune. Précision : je suis la blonde au carré court, elle est la brune aux mèches longues et ondulées. Miley est vraiment jolie, pas très grande – comme moi – à la taille de guêpe. Elle envoûte qui passe sur son chemin avec son regard vert pistache.

Nous avons effectué nos études dans la même école, sauf que Miley joue du violon, tandis que je suis pianiste et dans les arts vocaux. On a œuvré dur pour en arriver là, et on en est fières. Même si nos parents sont bourrés de fric, ça ne nous a pas empêchées de bosser correctement à l'école afin de parvenir à nos fins.

C'est encore une fois ensemble qu'on s'apprête à quitter notre appartement.

– Et voilà, une page qui se tourne… s'exclame Miley en posant son bras sur mes épaules.

Une mèche égarée de son chignon lui chatouille le front. Elle la repousse du plat de sa main.

– Oui… soupiré-je en observant les lieux enfin vidés de nos affaires personnelles.

Dorénavant seules devant le battant de bois brun, nous nous observons comme deux quiches. Sans prononcer un seul mot, nous comprenons que ces six belles années – et dures, il faut l'avouer – d'études sont enfin terminées. Nous aurions pu continuer de faire notre vie ici, mais on aime trop notre ville natale, et on a à cœur de retrouver nos familles, ainsi que nos amis restés là-bas. Tous sauf un, parti étudier à Yale, mais qui sera de retour, comme nous, aujourd'hui.

Une fois que le petit camion de déménagement quitte les lieux, Miley s'installe au volant de son cabriolet rouge flamboyant. Elle place ses lunettes noires au-dessus de son crâne, rabattant en même temps sa longue chevelure brune en arrière, tout en remuant la tête en rythme avec la musique qu'elle vient de mettre en route. J'éclate de rire, « La Bamba » de Los Lobos résonne à fond dans toute la rue. Nous partons demain pour un mois et demi de farniente à Cancún et ma meilleure amie me rabâche cette chanson depuis une semaine. Je n'en peux plus ! Je vais finir par la détester si ça continue – la musique, pas ma meilleure amie. Elle, on ne peut que l'aimer…

Miley klaxonne un grand coup en me criant de me dépêcher. Je me secoue et saute par-dessus la portière avant de m'installer sur le siège passager.

La voiture rouge démarre et nous quittons le Lincoln Center, direction Washington ! J'ai hâte mais, en même temps, j'appréhende. C'est bête car notre groupe d'amis existe depuis dix ans maintenant, mais depuis six ans que nos routes se sont séparées, nous avons grandi et mûri. Nous avons revu Scott et Noah l'été dernier. Cependant, quelques jours ne suffisent pas pour profiter du peu de temps ensemble. La priorité a été notre famille à chacun, nos études, les petits jobs d'été… Bref, tout un panel de choses qui nous ont obligés à garder la tête baissée dans les rouages du temps qui file à vive allure. Aujourd'hui, nous respirons enfin. Ce qui nous a motivés plus que de raison, ce sont ces vacances que nous nous sommes promises avant d'entrer à l'université. Cet été-là, le dernier jour avant de nous quitter, tous assis autour du feu de camp, alors que nous venions de fêter nos 18 ans, on a fait le serment qu'une fois notre master en poche, on irait s'éclater pour des vacances de folie à Cancún. Et tout ça est sur le point d'arriver. Après-demain, nous prenons l'avion pour le Yucatán. Rien que d'y songer, j'en suis tout excitée !

Un peu moins de quatre heures de route nous attendent lorsque la décapotable s'engage sur l'Interstate 95. Nous retrouverons le groupe des garçons vers seize heures, afin de préparer la soirée qui nous attend.

Mes pensées vont vers le troisième mec de la bande : Calum. Lui qui est parti depuis six ans et qu'on n'a pas revu, ou alors si, une fois au Nouvel An il y a deux ans. « Meilleurs ennemis » comme les autres s'amusaient à nous appeler. A-t-il changé ? A-t-il, lui aussi, validé son master ? Si je me souviens bien, il est parti faire des études d'informatique à Yale. Je sais que Scott et Noah ont souvent de ses nouvelles, mais je n'ai pas souhaité en prendre. Au lycée, il ne faisait que de me taquiner afin de me faire sortir de mes gonds. Je me demande d'ailleurs s'il a changé sur ce point-là. D'un côté, j'aspire à ce que ce soit le cas, alors que d'un autre, non. Il m'agaçait plus que de raison, certes, mais nous deux, on a toujours été comme ça : chien et chat. Une relation étrange, assez marrante au lycée. On se tapait sur les nerfs, mais cette guerre animait aussi le groupe. On n'a pas spécialement eu d'amitié « douce » et « forte » comme je peux avoir avec Miley, Noah ou Scott. Non, juste le casse-bonbons qui faisait en sorte que mes journées ne soient pas ennuyeuses.

Ah ben ça, c'est sûr ! Quand Calum était dans les parages, je ne m'ennuyais pas ! Pas une seule seconde !

Malgré ces chamailleries perpétuelles, je n'ai jamais songé à ce qu'il ne fasse plus partie de notre groupe. C'était comme ça. Notre bande ne serait pas la même sans lui… Alors, bien entendu, il est le bienvenu avec nous à Cancún ! Pourtant, une petite appréhension étreint ma poitrine… Nous ne sommes plus des gamins, et nous allons partager des vacances ensemble. Je chasse cette inquiétude de ma tête, reporte mon attention sur la route et le paysage qui défile sous mes yeux.

– J'ai hâte de revoir Noah ! lâche soudain Miley.

Je souris, et me souviens que ma meilleure amie s'est envoyée en l'air avec lui avant notre départ pour New York. Les choses n'ont jamais évolué depuis. Voyons ce qu'il va se passer entre eux durant cet été… Je suis curieuse de savoir mais, en même temps, j'ai un peu peur pour notre bande… Peur de ce qu'il pourrait se passer par la suite, s'ils recouchent ensemble. Cela risque d'être bizarre, ou pire : que l'amitié se brise. Cette éventualité m'effraie, car cette bande d'amis compte beaucoup à mes yeux.

– Qu'est-ce que tu comptes faire ? lui demandé-je.

Miley tourne le regard un instant sur moi, me sort son sourire aux dents blanches hyper bien alignées avant de me faire son clin d'œil qui veut tout dire. J'éclate de rire.

– Ben quoi ? D'accord, ça fait six ans, mais au fond, ça n'a toujours été que lui.

Son aveu me tire un sourire attendri. Noah et Miley auraient pu former un joli couple si nos études ne nous avaient pas menés aussi loin les uns des autres.

– Allez, dis-moi ton plan par rapport à Noah ? insisté-je.

– Il n'y a que lui qui a toujours su trouver le bon bouton sur moi, le seul qui sache m'exciter comme une dingue, donc je compte bien le ramener dans mes filets.

– Je te le souhaite, et je pense que ces vacances au Mexique seront le lieu idéal pour votre rapprochement !

En espérant que ça ne gâche pas tout…

Toutefois, je n'en dis rien. Miley est ma meilleure amie, et quelle copine je fais si je l'empêche d'aller vers le mec pour lequel elle a toujours eu un faible ? Si ça se trouve, j'ai tort de m'inquiéter et tout se passera bien.

– J'espère qu'il garde une place au chaud pour moi, et qu'il ne s'est pas trouvé une nana entre-temps, ce serait bien ma veine, ça.

– Il n'en a pas.

– Comment tu sais ça ?

– C'est Scott qui me l'a dit.

Elle fronce les sourcils.

– Tu lui as demandé ?

– Non, ris-je, il m'a sorti ça au détour d'une conversation, comme quoi Noah était toujours célibataire, blablabla.

– Ah, d'accord. Eh bien, parfait !

Je souris, puis me rends compte qu'on est enfin arrivées.

Ma meilleure amie se gare derrière la voiture de Scott, puis appuie sur le bouton du frein à main. De la musique s'échappe déjà de la petite maison que partagent Noah et Scott. Nous descendons, récupérons nos affaires et avançons en direction du porche. La porte s'ouvre alors à la volée, nous faisant hurler toutes les deux de stupeur.

– Les filles ! s'extasie Noah, les cheveux *toujours* en bataille.

S'est-il coiffé depuis la dernière fois qu'on s'est vu ? C'est-à-dire l'été dernier ?

Noah a les cheveux mi-longs, bouclés, qui lui arrivent aux épaules, mais la plupart du temps, il les attache en un chignon qui ne ressemble à rien, au-dessus de son crâne. Bien que les mecs aux cheveux longs ne soient pas mon genre, il faut reconnaître que Noah est plutôt mignon. Sans parler de son accent de *Frenchy*. Oui, car Noah a des parents français, et de la famille qui réside encore au pays de la grande gastronomie. Il nous a promis un voyage de rêve un jour à Paris, j'espère qu'il tiendra sa promesse !

– Tu nous as fait peur, grondé-je.

– Les gars ! Les filles sont là ! crie-t-il derrière son épaule.

Les gars ? Donc Calum est déjà arrivé ?

Ça y est, mon esprit s'échauffe et voilà que quelques bribes de ses crasses me reviennent en mémoire. Une fois, cet enfoiré s'était installé à la table juste derrière moi en cours de biologie, avait pris une paire de ciseaux et s'était amusé à me couper mes longs cheveux de l'époque. Sans parler du jour où il avait planté ma tête dans ma pizza à la cafétéria. J'en passe et des meilleures ! Calum, ça a toujours été ça : un goujat insupportable avec moi ! Bon, certes, je le lui rendais bien… Un sourire espiègle vient fendre mon visage quand je repense à ce fameux jour où il avait un rencard avec une jolie blonde. J'ai fait croire à la fille en question qu'il avait la chlamydia. Oh, ce que c'était drôle ! En revanche, ça, je l'ai payé pendant trois semaines ! OK, je reconnais que j'ai un peu abusé, mais bon… Le parfait meilleur ennemi, quoi !

Deux têtes apparaissent et se superposent au-dessus de

celle de Noah. Tout sourire, ces benêts nous observent sans nous laisser un petit passage pour nous glisser à l'intérieur. J'ai bien l'idée d'essayer de passer sous le bras de Noah, mais tel que je connais Calum, il serait capable de m'attraper à la volée et de me maintenir prisonnière en me retenant par la nuque.

– Bon, tu comptes nous laisser entrer ou nous laisser passer la soirée devant la porte ? demandé-je à la touffe de cheveux qui nous a ouvert.

Noah ouvre en grand la porte de la coloc et nous pénétrons enfin dans la maison.

– T'es à peine arrivée que tu râles déjà, Oompa Loompa, me lance Calum dans mon dos en m'ébouriffant les cheveux.

Allez, il commence !

Eh bien, finalement, me voici soulagée, rien n'a changé ! Notre mode de communication est resté le même depuis le lycée. Tout est naturel : il m'agace déjà, il m'envoie des piques. Il a même gardé ce surnom stupide qui me compare à ces créatures de *Charlie et la chocolaterie*[2], tout ça parce que je suis minuscule. Eh, c'est pas parce que je mesure un mètre cinquante-quatre que je ressemble à un Oompa Loompa ! Mais bon, ça, allez lui dire, à cet imbécile… J'en fais vite fi finalement, car je suis heureuse : notre bande est enfin réunie, comme avant !

– Casanova ! Comme tu ne m'avais pas manqué ! rétorqué-je, contente – je l'avoue – de pouvoir de nouveau jouer avec lui.

– Je vais vous aider à monter votre valise, nous propose Scott en s'emparant de nos bagages.

---

2. *Charlie et la Chocolaterie* (*Charlie and the Chocolate Factory*) est un film américain réalisé par Tim Burton, sorti en 2005. C'est une adaptation du roman de Roald Dahl, sorti en 1964.

– C'est gentil, merci.

– Pas d'quoi, me répond-il d'un signe du menton.

Tandis que Scott rejoint l'étage en direction de la chambre d'amis que je partagerai avec Miley le temps d'une nuit, je retrouve Noah et Calum au salon.

– Miley Cyrus, comment vas-tu depuis le temps ? la charrie Noah.

– Je t'ai déjà dit d'arrêter de m'appeler comme ça, grogne-t-elle.

– « *I came in like a wrecking ball !* » braille-t-il, ce qui fait éclater de rire Calum qui recrache la bière qu'il venait de faire couler dans sa bouche.

Miley lève les yeux au ciel mais ne peut s'empêcher de lâcher un petit sourire. Je sais qu'elle aime ça. Oh, oui, elle aime ça, rien qu'à voir ses yeux pétiller en cet instant, non pas comme ceux d'une midinette, non, ses yeux disent bien plus. Six années se sont écoulées et elle a l'air toujours accro. Bon, nous nous sommes un peu tous revus entre-temps. Mais un coup de vent ne suffit pas à déclencher une tempête. Je secoue la tête et ris discrètement. Enfin, pas si discrètement que ça puisque, lorsque je détourne le regard, celui-ci tombe dans l'or profond des yeux de Calum. Je dois admettre que ça me fait tout drôle de le revoir. Enfin de retour… Six ans… Enfin, deux… Mais six quand même.

Parce qu'un coup de vent, blablabla…

Bref, c'est court, mais c'est long à la fois. C'est alors que je me mets à le détailler. Il a beaucoup changé, il m'a l'air plus grand et plus imposant que dans mon souvenir. Il n'a plus rien à voir avec ce lycéen joueur de football populaire, qui nous a quittés il y a quelques années. Sa voix a gagné une octave, elle s'est chargée en testostérone, et rien que de l'entendre s'exprimer me donne la chair de poule.

Sa carrure s'est épaissie. Et je distingue même quelques tatouages qui n'étaient pas présents auparavant. Tout a changé chez lui, sauf quelques détails : son foutu sourire taquin fiché sur son visage de séducteur est encore là, sa mâchoire carrée aussi, ses yeux dorés qui soutiennent toujours le regard…

Je m'égare.

Bref, le Calum sexy du lycée a laissé place à un homme au charme renversant. Son regard si profond est différent : il est plus fort, plus déstabilisant, et un brin… torturé. Casanova – si tel est encore le cas – est carrément devenu une bombe atomique ! Casanova, c'est le surnom que les garçons lui ont attribué, car comme il est facile de le deviner, Calum est un vrai Casanova avec les filles. Du moins, il l'était, je ne sais pas ce qu'il en est aujourd'hui. Si je me souviens bien, il tenait un tableau de chasse au lycée. Il aurait même atteint le chiffre de cent nanas baisées. Mais il est aussi et surtout mon meilleur ennemi, je ne l'oublie pas. Et puis, de toute façon, les bombes au bout d'un moment, ça explose et ça fout la merde, donc… voilà.

En bref, il est aussi sexy qu'il est pénible. Parce que sur ce point-là, il n'a pas changé, vu le sourire malicieux qu'il m'envoie.

Fuyons !

2

PAS DE MALAISE

Lexie

Heureuse d'être là, j'observe les lieux comme si je les avais quittés hier. La maison est assez grande, parfaite pour une coloc, surtout le salon qui est gigantesque ! Mon regard se porte sur Noah, et je souris. Ce mec est toujours fidèle à lui-même. En y réfléchissant bien, je crois que tous les lauriers lui reviennent. Ce cinquième et dernier membre de la bande est le plus intrépide du groupe. Toujours à s'essayer à faire des expériences, des conneries… Noah, c'est aussi le *King* des vannes pourries ! Un jour, on l'a retrouvé tout nu sur le toit d'une voiture. Il ne savait pas ce qu'il faisait là et n'avait aucun souvenir de sa soirée. Un brin neuneu – d'ailleurs, je suis certaine qu'il le fait exprès pour amuser la galerie –, il a su conquérir petit à petit le cœur de Miley.

Ma meilleure amie se rue sur lui et fourrage de ses deux mains dans les cheveux longs de ce dernier qui penche la tête en avant tout en riant afin de s'échapper de sa prise.

Ouais, ben je ne leur donne pas plus de trois jours, à ces deux-là…

– Voilà, vos affaires sont dans la chambre d'amis.

Je sursaute à la voix de Scott dans mon dos. Je ne l'avais pas entendu redescendre les escaliers.

– Vous voulez boire un coup, les filles, avant de nous aider à préparer la fête ?

– Je veux bien un Pepsi, s'il te plaît, lui demande Miley, qui se trouve maintenant assise sur les genoux de Noah.

– Et toi, tu veux quelque chose ? me questionne-t-il tout en reposant son regard dans le mien.

– Non, merci, réponds-je en secouant la tête.

– Comme tu voudras.

– Vous avez pris quoi pour ce soir ?

– Comme d'hab. On est passés au Target[1], on a acheté de la bière, de la vodka, du whisky, des gobelets, des chips, des cheetos, des nachos au fromage, comme tu adores, des bonbons, de quoi faire des cocktails et des shots, énumère-t-il.

– OK, je vais commencer à mettre les chips dans les saladiers.

Mon ex-petit ami se dirige en direction de la cuisine. Ah oui, autre information importante : Scott est mon ex. Nous sommes restés ensemble quatre ans, et nous nous sommes séparés d'un commun accord à peine trois mois après mon départ pour New York. Nous avons essayé d'entretenir notre

---

1. Chaîne de supermarchés aux États-Unis.

relation à distance, mais ça n'a pas marché. Qui a dit : « loin des yeux, loin du cœur » a bien raison. Il a été un *crush*, mais jamais une relation hypersérieuse. On s'aimait beaucoup, mais pas autant que des âmes inséparables. Avant d'être ensemble, nous étions amis, il était pour ainsi dire celui qui me correspondait le plus à ce moment-là. C'est pour cela qu'après notre séparation, on s'est promis de rester les bons potes que nous étions avant notre couple, et ce, quoiqu'il en coûte. On ne voulait pas non plus briser notre petite bande déjà formée. Nous avons réussi. Notre relation ne s'est pas mal terminée, elle s'est terminée, voilà tout. J'ai conscience que, de nos jours, conserver ce genre de lien alors qu'on a été ensemble est rare. Pourtant, à nos yeux avec Miley, les garçons représentent notre ancre. Il n'en était pas possible autrement. Durant nos études à New York, il a tout de même continué à prendre de mes nouvelles, sans arrière-pensées, en toute amitié. Ce qui fait, je pense, que notre amitié est devenue différente, sans devenir étouffante. Enfin pour ma part.

Qu'en est-il réellement de lui ?

– Scott ? l'interpellé-je en le suivant dans la pièce.

Il se retourne pour fondre son regard interrogatif dans le mien.

– Euh… il n'y a pas de malaise entre nous ?

– De malaise ?

Il ne saisit pas où je veux en venir.

Merde, je dois avoir l'air stupide avec ma question…

Bon, tant pis, j'ai commencé, je termine. Et au moins, je serai au clair avec ce qu'il pense et ressent réellement.

– Oui, je veux dire… le fait qu'on soit sorti ensemble, toi et moi ?

Il se penche pour attraper une canette dans le réfrigérateur avant de le refermer et de me faire face.

– Non, ça n'empêche pas que tu comptes toujours beaucoup pour moi, mais aucun malaise.

– Vraiment ?

– Vraiment.

– Cool. Alors… toujours amis ? demandé-je bêtement, alors qu'on n'a pas cessé de s'écrire durant cette dernière année.

Mais je sais qu'entre le virtuel et le réel, c'est différent, alors je veux m'en assurer. C'est important pour moi, qu'on soit au clair.

– Toujours amis, répond-il simplement dans un sourire sincère.

Un poids soulage mes épaules. Un poids dont je n'avais pas conscience avant maintenant. Sa confession me rassure, moi qui avais peur que le fait de se revoir change les choses entre nous. L'ambiance s'allège également et je prends l'initiative de lui faire une accolade. D'abord surpris, il se crispe, puis y répond finalement. Ses bras passent autour de moi, et je me sens en un instant, bien, chez moi tout contre le corps de mon ami. Oui, j'en suis sûre, je ne ressens que des sentiments amicaux pour lui. Mon cœur ne bat pas comme un con, son odeur ne m'enivre pas, je suis simplement heureuse que rien n'ait changé de notre relation d'avant notre couple. Nous sommes sur la même longueur d'onde, et c'est super. Lorsque nous nous détachons, il me sourit une nouvelle fois.

– Je suis content de te revoir, lâche-t-il.

– Moi aussi. On va passer de super vacances tous ensemble !

J'attrape les paquets de chips et de Doritos qui traînent sur la table, m'empare de quelques saladiers dans le placard, puis je fais demi-tour afin de rejoindre le salon, mais lorsque je relève le regard, je tombe dans celui de Calum qui nous observe, l'épaule reposant nonchalamment contre le chambranle de la porte. Mon cœur palpite.

Eh oh! Demande mon avis avant de t'emballer comme ça!

– Bro, tu viens te chercher une autre bière? le questionne Scott qui s'aperçoit également de sa présence.

Calum hoche la tête, passe devant nous, me contourne afin d'ouvrir le réfrigérateur et se sortir une Coors qu'il décapsule dans la foulée.

Sa présence me rend étrangement fébrile. Ne voulant pas traîner plus longtemps dans les parages, je sors de la cuisine, et rejoins ma meilleure amie au salon que je retrouve déjà en train de danser au milieu de la pièce.

– Tiens, ton Pepsi, l'informe Scott en lui tendant la canette.

– Oh, merci, je meurs de soif!

Tout en continuant de les observer, j'ouvre les paquets, en renverse forcément au sol à cause de mon inattention légendaire. Calum, qui revient de la cuisine, sa bière entre les mains, me charrie. Je commence à déverser le contenu des emballages dans les récipients. Rien de neuf sur Mars, quoi! Notre troupe d'amis est enfin réunie, comme avant, et ça fait un bien fou.

– Bon, moi, je vais aller m'occuper du punch! s'exclame Noah en sautant du canapé.

Au passage, il lance un clin d'œil à Miley, pas du tout discret avant de me rejoindre devant le buffet, et y déverser toutes sortes d'alcools.

– Alors, comment s'est passée ta remise de diplôme? lui demandé-je.

– Super, je suis content d'avoir enfin fini, et vous?

– Très bien aussi. J'ai trouvé un poste pour être designer de son, lui réponds-je avec le sourire.

– Ici, à Washington ?

– Oui.

– Oh, c'est chouette, tu commences quand ?

– À la fin des congés d'été.

– Félicitations !

– Je te remercie, et toi ?

– J'ai pas encore cherché, j'hésite à partir en France pour un an.

– Ah oui ?

– Ma sœur m'a appelé hier, d'ailleurs.

– Ta sœur de Paris ? m'enquiers-je.

Je rêve d'aller en France, et surtout dans cette magnifique capitale.

– Ouep, c'est elle qui m'a demandé si je ne voulais pas venir bosser en France, mais j'ai besoin de réfléchir encore.

– Je comprends, mais c'est une sacrée opportunité !

– C'en est une, mais tu sais, je peux y aller quand je veux, à Paris.

– La veine, lâché-je en souriant.

– Elle m'a dit aussi que si je souhaitais quand même rester à Washington, que j'étais convié à fêter Noël là-bas, avec mes parents. Ils veulent qu'on aille à la montagne, dans les Alpes, je crois.

Mes yeux pétillent rien qu'à l'évocation de la France et ses paysages magnifiques.

– Chouette, tu vas y aller ?

– Bien sûr, mais je lui ai aussi demandé si je pouvais ramener ma bande de potes.

– T'es sérieux?! m'exclamé-je en renversant cette fois-ci le saladier par terre.

Noah observe le tas de chips se fracasser à nos pieds.

– Merde! ronchonné-je.

– Donc, si ça vous intéresse, on louera un grand chalet et on y restera jusqu'au Nouvel An, continue-t-il.

– Punaise, bien sûr que ça m'intéresse, merci Noah! m'écrié-je en lui sautant au cou.

Il rit, puis je me baisse afin de ramasser ma bêtise.

– Je vous redirai ça pour les dates, m'informe-t-il tout en m'observant à genoux au sol.

– Tu ne comptes pas m'aider au lieu de me regarder?

– Non, pas là, non, plaisante-t-il, tout en continuant sa tâche.

– Goujat, ris-je.

– T'as qu'à faire un peu plus attention à ce que tu fais, *Miss Disaster*[2]… marmonne Calum.

– Amusant, ton nouveau surnom, Casanova, soupiré-je en levant les yeux au ciel.

– T'as vu ça? Je ne me suis pas trop fatigué à le trouver.

Il se rapproche de moi.

– C'est tellement facile, termine-t-il en s'accroupissant afin d'être à ma hauteur.

Sa proximité me perturbe, j'en déglutis d'embarras, et de… je ne sais pas.

Contre toute attente, il m'arrache le plat des mains et s'empare de la nourriture éparpillée au sol, afin de la remettre dedans. Moi? Eh bien, je l'observe, ahurie par le fait qu'il vienne m'aider.

2. Mademoiselle catastrophe.

Non mais, c'est clairement invraisemblable !

Calum ? Qui m'aide ? Calum ? Gentil ? HAHAHAHA, TRÈS DRÔLE !

Mais pourquoi je crie dans ma tête ?

– Ce n'est pas parce que j'ai la gentillesse de te venir en aide qu'il faut que tu me regardes ramasser ta connerie, Oompa Loompa ! me lance-t-il d'un ton à la fois dur, mais avec un soupçon de taquinerie, si bien que je ne sais comment interpréter sa phrase.

Je réalise surtout que j'étais carrément en train de sur lui. En même temps, depuis quand ce mec vient m'aider dans quoi que ce soit ? Cela n'est jamais arrivé ! J'ai le droit d'avoir un bug dans le système, non ?

Je me secoue et reprends ma tâche. Alors que je m'apprête à choper un tas, sa main s'approche pour en faire de même. Nos doigts se rencontrent et une décharge électrique traverse ma peau. Surprise, je la retire abruptement. Calum semble n'avoir rien remarqué, il s'empare des chips qui restent au sol pour les mettre dans le récipient avant de me le tendre et de m'observer. Je bugge, encore.

Oui, ben, c'est pas de ma faute ! Ça me perturbe, aussi !

Et il est si... beau...

Ressaisis-toi, ma vieille !

Cela fait tellement longtemps que je n'ai pas eu de petit copain que j'en viens à loucher sur le premier venu, Calum qui plus est... On aura tout vu !

Au lycée, je n'ai eu que Scott, et il est vrai que depuis que nous sommes parties faire nos études à New York, je n'ai pas une seule fois pensé à m'en chercher un autre. Parce que, d'une part, l'intérêt que je portais à mes études était bien plus important et, d'autre part, parce qu'avoir un petit ami sur New York tout en sachant que j'allais repartir au bout de mes six années, merci mais non merci. Reproduire le même schéma qu'avec Scott aurait vraiment été stupide !

– De rien.

Son souffle percute mon visage, je papillonne bêtement, puis le regarde se lever et partir. Je me redresse à mon tour tout en me questionnant sur ce qu'il vient de se passer. Car clairement, tout ça est inédit.

Depuis quand Calum est… serviable, avec moi ?

J'en reste coite, bloquée, buggée, le cul par terre.

***

Deux heures plus tard, tout est prêt en bas. Nous montons à l'étage, Miley et moi, afin de nous préparer pour la soirée.

Je pars la première sous la douche, en ressors quelques minutes après. J'enfile mon top à bretelles noires et ma jupe patineuse rouge vif. Quand Miley sort à son tour de la salle de bains, elle m'aide à me coiffer et à me maquiller, puis j'en fais de même avec elle. L'heure tourne, si bien que nous entendons nos anciens potes de lycée qui commencent à arriver au rez-de-chaussée.

– Pouah, c'est passé trop vite ! J'ai hâte de retrouver tout le monde ! s'exclame Miley, à genoux sur la bow-window, le nez collé à la fenêtre.

– Cette fête va vraiment nous faire du bien. Je crois que la période du lycée restera vraiment l'une des meilleures de ma vie !

– M'en parle pas ! Je dois reconnaître que ça me manque parfois.

– Oui, réponds-je songeuse, mais aujourd'hui nous avons réalisé tous nos souhaits. N'oublions pas qu'intégrer Julliard ensemble était pratiquement inespéré, et nous avons réussi.

– Tu as raison ! Je me rends compte surtout que le temps file, que nous avons tous mûri, changé, grandi. Nous ne sommes plus des lycéens à la recherche de leur identité. Nous sommes dorénavant des adultes qui marchent en direction de leur avenir.

– C'est beau, ce que tu dis !

– C'est vrai, hier encore, nous n'étions que des jeunes filles qui étudiaient au lycée, et aujourd'hui tous ces gens réunis ce soir ont pris des chemins différents. Certains sont partis dans le droit, d'autres en médecine, et nous, on est carrément parties à New York ! Je me dis parfois que la vie est folle, elle est dure, mais elle est belle.

– Tu nous fais un petit coup de nostalgie ?

– Ouais, car retrouver tous nos anciens amis du lycée me touche plus que ce que je ne le pensais en fait. OK, on s'est fait de super potes à la Julliard, mais ce n'était pas pareil qu'avec Scott, Noah et Calum. Nos études étaient intensives, on avait des stages d'été, on vivait à mille à l'heure à New York. Je me rends compte qu'on n'a jamais pris le temps de faire vraiment de pause, même les verres et les sorties avec les amis du campus, c'était aussi à mille à l'heure. On s'octroie enfin de vraies vacances depuis qu'on a intégré l'université. On était plongées toutes les deux dans nos études, dans cette spirale quotidienne des cours, des révisions, du rythme dingue de New York. Et là, le fait d'être enfin de retour ici, chez nous, ben ça me touche. Je réalise qu'on est enfin en pause, et putain, que ça fait du bien !

Un sourire tendre fend mes lèvres. Miley a raison, notre vie dans la grande pomme a été tellement speed, tellement prenante qu'on en a oublié de relever la tête, de respirer et de se reposer. Mais après tout, les études universitaires, c'est ça : peu de temps libre et beaucoup de travail. C'est pour ça qu'on apprécie avec beaucoup de plaisir et de délectation quand viennent les congés d'été.

– Allez, l'heure est venue de retrouver nos 18 ans ! rigole mon amie en se retournant, et en descendant de la banquette sur laquelle elle est depuis cinq bonnes minutes à scruter l'extérieur.

Elle s'empare de sa seconde canette de Pepsi depuis que nous sommes arrivées, puis ouvre la porte. Elle va nous faire une overdose de sucre si elle continue.

– Je t'en prie, dit-elle en me laissant passer la première.

Nous quittons la pièce où nous nous trouvons depuis une bonne heure, lorsque nous tombons nez à nez sur Calum qui sort de sa chambre.

– Eh, Oompa Loompa, te penche pas trop, sinon on va tout voir, raille ce dernier.

– T'es jaloux car tu ne peux pas y toucher ? le provoqué-je stupidement.

Il ricane, détourne les yeux, sans toutefois me contredire.

Oh…

Son regard or se pose à nouveau sur moi.

– Ne prends pas tes rêves pour des réalités ! me balance-t-il, avec toute l'espièglerie qui le caractérise.

Ce coup-ci, c'est à moi de ricaner, j'explose littéralement de rire, même.

Pourquoi j'ai la sensation que mon rire est faux ?

À ce moment précis, un mec que je ne reconnais pas bouscule ma meilleure amie qui trébuche, et se rattrape de justesse à Calum. Hélas, le soda encore présent dans sa canette se renverse contre le tee-shirt blanc de Casanova. Il râle contre le gars qui est déjà parti depuis un moment, avant de retirer son vêtement complètement taché. À ce geste, mes yeux ne peuvent s'empêcher de lécher son torse musclé qui se matérialise devant moi.

Je sursaute quand il me balance son tee-shirt à la figure. Son parfum envahit mes narines, et je me surprends à humer encore plus le tissu, tant cette fragrance me plaît.

Débile que tu es, tu peux à peine sentir ce mec, et voilà que tu renifles son odeur…

Autant se shooter au Tipp-Ex, ce sera mieux ! Non mais, n'importe quoi !

– C'est pas pour les petites filles ça, tu ne saurais pas t'y prendre, lâche-t-il en se rendant compte que je bave littéralement sur son corps demi-nu.

D'accord, Calum a le corps d'un dieu grec, mais c'est pas pour autant que ça le rend moins arrogant !

– Tu ne saurais pas me satisfaire de toute façon, puisque j'ai entendu dire que tu n'étais pas bien monté, donc bon… rétorqué-je du tac au tac avant de lui rebalancer son tee-shirt.

Ce qui est totalement faux. C'est plutôt l'inverse que j'ai toujours entendu revenir à mes oreilles au lycée, mais bon, il n'a pas besoin de le savoir ! Ses yeux virent au noir.

Piqué en plein là où ça fait mal ; la virilité d'un homme, c'est sensible !

Mais j'ai intérêt à fuir vite, car les représailles risquent d'être terribles. J'attrape le coude de Miley et détale dans les escaliers.

– C'était quoi, ça ? lâche-t-elle en stoppant en bas des marches.

– Quoi, quoi ?

– Ben ça, s'exclame-t-elle, l'air ahuri en levant la main en direction de l'étage.

– Mais quoi ? m'agacé-je.

– Ben…

– Ne réponds pas « ça », sinon on en a pour la soirée !

– Mais votre échange, punaise, c'était chaud !

Je fronce les sourcils.

– Je pense que tu as besoin d'un verre, allons-y.

– C'est ça, change de sujet, mais je sais ce que j'ai vu !

Je lève les yeux au ciel et l'entraîne au milieu de la foule déjà présente. La fête a déjà commencé quand nous arrivons enfin au salon. Nous retrouvons nos anciens amis du lycée. La joie et la bonne humeur sont au rendez-vous, nous nous enlaçons, avant de rejoindre le buffet. La louche entre les mains, je sers un grand gobelet de punch à Miley, avant de m'emparer d'un même verre en plastique rouge et de le remplir à mon tour. Une fois nos boissons en main, nous faisons un petit tour afin de dire bonjour à tout le monde présent ce soir. On papote avec un groupe, on échange sur nos études, sur ce qu'on devient depuis l'obtention de notre diplôme. Certains couples se sont formés, tandis que d'autres, comme Scott et moi, n'ont pas souhaité de relation à distance et se sont séparés.

Miley décrit avec engouement la vie new-yorkaise à nos amis, je l'écoute et ris lorsqu'elle explique la fois où ma jupe est restée coincée dans une porte de métro.

– Lexie, toujours fidèle à elle-même ! s'exclame Carla, une amie du groupe hilare.

– On ne change pas une équipe qui gagne. Que ce soit à New York ou ici, je suis toujours aussi catastrophique ! plaisanté-je avant de prendre une lampée de ma boisson.

Une musique que j'apprécie résonne dans les enceintes autour de nous. Mon corps commence à se dandiner au rythme du son qui passe. Notre petit groupe s'éparpille, Noah nous repère et arrive vers nous en dansant, un verre dans chaque main.

– Les filles ! s'exclame-t-il, heureux d'être là.

De toute façon, peu importe où se trouve ce gars, il a toujours l'air heureux.

– Tu ne vas pas mourir de soif avec ça, lui lance Miley en riant.

– Non, là j'ai…

Il boit une gorgée.

– Punch ! Et là…

Il penche le second verre à ses lèvres.

– Hum, rhum cerise !

Je pouffe de rire, Noah toujours le même, lui aussi. Dans mon hilarité, mon regard tombe sur Calum qui descend enfin les marches et entre dans le salon, revêtu d'un tee-shirt kaki. Il s'avance dans notre direction, m'arrache mon gobelet des mains et se l'enfile cul sec.

– Tu ne peux pas t'en servir un comme tout le monde ? râlé-je.

– Merci, répond-il simplement avec toute son arrogance et son regard de charmeur.

Je roule des yeux.

– Qui veut battre le roi du *beer pong* ? lance-t-il à l'assemblée en me refourguant mon verre vide entre les doigts.

– T'es pas un peu présomptueux, là ? raillé-je.

– Eh bien, viens me défier, au lieu de faire ta maligne.

– OK.

Je pose le gobelet vide sur le buffet, mais Miley agrippe mon bras.

– Tu es sûre ? Car tu sais très bien qu'un seul verre te suffit.

– Pas grave, réponds-je en haussant les épaules.

– On va bien rigoler, entonne Noah.

Je quitte mon amie, puis rejoins d'un pas décidé mon adversaire en direction de la table de ping-pong. Calum remplit les verres tout en me défiant du regard.

Je suis fichue.

3

BEER (DRUNK) PONG

Calum

Elle est foutue. C'est gagné d'avance !

Lexie, d'aussi loin que je m'en souvienne, ne tient pas l'alcool. Ce soir, je ne compte pas la laisser s'en sortir aussi facilement. Ma meilleure ennemie est de retour, et quel bonheur de pouvoir l'affronter lors du premier *beer pong* de la saison !

La foule s'amasse autour de nous afin d'assister au combat. Les mecs de mon côté, les filles du côté de mon adversaire.

Aucun stéréotype, ce soir, aucun…

La balle s'élance, rebondit sur la table avant d'atterrir dans un gobelet devant moi. Je grogne. Elle n'est pas nulle en tir, cependant. Lexie me défie du regard, je devine aisément à travers ses billes noisette qu'elle me lance un message en silence. J'ai beau être balèze à ce jeu, elle l'est tout autant que moi, et elle compte bien ne pas être complètement pleine comme une barrique avant moi.

– Tire ta révérence, Jones ! lui lancé-je arrogant.

– Jamais de la vie, Parker ! rétorque-t-elle.

– Je tiens l'alcool, pas toi.

Elle se fige un instant avant de vite se reprendre. Je ris.

– Je prends le risque.

Ce n'est pas une petite joueuse, le petit Oompa Loompa !

Ça ne devrait pas, mais ça me plaît.

J'esquisse un demi-sourire narquois. Tout en la regardant dans les yeux, je m'empare du verre et absorbe son contenu. Après que je l'ai reposé dignement, le jeu reprend. C'est à mon tour, je me concentre, ferme un œil, puis effectue mon lancer. La balle atterrit avec brio dans un gobelet en face de mon adversaire. Son nez se fronce.

– Je t'en prie, lui lancé-je, en joignant la parole au geste.

La blonde au carré court s'empare du gobelet et l'ingurgite cul sec.

La musique de Charlie Puth, « Marvin Gaye[1] », résonne autour de nous, et je ricane en entendant les paroles.

« Let's Marvin Gaye and get it on
You got the healing that I want
Just like they say it in the song
Until the dawn, let's Marvin Gaye and get it on »
(« Du Marvin Gaye et faisons-le
Tu as la thérapie que je veux

1. « Marvin Gaye » est une chanson du chanteur américain Charlie Puth en collaboration avec la chanteuse américaine Meghan Trainor, sortie le 10 février 2015.

Comme ils le disent dans la chanson
Jusqu'à l'aube, du Marvin Gaye et faisons-le »)

Oh, oui, Lexie doit être méga bonne au lit. Dommage que Scott ne se soit jamais étendu sur ses performances avec elle, je suis sûr que ça valait le coup. Cette nana est le plus canon de tous les canons. Déjà, à l'époque du lycée, elle était très jolie, mais là, elle est belle, très belle même. Ses traits sont doux, tendres, et s'apparentent à ceux de l'actrice Blake Lively, tout en étant à la fois espiègles et ensorcelants, un peu comme ceux d'Angelina Jolie dans *Maléfique*[2]. Dans son regard, c'est un éternel combat entre le feu et la glace. Son corps est somptueux : une paire de seins à rendre n'importe quelle fille verte de jalousie, un petit cul bien ferme contre lequel on rêve simplement de frotter sa queue. Rien que d'y penser, je commence déjà à bander. Ses yeux pétillent de défi, et j'adore ça. J'aime la rendre folle de rage, j'aime faire semblant de la détester. Mais putain, il faut que je me reprenne, Lexie est l'ex de Scott et certainement pas le genre de fille que je veux !

Lorsque mon esprit revient au jeu, je remarque la balle atterrir dans un des gobelets sous mon nez. Encore un échange de regards électrique, avant que je ne m'abreuve de ma bière. Nous alternons les tirs. Les miens sont toujours aussi précis, et visent à la perfection leur cible, tandis que mon adversaire en rate deux, ce qui me donne une petite longueur d'avance.

Lexie se concentre, sort un bout de sa langue, puis envoie la balle. Elle exulte de joie lorsque celle-ci rencontre le liquide

2. *Maléfique* (*Maleficent*) est un film de fantasy américain, réalisé par Robert Stromberg, sorti en 2014.

brun dans un de mes gobelets. Fière de son coup, elle effectue une petite danse de la joie, mais chancelle quelque peu.

– Besoin de béquilles, *baby* Jones ?

– Non, grogne-t-elle en se rattrapant à la table tout en tentant de montrer bonne figure.

– Tu as voulu jouer.

– Je te dis que ça va.

– Tu peux encore te retirer du *game*.

– Et te laisser le dernier mot ? Jamais, Casanova !

Je secoue lentement la tête, un demi-sourire aux lèvres.

Le jeu reprend, les verres se vident. Je bois. Elle boit. Plus que ce qu'elle peut supporter. Pourtant, elle tient bon. Nous sommes dorénavant ex aequo, elle a rattrapé son retard. L'étau se resserre.

– Allez, Lexie, tu peux le faire ! l'encourage Miley.

– Ouais, je joue ma vie là ! lance-t-elle, la voix pâteuse.

Il ne me reste plus qu'un verre vide, elle aussi. C'est à son tour de lancer la balle. Si elle réussit, je suis mort. Lexie le sait.

Alors, elle se concentre, recule de quelques pas afin de prendre un élan qui ne lui servira à rien, mais soit. Elle vacille, retrouve son équilibre en agitant doucement ses mains. Elle tend le bras, s'élance en direction de la table mais rate son tir, elle s'entremêle les pieds comme des pinceaux et atterrit lourdement sur la table. Celle-ci bascule sous son poids, me cognant le menton au passage lorsqu'elle part vers l'avant, avant que tout ne lui dégringole dessus, y compris la table.

Miss Disaster…

Miley se précipite sur Lexie, qui tente de se relever en

assurant que ça va. Une fois rassuré sur son état, un fou rire s'insinue en moi, mais je le refoule du plus fort que je peux. Promptement, avec l'aide de Noah, nous retirons la table – heureusement, légère – qui masque son corps étalé sur le sol, puis Miley l'aide à se relever.

Lexie bondit sur ses pieds, chancelle, porte le plat de sa main à sa bouche comme si elle allait rendre le peu de bière qu'elle a bu, mais se reprend. Puis, comme si de rien, elle s'époussette les genoux – qui n'ont pas besoin d'être frottés – alors que ses cheveux blonds dégoulinent de la bière qui restait encore dans nos verres, il y a à peine cinq secondes.

– Tout va bien, je n'ai rien ! lance-t-elle, toujours aussi imbibée d'alcool.

La façon désinvolte avec laquelle elle prononce ces mots a raison de moi, et je laisse exploser mon fou rire. Le monde autour de nous me suit dans mon hilarité, tandis que Lexie, d'abord hébétée, se met à rire aux éclats.

Cette joie…

Elle m'avait manqué. Je suis content de retrouver mes amis comme avant. Surtout cette sulfureuse petite blonde, celle que j'ai tant et tant aimé taquiner au lycée, et surtout celle que je compte bien continuer à agacer. Juste pour entendre ses grognements à mon encontre ou encore ce rire.

Oui, ce rire…

4

CANCÚN

Lexie

Cela fait une heure que nous sommes partis. Levée aux aurores afin de prendre notre avion, je sens déjà poindre la fatigue de cette courte nuit. Sans parler du marteau-piqueur qui bourrine mon crâne. Je ne me souviens pas trop de ce qu'il s'est passé hier soir, mais les vidéos de Noah m'ont affirmé au réveil que je me suis cassé la gueule en beauté devant tout le monde, alors que je voulais gagner contre Calum au *beer pong*. Et que la seconde d'après, je rigolais comme une dinde.

La hoooonte!

Après avoir avalé un antidouleur, qui, je l'espère, fera vite son effet, je me laisse aller contre mon siège dans un lent soupir. Mes paupières lourdes se ferment doucement, et je dépose ma tête où joue une cacophonie, contre l'épaule de

Miley qui regarde un film sur l'écran devant elle, écouteurs dans les oreilles. Le sommeil m'enveloppe dans ses bras de coton quand un grand coup dans mon siège me fait sursauter. De violents martèlements cognent contre mes tempes. Je me retourne vivement et croise les yeux de Calum que je fusille du regard.

– Quoi ? me demande-t-il en retirant un de ses écouteurs.

– Tu as tapé dans mon siège, j'ai mal au crâne, bordel, fulminé-je en chuchotant afin de ne pas déranger tout le monde dans l'appareil.

Il ricane, se rappelant sûrement mes prouesses d'hier soir.

– J'ai pas fait exprès ! s'excuse-t-il à peine.

– Ouais, ben, fais attention s'il te plaît, j'étais en train de m'endormir !

– J'y peux rien si je n'ai pas de place au niveau de mes jambes.

– Mouais.

– Il ne fallait pas tant boire, mon petit Loompa… lâche-t-il un sourire arrogant aux lèvres.

Encore ce surnom juste pour m'enquiquiner…

Et ça marche. Son inflexion espiègle suffit à m'agacer. Je lui lance une grimace telle une enfant, n'ayant plus d'arme sur moi pour me défendre. J'ai épuisé mon stock avec lui…

– *Make love, don't fight*, lâche Noah qui s'impose à ma vue lorsque son visage apparaît entre les deux sièges.

Je recule vivement à la proximité de sa tronche par rapport à la mienne.

– Eh mollo, c'est mon ex… Donc, « faire l'amour », on va éviter, marmonne Scott, assis à droite de Noah, sur leur rangée de trois.

– Ça risque pas ! Et puis, moi, je ne fais pas l'amour, je baise, rétorque Calum.

Je lève les yeux au ciel, me réinstalle confortablement et tente de refermer les yeux afin de me rendormir quand un nouveau coup se fait sentir. Mes tempes, où pulse mon sang, cognent une fois de plus tel un marteau qui dézingue un mur. Excédée par cette douleur qui me laboure la boîte crânienne et par cette fatigue qui me rend d'une humeur de teckel, je balance vivement par-dessus ma tête ce qui se trouve sur ma tablette. Mon bouquin vole directement en direction de la tête de Calum.

– Aïe, entends-je dans un petit éclat de rire.

Qu'est-ce qu'il m'agace, bon sang !

J'incline mon siège à fond, afin de bien écraser ses grandes jambes, et referme les yeux. Mais, je devais m'y attendre, mon livre revient tel un boomerang en plein milieu de mon front dans un « plof » pas très distingué. Nouveaux coups de marteau. Je grogne.

– *Marked Men*[1], ça ne m'intéresse pas, lance la voix de Calum dans mon dos, tu peux te le garder. Quoique, merci quand même de l'attention que tu as portée à ma culture sexuelle, mais je n'ai pas besoin de ça pour réussir à faire jouir une nana.

– Dit-il… réponds-je en ricanant, certaine qu'il ne m'entendra pas.

– Tu ne peux pas savoir, tu n'y as jamais goûté !

Perdu, il m'a entendue !

– Sans façon ! Je peux dormir maintenant ?

– Je ne t'en empêche pas, rigole-t-il.

---

1. *Marked Men* est une série de romances écrite par Jay Crownover.

Mouais…

Je repose mon livre sur ma tablette et plonge *enfin* dans le sommeil. C'est deux heures et demie plus tard que je me réveille lorsque le petit « ting » qui annonce qu'il faut rattacher nos ceintures retentit, suivi par les informations du commandant de bord. Par chance, ma petite sieste, ainsi que l'antidouleur, qui a enfin fait son effet, m'ont aidée à tempérer mon crâne douloureux. Je me sens bien mieux.

***

À notre sortie de l'aéroport de Cancún, bagages à roulettes derrière nous, nous retrouvons l'agence de voitures de location. Après avoir fourni les papiers nécessaires et fait un tour rapide du véhicule, la personne de l'agence nous remet les clés. Calum s'en empare comme s'il s'agissait d'un trophée.

– Une décapotable ? Rien que ça ? Qui s'est occupé de la location de la voiture ? m'enquiers-je.

– C'est moi, m'indique Calum.

– Pourquoi ça ne m'étonne pas ?

– On est en vacances ou on ne l'est pas ? rétorque-t-il.

– En vacances, mon frère ! s'extasie Scott, en sautant à l'arrière du bolide.

– Moi, j'adore ! s'exclame Miley.

– Pourquoi ça ne m'étonne pas non plus ? dis-je en riant.

Nous prenons place, puis j'indique à notre chauffeur l'adresse de notre destination qui se trouve à une trentaine de minutes : Punta Cancún. Ma tante nous attend là-bas afin de gentiment nous laisser pour nos vacances sa villa entourée d'hôtels, alors qu'habituellement elle la loue. Mais cette année, elle a décidé de me laisser en profiter avec mes amis.

J'ai une famille en or!

Installée à l'arrière, je prends plaisir à redécouvrir le cadre magnifique du Yucatán ; les plages de sable blanc, les palmiers, l'eau cristalline. Noah, installé juste devant moi, sur le siège passager, allume le poste de radio, y connecte son Bluetooth pour nous envoyer sa musique à fond dans les synapses. Heureusement, je n'ai absolument plus mal au crâne, et me dandine en imaginant les vacances de folie qu'on va vivre tous ensemble, ici.

Voilà que les deux à l'avant commencent à frimer, lunettes sur le nez, et pour Calum, sa fidèle casquette à l'envers.

– Eh, mais, il y a de la jolie « poulette », ici! lâche Noah, l'air carrément enjoué.

La tête des trois mecs se tourne en direction d'un groupe de filles en mini-shorts et *crop tops*.

En revanche, la tronche que me sort ma meilleure amie me démontre qu'elle n'est pas de cet avis.

– Ne t'inquiète pas, toi aussi, t'es une jolie poulette, la plus belle de toutes les poulettes, même!

Miley me répond avec un grand sourire, me claque un baiser sur la joue avant de reporter son attention sur le paysage.

– Je compte bien lui faire oublier toutes les poulettes de la terre entière, l'entends-je marmonner.

Je ris. Miley et sa tête de mule, le retour!

Nous ne tardons pas à arriver devant le portail électrique de la villa de style balinais. Calum pénètre à l'intérieur et se gare non loin de la grande porte d'entrée.

– Eh ben, c'te baraque de fou ! braille Noah dans mon dos.

– Tu remercieras ta tante, s'exclame Scott.

– C'est déjà fait, réponds-je avec le sourire. Mais tu pourras le lui dire, car elle nous attend à l'intérieur.

Nous entrons dans la propriété, pressés de nous installer, mais surtout de nous rafraîchir dans la piscine scintillante qui nous tend les bras. Il fait une chaleur à tomber ici !

Barbara, ma tante, nous accueille avec le sourire. Je suis heureuse de la revoir. Cela fait plus de trois ans que je ne l'ai pas vue. Il y a même ma cousine, Alyne, avec elle, une petite blonde aux yeux marron comme moi. Nous avons pratiquement le même âge, Alyne a juste un an de moins que moi. Gamine, on adorait jouer à la poupée ensemble. Je la serre dans mes bras, puis lui présente mes amis.

***

– Je suis en vacances, moi aussi, on pourra se voir de temps en temps et se faire des sorties si vous voulez, propose Alyne.

– Avec plaisir, lui réponds-je.

Je me tourne vers mon groupe d'amis qui ont l'air aussi emballés que moi.

– Je vous fais visiter ? propose ma tante au groupe.

Tous répondent par l'affirmative, puis elle leur fait découvrir la villa, dont elle est fière. Et elle a raison !

La somptueuse maison de plain-pied nous offre plus de deux cent cinquante mètres carrés de surface, ainsi qu'un immense terrain. Une piscine à débordement donne directement sur la vue de l'océan. Mais ce que j'aime le plus, c'est cette balançoire où l'on peut facilement s'installer à deux, accrochée sous les poutres de la terrasse abritée. C'est ici qu'on peut admirer les plus beaux couchers de soleil.

Une fois la visite terminée, nous prenons un café avant que ma tante retourne à son boulot.

– Tiens, voilà les clés, me dit Barbara en me tendant le trousseau de la propriété.

– Merci !

– Bonnes vacances, les jeunes ! Amusez-vous bien, s'exclame-t-elle avant de m'embrasser et de quitter la villa avec sa fille.

Je referme la porte derrière elles, puis je me précipite dans la chambre au fond du couloir afin de bénéficier de la suite avec salle de bains et porte-fenêtre donnant sur la terrasse où trône un gigantesque jacuzzi. Miley ne tarde pas à me rejoindre, toujours aussi ébahie par la beauté du lieu. La chambre spacieuse est composée d'un grand lit rond en cuir noir posé sur un gigantesque tapis gris à poils longs, ainsi que de deux banquettes recouvertes de coussins en plumes blancs. La salle de bains est simplement séparée par de grandes vitres qui sortent du sol pour venir embrasser le plafond. Une douche à l'italienne spacieuse avec pierres apparentes me donne tout de suite envie de me foutre à poil et de courir me prélasser sous les jets frais multifonctions.

– Mais c'est quoi cette maison de malade ?! s'extasie à nouveau Noah depuis le salon.

– Je prends la chambre à côté, lance ma meilleure amie tandis que je dépose ma valise dans le dressing.

***

Je retourne au salon, afin de faire l'inventaire du réfrigérateur. Connaissant ma tante, je suis sûre qu'elle a dû nous faire les courses, et pas qu'un peu, puisque tous les placards sont remplis. Je sors plusieurs bières du frigo, les décapsule et les pose sur l'îlot central.

– J'ai sorti la Corona ! braillé-je afin que tous mes amis m'entendent.

Il ne leur faut pas plus de deux secondes pour débarquer dans le grand espace de vie et s'emparer de leur boisson.

– T'es pas écœurée ? me charrie Calum.

Ce sourire… Grrr, il est aussi agaçant qu'il est attirant.

– Je devrais ? feins-je l'ignorance.

Un échange de regards. Second sourire arrogant de sa part. Frissons.

Mais punaise ! C'est Calum, ouhouh, ne l'oublie pas ! C'est pas parce que six ans se sont écoulés qu'il a changé !

– À nos vacances au Mexique ! lance Noah en levant sa bière.

– À nos vacances, répétons-nous tous en chœur en imitant son geste.

Nos bouteilles se rencontrent, cognent entre elles dans un bruit de verre, avant que leur goulot retrouve nos lèvres. À cet instant, notre groupe soudé me semble plus important que tout. Même Calum qui, habituellement, m'agace, me paraît presque sympathique, là, à boire calmement sa bière, son autre main dans la poche de son bermuda. Quand il remarque que je l'observe à la dérobée, je détourne vivement le regard pour le porter sur mes espadrilles.

– Depuis combien de temps ta tante habite au Mexique ? me sonde Scott.

– Depuis qu'elle a épousé Pedro, il y a bientôt vingt-sept ans, réponds-je.

– Eh ben, et il fait quoi dans la vie ce Pedro pour avoir une demeure secondaire aussi grande ? intervient Noah.

– Qui te dit que c'est le mari de ma tante qui possède tout cet argent ? rétorqué-je en riant.

– Ben ouais, les femmes peuvent gagner du fric, aussi ! renchérit ma meilleure amie avant de placer le goulot de sa bière à ses lèvres.

– Ah mais pardon, au temps pour moi, lance Noah en brandissant la paume de ses mains devant lui en riant.

– Ma tante est tout simplement commerciale dans la cosmétique. Elle a su monter son affaire au bon endroit et au bon moment, le reste s'est fait au fur et à mesure, leur informé-je.

– Bravo à elle, entends-je Scott s'exclamer en face de moi.

– Le dernier dans la piscine a perdu ! braille Noah, en se ruant en direction du jardin.

– Tu as quel âge, franchement ? rétorque Miley.

– Mais tu es tout habillé ! lui crié-je.

Trop tard, un énorme « plouf » retentit. J'ai à peine pris conscience de ce qu'il se passe qu'en une seconde, je me retrouve seule dans la cuisine, tous mes amis ont déjà atterri dans l'eau scintillante.

– Lex', tu viens ? m'appelle Miley depuis la piscine.

– Ouais, t'as perdu ! lance la voix de Noah.

– Mais quel gamin ! ris-je toute seule.

Je délaisse ma bière que j'ai à peine eu le temps d'entamer et file plonger à mon tour dans l'eau cyan.

***

Une heure plus tard, c'est toujours dans la piscine que nous nous prélassons, tout en énumérant nos futures activités à venir.

– Alors moi, je ne repars pas d'ici tant que je n'ai pas fait tous les cénotes de la région ! s'exclame ma meilleure amie.

– Je te rejoins sur ce fait ! renchérit Scott.

Venir au Mexique et ne pas profiter de cette beauté de la nature serait vraiment du gâchis. Un cénote est un puits d'eau naturel où l'on peut se baigner. Certains sont à ciel ouvert ou, au contraire, complètement emmitouflés dans la pénombre à plusieurs mètres de profondeur. Tandis que d'autres forment une grotte, dont la roche au niveau du toit est tombée, pour ainsi former un puits de lumière. Le léger filtre du soleil se faufile à l'intérieur, laissant jouir d'une eau limpide d'un bleu vert exceptionnel. Ce sont ceux-ci mes préférés. Plonger et se baigner dans ce genre de lieu est hypnotique, époustouflant, fascinant… J'ai déjà eu l'occasion de venir ici plusieurs fois, et l'effet reste toujours le même. Je connais ce cadre magnifique, et pourtant, je ne m'y fais pas, le trouvant de plus en plus beau à chacun de mes passages.

– Du jet-ski, bien entendu, et le Xcaret Park, lance Noah.

– J'ai vu qu'il y avait aussi le Xplor fuego, nous informe Calum.

– C'est quoi ? demande Scott.

– Ça se fait à la tombée de la nuit. On est à bord d'un véhicule amphibie et on traverse des sentiers éclairés uniquement par des torches, répond-il.

– Ah, ça a l'air pas mal ! s'extasie Miley.

– Je ferais bien le parachute où on vole au-dessus de la mer des Caraïbes, dis-je.

– Ce sera sans moi, j'ai le vertige, déclame Scott.

– Ah oui, c'est vrai, me rappelé-je.

– Mais ce n'est pas grave, vous pouvez le faire, je vous attendrai en bas.

– Bon, je note, ajoute Noah.

– Faut qu'on parle de nos sorties le soir ! intervient Miley.

– Ah oui ! On pourra ramener des filles ? m'interroge Calum.

Je pivote la tête dans sa direction.

– Euh… oui… oui, ça ne me dérange pas, réponds-je.

OK, ça ne me gêne pas, mais une drôle de sensation m'étreint, comme si en fait, si, ça me dérangeait, non pas parce qu'ici, c'est chez ma tante, mais…

Oh, j'en sais rien !

– Cool, merci ! T'es pas si coincée que ça, finalement.

– Eh ! grondé-je en le giclant.

– Je plaisante ! dit-il, amusé.

Nous discutons comme ça jusqu'à ce que le soleil entame sa descente et disparaisse totalement à l'horizon. Les vacances que nous nous apprêtons à vivre vont être tout sauf du repos. L'excitation se déploie en moi à l'idée que toutes ces activités, aussi folles les unes que les autres, remplissent notre planning.

Une heure plus tard, après une bonne douche fraîche,

Miley me rejoint dans ma chambre et nous discutons toutes les deux allongées à plat ventre sur mon lit.

– Ça me fait vraiment plaisir d'être là, en vacances avec nos amis. Même si Noah ne le sait pas encore, il est à moi, rit Miley.

Je pouffe avec elle, ne sachant quoi lui répondre. Je lui souhaite d'avoir raison, même si au fond j'ai toujours un peu d'inquiétude vis-à-vis de notre bande. Après tout, ils sont des adultes. Et j'ai bon espoir que, si ça ne fonctionne pas, ils restent amis tout comme je l'ai fait avec Scott.

– Et toi, Casanova ?

– Quoi, Casanova ? rétorqué-je, un peu plus abruptement que ce que je voulais.

– Ben, il est plutôt canon, non ? Et je me souviens t'avoir déjà entendu dire qu'il te plaisait bien à l'époque.

Ça, pour être canon, il est canon, voire pire, mais, car il y a un mais…

Plusieurs même !

– Comme tu le dis : « C'était à l'époque », et bien avant que je ne sorte avec Scott et que je connaisse l'énergumène qu'il était !

Elle s'esclaffe, je continue :

– Et puis, dois-je te rappeler qu'on s'est toujours détesté « cordialement » ?

– C'est de l'histoire ancienne, on a mûri depuis !

– Excuse-moi, mais vu ce qu'il m'a fait endurer, non, je n'ai pas spécialement envie de me taper Calum.

– Oh, oui, c'est vrai que le coup où il t'a coupé les cheveux en cours de biologie, c'était drôle, pouffe mon amie.

– Mouais, rigole.

Toutefois, je ne peux m'empêcher de sourire à ce souvenir. Comme on dit : « On en rigolera plus tard. » C'est bien vrai ! Mais sur le coup, je n'ai pas ri. Du tout !

– Bon, et donc Casanova ? revient-elle à la charge.

– Roh, ronchonné-je, tout en roulant sur le dos.

– Mais quoi ? insiste-t-elle.

– Je t'ai dit non !

– Moi, je pense que…

– Tu ne penses rien du tout, la coupé-je.

– Tu vas me laisser parler, oui ? rigole-t-elle en me tapant l'épaule.

– Non, et puis de toute façon, c'est le meilleur ami de Scott, grommelé-je.

– Et quelle importance ça peut avoir ?

– Tu ne connais pas le *« Bro Code »* ?

– Le *Bro* quoi ?

– Le *Bro Code*, c'est un pacte que les mecs font souvent, ça rassemble beaucoup d'éléments, dont le *« Bros before hoes »*.

– Les frères avant les meufs ? répète-t-elle, surprise et inquisitrice.

– Oui, une sorte de pacte où les nanas ne passent pas avant leur amitié, si celles-ci risquent de l'entacher, tout comme les ex, tu vois le truc ?

– Ah ouais, mais admettons que, si l'un des deux trouve la femme de sa vie, et qu'en même temps l'autre est intéressé, il va la laisser filer pour préférer l'amitié avec son « bro » ?

– Ben ouais, je crois, réponds-je en haussant les épaules.

– C'est idiot.

– J'sais pas, soupiré-je. Calum et Scott se connaissent

depuis gamins, des choses de ce type risquent de briser leur amitié, je pense.

– Donc, si je résume : pour Calum, tu es intouchable.

– Ouais, c'est ça ! Mais bon, pas de soucis à se faire de ce côté-là, ris-je.

– Oh, mais c'est pour ça ! s'écrie-t-elle en levant sa main droite en l'air.

Je fronce les sourcils, attendant qu'elle continue.

– Je viens de percuter ! Je comprends mieux pourquoi Calum était insupportable avec toi !

– Je t'en prie, éclaire-moi de ta lanterne, car en quatre années de lycée, je n'ai jamais compris.

– C'est clair comme de l'eau de roche ! Tu es sortie avec Scott, qui est le meilleur ami de Calum.

– Jusque-là, rien de nouveau.

– Mais chut, laisse-moi finir, râle-t-elle. Et comme il y a le Bro machin, là, eh bien tu étais inaccessible pour Calum, donc, comme il ne pouvait pas t'avoir, il t'a fait la misère !

– N'importe quoi !

– Mais pas improbable.

– Mais d'où te viennent toutes ces élucubrations ?

– J'en suis persuadée, chantonne-t-elle.

Au contraire, je pense qu'elle se trompe, je n'ai pas l'impression que la gent masculine raisonne comme nous quand il s'agit de sentiments… Enfin, ce n'est que mon point de vue.

– Cesse de dire des conneries.

– Tu es interdite, ma chérie. L'interdit attire.

J'explose de rire.

– Il n'y a rien de marrant. Derrière la haine, se cache souvent un désir profond.

– Tu l'as déjà dit, ronchonné-je.

– Tu verras.

– Je verrai rien du tout. Pas Calum, point !

– OK, OK, eh bien alors, un beau Mexicain bien foutu ! abdique-t-elle enfin.

Pour un temps, car je connais Miley. La mule. Elle reviendra *encore* à la charge.

– Ou rien du tout, c'est bien aussi.

– Mais tu ne veux pas profiter un minimum de tes vacances ?

– Je n'ai pas besoin de m'envoyer en l'air pour profiter.

– Ce que tu peux être coincée ! plaisante-t-elle.

– Tu vas voir si je suis coincée, ris-je en la chatouillant.

Ma meilleure amie éclate de rire.

– Arrête, j'aime pas ça ! hoquette-t-elle.

Quand je décide enfin de m'arrêter, elle bâille à s'en décrocher la mâchoire.

– J'suis crevée, je peux rester dormir avec toi ? me demande-t-elle.

– Bien sûr, quelle question ?

Elle sourit, puis ne tarde pas à fermer les yeux. Miley a cette chance de s'endormir facilement en un claquement de doigts, alors que moi, il me faut au moins une demi-heure de tourné-viré avant de rejoindre les bras de Morphée. Fatiguée ou pas.

Alors qu'elle dort déjà à poings fermés, je ne peux m'empêcher de repenser à notre conversation au sujet de Casanova. Calum est mon meilleur ennemi, ç'a toujours été ainsi, je ne vois pas pourquoi à l'époque du lycée, il aurait nourri une quelconque attirance envers moi… Cette idée ne m'a jamais effleuré l'esprit. D'accord, il est sacrément craquant, mais jamais mes idées n'avaient pris un tel chemin…

Soudain, mon esprit divague et imagine ses lèvres contre les miennes.

Ah non ! Pas possible !

Je chasse tout de suite cette image de ma tête ! Quoique, je ne peux m'empêcher de me demander quelle texture elles ont. Sont-elles douces ? Rugueuses ?

Je devrais dormir plutôt que d'avoir des idées aussi débiles en tête…

5

ISLA BLANCA ET TIANGUIS

Lexie

Le lendemain matin, je me réveille assez tard, mais pas étonnant, vu comme j'étais fatiguée. Et je parie que pour les autres, c'est pareil. Je me lève et marche en direction de la cuisine, où seul Scott se trouve.

– Salut, bien dormi ? m'interroge-t-il.

– Hey ! Comme un bébé, et toi ?

– Super bien, cette villa est vraiment parfaite.

Je souris tout en faisant couler du café.

– Tu peux m'en préparer une tasse, s'il te plaît, ma chérie ? me demande la voix encore ensommeillée de ma meilleure amie.

Je m'exécute et récupère un mug supplémentaire dans le placard au-dessus de l'évier. Pendant que notre café coule, nous commençons à dresser la table du petit déjeuner sur la terrasse. Le soleil brille déjà de mille feux, faisant scintiller l'eau de la piscine. Les oiseaux chantent leurs petites mélodies du matin, tandis que nous déposons enfin nos cafés fumants sur la table. Je découpe quelques morceaux de fruits avant de m'installer confortablement dans ma chaise.

– J'aimerais rester ici toute ma vie, grommelle Miley en s'affalant sur le bois de la table de jardin.

– *¡Hola amigos! ¿Cómo estáis?* braille Noah qui débarque sur la terrasse en nous claquant un bisou sur la joue chacun.

– Ben, je vois que tu es en forme, marmonne ma meilleure amie, la tête toujours avachie sur la table.

– *¡Son las vacaciones!*

– Tu comptes nous parler en espagnol tout le long des vacances ? lui demandé-je en riant.

– *¡Sí!*

– Calum dort toujours ? l'interroge Scott.

– Il est sous la douche, il arrive, répond Noah qui s'installe en face de moi tout en venant planter ses dents dans un toast.

Mes pensées dévient et je l'imagine à poil, l'eau ruisselant sur sa peau.

– Arrête, tu me saoules !

Les yeux de mes amis se braquent sur moi, l'air interrogatif.

– Quoi ? m'enquiers-je.

– Qui est-ce qui te saoule ? me demande Scott.

– Qui me… ? J'ai parlé tout haut ?

Ils font tous en même temps un hochement de tête affirmatif.

– Ah.

Merde.

– Non, rien, je me parlais à moi-même.

– T'es bizarre, lâche Noah, hilare.

– C'est pas nouveau, ça, rétorqué-je en riant.

La reine de l'autodérision, c'est moi !

Autant en rire, hein…

Mon téléphone vibre et je reçois un message de ma cousine qui me propose un après-midi plage et farniente. Ça, ce sera parfait pour notre premier jour !

Je propose cette idée qui plaît tout de suite à mes amis, puis confirme. Alyne nous donne rendez-vous à Isla Blanca. Là-bas, le sable est blanc, l'eau turquoise. Il n'y a pas d'hôtel derrière et surtout moins de touristes. On y sera vraiment bien.

– Bon, quel est le programme aujourd'hui ? demande Calum qui débarque enfin, habillé et sentant bon à des kilomètres.

– Plage avec la cousine de Lexie ! répond Noah.

– Parfait ! J'aurais encore besoin d'une sieste cet après-midi ! lance-t-il en venant s'installer près de nous.

***

Il est deux heures de l'après-midi quand nous retrouvons Alyne. Les derniers kilomètres ont été assez chaotiques pour y parvenir, mais le jeu en vaut la chandelle ! Bienvenue sur une carte postale ! Isla Blanca est une plage juste sublime à la pointe de Cancún qui mérite largement sa visite. Encore sauvage, elle offre un cadre magique : d'un côté la mer des Caraïbes, de l'autre une lagune. Et une eau bleue comme on en voit rarement…

– Je vis à Cancún depuis ma naissance, indique ma cousine à mes amis. Isla Blanca est de loin ma plage préférée. Les couchers de soleil ici sont incroyables.

– Mince, on n'a pas prévu de quoi manger pour ce soir, dit Scott.

– Pas grave, je connais un petit snack pas loin si vous voulez.

– Nickel, lance Noah.

– Il y a une faune très variée, là où se trouve le lagon. Parfois, on peut y voir des flamants roses au loin, explique Alyne qui reprend ses explications. On peut techniquement se promener dans le lagon car il est super peu profond, mais il faut faire attention car il y a des crocodiles et de gros insectes.

La tête que fait Miley à cet instant m'arrache un éclat de rire. Un mélange entre la peur et le dégoût.

– Euuuuh, sérieusement ? lâche ma meilleure amie.

– Oui, mais si tu fais attention, il n'y a aucun risque, la rassure ma cousine.

– Je ne sais pas si je vais m'y aventurer, bougonne-t-elle.

– Je te porterai sur mon dos, Miley Cyrus, lui propose Noah.

– Ah oui, bah là, je veux bien. Mais Miley tout court me convient très bien.

– Ah, OK, ben alors je te porterai, Miley tout court, la charrie ce dernier.

Elle lui tire la langue avant de pouffer de rire.

– De l'autre côté, vous avez une belle mer turquoise. Il n'y a pas grand-chose à voir pour la plongée avec tuba, mais c'est un endroit idéal pour nager, continue Alyne.

Nous trouvons un petit endroit sous un arbre non loin de l'eau et posons nos affaires ainsi que nos serviettes. Une fois en place, Miley sort sa caméra et commence à filmer la première vidéo de son vlog. Noah est le premier à s'élancer en direction de la mer. Enfin, le mot « s'élancer » est valable pour une personne normalement constituée, car Noah ressemble plutôt à Phoebe qui court dans *Friends*. On appelle ça le *Phoebe running style*. Noah le fait à la perfection, et c'est tellement, mais tellement hilarant !

– Regardez qui est content, lance Calum aussi mort de rire que moi à la vue de son pote qui court comme un fou. Miley, filme ça ! Ensuite, tu la mettras en *slow motion* avec la musique de *Chariots of Fire*[1] derrière, ce sera parfait !

J'explose littéralement de rire. Il faut reconnaître que Calum a raison. Miley braque sa GoPro en direction du grand blond aux cheveux bouclés qui se précipite en direction de l'eau pour enfin y plonger sous nos regards amusés. Le soleil tape assez fort, je m'empare de ma crème solaire et m'en applique à profusion, tandis que Miley retourne sa caméra sur elle.

– Hello à tous ! Nous voilà arrivés en vacances à Cancún ! Les amis sont là, indique-t-elle à la GoPro avant de tourner l'appareil dans notre direction afin que l'on fasse tous coucou.

Elle se lève et marche en direction de l'eau où elle va filmer Noah en train de nager/patauger. À ma droite, je distingue Scott qui s'approche de ma cousine afin de lui poser des questions sur la région. Calum s'installe également près d'eux. Ils entament une conversation que j'écoute d'abord d'une oreille distraite, sauf que la chaleur ici est si insoutenable à cette heure-ci que je ne tarde pas à me lever afin de rejoindre l'eau turquoise à mon tour. Je retrouve

1. Musique composée par Vangelis pour le film britannique éponyme de Hugh Hudson, sorti en 1981.

Miley et sa caméra, puis Noah et ses idioties.

– Eh mais, il y a du kitesurf ! s'extasie Noah.

Je me retourne et remarque en effet des voiles voler un peu partout.

– Je suppose que tu voudras essayer, deviné-je.

– Mais oui ! répond-il.

L'après-midi passe à vive allure, on se baigne entre filles, tandis que Noah et Scott sont partis faire du kitesurf. D'ailleurs, qu'est-ce que nous rions avec les filles quand on voit Noah se casser la figure de sa planche toutes les cinq minutes ! Il n'est vraiment pas doué ! Bon, ceci dit, je ne vais pas trop me moquer, car je ne suis pas mieux. C'est d'ailleurs pour ça que je ne m'y suis pas risqué !

Calum, quant à lui, n'a pas menti, il profite de cet après-midi ensoleillé et quelque peu venteux pour terminer sa nuit. Une idée me vient en le voyant roupiller comme il le fait. Il ne s'est pas gêné, lui, à me mettre des coups de pied au dos de mon siège quand nous étions dans l'avion alors que je dormais ! Ce coup-ci, c'est à mon tour de me venger ! Je quitte la mer et trottine jusqu'à lui. Une fois à sa hauteur, je constate à quel point il est plongé dans le sommeil. Je réunis mes cheveux trempés dans mon poing, et alors que je m'apprête à les essorer afin de faire couler l'eau fraîche sur lui, mon regard se perd sur son dos musclé. Je bugge carrément. Sa peau qui commence à dorer, ainsi que ses muscles bien visibles ont raison de moi. Je renonce, agacée de ne pas pouvoir m'empêcher de faire traîner mes yeux sur lui, énervée contre moi-même de le mater de cette manière à chaque fois !

RAAAAAAAH !

***

Trois jours viennent de s'écouler et, ce matin, c'est au marché que nous nous rendons. Plus précisément au *tianguis*. Les couleurs, les odeurs et les arômes de tout le pays se mêlent et dansent tout autour de nous. Même s'il n'est que dix heures du matin, l'air ambiant est déjà très lourd. Les cris des vendeurs aux accents typiquement mexicains rythment le lieu. La musique locale résonne et anime avec allégresse ce marché en plein air. Le soleil brille de mille feux, comme tous les jours depuis que nous avons posé nos valises ici. On arpente les allées, puis Miley s'arrête quelques instants afin de regarder des *sombreros charros*. Elle fouine, en choisit deux : un qu'elle pose sur ma tête, puis le second sur la sienne. Le vendeur nous observe avec un grand sourire.

– *¡Guapa!*

– Ça veut dire quoi, *guapa* ? demande-t-elle.

– « Jolie, belle », lui répond Calum.

– Oh, *¡gracias!* s'exclame Miley à l'attention du vendeur.

– À toi aussi, ça te va bien, ça met en valeur ta grosse tête d'Oompa Loompa, me lance-t-il en me tapotant le crâne.

– *No te agradezco*[2], casse-bonbons, réponds-je amusée.

– *De nada*[3], répond-il, d'un air mutin, avant de partir au stand suivant.

Pourquoi ça ne m'agace pas ? J'aimerais vraiment que ça m'énerve, ce serait nettement plus facile. Le détester, c'est tellement plus simple, plutôt que de ressentir des trucs complètement bizarres et incohérents.

---

2. « Je ne te remercie pas. »
3. « De rien. »

– Je le prends ! annonce mon amie au marchand de sombreros.

Elle paie et nous reprenons notre chemin.

– Alors, les filles, ça va ? entonne Noah qui saute sur nous.

– Très bien, réponds-je.

– Oh, t'es belle ! complimente-t-il mon amie qui a gardé le sombrero sur sa tête.

– Merci, dit-elle en rougissant.

Il passe son bras sur ses épaules avant de l'embrasser sur la joue. Je souris, contente pour mon amie. Il faut que j'oublie un tant soit peu mes peurs. Ils ont l'air visiblement heureux tous les deux.

Scott s'arrête devant un stand de drapeaux mexicains et s'en offre un, tandis que je craque pour un carillon tout en coquillages. J'adore les coquillages, j'en ai une multitude dans une vitrine. Bon, elle est restée chez mes parents, mais j'ai une jolie vitrine !

– Oh ! Regardez, un décapsuleur en forme de phallus, lance tout haut Noah qui s'extasie devant un étalage de babioles en tous genres.

Miley s'esclaffe.

– Peux-tu encore une fois me rappeler ton âge ? lui demandé-je, moqueuse.

– Roh, Lexie, fais pas ta prude. T'as jamais vu de pénis ?

– Là n'est pas la question. Mais s'extasier devant un zizi en bois peint, franchement ! ris-je.

– Ben, c'est rigolo !

– C'est bien ce que je pensais, 6 ans d'âge mental.

– Je le prends !

Je lève les yeux au ciel en pouffant.

– Tu veux un phallus pour décapsuler ta bière, choupinette ? me demande Noah.

– Non, merci.

– Allez, je te l'offre ! Un zizi rose ?

– Mais je t'ai dit non, t'es pénible !

– Tiens, regarde comme c'est agréable à toucher, dit-il en me plantant un pénis en bois rose dans les mains.

– Noah, je...

– Cadeau ! lance-t-il, un sourire radieux aux lèvres, devant un marchand hilare.

Il ne comprend pas notre langue, mais il saisit cependant le thème de notre échange.

– Non, mais...

– Je l'ai déjà payé, un cadeau est un cadeau, rigole-t-il avant de se barrer.

– Noah, mais Noah ! braillé-je.

Un couple et ses deux enfants passent. Regards gênés.

Bonjour monsieur, bonjour madame, héhé.

Calum s'arrête à côté de moi, me regarde, puis s'esclaffe avant de s'approcher de mon oreille.

– C'est le fait d'avoir un zguegue entre les mains qui te met dans cet état ?

– Quoi ? NON ! m'écrié-je.

– Ça fait longtemps que tu n'as pas eu de pénis entre les doigts ?

– Mais non !

– Ah oui ? Dis-moi, ça m'intéresse.

J'explose de rire devant son air curieux et inquisiteur.

– Mais ça ne te regarde pas !

– Non, mais ça m'intéresse !

Il m'observe, un grand sourire aux lèvres. C'en est presque renversant tant il illumine le *tianguis*. Mon cœur manque un battement.

– Tu ne réponds plus ?

– Si, dis-je après m'être éclairci l'esprit et m'être raclé la gorge.

– C'est bien ce qu'il me semblait… susurre-t-il à mon oreille avant de rejoindre le groupe devant, me laissant plantée là, interdite, avec mon zizi rose toujours entre les mains.

– Mais… soufflé-je à moi-même, sachant qu'il ne m'entendra pas.

Je secoue la tête, plus perturbée que je ne voudrais l'être par cette nouvelle facette provocatrice de Calum. Habituellement, on s'envoie des piques mais on ne joue pas comme ça. Ou alors, c'est le soleil qui me tape sur la tête et je m'invente des histoires ? Mais ce n'est pas le moment de m'attarder sinon je vais perdre mes amis dans la foule…

6

SPEEDBOAT

Calum

Cela fait maintenant une semaine que nous sommes arrivés au Mexique, le soleil brille et cogne sur nos peaux qui ont déjà bien commencé à bronzer. Casquette à l'envers, je marche tranquillement derrière le groupe. Noah est aux côtés de Miley, il passe son bras par-dessus son épaule, et tous deux se fendent la poire sur des conneries que le blond doit lui sortir. Sur la droite se trouve Scott, chemise hawaïenne ouverte, il sourit bêtement en écoutant les blagues des deux benêts devant. Enfin, mon regard se porte sur la blonde qui marche pratiquement à côté de moi. Ses cheveux courts volent au gré du vent, ses lunettes Ray-Ban miroir rose lui donnent un style carrément sexy. Simplement vêtu d'un short blanc à dentelle et de son haut de maillot de bain, mon petit Oompa Loompa est carrément bandant. Aujourd'hui, je remarque qu'elle a troqué ses fidèles espadrilles contre des tongs. Mes souvenirs d'elle au lycée sont encore bien présents dans ma tête. Elle m'a toujours plu, mais c'était la nana de mon pote, alors je n'ai rien dit. On avait pour coutume de se le dire quand la même fille nous intéressait, mais sur ce coup-là, je me suis tu. Lexie est de celles qui méritent bien plus qu'un coup de reins, et ça, je suis incapable de le lui apporter. Bien trop accaparé par ma liberté. À la place, je me complais à la taquiner. Elle pense que je ne l'aime pas, et pourtant c'est faux. Et je culpabilise à vouloir ce que je veux en cet instant : elle.

Notre groupe passe à côté d'un bar sur la plage, et on se promet de venir y poser nos fesses à la fin de cette journée.

Quelques minutes plus tard, nous voilà enfin arrivés sur le ponton qui nous mène vers les *speedboats*.

– *¡Hola!*, je suis Alejandro ! nous accueille notre guide pour la sortie à venir.

Il nous explique comment fonctionnent les bateaux, ainsi que les consignes de sécurité avant de nous apporter des gilets de sauvetage, que nous enfilons. Le Mexicain nous fournit des masques, des tubas, ainsi que des palmes pour le *snorkeling*. Lorsque celui-ci s'approche de l'ex de mon meilleur pote et qu'il lui tend le matériel en question, il lui offre un clin d'œil ainsi qu'un sourire charmeur.

Il veut quoi, ce connard ?

Il s'éloigne et je vois Lexie ouvrir un petit papier. Un sourire égaye son visage lorsqu'elle prend connaissance de ce qu'il y a d'inscrit ; son numéro, je suppose. Une sensation désagréable traverse mon corps, et ça me fout en rogne.

Alejandro continue d'énumérer ses instructions, mais

rapidement, un petit problème se pose, nous sommes cinq, or les bateaux ne disposent que de deux places.

– Je serais bien montée avec Lex', mais je ne sais pas si j'arriverai à piloter ça, bougonne Miley.

– C'est pas un problème, je peux piloter, répond Lexie.

– Tu sauras vraiment faire toute seule ? la taquiné-je.

Je ne peux m'en empêcher, c'est trop bon…

– C'est pas parce que je suis une fille que je ne sais pas piloter les bolides qui vont vite, ronchonne-t-elle.

Et cette réaction… Elle me fait limite bander.

– OK, dis-je en lui lançant un regard de défi.

– Il y en a un de nous qui va se retrouver tout seul, s'exclame Scott.

– Pas un souci, je monte solo, lance Noah.

– T'es sûr ? lui demande Scott.

– Ouais, montez ensemble, les gars.

Nous prenons place dans les bateaux. J'observe du coin de l'œil les filles grimper, Lexie allume le moteur, qui ne tarde pas à ronronner. Un large sourire fend son visage. Avec ses verres miroir, je ne parviens pas à distinguer ses yeux, mais je sais qu'elle me regarde et qu'elle a pris à la lettre mon défi. Je ne sais pas quel jeu est en train de naître entre nous, mais ça me plaît. À mon tour, je fais ronronner le moteur lors de sa mise en route, et lui envoie un salut militaire avant d'accélérer et de quitter le bout de ponton. Je jette un regard à mon meilleur pote à côté, le regard perdu à l'horizon.

– Tu penses à quoi, bro ?

Son visage se tourne vers moi.

– Je me dis que ça fait du bien.

J'accélère et il lance un cri, poing en l'air. Au même instant,

Noah nous passe devant à vive allure debout derrière le volant, il nous fait un bras d'honneur avant de se barrer au loin. Un rire sort de ma poitrine face à cette tête d'abruti heureux.

– Où sont les filles ?

– Je ne sais pas, peut-être que Lexie n'a pas réussi à trouver comment avancer ? me moqué-je.

– Je ne suis pas si sûr, me contredit-il en pointant du doigt le bateau des filles qui fend la mer juste devant nous.

Mais par où sont-elles passées ?

J'accélère et m'aligne sur elles. Le visage de la jolie blonde se tourne dans notre direction et son sourire me percute. Mes yeux descendent sur sa proéminente poitrine moulée à la perfection dans son maillot de bain. Ma queue commence à s'agiter dans mon short, mais je lui ordonne rapidement de calmer ses ardeurs. Son ex, qui accessoirement est mon meilleur ami, est assis à côté de moi, ce qui me remet un peu les idées au clair. Même si cette fille a toujours été ma plus grande tentation, elle est et demeurera à tout jamais intouchable. Ce qui joue en ma faveur pour l'instant, c'est qu'elle pense que je ne l'aime pas. Et c'est tant mieux !

Nos *speedboats* fusent et nous nous retrouvons tous dans un spot. Alejandro nous rejoint rapidement avec son bateau, et nous nous arrêtons. Il nous informe que nous pouvons plonger afin de découvrir les fonds marins. Je retire mon gilet de sauvetage, me munis de mon masque et de mon tuba, puis enfile mes palmes. Noah, lui, a déjà sauté comme une grosse pierre dans la mer. Nous retrouvons notre petit groupe dans l'eau, avant de nous immerger.

Nous faisons la connaissance des tortues, des poissons tropicaux aux couleurs vives. La tête de mes amis lorsque leurs doigts frôlent les animaux marins est juste magnifique à voir. Un mélange entre la grimace apeurée et euphorisée, c'en est presque risible. Mais pourtant, je ne ris pas, trop occupé à jouir de ce spectacle magnifique. Nous apercevons le fameux poisson-crapaud, autrement appelé *Sanopus splendidus*, endémique à Cozumel, aux dires d'Alejandro, notre guide. Il n'est pas très chouette, rayé et assez plat, on dirait qu'il a une arcade dentaire comme les humains, lorsqu'il nous regarde de ses deux petites billes noires, la bouche entrouverte. Sans parler de cette impression de barbe qu'il a juste au-dessus. Non, vraiment, il n'est pas *splendidus*…

Notre virée en *speedboat* se termine trois heures plus tard. Lorsque nous retrouvons la terre ferme, je remarque le magnifique coup de soleil que se tape Lexie sur le nez et les épaules.

Le modèle écrevisse lui va tellement bien…

Il est pratiquement cinq heures trente de l'après-midi quand nous prenons place dans le bar que nous avons croisé avant notre virée en bateau.

– J'espère que tu as prévu la Solarcaine[1], pouffe Miley en observant la peau rougie de son amie.

– Oh, ça va, j'ai pas mal pour le moment.

– Pour le moment, ricané-je en passant mon bras autour de sa nuque et posant ma main sur son épaule opposée.

Elle hurle.

– Punaise, Calum, ça fait un mal de chien !

– Tu vois que tu as mal, ris-je.

La jolie blonde ronchonne et tente de repousser mon bras, mais je n'en ai pas décidé ainsi. Je garde fermement sa nuque au creux de mon coude et la rapproche de moi afin d'un peu plus la

1. Gel à l'aloe vera, l'équivalent de la Biafine en France.

faire enrager. Mais je sais très bien, au fond de moi, que c'est parce que j'ai envie de sentir sa fragrance habituelle, en plus de l'odeur de sa peau qui a pris le soleil. Lexie est si envoûtante que j'aimerais me perdre en elle rien que le temps d'une nuit.

Juste une putain de nuit.

***

Nos consommations sont apportées par le serveur et je la relâche à contrecœur pour qu'elle puisse s'emparer de sa paille et savourer son cocktail. À la place, elle retire l'ananas posé sur le rebord de son verre pour le fourrer dans sa bouche. Ne pouvant détacher mon regard de ses lèvres pulpeuses en train d'englober le fruit, j'imagine tout autre chose à la place, ce qui commence à me foutre sévèrement à l'étroit dans mon short.

Il faut que j'arrête !

Je sens que ces vacances s'annoncent plus compliquées que prévu… Depuis que je l'ai revue sur le porche de la coloc, j'ai l'impression que mon désir pour elle s'est décuplé fois mille. Il faut reconnaître quand même qu'en six ans pendant lesquels nous ne nous sommes pas vus, cette fille a carrément changé. Elle a pris plus d'assurance, plus de prestance, de beauté et… de poitrine, avouons-le. Cette blonde était déjà très attirante au lycée, mais là, je dois reconnaître qu'elle est devenue… délicieuse. Et je n'ai pas besoin d'attendre de l'avoir goûtée pour le deviner. Même si le désir d'y glisser mes lèvres est bien tentant…

7

COCKTAILS

Lexie

Assise dans ce joli petit bar de plage, je savoure mon cocktail aux fruits exotiques, quand soudain Miley sursaute sur sa chaise en braillant dans mes oreilles le fidèle : « Oh, c'est ma chanson ! »

La suite était à prévoir : nous nous levons de nos chaises et retrouvons la petite piste de danse entourée de voilages blancs, sur la plage. Pieds dans le sable, on retire nos chaussures et on se laisse entraîner par « Jerusalema[1] » de Nomcebo Zikode. Très vite, nous voilà entourées de danseurs, nous accompagnant dans la chorégraphie.

Le temps passe si vite que je remarque seulement maintenant que le soleil est en train de se coucher à l'horizon. Les

1. « Jerusalema » est une chanson écrite, composée et interprétée par Nomcebo Zikode et produite par Master KG, sortie en 2019.

serveurs allument les lanternes tout autour de nous, apportant une ambiance chaleureuse et accueillante à ce cadre de rêve. Un énième verre entre les mains, je continue de danser avec mon amie, mais aussi d'autres clients du bar, de toutes couleurs, de toutes nationalités. On est là, on est bien, on est en vacances et on s'amuse. Étrangement, je ne sens pas l'alcool couler dans mes veines, la tête ne me tourne pas, je suis juste en mode cool. Je profite de l'instant.

J'aspire un peu de liquide que j'avale, quand mes yeux se portent sur les garçons restés assis à notre table, l'expression enjouée, en train de discuter, rire et de profiter du moment présent. Ils ont commandé quelques verres de tequila ainsi que des tapas. Une sorte de gifle me percute quand Calum tourne la tête dans notre direction, la brûlure sur ma joue se fait plus intense quand je remarque à quel point je le trouve encore plus beau, là, rien qu'à la lueur des lanternes. Je frissonne, perturbée. Non pas par la puissance de sa beauté, plutôt par le fait que je la remarque comme si je la découvrais pour la première fois. Pire, depuis que je l'ai revu, je ne cesse de ressentir une multitude de choses, comme si tout ça devenait une sorte d'attirance.

Mais Calum ne peut pas m'attirer, si ?

Il ne m'aime pas, et moi, il m'agace. Alors, pourquoi ? Pourquoi je perçois chaque détail, alors qu'habituellement je n'en ai rien à faire de lui ? Pourquoi je constate que sa peau commence à se colorer ? Pourquoi mon putain de cerveau se dit à quel point cela le rend encore plus séduisant ? Coudes posés sur la table, mains liées, son menton appuyé sur ses doigts entrelacés, il me regarde.

Ses prunelles dorées continuent de transpercer les miennes

quand il s'empare d'un verre de tequila pour l'avaler cul sec. Le bougre me lance un clin d'œil, suivi d'un sourire narquois avant de détacher son regard pour rire à une connerie que Noah vient sûrement de sortir.

Perturbant. Saisissant…

***

Plus tard, après avoir mangé un bout et bu plusieurs verres de tequila, nous nous retrouvons tous sur la plage pour une danse complètement bancale. On s'écrase les pieds, on tangue, on se percute, mais on s'amuse à ne plus en voir l'heure tourner. On participe également à un rapprochement entre Noah et Miley. Ils dansent ensemble comme s'ils étaient seuls au monde, se regardent comme s'ils allaient se dévorer sur-le-champ. Le sourire de ma meilleure amie illumine toute la plage. Attendrie par le spectacle qu'ils nous offrent, je les observe tout en continuant de me trémousser.

Moi qui m'inquiétais, finalement, je vois que pour le moment, tout se passe pour le mieux.

Scott s'approche de moi, pose un de ses bras sur mes épaules rougies par le soleil et saute tout en dansant.

– T'es bourré, toi, constaté-je en riant.

– Ouais ! répond-il, l'air complètement sur une autre planète, ce qui me fait encore plus pouffer.

Et c'est très étonnant, car Scott est pour ainsi dire le plus sérieux de la bande. Mais il faut croire qu'il compte bien profiter à fond de ses vacances. Un second bras vient se poser sur mon épaule opposée, Calum nous rejoint dans la danse.

– C'est cool, vous ne vous êtes pas pris la tête aujourd'hui tous les deux, nous lance mon ex.

Ah ouais, c'est vrai ça, tiens !

– C'est l'air du Mexique, ça, rétorque Calum, le regard rieur.

– Non, mais, ça fait plaisir, continue son meilleur ami, la voix pâteuse.

– Pour une fois que c'est pas Oompa Loompa qui est torchée, plaisante le blond à ma droite.

– C'est vrai ! Enfin, presque... Parce que ça tourne là-haut, réponds-je.

– Je suis content ! s'extasie Scott en me claquant un baiser sur la joue, avant de me lâcher pour venir enlacer son meilleur ami.

Surpris, les bras ballants, ce dernier ne sait que faire de son pote complètement éméché.

– T'es mon frère, toi, je t'aime, dit-il en se réjouissant de tout et de rien.

– Wouah, je crois qu'il est bien fait, ris-je en l'observant courir vers Miley et Noah pour venir leur faire un câlin.

Je m'inquiète quand il détale jusqu'à la mer et se jette dedans tout habillé :

– Il ne risque pas de se noyer, vu comme il est plein ?

– Non, regarde, il sort, m'indique Calum. Ah, et il se roule dans le sable.

– Oh, punaise, je ne l'avais jamais vu comme ça !

– Moi, si, répond le blond, mains dans les poches de son bermuda.

– Ah oui ? Raconte ! m'empressé-je de lui demander, curieuse de connaître cette facette de Scott que j'ignore visiblement.

– Un jour, lors d'une soirée, peu de temps avant que vous

soyez ensemble, il a tellement bu qu'il nous a fait un *very bad trip*. Scott était tellement éméché qu'il a volé les poules de son voisin, prétendant qu'il voulait faire un cadeau à sa mère. Je ne te raconte pas le lendemain matin quand elle s'est levée et qu'elle a découvert les poules en train de se balader dans sa cuisine ! me raconte-t-il, amusé.

J'explose littéralement de rire.

– Il a fait ça ? hoqueté-je, hilare.

– Oh, oui, mais le pire dans tout ça, c'est que le lendemain, au lieu de retrouver ses poules, son voisin a découvert à la place un Scott endormi sur la paille du poulailler.

– C'est pas vrai ?! Mais comment ça se fait que je n'ai jamais entendu cette histoire ?

– C'est parce que Scott en a honte et qu'il s'est toujours bien gardé de s'en vanter.

– Je crois qu'il a surpassé Noah, articulé-je en riant de plus belle.

Scott est vite retrouvé par nos deux autres amis, qui se ruent en direction de la mer pour plonger dedans à leur tour.

– Je ne les connais pas, lâché-je en même temps que Calum.

Nos visages se tournent en direction de l'un l'autre et on s'observe comme deux imbéciles. À ce moment, quelqu'un me bouscule en dansant. Je me retrouve projetée contre le torse de Calum, mes deux paumes plaquées contre ses pectoraux fermes. Contre mon gré, les effluves de son délicieux parfum emplissent mes narines, ce qui me fait instantanément tourner la tête. Jamais nous n'avons été aussi proches, lui et moi. Mes doigts se mettent à fourmiller sur ses muscles bandés, mes jambes commencent à trembler. Cette soudaine proximité déclenche en moi une agitation jusqu'alors insoupçonnée. Calum plaque ses mains à chaque extrémité de mes épaules tout en me demandant si je vais bien. Un courant électrique traverse mes chairs, mais je l'ignore. Je redresse le menton pour venir me fondre dans son regard. Ce que j'y décèle me trouble plus que de raison. L'avoir si proche de moi m'ébranle totalement. Pourquoi mon meilleur ennemi me rend-il complètement fébrile, à cet instant ?

– Ça va, soufflé-je avant de reculer pour me détacher de lui.

Oui, il faut que je m'éloigne, tout ça n'augure rien de bon.

Mais ma tête se met soudainement à tourner, je trébuche et vacille. Calum me rattrape *in extremis*, colle une main contre mes omoplates, ce qui plaque ma joue contre son torse. Les battements réguliers de son cœur résonnent contre mon oreille, la mélodie qu'ils jouent se répercute en moi comme si j'écoutais battre mon propre cœur. Je ferme les paupières et profite de la stabilité de ses bras pour reprendre mes esprits. Sauf que c'est tout l'inverse qui se produit : ma tête tourne de plus en plus.

– Tu as encore trop bu.

La vibration de sa voix percute la face gauche de mon visage encore plaqué contre lui. J'acquiesce.

– Tu devrais ouvrir les yeux, ça tournerait moins.

Ce que je fais.

– Désolée de t'embêter, soufflé-je.

– Pas grave, répond-il la voix rauque, tout en me gardant contre lui.

Cette scène surréaliste devrait me gêner, mais là, je suis tellement mal à cause de mon état et tellement bien à la fois – ça, je ne sais pas pourquoi – que je n'ai pas envie de bouger.

En y réfléchissant bien, je ne l'apprécie pas, mais il a ce petit truc qui m'a toujours troublée. Et j'en ai bien conscience.

– Comment te sens-tu ? l'entends-je me demander.

– Mieux, soufflé-je.

Il se détache doucement, pose son regard dans le mien tout en jaugeant mes prunelles.

– Ouais, t'as moins le regard voilé.

– Qu'est-ce que cela a été affreux de devoir rester contre toi durant tout ce temps ! m'exclamé-je d'un ton théâtral afin de mettre fin à ce trouble qui ne veut pas me lâcher.

Le plus cruel dans tout ça, c'est que ce que j'affirme est totalement faux. Et ça m'énerve de le constater. Il s'esclaffe.

– Parce que tu as cru que je prenais mon pied ? Je suis sympa, j'aurais pu te laisser te casser la gueule et manger le sable.

– Je ne sais pas, j'aurais peut-être préféré, finalement, fais-je mine de réfléchir.

– Merdeuse ! lance-t-il, railleur.

– T'as dit quoi ? crié-je alors qu'il se barre en courant en direction de nos amis.

Je le suis à la trace afin de lui foutre une tarte derrière la tête, mais j'ai à peine le temps de comprendre ce qu'il se passe qu'il me choppe par la taille et me balance dans la mer.

– Tiens, c'est un des meilleurs remèdes contre les têtes qui tournent !

– Enflure, éructé-je lorsque je sors de l'eau, trempée jusqu'aux os.

– Et voilà, ça recommence, pleurniche Scott toujours aussi éméché, en nous voyant nous prendre la tête.

Sauf que pour le coup, cette situation m'amuse au lieu de m'agacer. Mais ça, personne n'a besoin de le savoir.

***

Le lendemain matin, je suis une fois de plus la première à être debout, avec Scott, d'autant que je n'ai pas très bien dormi. Je n'ai cessé de ressasser ce qu'il s'est produit hier soir, juste avant de rentrer à la villa. Moi, dans les bras de Calum. Et le seul temps de sommeil que j'ai eu, c'était pour faire une multitude de rêves de lui en train de m'emmerder, comme à son habitude, sauf qu'à la fin, il me caressait partout et se penchait pour venir m'embrasser. Chaque réveil me trouvait en nage et émoustillée.

Qu'est-ce qu'il se passe ? Qu'est-ce qui ne tourne pas rond dans ma tête ?

Je secoue le chef pour revenir à l'instant présent. Nous buvons notre café, installés à la table de la terrasse, avec Scott, profitant du silence avant que le reste de la maison ne se lève. Surtout Noah, le plus bruyant de la bande.

– La mer était bonne, hier soir ? demandé-je à Scott tout en cachant un sourire derrière ma tasse.

Il s'esclaffe.

– Plutôt, répond-il amusé.

– C'était magnifique à regarder en tout cas, continué-je en riant.

– Mais, toi aussi, tu y as goûté !

Je lui administre une tape sur l'épaule et il s'esclaffe encore.

– Oui mais moi, c'était contre mon gré ! C'est cet abruti de Calum qui m'y a jetée !

Ce qui est chouette, c'est qu'avec Scott, nous n'avons rien perdu de notre entente d'avant. Nous n'avons pas perdu notre entente tout court ! C'est comme si on ne s'était jamais quitté à la fin du lycée. J'intercepte son regard et j'y distingue plein de choses. Je crois qu'on s'est trompé sur nos sentiments, il est plus mon meilleur ami au masculin qu'autre chose, et je crois que ça l'a toujours été. Miley pense qu'il était fou amoureux de moi, mais je ne crois pas, il tient tout autant à moi que je tiens à lui, c'est tout.

Dans ma famille, j'ai deux petits frères, mais aucun grand frère ou aucune grande sœur. Je suis l'aînée. Cependant, je le vis bien. Mes deux petits frères sont ma vie, je les aime tellement ! Nate a 11 ans, tandis que Julian, le dernier, a 8 ans. Ils sont assez intrépides et ne pensent qu'à jouer avec leurs copains, ce que je comprends, après tout, mais dorénavant je me promets de passer plus de temps avec eux. Je suis partie pendant six ans pour mes études, et c'est à peine si je les ai vus grandir, ils m'ont manqué plus que de raison. Il y a une belle différence d'âge entre eux et moi. Nate est né quand j'avais 13 ans et c'est normal puisque ma mère m'a eue très jeune.

Il y a vingt-quatre ans, à l'aube de son vingtième anniversaire, elle a fait la rencontre d'un très beau jeune homme – à ses dires –, ils ont passé six merveilleux mois ensemble. Hélas, ma mère est tombée enceinte à la suite d'une inattention. D'abord déboussolée, elle est vite passée de la peur à la joie. En effet, savoir qu'elle allait devenir maman la comblait de joie. Mes grands-parents sont des gens merveilleux, car ils ne l'ont pas rejetée, ils ont compris, ont beaucoup discuté avec elle de ce qu'elle souhaitait faire de ce bébé. Comme il était inconcevable pour ma mère d'avorter – et comme elle m'aimait déjà de tout son cœur –, elle a décidé de me garder. L'avenir lui souriait : un nouvel être dans sa vie à chérir, des parents adorables, un petit ami parfait… Oui, mais non, en fait. Quand ce dernier a appris la grossesse de sa petite amie, il a pris la poudre d'escampette pour disparaître de la surface de la Terre ! *Quel enfoiré !* Et oui, ce goujat est mon père. Père que je ne connais ni d'Adam, ni d'Ève, puisque ma mère n'a jamais eu de nouvelles. N'ayant jamais eu de famille dans la région, il est parti, sans laisser de traces. Aujourd'hui, je ne sais pas si je souhaite le chercher pour le connaître. Il m'est, pour ainsi dire, indifférent.

Cinq années plus tard, ma mère a rencontré Stanley. Ils se sont mariés, et cet homme qui devrait être mon beau-père est devenu bien plus que ça. Il m'a adoptée quand j'avais 8 ans, et aujourd'hui il est réellement l'homme que je considère comme mon vrai père. D'ailleurs, je porte son nom : Jones. C'est pourquoi l'intérêt que je porte à mon vrai géniteur est de l'ordre de zéro. Il n'est rien et ne représente rien. Seul Stanley a récolté tous les lauriers, il m'a éduquée, a participé à tout. Quand je tombais à l'école, c'était lui qui venait me chercher pour m'emmener aux urgences, quand je n'arrivais pas à trouver le sommeil le soir, c'était lui qui chassait les monstres sous mon lit, c'est lui qui me comblait de câlins et d'amour. Ma mère n'a jamais manqué de rien, je n'ai manqué de rien. Aujourd'hui, c'est l'homme de ma vie. Il est le père de mes deux adorables petits frères. Lorsque l'idée de m'adopter s'est présentée, il n'a pas hésité une seule seconde. Pour lui, j'étais sa fille à part entière. Pour moi, il est et a toujours été mon père, rien d'autre.

Un bruit me fait sursauter et sortir de mes songes. Je distingue la tête de Calum, les cheveux hirsutes, s'installer à côté de moi, une tasse à la main. Je ne l'avais même pas vu arriver.

– Tu dormais encore ? me lance-t-il, un sourire moqueur jusqu'aux oreilles.

Bien entendu, mon tressaillement n'est pas passé inaperçu. *Mais d'ailleurs, où est Scott ?* Parti prendre sa douche, sûrement. J'étais tellement plongée dans mes pensées que je ne l'ai même pas entendu quitter sa place à mes côtés. Place dorénavant occupée par Calum.

– Ravie de voir que ma vue te met autant en joie le matin, lui réponds-je d'humeur aussi taquine.

– Oui, tu n'imagines pas comme je me suis senti seul durant tout ce temps à n'avoir personne à enquiquiner.

Il prend un faux air de désespéré qui me donne envie d'exploser de rire. Toutefois, je n'en fais rien et entre dans son jeu.

– Oh là là, oui que ça a dû être dur, mon pauvre chéri.

– Oui, je pleurais dans mon lit le soir, affirme-t-il en ourlant sa lèvre du bas.

Sa tronche de débile a raison de moi et j'explose de rire.

– Ravi de voir que je te mets autant en joie dès le matin, dit-il en répétant pratiquement les mêmes mots que moi.

Je l'observe, bêtement. Une étincelle dans ses prunelles calme instantanément mon rire. Mon cœur se met à battre plus fort quand j'aperçois ses yeux glisser furtivement sur ma bouche. J'en fais de même et détaille ses lèvres pleines, entourées de la fine repousse d'une barbe. Leur teinte rose foncé est mise en valeur par la pigmentation de sa peau que le soleil commence à colorer. Je laisse mon regard parcourir chaque détail de son visage mutin, de ses joues à son cou, de son menton à son front, où retombe négligemment une mèche blonde. Il est vraiment beau. Pas une beauté superficielle, non. Il est beau.

Mon regard retourne se planter dans le sien, et je ne sais comment j'y parviens, mais c'est comme si je pénétrais son âme pour la première fois à travers ses yeux rieurs. Comme s'il me laissait découvrir une partie de son être profond. Il plisse alors les yeux, me mettant au défi. Un jeu stupide que nous faisions quand nous étions au lycée. On se plantait dans le regard l'un de l'autre, sans jamais ciller. Celui qui lâchait en premier avait perdu. C'est tellement stupide, mais on prenait vraiment plaisir à lancer des étincelles à l'autre par le biais de nos deux regards accrochés. Là, le jeu est à peu près le même sauf que je ne ressens plus aucune animosité.

C'est… bizarre.

– Eh, salut frère ! T'es debout !

La voix de Scott qui revient sur la terrasse me fait sursauter, mais je ne cille pas. Calum ne détourne pas non plus les yeux et continue de me regarder, ne voulant pas être le grand perdant.

– Oh, ne me dites pas que vous jouez encore à votre jeu débile ?

Aucun de nous deux ne lui répond.

– Ah ben si ! Vous êtes vraiment des gamins, sérieux ! Au lycée, d'accord mais là, vous avez 24 ans, les gars !

– Chuuut, le somme Calum, ce qui me tire un sourire.

– Ça t'amuse, mon petit Loompa ? lance-t-il en répondant à mon sourire.

– Tu sais, j'ai un prénom, mais bon, tu me diras, cinq lettres, c'est dur à retenir…

– Je le connais très bien, ton prénom, *Lexie*.

Mon prénom prononcé par ses lèvres déclenche une nuée de frissons sur ma peau. Et heureusement que ses yeux sont plantés dans les miens, car une chair de poule, ça ne passe pas inaperçu…

– Tu veux que je te dise un truc ?

– Tu cherches à me déstabiliser ?

– Peut-être bien.

– Vas-y, essaye, le défié-je.

– J'ai entendu ta meilleure amie jouir toute la nuit.

Je fronce les sourcils.

– Dans la chambre de Noah, ajoute-t-il.

J'écarquille les yeux. *C'est vrai ? Ou il se fiche de moi ?* Ceci dit, vu comme ils se regardaient tous les deux hier soir sur la plage, ça ne m'étonnerait pas que ce soit la vérité. La chambre de Calum est accolée à celle de Noah, donc…

– Elle est bruyante, ajoute-t-il.

Je me mords la lèvre afin de ne pas rire, ce qui ne lui échappe pas. Il a envie de descendre ses yeux sur ma bouche, je le sens, je le vois, vu comme sa joue tressaute. Mon Dieu, ce que ce jeu complètement con devient difficile !

– C'est vrai, Miley n'est pas silencieuse, avoué-je.

Pour l'avoir déjà entendue dans la chambre d'à côté dans notre appart à New York, je confirme.

– Et toi ? me demande-t-il, taquin.

– Quoi, moi ?

– Tu es bruyante quand tu jouis ? chuchote-t-il afin que Scott ne l'entende pas depuis le bain de soleil où il est parti s'installer avec le dépliant des ruines mayas de Tulum.

Encore une de ses tactiques de déstabilisation… J'inspire un grand coup, mais ne cille pas.

Il veut jouer, on va jouer…

– Oui, lui réponds-je franchement, non pas pour lui donner

la bonne ou la mauvaise réponse, mais juste pour voir jusqu'où il va aller dans son jeu.

Parce que moi aussi, je peux m'amuser à le déstabiliser. Et ça a l'air de faire son effet, puisque sa joue tressaute encore.

– Très fort, continué-je du bout des lèvres afin d'enfoncer le clou.

Je prends l'air le plus salope que j'aie en stock, je veux qu'il plie, qu'il perde à son jeu stupide. Sa proximité me laisse la possibilité de ressentir son souffle frapper contre mon nez. Et vu l'allure à laquelle il percute mon visage, je comprends que celui-ci s'est accéléré.

Oh, est-ce que cela est en train de l'exciter ?

N'oublions pas que, même si au lycée cela n'a jamais été le grand amour entre nous deux, Calum est et reste un homme avant tout. Un homme qui a toujours aimé la baise. Une femme est une femme pour lui, peu importe de qui il s'agit, il ne peut s'empêcher de réagir à n'importe quel affront sexuel. Et ça, je le sais, je l'ai toujours su. Son point faible, c'est le sexe. Et j'en joue.

– Ah oui ?

Je me mords la lèvre.

– Si tu savais comme j'aime ça… surtout les bons coups de langue, susurré-je.

Il détourne d'un coup le regard et se lève brusquement de sa chaise, faisant crisser les pieds contre les dalles en béton.

– Ouais allez, c'est bon, t'as gagné ! s'exclame-t-il en quittant la table.

– Ouiiiii ! m'extasié-je levant les bras en l'air.

– Tu as peut-être remporté cette bataille, mais pas la guerre ! lance-t-il en quittant la terrasse.

– Je m'en fiche, j'ai gagné ! braillé-je.

Scott détourne le regard du flyer pour venir le porter sur moi.

– Vous êtes vraiment des gosses, lâche-t-il en riant.

– Tu pourrais me féliciter, je gagne rarement à ce jeu.

– Oui, bravo Lexie, dit-il en roulant des yeux, amusé.

– Merci ! lancé-je, fière de moi.

Une fois l'euphorie passée, je comprends rapidement que ce petit affront m'a excitée plus que de raison. Il va falloir que je me méfie, car si je continue comme ça, c'est moi qui risque de perdre. Emprisonnée dans les filets de mon propre jeu…

8

LA VÉRITÉ EN FACE

Lexie

Cela fait deux semaines et demie que nous sommes arrivés, et ce matin, il pleut sur Cancún. Des trombes d'eau martèlent le toit de la villa. Nous nous sommes regroupés dans la pièce où sont disposés le piano ainsi que le billard. Tandis que je joue tranquillement de mon instrument fétiche, Miley se vernit les ongles, alors que les garçons font une partie de billard. J'espère que la pluie ne va pas durer toute la journée, car nous avons prévu de faire du paddle cet après-midi avec ma cousine. Le bruit des boules qui s'entrechoquent rencontre la mélodie gracieuse du piano. Ma musique est calme. Je me sens bien, apaisée. Le rythme de New York est derrière nous et nous jouissons enfin du plaisir de vacances méritées et reposantes. Je ferme un instant les paupières et me concentre sur les notes qui résonnent contre les parois de mon abdomen.

Mes doigts courent sur le clavier, si bien que j'en oublie le temps qui défile. Je joue, sans savoir ce qu'il va se passer après, me laissant transporter par cette alchimie qui me dévore. Je rouvre mes yeux, interceptant instantanément le regard de Calum qui m'observe. Lorsque c'est à son tour de taper dans les boules, il quitte mes prunelles afin de les reporter sur son activité. Il se penche, m'offrant inconsciemment une vue somptueuse sur ses épaules, son dos et son fessier musclés à la perfection. Il faut que je m'évade. Je referme alors les yeux, voulant retrouver ma bulle à moi, sauf que je n'y suis plus seule ; le visage de Calum danse dorénavant sous mes paupières closes.

***

Vers midi, la pluie cesse et laisse enfin place au soleil. Ses rayons doux viennent nous cueillir, pour briller comme il sait si bien le faire. Alors que j'ouvre le battant de la porte de ma chambre afin de préparer mes affaires pour l'après-midi à venir, j'entends Scott discuter avec Calum dans la pièce en face de moi. La porte restée entrouverte me laisse percevoir des bribes de conversation.

– Elle me plaît bien, tu vois, c'est pourquoi je viens te faire cette proposition. On a mûri maintenant, je sais pas… Qu'est-ce que t'en penses ?

– Si Alyne t'a tapé dans l'œil, vas-y, répond Calum. Mais tu en as parlé à Lexie, d'abord ? Pour savoir si ça ne la gêne pas, et si elles n'ont pas un « *Cousine Code* » ?

En entendant le prénom de ma cousine ainsi que le mien, je décide de me rapprocher. Avançant sur la pointe des pieds, je jette un œil dans l'embrasure de la porte.

– Ah ouais, j'y avais pas pensé !

– Mais sinon, moi, aucun souci.

– T'es sûr ? Comme tu m'as dit que tu trouvais les deux Jones canon, je me suis dit que tu voulais tenter quelque chose avec Alyne. C'est pour ça que je viens t'en parler. Normalement, c'est le premier qui l'a vue qui est prio, mais toi, tu n'auras aucun mal à draguer en boîte alors que moi, j'ai besoin de connaître un peu la personne, tu vois ?

Je fronce les sourcils. *De quoi parlent-ils ?*

– Pas de soucis, je comprends, et puis tu me flattes, là, en plus ! Si tu veux, on peut suspendre notre Bro Code juste pour Cancún si ça te déculpabilise. Disons que ce qui se passe au Mexique reste au Mexique.

– Mais t'es sûr que tu n'y vois pas d'inconvénients ?

– Non, vraiment, frère.

Les deux hommes se font une accolade.

– Qu'est-ce que tu fais, Lex' ?

Je sursaute comme une quiche et me retiens de hurler en voyant Noah qui m'observe, fermant la porte de sa chambre.

– Punaise, tu m'as fichu une de ces frousses, chuchoté-je.

– Heeeeeein, tu espionnes les garçons ! lance-t-il tout doucement en s'approchant de la porte de la chambre de Calum.

– Non, je… oui, c'est vrai, avoué-je.

– Vilaine fille, plaisante-t-il avant de partir en direction du salon.

Mon cœur reprend doucement son rythme normal, et je repasse un œil dans l'entrebâillement. Sans m'avoir remarquée, Scott se dirige en plein sur moi. Ne voulant pas être prise sur le fait, je bondis et me précipite en direction de ma chambre. Sauf que dans mon élan, je n'ai pas remarqué que le battant s'était refermé ; je me prends ma porte close en pleine face. Mais genre, bien comme il faut… Au même moment, Scott sort de la chambre de Calum et me découvre étalée de tout mon long au sol, la main tenant mon nez. Il baisse alors le regard.

– Ben, qu'est-ce que tu fous par terre, Lexie ?

– Oh, ben rien, j'avais sommeil, lâché-je bêtement.

Il fronce les sourcils.

– J'ai entendu un boum, qu'est-ce qu'il… commence Calum qui sort à son tour avant de me découvrir allongée dans le couloir.

Il comprend alors très vite que j'ai sûrement dû me prendre la porte de ma chambre et se met à exploser de rire, main sur le ventre. Il est littéralement plié. Jamais je ne l'ai vu rire ainsi. Si j'avais pas le nez et le front aussi douloureux, je rirais bien avec lui. Mais là, j'ai un peu mal quand même…

***

Une demi-heure plus tard, une poche de glace sur mon nez endolori, Scott fait les cent pas dans ma chambre, fourrageant ses cheveux.

– Bon, crache le morceau, lui lancé-je tout en sachant très bien ce qu'il veut me demander, puisque j'ai tout entendu de la conversation – mais ça, je le garde pour moi.

Je suis une petite fouineuse, et j'ai un peu honte de l'avouer.

Il stoppe enfin son remue-ménage pour venir s'asseoir à mes côtés, sur le rebord de mon lit.

– Voilà, se lance-t-il enfin, ta cousine me plaît bien, et, ben… tu vois, j'aimerais bien approfondir les choses avec elle.

Je souris, le trouvant tellement bête à cet instant à me demander ça.

– On n'est plus ensemble, Scott, tu es libre de tes mouvements.

– Je ne te parle pas de nous, mais c'est ta cousine, donc je ne veux pas que tu y voies un inconvénient.

– Non, le rassuré-je, vous pouvez faire ce que vous voulez, ça ne me dérange absolument pas.

À son tour de sourire.

– Je trouvais quand même important de savoir ce que tu en pensais. Si tu m'avais dit non, je n'aurais rien fait.

– Ah oui ? demandé-je en penchant la tête sur le côté.

– Oui, bon disons que… Il se gratte l'arrière de la tête. Ça m'aurait un peu embêté, mais je ne l'aurais pas fait.

– Ça ne me dérange pas, reprends-je en posant ma main contre le dos de la sienne en signe d'accord et d'amitié.

Son regard bleu se plante dans le mien. L'impression d'y déceler un trop-plein d'affection me submerge un instant ; cela doit être lié à notre amitié et tout ce que nous avons vécu, car ce serait vraiment bizarre, puisqu'il s'intéresse à ma cousine. Pourtant, le doute s'insinue en moi.

– Je t'adore, tu sais, peu importe ce qu'il s'est passé, tu auras toujours une place de choix dans mon cœur. Comme une amie bien sûr, mais une amie qui a vraiment une grande importance pour moi. Je ne supporterais pas qu'on te fasse du mal, sinon, je serais prêt à montrer les crocs.

– Tu me fais le coup des violons ? plaisanté-je afin de masquer l'émotion qu'il fait naître en moi par ces doux mots.

Oui, je me trompais, aucune ambiguïté. Il m'aime à sa façon, plus comme sa petite amie, mais autrement, bien plus qu'une amitié. Un lien étrange et indéfinissable nous relie, ce n'est pas de l'amour, mais c'est quelque chose de fort. Et je ressens la même chose.

Il lâche un petit rire.

– Non, mais je voulais que tu le saches, tu es une fille formidable, catastrophique, certes, mais dans la bande, on t'aime tous comme tu es. Même Calum, il t'apprécie à sa manière.

Mon cœur s'emballe, je retiens tout mouvement qui pourrait me trahir. Ce qu'il se passe en moi à propos de son meilleur ami est vraiment… particulier.

– Calum… soupiré-je, une grande histoire.

– Comme tu dis ! Il est… comment dire ?

Tout en observant le plafond, il pose son pouce et son index au niveau de son menton, signe de grande recherche sur la qualification qu'il peut donner à son meilleur ami.

– Chiant ! lancé-je en brandissant mon doigt en l'air, sûre de ma réponse.

Nous rigolons comme deux imbéciles. *J'ai raison, non ?*

– Hahaha, oui, mais… il ne faut pas lui en vouloir, il… enfin bref, se reprend-il.

Tout en enlaçant ma main qui recouvre encore la sienne, il me remercie, m'enlace et quitte ma chambre.

Calum, Calum, Calum…

***

L'après-midi se passe à merveille. Nous nous sommes donné rendez-vous à la plage afin de faire du paddle. Ayant l'équilibre d'un enfant de 2 ans, je ne fais que de me casser la figure, je crois que je passe plus de temps à remonter sur ma planche qu'autre chose. Miley et Noah sont déjà bien loin à roucouler tous les deux sur le même paddle, tandis que Scott discute avec ma cousine. J'ai bien compris que cette dernière lui plaisait beaucoup à la suite de la conversation que j'ai surprise dans la chambre de Calum. Et pour que Scott vienne m'en parler et proposer à son meilleur ami de suspendre leur pacte, c'est qu'Alyne ne doit vraiment pas le laisser indifférent. En revanche, je me demande également à quel point celle-ci plaisait aussi à Calum. C'est con, mais je dois me rendre à l'évidence et ne plus le nier. Mon meilleur ennemi du lycée – qui a bien changé – m'attire, et ce, depuis l'instant où j'ai posé les yeux sur lui dans le salon de la coloc de Noah et Scott.

Assise sur ma planche, les pieds dans l'eau, je l'observe se mouvoir comme s'il en avait fait toute sa vie. Ses cheveux blonds volent au rythme des bourrasques du vent, ses muscles saillants roulent divinement à chacun de ses mouvements. Calum est beau, beau à en crever, et c'est seulement maintenant, seule en plein milieu de cette eau turquoise, que je m'autorise à fantasmer sur lui. Pourquoi refouler ce flot de sentiments, de toute façon? C'est débile. Je crois surtout que je vois la vérité en face, car Scott a suspendu le Bro Code, comme si un voile s'était levé de dessus mes yeux. Les questions à son sujet, je ne les ai plus. Les pourquoi continuels et insensés se sont transformés en une réponse claire et limpide : *je craque totalement pour Calum.* Cette pensée me fait flipper autant que palpiter le cœur.

Quand son visage se tourne dans ma direction et qu'il

m'observe, toujours assise sur ma planche, je tremble.

C'est con, cette réaction…

– C'est Calum, me soufflé-je à moi-même, t'es bête ou quoi? Tu le connais depuis le lycée…

Tandis que je ronchonne toute seule comme une vieille bique aigrie sur mon paddle, il fait demi-tour pour se diriger dans ma direction. Je le regarde se rapprocher, puis s'asseoir à son tour sur sa planche, une fois celle-ci collée à la mienne.

– Tu ne te sens pas bien?

Je le fixe alors comme si c'était la huitième merveille du monde. Enfin consciente de cette soudaine attirance sortie tout droit de je ne sais où. Mon regard le transperce comme si je le voyais d'un regard neuf. J'en ai la certitude maintenant : j'ai envie de lui. Mais je ne dois pas…

– Lexie?

Mon prénom prononcé par sa voix rauque me ramène à la réalité.

Oh! Il ne m'a pas appelée par son surnom débile!

– J'ai un peu mal à la tête, l'informé-je.

Et c'est vrai, je crois que la rencontre entre mon nez et mon front avec ma porte tout à l'heure, et le soleil qui tape sur ma caboche apportent un mix bien sympathique dans ma boîte crânienne. Calum retire sa casquette qu'il porte toujours à l'envers, la trempe dans la mer avant de la poser sur ma tête.

– Tiens, ça devrait te faire du bien, c'est vrai que tu es toute rouge.

Je lui souris. La fraîcheur de l'eau sur mon crâne réchauffé m'apporte tout de suite un réconfort plaisant.

– Merci, soufflé-je.

– Pas d'quoi. Tu veux que je t'aide à retrouver la plage ?

Je tourne la tête en direction de ma cousine et Scott. Je constate alors que j'ai bien dérivé. Il ne m'est même plus possible de les distinguer. Seule la couleur jaune du parasol me parvient. Toutefois, je secoue la tête.

– Non, reste avec moi, lui demandé-je.

Il paraît surpris, mais me lance enfin un sourire qui se veut sincère.

– Ma casquette te va bien, m'indique-t-il.

– Ah oui ? dis-je en réajustant la visière.

– Oui, ça te donne un air de fille rebelle.

Je rigole doucement, tout en me laissant bercer par les flots sous ma planche.

– Comment se sont passées tes études à Yale ? lui demandé-je, curieuse tout en changeant de sujet.

– Bien.

OK, réponse très, très évasive, il va falloir que je lui tire les vers du nez…

– Ça n'a pas été dur de te retrouver dans un lieu où tu ne connaissais personne ?

– Non. Même si être sans Scott du jour au lendemain m'a fait bizarre au début, je m'y suis fait. J'ai rencontré des gens géniaux.

– Tu as eu une petite amie ? continué-je en baissant le regard sur mes doigts.

– Non, tu sais bien que je ne veux pas d'attaches, lâche-t-il placidement.

Je relève le nez afin de l'observer.

– Mais par contre, il y a eu de la baise, je suis Casanova, ne l'oublie pas ! plaisante-t-il.

– Oui, c'est vrai, réponds-je en riant.

Encore une fois, il me rappelle sans le savoir qu'il n'est pas pour moi… Ou alors… Et si je m'octroyais moi aussi des nuits sans lendemain ? Qu'est-ce que ça ferait ? Il m'attire, après tout. Pourquoi ne pas profiter juste d'un bon moment avec lui ? Cela m'aidera peut-être à le chasser définitivement de mon esprit ?

– Et toi ? me demande-t-il, ce qui me fait sortir de mes songes.

– Quoi, moi ? lui demandé-je d'un air étonné.

– Un petit copain ?

– Ça a de l'intérêt pour toi, vraiment ?

– De la simple curiosité. Tu m'as posé la question, je te la retourne.

Je ris telle une cruche qui se noie.

OK, d'accord, ça ne veut rien dire, mais si on les imagine pleines d'eau, les cruches peuvent couler et se noyer… Bref… Je vire vraiment vers des pensées étranges quand je suis déstabilisée…

– Non, réponds-je en haussant les épaules, faisant mine d'être en mode nana cool.

– Tu n'as pas profité de tes années de fac ?

– Non.

– Et Alejandro, tu l'as rappelé ?

– Alejandro ? m'enquiers-je en fronçant les sourcils.

– Oui, le guide du *speedboat* qui t'a laissé son numéro.

– Oh, non, je ne l'ai pas… Non mais, attends ! Comment tu sais ça, toi ?

– Je l'ai vu faire.

– Parce que tu m'observais ?

Cette idée me plaît…

– Pourquoi tu ne l'as pas rappelé ? reprend-il en ignorant ma question.

Je n'insiste pas et lui réponds honnêtement.

– Je n'en avais pas envie, réponds-je en haussant une nouvelle fois les épaules.

– D'accord, dit-il simplement en hochant le menton.

Son regard se plante dans le mien ; ses yeux dorés brillent tels des lingots au soleil, ce qui le rend encore plus irrésistible. L'envie de me pencher afin d'effleurer sa bouche me dévore de l'intérieur. Personne ne peut nous voir d'où nous sommes… Non ! Impossible, Calum ne m'apprécie pas. Il risque de me repousser et cela ne fera que raviver son aversion pour moi. Je n'ai eu envie de personne durant tout mon cursus, et même en venant ici en vacances, je ne pensais pas avoir envie de goûter au sel qui parsème les lèvres d'un homme. Encore moins celles de Calum.

Mais ne dit-on pas que la vie est toujours faite d'imprévus et de surprises ?

Vraiment, celle-là, je ne m'y attendais pas ! Pourtant, c'est bel et bien ce qu'il se passe. Je veux effleurer sa peau dorée, toucher son corps, me fondre dans ses yeux aux couleurs des feuilles d'automne, caresser ses lèvres du bout des miennes, sentir son odeur. Je me perds. Il le ressent. Bien sûr qu'il le ressent. Mon désir enfin avoué sort par tous les pores de ma peau, comment ne pas le remarquer ? Je suis un livre ouvert, en mode bande dessinée…

Un raclement de gorge me fait recouvrer mes esprits.

– On devrait retourner à la plage, on s'éloigne trop, et tu vas vraiment finir pas avoir une insolation.

L'instant magique que je viens de me créer disparaît instantanément. Il l'a ressenti. Bien sûr qu'il l'a ressenti ! Et il me fait comprendre que je rêve, que jamais il ne fera ne serait-ce qu'un pas vers moi. J'acquiesce à contrecœur, puis me laisse voguer jusqu'au sable blanc. C'est bien ce qu'il me semblait, il ne veut pas de moi. Je me sens tellement stupide et honteuse.

Le détester était tellement plus simple…

***

Ce soir, c'est en boîte de nuit que nous finissons la journée. Alyne, qui connaît super bien le gérant, nous a fait entrer sans avoir à patienter des heures devant la porte. Une fois à l'intérieur, je sens l'euphorie de mes années lycée remonter à la surface. Ça fait un bail que mes pieds n'ont pas foulé une piste de danse comme celle qui se présente à nous ce soir. Nous montons à l'étage, où un petit coin VIP nous attend.

– C'est chouette que tu connaisses du monde, on est traités comme des rois ! s'extasie Noah en se laissant tomber contre la banquette.

Elle lui répond par un franc sourire.

– Vous voulez boire quelque chose ? La première tournée est offerte ! crie-t-elle afin de se faire entendre.

Nous passons commande, puis ma cousine part chercher nos consommations. La musique assourdissante pulse, la foule en délire a déjà envahi la piste de danse, si bien que nous ne distinguons pas la couleur du sol. Les lumières tournent dans tous les sens et je me surprends à me dandiner sur mon siège. Ne pouvant plus attendre pour enfin m'amuser comme il se doit, je m'empare de la main de ma meilleure amie et l'embarque au centre du *dance floor*. Là, nous nous défoulons à en perdre haleine. Je ne sais même pas si mes gestes sont coordonnés, mais ce n'est pas grave, je danse comme si c'était la dernière fois que je pouvais faire usage de mes jambes. Nous sommes vite rejoints par Noah qui vient se coller au dos de ma meilleure amie. Je remue des hanches, balance mon buste dans tous les sens. Bras en l'air, je ne fais même plus attention aux enchaînements que font mes pieds, tant ça me fait du bien. Je sens la sueur commencer à dégouliner le long de mon front et entre mes seins, mais je ne m'arrête pas pour autant.

Au bout d'une bonne heure de défoulement intensif, je remonte afin de boire un coup, laissant Miley et son petit ami enflammer la piste avec leur danse lascive.

Je me laisse tomber contre le cuir, à bout de souffle. J'attrape mon verre et avale plusieurs grosses gorgées. Les cheveux plaqués contre mon front par la transpiration, je remarque à peine Alyne et Scott en train de se galocher.

Ah ben, magnifique !

Je ris toute seule à ce tableau, quand mes yeux rencontrent ceux de Calum qui m'observent à l'autre bout de la banquette. Un sourire au coin des lèvres, son bras repose tranquillement contre le dossier du siège. Les deux au centre se roulent toujours une pelle phénoménale, et nous, nous sommes là à nous regarder avec les lumières colorées dansant tout autour de nous. « Love Don't Let Me Go » de David Guetta se fait entendre, et des cris débordent de la foule amassée juste en contrebas. Cette chanson est tellement un classique que je ne peux m'empêcher de me lever afin de retrouver Miley et

Noah qui continuent de danser. Une fois près d'eux, je me remets à onduler du bassin, tout en lançant quelques regards de là où je viens. Les yeux de Calum sur moi font frémir ma peau, et c'est comme si je dansais pour lui. Mes prunelles le quittent, quand ma meilleure amie me saute dessus et vient poser son bras contre mon épaule, remuant l'autre en rythme avec la musique.

À peine quelques minutes se sont écoulées quand je tente à nouveau de capter Calum, mais celui-ci n'est plus là. Je fronce les sourcils et le cherche sur la piste de danse. Soudain, je le distingue assis sur un tabouret près du bar, une poufiasse collée à lui. Oui, une poufiasse ! Une sorte de jalousie monte en moi telle de la lave qui dégouline d'un volcan en éruption. Mes synapses fument, je vois rouge. Cette sale brune sexy enroule ses doigts autour de son bras, puis se penche pour lui susurrer je ne sais quoi à l'oreille.

Mais va-t'en !

Il porte le goulot d'une bière à ses lèvres tout en riant à ce qu'elle lui dit. Oh, mon Dieu ! J'ai envie d'aller lui arracher sa perruque de Barbie.

On ne touche pas à mon Calum ! Ouais, j'ai bien dit mon Calum !

Même s'il n'est pas à moi et ne le sera jamais.

J'ai quel âge pour réagir comme ça, sérieusement ?

La sensation de me sentir très bête à cet instant m'étreint, je n'ai plus 17 ans et pourtant, je me comporte comme une fille jalouse pour un mec qui ne lui appartient même pas ! Est-ce l'alcool qui coule dans mes veines qui fait gronder cet orage en moi ? Ouais, eh bien, si c'est ça, il va falloir que j'arrête, car dans ce cas cela voudrait dire que j'ai l'alcool mauvais… J'ai toujours eu en horreur les nanas comme ça au lycée, alors ce n'est pas pour en devenir une !

Ah ça, sûrement pas !

Quand deux billes dorées pivotent dans ma direction, son sourire s'élargit avant de se reposer sur la fille à côté. D'accord, je ne lui appartiens pas. Pire, il ne s'est jamais rien passé entre nous, et je ne pense pas qu'un jour il se passera quoi que ce soit, mais la jalousie ne cesse de me dévorer les entrailles. C'est plus fort que moi, et ça me rend folle. Ça m'énerve de m'énerver ! Je ne suis pas comme ça, bon sang ! *Et pourtant…* Je me sens pétrifiée. Dorénavant, les pieds liés au sol, je ne danse plus. Les coudes, les bras et les corps qui continuent de se mouvoir tout autour de moi me bousculent, et je n'en ai rien à foutre. Tout ce qui m'importe, c'est… lui. Et je ne peux strictement rien faire.

Pourquoi a-t-il fallu que je craque pour Casanova ? Pourquoi je le veux autant ? D'un coup comme ça, pouf ?

Ma meilleure amie remarque mon désarroi et me demande si je vais bien.

– Oui, je suis juste fatiguée, je vais rentrer.

– D'accord, tu veux que je t'accompagne ? s'enquiert-elle.

– Non, reste t'amuser, je vais prendre un taxi.

– Tu es sûre ?

– Oui.

– D'accord.

J'embrasse mon amie sur la joue, puis pars récupérer mes affaires. Au passage, je préviens Scott et Alyne, toujours en train de se bécoter. Sans savoir pourquoi, je lance une dernière fois mon regard en direction de la raison de tous mes tourments. Un petit étourdissement m'étreint quand je remarque qu'il est en train de m'observer. Son regard ne me quitte qu'une fois que j'ai disparu dans la masse épaisse de la foule qui mène à la porte de sortie.

Calum, pourquoi a-t-il fallu que je jette mon dévolu sur toi ?

9

UN LIVRE OUVERT

Calum
Quelques minutes plus tôt

Voilà que je me retrouve tout seul comme un con. Mon meilleur pote galoche Alyne et Noah frotte sa queue au cul de sa nana. Une idée bien tentante me vient en tête, surtout quand le regard de la sulfureuse Lexie pétille dans le mien. Cette nana est la plus cruelle des tentations, et encore plus depuis que Scott a voulu lever notre pacte.

Putain, j'en reviens pas. Cela voudrait-il dire que Lexie peut m'être accessible ? Ai-je le droit finalement de céder à la tentation qui me broie les reins depuis des années ? La nana que j'ai le plus désirée, et que je désire encore, a toujours été celle qui m'est intouchable. Mais aujourd'hui, tout a changé. Comme si une lumière s'était allumée. Toutefois, m'autoriserais-je à y céder ? À croquer dans ce fruit juteux, défendu ? La voir danser telle une déesse me fiche une de ces triques. Je rêve de la rejoindre, de me frotter à elle, de respirer l'odeur de sa nuque.

Ma bière étant déjà vide, je me lève afin de m'en commander une autre au bar. Une fois sur le tabouret, une brune maquillée comme une voiture volée vient se coller à moi. Elle est originaire de Mexico, me raconte en espagnol qu'elle est ici en vacances avec des copines, et qu'elle a flashé sur moi.

Mais qu'est-ce que j'en ai à foutre ?

Habituellement, le Casanova que je suis lui aurait déjà sauté dessus pour lui fourrer sa langue au fond de sa gorge. Mais ce soir, je ne peux pas, une seule nana occupe mes putains de pensées.

Eh merde !

– Je te proposerais bien de sortir pour faire plus ample connaissance dans ma voiture, lâche la fille à mes côtés.

J'explose de rire. Pourquoi, je ne sais pas. Je trouve ça tellement stupide, je ne me reconnais pas.

Mais vas-y, mon coco ! Tu attends quoi ? Va la sauter, elle n'attend que ça !

À la place, je m'empare de la bière que le serveur vient de poser devant moi et avale une grande gorgée. Sentant des picotements au niveau de ma nuque, je me retourne et tombe dans le regard de Lexie.

Une sensation étrange me traverse quand je distingue dans ses prunelles une lueur nouvelle, agrémentée d'une pointe de jalousie. La même lueur que Lexie a eue tout à l'heure, assise en face de moi, sur son paddle. J'ai vu ses yeux se poser sur mes lèvres comme si elle avait envie que je l'embrasse. Ça m'a troublé, putain ! Jamais je n'aurais pensé un jour attirer cette nana. Et pourtant, c'est bel et bien ce que j'ai ressenti cet après-midi. Ne pouvant pas m'y résoudre, j'ai préféré lui proposer de l'aider à retrouver la plage. Je crève d'envie de la toucher tout autant que je n'ose pas le faire. C'est complètement insensé et absurde ! Des chaînes m'ont retenu toutes ces années. Entre le pacte conclu avec mon meilleur pote et ce choix de ne pas lui faire du mal au vu de mon besoin de liberté, je deviens fou. Fou de désir.

Elle est intouchable, bordel !

Voyant que ma conversation avec la brune – enfin, plutôt un monologue venant d'elle – la met en fusion, je lui lance un grand sourire et décide d'en jouer pour savoir jusqu'où cela peut aller. Je veux la tester afin de voir si ce que je ressens pour elle est réciproque.

Je fais alors mine de m'intéresser à la fille qui flirte ouvertement avec moi. Une sorte d'excitation monte en moi à l'idée d'avoir trouvé ce nouveau jeu. « Alone » d'Offer Nissim résonne dans les baffles, quand j'ose un second regard dans la direction de celle qui fait pulser mon sang tout droit en direction de ma bite. Le désir est tel que j'ai de plus en plus de mal à l'ignorer. Sa bouche charnelle que j'ai envie de baiser s'impose alors à ma vue.

La belle ne danse plus, comme statufiée, le regard planté dans ma direction. Ce que je vois me plaît : elle est jalouse. Lexie est un vrai livre ouvert. On peut lire en elle, c'en est d'une facilité déconcertante. Et à cet instant, j'ai qu'une envie, c'est de repousser la nana qui me lèche l'oreille afin de me ruer sur mon petit Oompa Loompa sexy. Je veux percuter son corps avec le mien, je veux pouvoir la butiner, la renifler pour enfin la faire mienne toute la nuit. Mais elle coupe court à mes pensées lubriques quand elle se dirige en direction de notre table, récupère ses affaires et part seule, marchant vers la sortie.

Se sent-elle mal ? Ou alors est-ce à cause de moi ?

Une fois qu'elle disparaît de mon champ de vision, je repousse vivement la sangsue, descends de mon tabouret et rejoins mon pote à notre table.

– Pourquoi Lexie est partie ? demandé-je à mon meilleur ami.

– Fatiguée, me répond-il.

Je m'affale sur la banquette.

– Ça va, bro ?

– Ouais, ouais, ça va, lancé-je en récupérant à mon tour mes affaires afin de partir.

– Tu vas où ? me sonde-t-il.

– Une nana m'a donné rendez-vous, mens-je comme un connard à mon pote.

– Ah, Casanova, le retour ! s'exclame-t-il en levant sa bière.

Je quitte la boîte pour retrouver la villa ; j'ai besoin de mettre mes idées au clair. Lexie est bien trop présente dans mes pensées. Il va falloir que je craque si je veux profiter de mes vacances ici. Et d'ailleurs, plus rien ne me retient, non ?

Tout ce qu'il se passe à Cancún reste à Cancún, n'est-ce pas ?

Non ! Je me suis toujours promis de ne pas la toucher. Lexie mérite mieux qu'un coup de queue, je l'ai toujours dit. Alors, pourquoi diable, ça devient de plus en plus compliqué ! Je deviens cinglé. Elle me rend cinglé.

***

Lorsque je franchis le seuil de la porte une demi-heure plus tard, la maison est plongée dans le calme et l'obscurité. Mes pas me mènent machinalement en direction de la porte de la chambre de Lexie. Un désir brut me brûle les reins de la rejoindre dans son lit. J'actionne doucement la poignée et pénètre doucement dans son antre, son délicieux parfum de vanille emplit mes narines. Lorsque j'arrive près d'elle, je remarque qu'elle dort déjà à poings fermés. Je me surprends alors à la trouver magnifique, plongée dans son sommeil. Elle s'apparente à un ange, les yeux clos, ses cils reposant contre ses joues, la bouche en cœur. Lexie est sublime. Ma respiration se fait plus courte quand elle bouge et gémit. D'une main, je range ma queue qui a déjà doublé de volume avant de faire demi-tour et quitter la pièce. Arrivé dans ma piaule, je me déchausse, me fous à poil et file sous la douche. Quinze minutes plus tard, je plonge dans mon lit et tente de trouver le sommeil. Mais rien. Je ne m'endors pas.

Il est trois heures du matin quand le reste de la bande rentre enfin. J'entends les pas de Noah se diriger en direction de la chambre de Miley. Scott murmure. À qui parle-t-il ? Le rire d'Alyne ne tarde pas à se faire entendre, et je devine que la nuit risque d'être courte pour les deux. En effet, dix minutes plus tard, des gémissements résonnent de l'autre côté de la cloison.

Eh bien, il s'en donne à cœur joie, l'enfoiré !

Alyne commence à jouir de plus en plus fort, si bien qu'elle risque de réveiller toute la baraque si elle continue comme ça. Une heure plus tard, le calme enfin revenu, je plonge dans le sommeil, avec toujours sous les paupières le visage de Lexie que je rêve de faire crier tout autant…

Et même plus !

***

Lexie

Au moment où je sors de ma chambre le lendemain matin, Calum referme la porte de la sienne. Nos regards se croisent, se happent. Un souffle s'insinue dans le creux de mon ventre. Le désir est encore là, bien présent, mélangé à de la colère. Je n'en reviens pas qu'il ait ramené sa pouffe hier soir ! Ça me fout en rogne tellement cela me rend folle de jalousie, alors qu'il n'y a rien entre nous ! Je ne suis même pas sa petite amie, et je me permets de péter un plomb toute seule ! Visiblement, ce n'était pas l'alcool qui me rendait comme ça hier soir, je suis réellement en train de devenir cette ado jalouse et insupportable.

– Tu pourras dire à ta poule qui a gloussé toute la nuit de faire moins de bruit la prochaine fois, je dors en face de ta chambre ! grondé-je à son attention, sans pouvoir me retenir de déverser ma frustration et ma rage.

– C'est pas de ma chambre que les bruits sont sortis, mais de celle de Scott. La poule en question qui glousse, c'est ta cousine, me chuchote-t-il, amusé.

Ma bouche s'ouvre dans un « O » pas du tout discret.

– Je suis rentré seul hier soir si ça t'intéresse.

Je tente de cacher mon soulagement.

Stupide !

Il n'est pas con, il le remarque directement.

– T'es jalouse, mon petit Loompa ? me souffle-t-il tout bas en se rapprochant de moi.

– Absolument pas ! Tu fais ce que tu veux, mens-je.

Il ne faut pas qu'il sache qu'il m'attire ! Son corps n'est plus qu'à quelques centimètres du mien, ses yeux or se plantent dans la profondeur de mes iris, ce qui me fait frissonner de la tête aux pieds. Le regard dur, mâchoire serrée, il pose ses mains de part et d'autre de ma tête, contre le bois blanc de ma porte. Je lève les yeux afin de le confronter.

– C'est moi qui te fais frissonner ? s'enquiert-il.

– Dans tes rêves, soupiré-je, tout en mentant telle une collégienne prise en flagrant délit de tricherie.

J'aurais aimé que mon affirmation soit plus franche, plus assurée mais tout ce que je réussis à sortir n'est que soupir.

J'avale ma salive lorsque je sens mes jambes devenir de plus en plus molles. Ses yeux me rendent fébrile et un liquide chaud dégouline au fond de mon ventre. Il colle sa poitrine contre la mienne, si bien que je ressens chacune de ses inspirations.

– Alors, pourquoi tes mains se mettent-elles à trembler ? Pourquoi ton corps se crispe à mon contact ? Pourquoi tes cuisses se resserrent-elles machinalement ? Tu contiens ton désir ?

– Putain, mais tu dis vraiment n'importe quoi ! lâché-je subitement, me sentant débordée par tout un flot d'émotions qui me renversent totalement.

Il faut à tout prix que je fuie, car là, je ne gère plus rien du tout !

– Je ne suis pas l'une de ces filles qui craquent pour toi,

cesse de croire que j'ai ne serait-ce qu'une seule fois eu envie que tu me touches ! T'es pas le centre du monde, Casanova ! rétorqué-je faussement.

Il ricane.

– Je ne vois pas ce qu'il y a de drôle…

Il me déstabilise tellement, punaise !

– T'es complètement aveugle, siffle-t-il.

– Parce que je n'en pince pas pour toi ?

Menteuse !

– Arrête de jouer à ce jeu-là avec moi !

Il n'est pas dupe…

– Je ne joue aucun jeu, grogné-je.

Doublement menteuse ! Bouuuuuh !

– Tu ne t'en rends même pas compte.

Oh, que si…

– Je te l'ai déjà dit, je ne suis pas une de ces pouffes qui minaudent devant toi, continué-je de moins en moins assurée.

Triplement menteuse… Avoue, il t'a chopée la main dans le sac !

– Jalouse, c'est bien ce que je disais, lance-t-il sarcastique.

– Tu m'agaces, là ! râlé-je en faisant demi-tour afin de rejoindre le reste du groupe au salon.

– C'est ce qu'on va voir, grogne Calum tout en s'emparant de mon bras.

D'un coup franc, il me fait faire volte-face, me plaque doucement contre le mur. Prisonnière de son corps, mon souffle se coupe tandis que mon cœur part sur une embardée. Le lion en face de moi empoigne mes poignets et les lève au-dessus de ma tête, il n'y a rien de violent dans son geste, il n'est que pure sensualité. Son regard sévère se plante dans le mien, perdu, affolé. Mon pouls sous ses doigts palpite comme un fou, impossible qu'il ne s'en rende pas compte.

Est-ce de la colère ? Ou… mon désir tant et tant refoulé ?

– Qu'est-ce que tu fais ? murmuré-je au bord du gouffre.

– Je te fais voir les choses en face.

– Et quoi ?

– Ton pouls s'est accéléré, ton souffle est court.

Il avance son visage. Ses lèvres ne sont plus qu'à quelques centimètres des miennes. Mon ventre se serre, tandis que mon cœur accélère ses battements. Mes lèvres meurent de désir d'être embrassées par les siennes.

Le désire-t-il, lui aussi ?

– Ton corps tremble à nouveau à mon contact, tes cuisses se serrent encore, continue-t-il.

Je ne réponds rien, ne bouge pas d'un centimètre.

– Je suis sûr que tu crèves d'envie que je te touche. Si tu ne veux pas, il suffit de me le dire là maintenant.

J'avale ma salive difficilement. Tous mes sens sont en alerte. *Et je sais très bien pourquoi.* Je pourrais céder, c'est ce que je désire plus que tout. Mais j'ai peur. Peur de ce qu'il pourrait bien se passer, peur des conséquences. Ce n'est pas n'importe quel mec sur cette Terre, c'est Calum, mon meilleur ennemi depuis toujours, le meilleur ami de mon ex, et je l'ai si longtemps détesté… Ces sentiments nouveaux me renversent tout autant qu'ils m'effraient. C'est nouveau, brusque et complètement insensé. Je n'ai pas eu le temps de m'y préparer. Le sol sur lequel reposent mes pieds est en train de se fendre juste à la pointe de mes orteils. Il craque, s'ouvre telle une gorge immense. Mon cœur palpite, car il sait qu'il est sur le point de chuter et de s'écraser en contrebas.

En même temps que cette peur qui me dévore les entrailles, il y a ce désir puissant, cette adrénaline qui m'étreignent et qui pulsent au fin fond de ma poitrine. J'ai envie de sauter, je veux voler, ressentir chaque sensation de cette chute sensationnelle sans penser à l'atterrissage et ses putains de conséquences…

– Alors ? murmure-t-il tout contre mes lèvres, ce qui me fait papillonner les cils et revenir à la réalité.

Ma raison lutte, lutte contre la chute. Comme si mes doigts s'accrochaient encore fortement contre la roche. Le corps dans le vide, les pieds ballants, les cailloux tranchants qui me lacèrent les paumes.

– Que souhaites-tu vraiment ? Que je te lâche ou… ?

Je sais que je vais tomber, personne n'est là pour me rattraper. Sauf lui. Je sais qu'il n'y a plus que lui et moi. J'ai si peur, mais à la fois un désir brûlant m'attire vers le bas. Comme si des flammes bienfaitrices me lâchaient les mollets.

– Calum…

– Je veux juste que tu reconnaisses ce que tu ressens. Sans mentir. Dis-moi d'arrêter ou supplie-moi de t'embrasser, de te toucher, partout, que ma bouche te fasse jouir comme jamais t'as joui avec aucun mec.

Un violent coup électrique me traverse de part en part. Il le ressent.

Alors, c'est bien réel ? Il me désire ?

La chute est proche…

– Tu vois.

– Calum, gémis-je.

Lâche prise…

Je m'étais promis de profiter hier après-midi. Mais, maintenant que je me trouve confrontée à son regard si déstabilisant, je ne suis plus sûre de rien. Ce que je ressens est bien plus fort qu'une volonté de coucher avec lui une seule putain de fois. Je sais que je voudrai plus. Et ça, il ne peut pas me le donner.

Je vais souffrir…

Pourtant, mon cœur bat si fort qu'il va ressortir par ma gorge, mon sang pulse dans mes veines, mon sexe palpite comme un fou.

Le corps de Calum se colle encore plus contre moi et je sens sa queue bien dure se plaquer contre ma féminité que je devine mouillée au possible.

Une de ses mains quitte mon poignet pour venir glisser le long de mon bras. Ses doigts rejoignent ma gorge et soulèvent doucement mon menton, ce qui m'oblige à redresser la tête. Mon crâne cogne contre la cloison derrière moi. Il baisse le regard et fixe ma peau frissonnante. Il se penche et fait délicatement glisser sa langue le long de ma gorge.

Je vais mourir…

Une salve de désir grimpe violemment en moi. Je resserre un peu plus mes cuisses, tentant de retenir l'envie évidente qui me ronge de l'intérieur. Je me sens palpiter de partout, il va réussir à me faire craquer…

– Lexie, chuchote-t-il contre ma clavicule.

Mes yeux vrillent au ciel lorsque ses dents rencontrent la chair sensible juste derrière le creux de mon oreille. Mes jambes lâchent, mais il me rattrape et me retient fermement contre lui.

Je craque, dépose les armes.

– Embrasse-moi, putain, embrasse-moi, mange-moi, dévore-moi, lâché-je dans une plainte urgente.

Et je chute…

Les seuls centimètres qui séparaient nos lèvres se trouvent vite comblés. La bouche de Calum se plaque violemment contre la mienne, avide. Sa langue se fraie un passage, et commence à caresser la mienne. Son goût est divin… Son baiser est fort, puissant et dévastateur. Pourtant, ses lèvres sont d'une infinie douceur. Je ferme les paupières et savoure toute sa vigueur. J'aspire son souffle comme si ma vie en dépendait, et je réponds avec une ferveur complètement dingue à son baiser. Ma langue s'enroule à la sienne, me transportant dans un monde totalement parallèle. Calum me fait perdre pied. Mon désir grimpe encore plus violemment, s'appropriant abruptement mes reins. Je rêve de sa bouche dans mon cou, de sa langue tournant autour de mon téton, de ses mains partout sur moi.

Je crève d'envie de mêler mon corps à celui qui était auparavant mon pire ennemi !

Suis-je normale ? Assurément pas. Et putain, j'aime tellement ça…

La chute que j'ai décidé de vivre me fait virevolter dans tous les sens. Aussi sensationnelle et vivifiante qu'un saut d'une falaise, je vis chaque instant, chaque sensation, tout en sachant très bien que sans corde reliée à mes pieds, je risque de m'écraser violemment au sol. Mais tant pis… Mes doigts ont glissé de la paroi que je tentais de cramponner, le désir brut que je ressens pour lui a remporté la partie.

Échec et mat, Lexie.

10

JACUZZI BRÛLANT

Lexie

Le soleil se couche à l'horizon, je devine qu'il ne doit pas être loin de sept heures trente du soir. D'un air distrait, je l'observe disparaître à l'horizon. Le ciel au-dessus de l'océan en face de nous forme un dégradé de rose, de rouge flamboyant et d'orange. Doucement, je me laisse partir en arrière jusqu'à ce que ma nuque repose contre le rebord du jacuzzi, tout en écoutant d'une oreille, la conversation de mon groupe d'amis à mes côtés.

– Franchement, je n'ai pas payé ça cher, c'est sûr, ce n'est pas du Chanel, mais ça me va bien, j'ai pas envie de m'embourgeoiser.

Miley raconte la fois où elle est entrée dans un H&M pour s'acheter des robes. Je me souviens de sa tête lorsqu'elle s'est penchée pour regarder le prix sur l'étiquette. Ses yeux s'étaient ouverts en grand, et elle avait braillé un « Mais il n'y a que deux chiffres là-dessus ! » J'avais explosé de rire, elle, si habituée aux magasins Chanel comme elle le dit si bien. Rien qu'à la pensée de ce souvenir, mes lèvres s'étirent.

– Après, tu as raison, je n'aime pas non plus qu'on me juge sur mon apparence, ajoute Noah.

– Tu peux parler, vu la bagnole que t'as, plaisante Scott.

Il n'a pas tort… Noah se pavane toujours dans sa Cadillac.

– Ce n'est pas pareil, c'est une voiture de collection qui appartenait à mon grand-père, se défend-il.

– Et la Jaguar, c'est aussi celle de ton grand-père ? lance Calum, hilare.

– Non, c'est vrai, admet-il.

Le soleil est enfin caché à l'horizon et je ferme un instant les paupières, me délectant de ces petites bulles qui me massent confortablement le dos et les fesses.

– Qui veut du champagne ? demande ma meilleure amie.

J'ouvre un œil, observe Miley revenir avec une bouteille et cinq flûtes entre les mains. Je ne l'avais même pas entendue sortir du jacuzzi.

Le groupe répond un « oui » général, tandis que je me questionne intérieurement. Dois-je prendre le risque de me servir une petite « coupette » ? J'hésite, car je sais pertinemment quels effets ont le vin et les mousseux sur moi. Déjà qu'une bière ou un verre d'alcool me rend encore plus catastrophique que je ne le suis, mais alors le champagne… c'est mon pire ennemi ! Avant Calum. Important de le préciser…

– Lexie, je te sers ?

– Euh…

– Allez, c'est les vacances ! me lance ma meilleure amie.

Oui, après tout, elle a raison !

– Et tu oses dire que tu ne veux pas t'embourgeoiser en nous ouvrant un Magnum alors qu'on est tous affalés dans le jacuzzi ? lui rétorqué-je en rigolant.

– T'as raison, mais on s'en fout !

– Vu comme ça... ris-je.

– Bon, je te sers ou pas ?

– Allez, balance la sauce !

– Ne dis pas ça ou je te fais carrément couler le champagne sur la tête !

– Oh, je sais que tu en es capable.

Ma meilleure amie trottine jusqu'à moi et se place dans mon dos.

– Penche la tête en arrière et ouvre la bouche.

Je m'exécute, puis Miley commence à faire couler le liquide que je réceptionne du bout de ma langue avant d'aspirer et d'avaler les petites bulles. Bien sûr, mon amie en renverse tellement que la moitié s'éparpille de chaque côté de ma bouche. Je pouffe.

– Les filles, il va falloir cesser ça tout de suite ! s'exclame Noah.

– Pourquoi ? demande Miley de manière innocente en relevant le goulot de la bouteille, alors qu'au fond, elle ne l'est absolument pas du tout.

– Parce que je ne vais pas tarder à être à l'étroit dans mon maillot.

– Hum, ça ne me déplaît pas ! minaude-t-elle.

Et voilà, je crois bien qu'ils vont remettre ça. Depuis qu'ils ont craqué, ces deux-là ne cessent pas une seule seconde de se monter dessus !

Miley s'éclipse à l'intérieur, la bouteille toujours entre les mains, suivie de près par Noah.

Bon, ben amusez-vous bien…

– Eh, et notre flûte de champagne ?! braille Scott.

Aucune réponse. Il râle et bougonne dans sa barbe. Lorsque je redresse la tête, mes yeux rencontrent le doré et la profondeur de ceux de Calum assis en face de moi. Une chaleur irradie subitement mon bas-ventre. Je repense alors à notre baiser d'hier matin. Si intense… Je crois que j'aurais bien voulu qu'il dure encore et que nous allions plus loin. Hélas, nous avons dû nous séparer rapidement en entendant les pas de Scott se rapprocher de nous. Depuis, nous ne nous sommes pas retrouvés seuls, et n'en avons pas reparlé.

Du moins, souhaite-t-il en reparler ? Ou alors était-ce une erreur qu'il veut oublier ?

Moi, je ne veux rien oublier et je n'ai qu'une envie : recommencer. Quand il s'est détaché de moi, hier, et qu'il est parti, ç'a été comme si j'avais perdu en l'espace de quelques secondes tous mes repères… Le pire, c'est que je meurs d'envie de les perdre encore et encore.

Quand son regard me transperce, mon premier réflexe est de détourner immédiatement le regard. Sauf que ses rétines me brûlent la peau des joues. Je décide alors de revenir sur lui et de le fixer tout autant qu'il me fixe, moi. Un duel se met alors en place entre nous. Voilà que notre jeu du regard recommence. Aucun de nous deux ne cille, ne laissant transparaître aucune émotion.

Soudain, ses doigts viennent s'emparer d'un de mes pieds sous l'eau pour le chatouiller à la plante. Alors que ce geste devrait me faire bondir, j'en ressens un divin plaisir. Calum plisse les yeux, me mettant au défi de riposter, je n'en fais rien. À mon tour, je plisse les yeux, rentrant dans son jeu tout en le défiant à son tour de perdre la bataille. Au fond, je veux surtout qu'il continue ce qu'il est en train de me prodiguer sous l'eau, caché sous les bulles. Alors que ce dernier pense qu'il me torture, c'est tout l'inverse qui se produit : ça m'excite. Et je ne veux pas qu'il s'arrête…

Mon Dieu, achevez-moi d'avoir eu une telle pensée ! OUAIS BEN : FUCK, FUCK, FUCK, C'EST TROP LE PIED ! ET C'EST LE CAS DE LE DIRE !

Et voilà que je crie encore dans ma tête !

– Vous n'avez pas fini de vous regarder de travers comme ça ? soupire Scott à mes côtés, ce qui me fait sursauter.

Toutefois, et sans quitter les yeux de mon plus-si-ennemi-juré-que-ça, je ne lui réponds pas. Calum non plus, le regard devenu de plus en plus sombre.

– Oh, vous me saoulez, j'me casse aussi ! Quand vous aurez fini de vous comporter comme des gamins, vous nous le direz ! râle-t-il en se levant.

Scott quitte à son tour le bassin, nous laissant seuls comme deux imbéciles dans le jacuzzi. Notre ami a raison, on se comporte comme des enfants, mais je n'y peux rien, dès que je me trouve en présence de Calum, c'est comme si tout changeait, comme si je n'avais plus le contrôle sur rien. Tout en lui fait naître des sensations vraiment électriques en moi ; de l'agacement mêlé à quelque chose de plus sourd, de plus profond. Un sentiment que je ne saurais décrire tant il me déstabilise.

C'est lorsque le bain à bulles s'éteint que nos regards se lâchent. Je me penche en avant pour appuyer sur le bouton qui remettra en route les remous, lorsque je frôle sans faire exprès le bras de Calum. Celui-ci enroule abruptement ses doigts autour de mon biceps.

– Fais attention à ce que tu fais, *Loompa chéri*, murmure-t-il à mon oreille, ce qui provoque une multitude de frissons sur ma peau.

Lorsqu'il me relâche, je perds l'équilibre. Un de mes genoux glisse contre la paroi du bassin, et je pars en avant, pile en direction du corps demi-nu de Calum. Ne souhaitant pas me vautrer en plein sur lui, je me rattrape comme je peux à ce qui me vient sous la main, c'est-à-dire sa queue.

J'écarquille les yeux, la paume de ma main droite se retrouve carrément placée juste là où il faut, et…

– Mais tu bandes ? lâché-je du bout des lèvres, troublée.

Je vais pour reculer, mais Calum rattrape ma main et la plaque sans ménagement une nouvelle fois sur la bosse énorme qui marque son maillot de bain. J'ai alors ma réponse : il désire, lui aussi, perdre ses repères avec moi.

Bordel, ça m'excite de dingue !

MAIS ! MAIS ! JE TOUCHE LA QUEUE DE CALUM ! D'abord le baiser dans le couloir, maintenant mes doigts autour de son… énorme membre !

– Calum…

– C'est toi qui me fais bander, siffle-t-il près de mon oreille.

Sa phrase provoque en moi un violent coup électrique qui vient se nicher tout droit en bas de mes reins.

Mes yeux s'ancrent dans les siens à la recherche du moindre indice ; qu'attend-il de moi à cet instant ? Son regard s'assombrit un peu plus avant de se mettre doucement à briller.

– C'est la scène avec Miley qui t'a excité ? Ou le fait de me caresser le pied ? lui demandé-je en prenant mon air le plus audacieux.

Même si je sais déjà que je risque de perdre, rien ne m'empêche de jouer et d'apprécier la partie…

– Les deux…

– Oh…

– Te voir laper les gouttes qui tombaient sur ta langue, ça m'a rendu fou, siffle-t-il.

Mon bas-ventre se crispe.

– …

– Vouloir te torturer alors qu'en réalité tu as pris un putain de plaisir à ce que je touche le moindre centimètre de ta peau, continue-t-il du bout des lèvres.

Il l'a remarqué alors… Et il a continué ! Ce mec va me faire exploser la poitrine à me sortir des choses pareilles !

– Tu veux quoi ? réponds-je, proche de sa bouche.

Trop proche. Fébrile. Enflammée. Exaltée. Bouillonnante…

– Toi.

– Moi ? soufflé-je, le cœur battant la chamade.

Je meurs…

– Caresse-moi.

Simple, bref, concis.

Oh, merde…

Calum tend son bras libre en direction des boutons du jacuzzi et éteint les LED qui nous éclairaient jusqu'alors, nous plongeant dans un noir absolu. Seule la lune illumine quelques parties de nos visages, rendant l'atmosphère entre nous subitement toute en tension.

Son geste active en moi un désir puissant, et il le sent. Les doigts toujours enroulés autour de mon poignet, il dirige ma main à l'intérieur de son maillot, m'invitant à empoigner pleinement sa trique.

PUT…biiiip DE BOR…biiiip DE MER…biiiiiiiip !!!

Je ne sais carrément pas ce que nous sommes en train de foutre, mais ça m'excite horriblement.

Reprends-toi, Lex' !

Toujours aussi fébrile, mon regard plongé dans le sien, je m'empare de sa hampe. Elle est tellement large et si épaisse que je peine à enrouler entièrement la totalité de mes petits doigts autour de lui. Le souffle court et le cœur au bord d'un grand précipice, je commence doucement des va-et-vient. Calum siffle entre ses dents à quel point c'est bon et qu'il ne faut absolument pas que je m'arrête.

Mais, punaise, qu'est-ce qu'on est en train de faire ? C'est fou, c'est bon et c'est si palpitant ! La peur de nous faire surprendre est si forte que mon bassin brûle d'un désir ardent. Je veux lui faire du bien, je veux voir dans les prunelles de celui qui fut auparavant mon pire ennemi le désir. Son total abandon au plaisir. Je veux lui faire perdre pied, voir au fond de ses yeux si arrogants la vulnérabilité. Là, le surplombant de mon corps, j'ai une emprise sur lui, et je compte bien profiter de cet avantage qu'il m'offre de pouvoir le branler à lui en faire perdre les pédales. Augmentant la cadence, je me rends compte que j'ondule des hanches au même rythme que les siennes. Ses yeux ne m'ont pas quittée une seule seconde.

Je sens ses doigts glisser dans mon dos, ils commencent à dénouer le soutien-gorge de mon maillot de bain. Le tissu tombe lourdement dans l'eau, laissant mes seins jaillir sous ses yeux gourmands. Bien que la luminosité soit quasi nulle, la lueur de la boule blanche qui brille dans le ciel suffit à distinguer ce qu'il faut pour mettre en exergue mon corps découvert. Il se lèche la lèvre inférieure, grogne avant de se pencher doucement en avant. Le bout de sa langue s'approche dangereusement de mon téton pointé, puis vient s'enrouler autour. Un gémissement sort tout droit de ma gorge quand il me prend à pleine bouche. Ma main s'affole contre son sexe, le masturbant encore plus vite, plus fort.

– Oh, putain, siffle-t-il.

Un pincement vif me vrille le bas du ventre, mon intimité palpite, si bien que je sens des contractions d'anticipation au centre de mes cuisses. Alors que sa bouche me lèche, me suce, ses doigts glissent dans mon dos, puis de chaque côté de mes hanches. Il m'invite à me redresser délicatement afin de descendre la culotte de mon maillot de bain. Totalement envoûtée par le désir, je le laisse faire et l'aide même à faire passer le vêtement au niveau de mes chevilles. Une fois qu'il a balancé l'objet trempé par-dessus bord, ses doigts viennent se faufiler là où mon excitation pulse de toutes ses forces. Sentir ses mains sur moi me procure des sensations carrément explosives. Ce côté détestable de sa personnalité et le goût de l'interdit me font monter la vapeur telle une cocotte-minute prête à éclater. Calum commence par caresser délicatement mes lèvres, avant de glisser la pulpe de son pouce contre mon clitoris, ce qui me fait bondir.

– Mais tu as un piercing ? s'étonne-t-il la respiration hachée par le plaisir que je lui prodigue.

– Oui, soufflé-je entre deux soupirs.

– Putain, ça me plaît, t'as pas idée, gronde-t-il.

Une décharge me lancine violemment l'intérieur des cuisses lorsqu'il frotte la bille qui repose pile sur mon clitoris.

En réponse à mon sursaut, ses dents viennent mordre mon téton, m'arrachant un couinement de plaisir. Je bascule la tête en arrière, lâchant un long râle quand son majeur me pénètre d'un seul coup, vite rejoint par son index. De deux doigts, il entre en moi et m'offre des sensations aussi divines que dévastatrices.

Qui aurait cru qu'un jour je m'abandonnerais dans les bras de ce mec ? Personne, encore moins moi…

– Lève-toi, m'ordonne-t-il.

– Quoi ? demandé-je bêtement, embrumée.

– Lève-toi et pose tes fesses contre le rebord.

Il se retire, laissant un vide s'emparer de moi. Toutefois, je m'exécute, répondant à sa demande. Mes jambes flageolent lorsque je me redresse afin de m'asseoir à l'endroit qu'il m'a indiqué. Calum se rapproche de moi, son visage à quelques centimètres de l'intérieur de mes cuisses. De le savoir là, si près de mon intimité en feu, m'excite au plus haut point. Je me sens ouverte, offerte, complètement vulnérable, et j'adore ça.

Qu'est-ce qu'il m'arrive, bordel ?

Son regard se pose là où je désire qu'il soit.

– Ta chatte est magnifique… Et ce piercing… Carrément bandant… soupire-t-il en l'observant, le regard en feu.

Il va me tuer ! Ce mec me rend complètement aliénée… Ses doigts s'enroulent autour de mes chevilles, m'incitant à écarter encore plus les cuisses. Telle une poupée désarticulée, je le laisse me diriger.

Il dépose mes pieds de part et d'autre du bassin et s'approche encore plus de moi. Ses lèvres sont proches, si proches que je ressens chaque souffle qu'il expire tout contre mon intimité. Silencieusement, je le supplie de poser sa bouche contre mon sexe lorsqu'il vient planter son regard dans le mien. Mon corps tremble de désir, d'excitation. Je veux sa langue sur mon clitoris, je veux qu'il me dévore, qu'il fasse de moi sa chose.

Mon vœu s'exauce quand il fond enfin au centre même de mes cuisses. Et ce qu'il me procure est encore meilleur que tout ce que je m'imaginais. Sa langue remonte d'abord doucement avant de redescendre contre mon bouton gonflé, faisant par la même occasion bouger mon piercing qui ne demande qu'à frotter ma zone sensible. Il recommence, remonte avant de redescendre. S'amuse avec mon bijou. Un cri m'échappe, et je bascule en arrière, tentant de me retenir comme je le peux afin de ne pas tomber. Heureusement, mes gémissements sont masqués par le son qu'émet le bain à remous.

Mes cuisses se mettent à trembler quand il accélère la cadence. Sa langue me lèche avec plus d'empressement, sa bouche me suce, m'aspire. C'est si bon… L'orgasme n'est pas loin. Calum s'empare à nouveau de mes chevilles, les tenant fermement entre ses doigts, afin que je ne puisse bouger et m'échapper de sa prise. Mes cuisses, mes genoux, mes mollets ainsi que mes chevilles tremblent. Il le ressent et renforce sa prise, enfonçant ses pouces dans chacune de mes malléoles. C'est si bon, ma tête va exploser.

Je peine à retenir mes cris de plaisir, je ne cesse de le supplier de ne pas arrêter. Je plaque une de mes mains contre sa tête afin de le retenir tout contre moi. Je veux que tout ça ne se termine jamais, je veux qu'il me fasse du bien encore et encore. Il accélère une nouvelle fois, ce qui me fait partir dans un brouillard épais.

– Continue, putain continue, le supplié-je.

Il grogne. Sentant que mon plaisir parvient à son paroxysme, il resserre la prise qu'il a sur moi, plantant encore plus fort ses doigts dans ma chair. Il cherche à me faire mal tout en me faisant du bien. Et ça fonctionne, puisque la douleur vive qu'il m'inflige, combinée à ce plaisir intense, se transforme en un orgasme dévastateur. Il me ravage de l'intérieur, des pieds à la tête en passant par le creux de mon ventre, pour venir se terminer à la racine de mes cheveux.

Le souffle encore court, il attrape mes cheveux à l'arrière de mon crâne et m'incite à relever la tête.

– T'as des capotes dans ta chambre ?

Je secoue négativement la tête. Il s'empare de mon poignet, m'invite à sortir du bain, afin de me conduire en direction de la baie vitrée de ma chambre que j'ouvre fébrilement, encore dans les nuages de mon orgasme. Une fois à l'intérieur, il referme vivement la fenêtre derrière nous.

– Je reviens, j'en ai dans ma piaule.

– Euh… OK, lâché-je, alors qu'il est déjà parti.

Debout au milieu de ma chambre, je me sens subitement conne. Un désir abrupt danse encore au fond de mon ventre.

Qu'est-ce qu'on vient de faire ? Est-ce bien ? Est-ce mal ? Peu m'importe, ce que je veux, là, maintenant, c'est lui en moi.

Il revient cinq secondes plus tard avec le précieux joyau qu'il enfile rapidement, sans perdre de temps.

– Mets-toi à quatre pattes sur le rebord de ton lit.

Complètement groggy et fébrile, je m'exécute sans dire un mot dans l'attente qu'il vienne s'emparer de mes hanches avant de me remplir entièrement. Son côté dominateur fait naître en moi une excitation jusqu'alors méconnue. Mon ventre se contracte d'impatience. Pourtant, Calum ne me pénètre pas tout de suite. Il s'agenouille derrière moi et dépose le bout de sa langue à l'entrée de mon sexe avant de la laisser glisser un peu plus en arrière. D'abord surprise, je tressaille, mais me laisse rapidement envahir par le plaisir qu'il me procure.

– J'aime tellement ce bijou qui sublime ta chatte…

Je glapis lorsqu'il me lape à nouveau. Il joue avec mon piercing, puis insère un doigt en moi tout en continuant de frotter délicieusement les parties les plus sensibles de mon anatomie. Ma tête explose, je vais défaillir. Jamais je n'ai connu d'émotions aussi excitantes et aussi bonnes.

J'ai à peine le temps de le sentir se retirer que son sexe me pénètre d'un coup, sans ménagement. Ma tête ainsi que tout mon corps basculent vers l'avant. Je me retrouve projetée à plat ventre contre le matelas. Calum continue son ascension, il coulisse en moi comme si là avait toujours été sa place. Il entre et ressort avec une fluidité déconcertante, offrant l'impression que nos deux sexes ont été créés pour se connecter l'un à l'autre. Ils se complètent à la perfection. Mes sensations sont au paroxysme de ce que l'on peut ressentir en général dans ces instants.

Posant ses genoux de part et d'autre de mon corps, Calum glisse une main sous mon ventre, m'incitant à me cambrer et à relever mes fesses. Mon meilleur ennemi n'a pas le temps de faire un aller-retour de plus qu'un deuxième orgasme me surprend, me faisant crépiter la cervelle. Afin de retenir tous les bruits de ma jouissance, j'enfouis mon visage dans la couette et hurle à pleins poumons. Calum ne cesse un seul instant de me pilonner. J'explose autour de lui tandis qu'il continue à me prendre, soutenant fortement mon bassin relevé afin que je ne m'écroule pas. Il accélère encore et encore, faisant durer mes cris. Ma tête tourne, j'ai l'impression que je vais m'évanouir. Pourtant, je suis encore là.

Lorsque j'ai repris mon souffle, Calum me soulève, et je me retrouve une nouvelle fois sur les genoux. Il plaque sa paume en bas de mes reins, la glisse sensuellement le long de ma colonne avant de la poser fermement contre mes omoplates, ce qui m'incite à aplatir ma poitrine contre le matelas. Une fois que j'ai la tête à nouveau contre la couette, il enroule ses doigts autour de ma nuque. Mon souffle recommence à s'emballer, tandis que ses grognements se font de plus en plus sonores. Pas une seule seconde il ne ralentit. Cette position et sa domination m'excitent plus que de raison, si bien qu'un troisième orgasme vient ravager mon corps tout entier. Mon sexe se contracte violemment contre le sien qui se crispe avant de se déverser en moi. Les soubresauts de Calum font durer mon plaisir encore et encore. Lorsque ce délice s'apaise légèrement, nous nous laissons tous les deux retomber contre le matelas, essoufflés, épuisés, luisants de sueur, mais carrément repus.

Il roule à mes côtés. Je l'observe, l'esprit encore embrumé, béate, la tête flottant dans un nuage de coton.

Lorsque Calum relève les yeux en direction des miens, je réalise que nous avons fait une grosse connerie. Bizarrement, il n'a pas l'air de s'en formaliser, ou peut-être est-il encore trop dans le brouillard pour comprendre l'étendue des dégâts.

Nos regards toujours fixés l'un à l'autre, nous nous observons sans dire un mot, puis doucement, il relève la tête. Il observe mon corps nu et totalement transpirant. Ses yeux glissent avec une lenteur désarmante sur moi, ce qui me laisse une traînée de frissons à chacun de ses passages. Après avoir parcouru avec attention une à une mes courbes, ses prunelles reviennent se loger dans les miennes.

Alors que je pense qu'il va se lever pour s'éclipser et me laisser seule face à notre erreur monumentale, il me surprend en venant pincer un de mes tétons, encore bien sensible. Mon corps tressaille. Je couine. La pulpe de ses doigts continue de taquiner ma pointe durcie. En réponse, mon cœur s'accélère. Calum est insatiable. Mes gémissements s'intensifient lorsque mon téton roule gracieusement entre son pouce et son index. Je tente tant bien que mal de garder la tête hors de l'eau.

Qui est Calum pour moi, en réalité ? Je ne le sais pas, je ne le sais plus…

Il devient en cet instant un homme sexy, torride, dominant, avide de sexe, avide de… *moi*. Cela ne fait plus aucun doute, puisque son énorme trique caresse mon ventre, créant au passage un creux à l'intérieur de moi, comme si nous ne venions pas de baiser – il faut le dire – comme des bêtes sauvages, il y a tout juste cinq minutes. Jamais il ne m'a été donné de ressentir un désir aussi puissant, aussi fort qu'il en devient carrément vital. Calum fait naître un feu en moi, un feu que je suis incapable d'arrêter et qui se transforme peu à peu en un brasier géant. Tout en moi crépite, craque, brûle et se consume.

Pour la première fois de la soirée, ses lèvres s'approchent de moi, pour enfin venir se poser sur les miennes. Calum m'embrasse pour la deuxième fois. C'est doux et intense à la fois, c'est savoureux et si fort en même temps. Sa langue me lèche doucement les lèvres, m'invitant à plus. Son goût sucré s'insinue en moi, pénètre à l'intérieur, me procurant au passage une multitude de sensations complètement folles et inconnues. Le souffle court, le cœur battant la chamade je lie ma langue à la sienne. Toutes deux partent dans une danse calme, avant de prendre un autre tournant. Ses mains se posent sur ma peau et commencent à me caresser. Je ne contrôle plus mes gémissements.

Un bruit frappé contre la porte de ma chambre nous fait sursauter.

– Lexie ? Lexie, ça va ? entends-je ma meilleure amie derrière le battant.

– Euuuh… oui… oui, dis-je enfin en m'éclaircissant la voix.

– Tu pleures ?

– Non, réponds-je en fronçant les sourcils.

– Tu es sûre ? Car depuis tout à l'heure, j'entends des bruits étranges, je m'inquiète.

– Non, non, je t'assure, tout va bien.

Oui, tout va pour le mieux, là ! Je t'aime, mon amie, mais pars, là, s'il te plaît !

– Je peux entrer ? m'interroge-t-elle en actionnant la poignée.

– NON ! crié-je en poussant Calum du lit.

Celui-ci tombe lourdement au sol, entraînant la moitié de la couette. Il se relève, me fusille du regard.

– Ah bon ? Mais… ?

– Euh, je… je… je me suis juste cogné le genou contre ma table de nuit ! lâché-je au hasard.

Calum lève les yeux au ciel et se met à rire.

– Mais va te cacher, toi, lui soufflé-je en cherchant rapidement mon pyjama avant de l'enfiler.

– Bon, je peux entrer ?

– Attends !

Une fois rhabillée, je pousse fortement un Calum hilare en direction de ma salle de bains, quand la porte de ma chambre s'ouvre. Je tente de remettre rapidement la couette en place avant que mon amie ne pénètre, mais dans mon élan, mon petit orteil vient violemment cogner contre le pied de la commode. Je pousse un énorme cri de rage et de douleur, tout en tenant fermement le membre douloureux entre mes mains. Miley entre dans la pièce, et m'observe en train de sautiller en direction de mon lit. Lorsque mon popotin atterrit enfin sur ma couette en vrac, je vérifie si je n'ai rien de cassé, vu la douleur qui irradie dans tout mon pied.

– Mais qu'est-ce que tu fiches ? me demande-t-elle en fronçant les sourcils.

– Je me suis explosé l'orteil contre le meuble ! Ça ne se voit pas ? grondé-je contre elle.

Non seulement, elle vient de me péter mon deuxième coup avec Calum, et en plus je m'explose l'orteil !

– Ben, t'as pas de chance, toi, d'abord tu te cognes le genou et après, tu te fais mal à l'orteil…

– Ouais, rétorqué-je en la fusillant du regard.

Autant j'aime ma copine du plus profond de mon cœur, autant là, je me sens vraiment frustrée. ET EN SOUFFRANCE !

– T'as pas vu Calum ? On le cherche partout. Les mecs veulent faire une partie de billard, mais il n'est ni dans le jacuzzi, ni dans sa chambre.

– J'en sais rien, et qu'est-ce que j'en ai à faire d'où peut bien se trouver Calum ? mens-je comme une effrontée.

– Oui, c'est vrai, t'es bien la dernière personne à savoir où il peut être, vu votre relation, j'suis bête, rétorque-t-elle en riant.

Si elle savait! ne puis-je m'empêcher de penser bien fort.

– Hé, mais c'est quoi ça? m'interroge-t-elle en se penchant en avant afin de ramasser un truc qui traîne par terre.

J'écarquille les yeux quand je reconnais l'emballage de la capote que nous avons utilisée il y a à peine une demi-heure. Ma meilleure amie retourne l'emballage déchiré dans tous les sens avant de me faire face, l'œil inquisiteur.

– Pourquoi tu as un papier de préservatif ouvert dans ta chambre?

– C'est pour mon sextoy! lancé-je du tac au tac.

– Depuis quand tu mets des capotes sur tes vibros, toi?

– Euh… ben… depuis peu, car j'ai lu un article comme quoi parfois le revêtement n'est pas très bon pour les parties intimes.

Mais qu'est-ce que je raconte?!

– Ah bon?

Un rire étouffé me parvient de la salle de bains, et je hausse le ton afin qu'elle ne l'entende pas.

– OUI, OUI, C'EST MÊME TRÈS MAUVAIS!

– Mais pourquoi tu cries?

– Je ne crie pas.

– Ben si, tu cries. Et y a pas de honte à se faire du bien, ma copine.

– Mais j'ai pas honte!

– Ah, on dirait pas. T'es toute bizarre, t'es sûre que ça va? me demande-t-elle en posant sa paume contre mon front.

– Oui, oui, je t'assure.

– D'accord. Bon, au moins, tu viens de m'apprendre un truc, dit-elle en relâchant mon front.

J'en sais rien, en réalité, si c'est bon ou mauvais…

– Ouais…

– Oh, mais c'est pour ça que je t'entendais couiner ! En fait, tu ne pleurais pas, tu te faisais du bien ! Oh, putain, je t'ai coupée dans ton truc ! Oh, merde, je suis désolée, je m'en vais.

Je baisse les épaules, dépitée. Ma meilleure amie me connaît depuis des années, mais alors là, c'est la première fois que je me sens complètement stupide devant elle.

– Euuuh…

– Je te laisse, chuchote-t-elle avant de prendre la porte et de la refermer derrière elle.

– Oh, putain, soupiré-je en me laissant tomber en arrière sur mon lit, les mains cachant mes yeux.

– Alors, comme ça, tu as des vibros ?

Je sursaute à la voix de Calum. Je retire mes mains de mon visage, ouvre les yeux et le découvre debout devant mon lit en train de m'observer. Son excitation est bien entendu retombée, mais même comme ça, elle demeure toujours aussi… impressionnante.

Oh, putain, mon pire ennemi, à poil, dans ma chambre !

– Les mecs te cherchent.

– J'ai entendu. Mais tu n'as pas répondu à ma question.

– Oui, Calum, j'ai des vibros, lui avoué-je, excédée.

Un large sourire vient fendre son visage, et je crois bien que c'est la première fois que je peux observer Calum me sourire comme ça. Il faut reconnaître que ça lui donne un charme fou. Je n'aurais jamais pensé dire ça un jour, mais ce mec fait carrément brûler ma petite culotte.

Oh, mon Dieu, achevez-moi ? Qui suis-je ? Où est Lexie ? La vraie Lexie ?

– Tu devrais y aller, les gars vont se poser des questions, lâché-je, déçue de devoir mettre un terme à ce que nous faisions.

Calum récupère son maillot de bain qu'il a laissé choir, et rejoint la porte de ma chambre.

– Calum, l'interpellé-je.

Il se retourne. J'ouvre la bouche, mais il me coupe dans ma lancée.

– Ça ne se reproduira pas, lâche-t-il avant de se faufiler dans le couloir.

– Mais…

Je n'ai pas le temps de finir ma phrase que la porte de ma chambre se trouve déjà close.

Pour la seconde fois en à peine deux minutes, je plaque mes mains contre mes yeux, complètement perdue. J'avais beau m'y être préparée, l'idée que ce soit déjà terminé me broie les côtes.

11

TEMPÊTE AU MEXIQUE

Calum

Il faut que je parte, que je quitte sa chambre à tout prix. Je n'attends pas sa réponse et referme sa porte derrière moi. Ce que nous venons de faire était inévitable, mais ça ne doit pas se reproduire. Ni maintenant, ni jamais. Et j'en crève.

Habituellement, je ne couche jamais plus d'une fois avec la même fille, même si cela m'est arrivé parfois, quand c'était vraiment le pied et un bon coup. Avec Lexie, c'est différent. Je sais pertinemment que je pourrais craquer encore et… hélas, encore. Et cela va bien au-delà de mon amitié avec Scott, bien au-delà de ce que Lexie peut imaginer. Déjà que je me sens coupable et honteux de ce que je viens de faire ! Même si notre pacte a été momentanément levé le temps de nos vacances ici, il n'en demeure pas moins effectif en ce qui concerne justement cette nana-là. Lexie n'est pas n'importe qui, autant à mes yeux qu'à ceux de Scott. C'est son ex, mais elle compte encore beaucoup pour lui. C'est pour cela que je dois cesser tout ça maintenant. Bien que nous ne nous soyons pas vus depuis quelques années, je sais très bien que Lexie est une jeune femme qui a beaucoup de cœur, tandis que Calum rime avec « pas d'attaches » et « sans cœur ». Ce n'est pas possible, un point c'est tout. Je n'en suis pas capable, et ça me dévore de l'intérieur. Hier matin, quand j'ai vu la jalousie transpirer par tous les pores de sa peau, je n'ai pas pu lui résister, et ça a été encore pire ce soir. J'ai totalement vrillé…

Alors voilà, c'est bien, j'ai craqué, je l'ai baisée comme le gros bâtard que je suis et maintenant, il est de mon devoir de me barrer. Il faut qu'elle me déteste, elle doit me détester ! À mon échelle, je ne suis pas capable de rendre heureuse une femme. Amoureux ou pas, je suis un sombre connard et ça me va très bien. Pas d'attaches, pas d'emmerdes, rien. Juste ma réputation de Casanova et moi. Je suis simplement bon à écarter des cuisses, rien d'autre. J'espère qu'à présent, Lexie me sortira de la tête.

Rêve, connard !

Je passe par ma chambre, enfile un tee-shirt et un short avant de rejoindre les gars dans la pièce où se trouve le billard.

– Alors, t'étais où, frère ?

Je me racle la gorge.

– Je prenais ma douche.

– T'en as mis du temps.

– Ouais, j'ai eu un coup de téléphone après, mens-je.

– Ah, OK. Une partie ? me demande mon meilleur ami qui n'insiste pas.

Il connaît mon passé, et donc mon secret, que je veux à tout prix garder pour moi. Personne n'a besoin de savoir ça.

– Ouais, réponds-je en m'emparant d'une queue de billard que je frotte à l'aide de la craie.

– Tu casses le triangle ? m'interroge Noah.

Je hoche la tête et la partie commence. Impitoyable à ce jeu-là, je casse et empoche déjà deux billes.

– Rah, Calum, tu fais chier, râle mon meilleur ami.

– On arrivera un jour à le prendre à son propre jeu, ne t'en fais pas, plaisante Noah en lui tapotant l'épaule.

Je ricane. Pourtant, ma fierté est de courte durée quand je distingue dans l'angle de la porte Lexie s'approcher de nous. Elle a revêtu un microshort et un débardeur hyper bandant. Pour le coup, il va falloir que ma concentration soit à son maximum ou je risque de me faire battre à plate couture. Ses petits yeux noisette, aux cils de biche se plantent dans les miens et je me sens soudain comme un con.

Depuis quand une nana a ce genre d'effet sur moi ?

Jamais, je dis bien jamais, cela n'a été le cas. Je l'ai sautée et devrais être content, j'ai enfin eu la femme que j'ai toujours le plus convoitée, et pourtant c'est tout l'inverse qui se produit. Mon sang ne circule plus comme il le faut, j'ai comme la désagréable sensation qu'il quitte mon cerveau, qu'il n'irrigue plus rien d'autre que ma queue.

Lexie part s'installer comme si de rien n'était au piano, disposé au fond de la pièce, à côté de la baie vitrée, qui donne sur l'avant de la villa. Ses prunelles quittent les miennes quand ses paupières se ferment et que ses doigts délicats parcourent le clavier. Miley la rejoint, s'installe auprès d'elle pour l'accompagner dans quelques notes. Je me secoue vivement et reprends rapidement où j'en étais. J'ai une partie à gagner. Que la femme qui renverse tous mes sens soit là ou pas, je me dois de refréner tout ça. Je range mon sexe bandé dans un coin de ma cervelle et me concentre sur le jeu. Ce n'est tout de même pas une nana, aussi sexy soit-elle, qui va me faire perdre le trophée du meilleur joueur de billard !

***

L'instrument qui laisse échapper sa gracieuse mélodie nous plonge directement dans l'ambiance d'un piano-bar. L'envie d'un bon verre de champagne ne tarde pas à se faire sentir. Noah qui, visiblement, doit partager le même désir s'éclipse quelques instants pour revenir avec une bouteille de Ruinart et des verres à pied. Un rire sort de ma gorge quand je l'observe arriver vers nous en prenant une démarche que je ne saurais qualifier.

Il n'en a pas eu assez, lui qui s'est enfilé l'autre bouteille de champagne avec sa dulcinée, une heure et demie plus tôt quand ils sont partis dans sa piaule pour baiser ?

– Voici pour vous, messieurs-dames, la meilleure bouteille de notre cave : un Ruinart champagne Blanc de Blancs. D'une grande puissance aromatique, à la pureté intacte des cépages Chardonnay, français, mon pays d'origine et de cœur, nous indique-t-il dans sa langue maternelle, d'une voix aristocratique.

– Arrête de faire le con et sers-nous, lance Scott hilare.

– Vous noterez, très cher, que j'ai apporté dans ma valise

cette merveille qui, ayant déjà fait un long voyage depuis la France, que j'estime du plus profond de mon cœur, méritait que je la sorte dans des circonstances telles que celle-ci.

Il dépose la bouteille sur une desserte à côté du billard puis, tout en mimant un cigare au bord de ses lèvres, il reprend dans un nouvel accent de magnat et la tronche qui va avec – genre le Docteur Olive sur l'ancienne boîte du jeu *Clue*[1] :

– Une bonne partie de billard entre amis, les femmes qui jouent du piano, l'ambiance parfaite.

Soudain, la musique cesse. Je relève les yeux en direction des filles toujours assises devant le piano et constate qu'elles le fixent en se retenant de rire. Noah est vraiment un phénomène… Heureusement que c'est notre pote, car si je le croisais comme ça dans la rue, je le prendrais sûrement pour un gros barjot. Ce qu'il est à ne pas en douter. Mon regard se plante une nouvelle fois dans celui de Lexie. L'envie de la bouffer me transperce les entrailles, mais hélas, la seule chose que je peux faire à cet instant, c'est quitter ses yeux et l'ignorer à tout prix. Ce que je fais, comme un sombre connard qui tente de lui montrer que, maintenant qu'il l'a baisée, il n'en a absolument plus rien à foutre d'elle. Ce qui est faux.

Et d'ailleurs, vais-je parvenir à tenir ce rôle, maintenant que je connais le goût de sa bouche, l'odeur enivrante de sa chatte ?

1. *Clue* qui veut dire « indice », autrement appelé *Cluedo* en France, est un jeu de société dans lequel les joueurs doivent découvrir parmi eux qui est le meurtrier d'un crime commis dans un manoir anglais. Imaginé par Anthony Pratt et sa femme, Elva Rosalie Pratt, en 1943 à Birmingham, le jeu est mis en vente pour la première fois par Waddington Games au Royaume-Uni en 1949. Le Docteur Olive représente le pion vert. *Note de l'auteure : J'adore ce jeu !!!*

***

Le lendemain matin, nous nous levons tous à six heures. Une grosse journée nous attend. En effet, Alyne, la cousine de Lexie, vient nous chercher afin de nous faire visiter une des plus belles cités mayas du Mexique qui se trouve à Calakmul, à un peu plus de quatre heures de route.

Encore ensommeillé, je rejoins la cuisine où le reste du groupe est déjà en train de petit-déjeuner. Lorsque je m'installe sur mon tabouret en face de la jolie blonde, je remarque bien que celle-ci me lance quelques regards discrets.

Ayant encore en mémoire notre petit craquage de la veille, je déploie une fois de plus toutes mes forces afin de ne pas lever les yeux sur elle. Même sans la regarder, je remarque bien que l'ambiance a changé, qu'elle est plus électrique. Jamais je n'avais autant pris mon pied avec une nana. Je savais bien que Lexie était le genre de filles à part, de celles qui te font littéralement perdre la tête, et ce fut le cas. J'ai aimé chaque instant. Parcourir chacune de ses courbes, caresser chaque partie de son corps, jouer avec ce petit pendentif intime. Oh, oui, ça, ç'a été le summum. Je me doutais bien que cette fille était délicieuse à goûter, mais je ne pensais pas à ce point… Elle a carrément réussi à me foutre en transe. Et je n'ai qu'une putain d'envie : recommencer. Encore et encore. La nuit n'a rien aidé, j'ai encore envie d'elle comme un fou. Et c'est bien la première fois que je désire un second round avec une nana. Enfin du moins, à ce point. Mais encore une fois, je m'en doutais… Voilà pourquoi je ne voulais pas craquer. Lexie est une drogue.

La plus euphorisante des substances…

Une fois qu'on y a goûté, on ne peut plus s'en passer. Et ça, ce n'est pas possible pour moi.

Mis à part cette petite tension entre nous, tout est calme dans la villa lorsque nous avalons notre petit déjeuner avant de partir. Même Noah qui d'habitude ne peut retenir sa langue dort encore à moitié devant sa tasse fumante.

L'heure est enfin venue de partir. Les filles montent en voiture avec Alyne, tandis que les mecs montent dans le cabriolet avec moi. La cousine de Lexie ouvre la marche et nous la suivons. Le soleil se lève doucement à l'horizon quand nous nous enfonçons dans les terres, quittant la mer et la plage.

***

– Il faut savoir qu'ici se trouvait la plus puissante cité maya, commence à nous expliquer Alyne alors que nous commençons à gravir les premières marches.

– Tes mini mollets de Loompa vont tenir ? lancé-je à Lexie, un brin mutin.

Voilà, j'ai craqué, je ne peux me résigner à l'ignorer. Je reprends de ce fait mon jeu favori : la taquiner.

– Mes petits mollets sont efficaces ! rétorque-t-elle avant de me tirer la langue.

Ce petit air qu'elle arbore est tellement sexy que j'en frissonne. L'endroit est somptueux et la route l'était tout autant, mais rien n'est aussi beau à mes yeux aujourd'hui que cette fille blonde au carré court, ultra bandante. Ouais, je ne peux pas m'en empêcher ! Elle a revêtu un short bien trop moulant et sexy, un top à bretelles blanc, ainsi qu'une de ses fidèles paires d'espadrilles, dont elle se sépare rarement. Tout comme moi de ma casquette. Je n'ai pas cessé de repenser à son corps somptueux toute la nuit. L'idée de la rejoindre ne m'a pas quitté jusqu'au petit matin. Pourtant, j'ai tenu bon.

– Ici habitaient au moins cinquante mille personnes, continue Alyne qui marche en tête, suivie de Scott, puis enfin de Miley et Noah.

Moi, je ferme la marche, juste derrière l'appétissant popotin de Lexie, que j'aurai le loisir de mater pendant tout le temps de la montée. Rien de mieux pour me motiver à gravir autant de marches.

– Et ce qu'il faut savoir, c'est qu'ils construisaient leurs temples non pas comme les Égyptiens pour mettre les tombeaux de leurs rois et leurs empereurs, mais plutôt en leur honneur !

– Ça t'intéresse, ce qu'elle raconte ? chuchoté-je à Lexie qui s'arrête, puis se retourne pour me dévisager.

– Ben oui ! Pas toi ?

– Bof, lâché-je en haussant les épaules. Je n'ai jamais vraiment aimé l'histoire à l'école.

Elle éclate de rire, puis reprend sa montée. J'adore quand elle rit, bien plus – je dois l'admettre – que de voir les éclairs dans ses yeux quand je l'énerve.

– Le temple construit en l'honneur du roi nommé était spécialement conçu en hauteur afin de le rapprocher des étoiles. C'est pour ça qu'il y a beaucoup de grosses marches.

– Ouais, ben ça, j'avais remarqué, bougonné-je.

– Roh, mais arrête de te plaindre ! lance une voix amusée devant moi.

– Je ne me plains pas, je constate, réponds-je amusé.

Elle pouffe, tourne la tête dans ma direction, mais rate la marche et trébuche. Je m'élance en avant afin de la rattraper de justesse et de la plaquer contre moi.

– Fais attention où tu mets tes pieds, Miss Disaster, lui soufflé-je au creux de l'oreille tout en gardant son dos contre mon torse.

Son cœur se met à battre plus fort contre la paume de ma main appuyée juste au-dessous de sa poitrine. Ne souhaitant pas plonger une seconde fois dans les abysses de mon désir pour elle, je la relâche instantanément.

– On devrait continuer notre montée, les autres sont presque arrivés, dis-je en indiquant le groupe du menton.

Elle se racle la gorge avant de reprendre le chemin du sommet. Je la suis, et nous arrivons enfin tout en haut. Miley, son appareil toujours en main, profite de la vue magnifique pour filmer. Je reconnais que c'est assez beau et très puissant. Une grande et majestueuse jungle s'offre à nous, dense et impressionnante. La montée vaut le coup, j'avoue.

– Eh, vous savez ce qu'est un yaourt dans la forêt ? nous lance Noah.

– Ouh, ça sent la vanne pourrie, lâche Lexie.

– Moi, je ne sais pas, répond Miley.

– Vas-y, balance, dit Scott.

– Un yaourt nature !

Les membres du groupe explosent de rire tandis que je secoue la tête, amusé. Il est vraiment con, ce mec, c'est pas possible ! Et lui, il rit, fier de sa connerie… On ne le refera pas.

Après cette visite, nous nous arrêtons à Valladolid pour manger dans une hacienda, avant de repartir.

La journée se termine à Tulum, ville connue pour ses vestiges préservés d'une cité portuaire antique maya. La vue y est époustouflante. Nous marchons en direction du bâtiment principal qui se compose d'une construction massive en pierre, appelée le *Castillo*. Ce château perché sur une falaise rocheuse domine la plage de sable blanc ainsi que la sublime mer turquoise.

Du coin de l'œil, je remarque Lexie qui vacille et qui se raccroche *in extremis* à un morceau de pierre. Je me précipite vers elle alors qu'elle s'assoit à même le sol. Nos amis au loin continuent de déambuler, n'ayant visiblement pas remarqué son malaise. Une fois accroupi à ses côtés, je constate qu'elle est toute rouge. Je comprends vite que la journée a été rude et qu'elle est victime d'un coup de chaud. Rapidement, je sors une bouteille encore remplie d'eau de mon sac pour la lui donner. Elle me remercie du bout des lèvres avant de porter le goulot à sa bouche. Bouche que je rêve d'effleurer encore une fois.

Arrête ça, putain !

– Ça va aller ? lui demandé-je, inquiet.

– Je crois que j'ai besoin d'un peu de temps.

– Oui bien sûr, lui réponds-je avant de m'asseoir près d'elle.

Nos amis ont disparu de mon champ de vision, mais ce n'est pas grave. L'important, c'est que Lexie ne tombe pas dans les pommes. Elle avale pratiquement la moitié de la bouteille, avant de la déposer au sol. Elle profite de ma proximité pour poser sa tête contre mon épaule, et fermer un instant les paupières afin de reprendre un peu de force. Le doux parfum de son shampoing s'insinue dans mes narines. Machinalement, je pose mes lèvres sur le sommet de son crâne. Je ne sais pas ce qu'il me passe par la tête, mais j'en avais envie. Geste totalement instinctif. Quelques minutes plus tard, elle relève le nez. Je constate alors que ses pommettes sont moins rouges. Elle me sourit.

– Ça va mieux, me souffle-t-elle.

– Ce genre de malaise t'arrive souvent ?

– Non, seulement quand il fait très chaud et que j'ai mal dormi la nuit, répond-elle avec un sourire forcé.

– Tu as mal dormi ? m'enquiers-je.

– Oui, j'ai… je… je n'ai pas arrêté de penser à… ce qu'il s'est passé entre nous hier soir.

– Ça ne se reproduira pas, lui répété-je pour la seconde fois depuis hier soir.

– Pourquoi ? me demande-t-elle.

– Parce que c'était une erreur, lâché-je un peu plus durement que je ne le souhaitais, avant de bondir sur mes deux pieds.

Elle paraît un instant déçue, puis reprend contenance. Elle devrait le savoir, elle me connaît pourtant.

– Tu peux te lever ?

– Oui.

Je lui tends la main afin de l'aider à se redresser et de partir à la recherche de nos amis. Nous avons à peine le temps d'amorcer un pas qu'un éclair zèbre le ciel, rapidement accompagné d'un énorme grondement. Lexie sursaute, puis se plaque contre moi.

– J'ai la trouille des orages, crie-t-elle, paniquée.

– Merde, qu'est-ce que c'est que ça ? grogné-je en direction du ciel orageux.

Soudain, un vent violent se met à souffler, ce qui fait instantanément pencher les palmiers. Quelques secondes plus tard, une pluie torrentielle s'abat sur nous. J'extirpe rapidement mon téléphone de ma poche afin d'appeler Scott, mais constate que je ne capte aucun réseau.

Super, c'est bien ma veine…

– Viens, il ne faut pas traîner, lui indiqué-je.

Je m'empare de la main de Lexie et commence à chercher le chemin de la sortie au pas de course afin de retrouver la voiture. Peut-être qu'on retrouvera le reste de la bande là-bas. Et heureusement que j'ai fermé la capote en arrivant. Le tonnerre gronde encore, faisant sursauter Lexie une seconde fois. La pluie tombe en averse, le vent est si fort qu'il nous déstabilise. Dans notre course folle, la jolie blonde trébuche et s'étale de tout son long contre le sol, se cognant violemment le crâne.

Merde !

– Lexie ? Lexie, ça va ?

Elle hoche la tête et tente de se redresser.

– Putain, tu saignes ! crié-je entre les bourrasques.

Elle porte ses doigts contre son front, à la racine de ses cheveux et remarque que du sang coule de son crâne. La pluie qui martèle sa tête a déjà complètement trempé ses beaux cheveux blonds, faisant dégouliner son sang le long de ses joues.

– Il faut vite qu'on retrouve la voiture, et qu'on rentre à la villa pour te soigner !

Tant pis pour nos potes, je dois la ramener au plus vite. Je raccroche une nouvelle fois sa main à la mienne quand un éclair vient s'abattre non loin de nous. Lexie se pétrifie et commence à pleurer. Je dépose mes mains contre ses joues et la regarde dans les yeux.

– Ça va aller, je suis là, tenté-je de la rassurer.

Ses larmes se mêlent aux gouttes de pluie qui ruissellent le long de son si beau visage.

– Je ne peux pas avancer, j'ai peur, hoquette-t-elle.

Sans réfléchir, je plaque alors ma bouche contre la sienne et l'embrasse avec toute la force qui me compose.

Et merde !

À mon contact, son corps se détend quelque peu. Quand je recule mon visage, je saisis son regard qui cherche au fond du mien ce que ce baiser voulait bien dire. Moi-même je n'en sais foutre rien. Je n'aurais pas dû, mais son angoisse, sa détresse ainsi que ses larmes ont eu raison de moi. J'ai à nouveau craqué. Cette fille me désarme, c'est plus fort que moi.

Fait chier !

Les mains toujours liées, je vais pour reprendre le chemin du parking, quand elle s'y oppose. Elle tire sur mon bras afin de me rapprocher à nouveau d'elle. Ses jolis yeux noisette se plantent dans les miens, tandis que la paume de sa main rejoint ma joue rugueuse. Ses paupières se ferment quand ses lèvres viennent de nouveau rejoindre les miennes. Son baiser est doux, tremblant et profondément agréable.

Je devrais la repousser. Oh, oui je le devrais, de toutes mes forces, mais à la place, je lui rends sa caresse tout en me délectant de son goût tout contre ma langue. La pluie et le tonnerre qui grondent autour de nous n'ont plus l'air de la perturber.

Mes bras s'enroulent autour de sa taille que j'enlace tendrement, chose que je n'ai jamais faite avec aucune autre fille auparavant. Il y a trop de choses inédites avec elle, ce qui explique pourquoi il faut vraiment qu'on se détache. Je romps notre baiser, et la repousse doucement. Sa plaie saigne encore, sans oublier qu'une violente tempête tropicale éclate autour de nous. Il faut vraiment qu'on rentre, ça urge !

Nous reprenons vite le chemin en direction de la voiture. Une fois sur le parking, je remarque que celle d'Alyne est encore là, mais que nos amis ne sont pas à côté. Tant pis, nous devons rentrer. Il faut qu'on désinfecte et qu'on vérifie la profondeur de sa blessure à la tête. Nous montons à bord et je détale en direction de la villa. Malheureusement, le temps est tellement affreux que je ne vois rien à moins d'un mètre, ce qui m'oblige à rouler lentement.

Et ce n'est pas plus mal finalement, car soudain, un craquement retentit, puis cinq secondes plus tard, un arbre s'abat violemment sur la route, à peine à un centimètre de notre pare-chocs. Lexie pousse un cri de terreur tout en me suppliant de rentrer au plus vite. Ses larmes qui roulent le long de ses joues me pincent le cœur. Voilà que je m'inquiète pour elle. Encore une chose inédite… *Rah !* Je fais demi-tour, m'obligeant à trouver un autre chemin. Conduire alors que le vent souffle aussi fort est une mission suicide, pourtant je me dois d'emmener Lexie en sécurité. Je ne sais pas pourquoi ma préoccupation grandit tellement pour elle, mais je fais fi de toutes ces sensations, obnubilé par l'objectif de retrouver rapidement la villa.

Une heure plus tard, je me gare enfin devant la porte et

nous pénétrons rapidement à l'intérieur. J'emmène Lexie dans la première salle de bains que je trouve ; autrement dit : la mienne, en sors la trousse de secours.

Assise sur le rebord de la baignoire, elle me regarde m'affairer à trouver une compresse, du désinfectant, ainsi que des strips de suture.

– Merci, Calum, dit-elle du bout des lèvres.

Je stoppe un instant ce que je fais afin de river mon regard sur elle.

– T'étais pas obligé de faire tout ça et pourtant tu l'as fait. Alors merci, continue-t-elle.

Reposant la trousse de secours, je m'avance vers elle et m'empare de son visage.

– J'allais pas t'abandonner.

Elle baisse le regard.

– Pourtant, tu ne m'apprécies pas plus que ça.

– Il faut t'enlever ça de la tête. C'est faux, avoué-je.

Et je le regrette à l'instant même où mes mots sont sortis de ma bouche…

Qu'elle croie que je ne l'aime pas serait bien plus facile à gérer pour moi.

– Ah oui ? me demande-t-elle en redressant le menton.

– Avant, oui. Enfin, c'est compliqué.

Je la relâche, puis retourne chercher de quoi lui désinfecter sa plaie. Heureusement, celle-ci s'est arrêtée de saigner. Je trouve enfin le paquet de compresses et de strips, j'applique du désinfectant dessus avant de m'approcher une nouvelle fois d'elle.

– Attention, ça va sûrement piquer un peu, la préviens-je avant de déposer la compresse sur sa blessure.

Elle tressaute un coup, mais ne se plaint pas.

– Explique-moi.

– T'expliquer quoi ?

– Pourquoi tu ne m'aimais pas avant.

– Je ne t'ai jamais vraiment détestée, soupiré-je, ne réussissant pas à lui mentir.

– Ah bon ? Mais alors pourquoi…

– Lexie, grogné-je en la coupant.

Je continue de tapoter sa plaie. Elle serre les dents.

Je n'ai pas envie de partir sur ce sujet. Je n'ai pas envie qu'elle sache pourquoi je me comporte comme ça avec les filles, et surtout avec elle. Moins elle en sait, mieux c'est. Seul Scott partage ce secret, et c'est déjà amplement suffisant.

– À ton avis, où sont les autres ? Ils ne sont toujours pas là. J'espère qu'ils vont bien, s'inquiète-t-elle, en changeant de sujet.

– J'ai laissé un message à Scott quand j'ai retrouvé du réseau. J'espère qu'il l'a reçu.

– Tu lui as dit quoi ?

– Qu'il n'avait pas à s'inquiéter, que tu étais avec moi et qu'on était de retour à la villa.

Je termine à peine ma phrase que j'entends mon téléphone vibrer. Je m'empare de mon appareil et découvre un nouveau message de mon meilleur ami. Il me remercie de l'avoir prévenu et m'indique qu'après s'être abrités quelque temps vers un des vestiges, ils ont rejoint la voiture d'Alyne pour aller se réfugier chez elle, le temps que la tempête se calme.

– Pourquoi tu m'as embrassée ? me demande-t-elle doucement.

– Ça non plus, ça ne se reproduira plus. Enfin, pour la seconde fois.

– Pourquoi l'as-tu fait ?

– Je ne sais pas ! Tu ne te sentais pas bien, tu avais peur… J'ai réagi à mes pulsions comme un con, et je sais que je n'aurais pas dû, mais c'était plus fort que moi. Je parviens de moins en moins à lui résister.

Et franchement, ça craint !

Je me sens comme pris dans un étau, et je sais qu'il n'y a que moi pour changer ça. Mais je ne me sens pas prêt, pas encore. Et je ne le serai jamais, pas pour ça. L'amour, c'est pour les autres, et c'est très bien comme ça.

– Tu fais ça avec toutes les nanas qui ne se sentent pas bien et qui ont peur ? s'enquiert-elle, un brin moqueuse.

– Non, grogné-je.

J'applique enfin les strips au niveau de sa plaie, heureusement bénigne.

– Alors pourquoi ? Pourquoi tu m'as embrassée, Calum ?!

– Cesse de toujours vouloir des réponses à tout ! m'agacé-je.

– Embrasse-moi encore, quémande-t-elle en tirant sur la manche de mon tee-shirt.

– Non. C'est bon, j'ai fini, tu peux aller prendre une douche chaude et enfiler des vêtements secs.

– Pourquoi ? Ton corps désire le contraire, je le vois bien ! Tu as limite la trique alors que tu es simplement en train de désinfecter mon front !

Elle a raison, je bande comme le sombre connard que je suis, car je suis incapable de lui résister. Sa présence, son parfum, sa voix, son corps. Tout en elle est un putain de supplice.

– Mais parce que j'ai mes putains de raisons ! Maintenant, va prendre ta douche, merde ! m'énervé-je pour de bon, sentant que la situation risque de me glisser entre les doigts.

Elle se pétrifie, surprise par mon élan de colère. Même moi, je ne sais pas si celle-ci est dirigée contre elle ou alors contre moi.

– Lexie, casse-toi s'il te plaît, sifflé-je.

Avant que je ne craque une nouvelle fois et que je te prenne à même le mur de ma salle de bains.

Elle bondit sur ses pieds, la rage transperçant chaque pore de sa divine peau.

– Je n'aime pas ce Calum-là. Allez, amuse-toi à jouer les gros crétins, de toute façon, c'est ce que t'es : un crétin, doublé d'un connard ! aboie-t-elle le doigt pointé sur moi.

– Ouais, c'est ça, un connard, maintenant barre-toi.

J'en ai limite mal de lui parler ainsi, mais il le faut. Il le faut, sinon je risque de craquer et de mordre dans son cou comme un vampire assoiffé de sang et, cette fois, je ne sais pas si je serai capable de m'arrêter, tellement m'abreuver d'elle sera une extase.

– Tu fais chier ! crie-t-elle avant de quitter la pièce et de claquer la porte derrière elle.

Je me laisse retomber, le cul contre le bord de la baignoire, me passant les paumes contre le visage.

La situation m'échappe totalement…

Même pas deux secondes plus tard, Lexie revient tel un boulet de canon dans la pièce où je me trouve. Elle se stoppe, mains sur les hanches.

– En fait, il y a un truc que je ne comprends pas, t'as été

gentil avec moi tout l'après-midi et là, tu me demandes impoliment de me barrer, c'est quoi ton problème ?! lance-t-elle toujours fâchée.

Ses yeux qui me fusillent du regard ainsi que son air survolté me donnent instantanément envie de rigoler. Je suis con ou quoi ?

– Tu ne lâches pas l'affaire, en fait ? énoncé-je à la place.

– Non mais explique-moi, car je ne comprends pas !

– Mais il n'y a rien à comprendre ! On a passé du bon temps ensemble, c'était génial. OK, c'était plus que jouissif, mais c'est fini, je ne veux plus que ça recommence.

– Pourquoi ?! Si c'était si bien.

– Et toi, pourquoi tu insistes autant, hein ? demandé-je, partagé entre la colère et le dépit.

Silence. Soit elle ne le sait pas non plus, soit elle ne veut pas me le dire. Nous voilà bien.

– Parce que… parce que, j'ai simplement envie de recommencer, répond-elle enfin.

Ouais, c'est ça, le problème, elle veut recommencer, et bientôt elle voudra plus, et ça c'est hors de question ! Je soupire, puis secoue négativement la tête.

– Je ne peux pas, Lexie. Retourne dans ta chambre, s'il te plaît, lui demandé-je le plus gentiment possible.

– Réfléchis-y, au moins, murmure-t-elle avant de quitter ma salle de bains et de retrouver sa chambre pour de bon.

Ce soir-là, le reste de la troupe ne rentre pas, préférant rester dormir chez Alyne le temps que la tempête passe. De mon côté, je prends soin qu'il ne se passe rien de plus entre Lexie et moi. Elle est enfermée dans sa chambre, moi dans la mienne.

Et c'est très bien comme ça. Même si je la désire comme un fou, même si j'ai envie de débouler dans sa chambre et de l'embrasser comme un dingue. Je n'en fais rien, encore une fois, pour les mêmes raisons.

Lexie, oublie-moi, c'est mieux comme ça.

12

UNE BANDE DE POTES EXTRAORDINAIRE

Lexie

Trois jours se sont écoulés depuis la grosse tempête tropicale. Ce qu'il s'est passé avec Calum ce jour-là était assez bizarre, et très déstabilisant. Sa façon de prendre soin de moi m'a complètement renversée. Mais en même temps, qu'est-ce qui a bien pu se passer dans sa vie pour qu'il repousse à ce point toute relation avec une fille ? Parce que là, je le devine, il y a un truc. Il m'a embrassée, a veillé sur moi, mais refuse que l'on recommence. Il me rejette totalement. Pourquoi ? Cette raison qui le retient, c'est quoi ?

Et si j'essayais de le faire changer d'avis ? Et si je me mettais au défi de le faire à nouveau craquer ?

C'est décidé, je vais enfiler mon habit de super séductrice, et je compte bien remettre Calum dans mon lit ! Car c'est clair et net que je le veux. Et je sais qu'il me désire…

Ne bougeant pas ce matin, nous nous offrons une petite séance de yoga et de détente au bord de la piscine avec Miley. Sur nos tapis, profitant des doux rayons du soleil matinaux, on respire profondément tout en effectuant nos enchaînements. On a commencé à pratiquer le yoga à New York. On a constaté que ça soulageait pas mal le stress de nos études. Depuis, nous n'avons pas vraiment arrêté d'en faire.

Quand j'entame la posture du cobra afin d'étirer mes muscles dorsaux, je remarque Calum venir s'installer non loin de nous, un verre de jus de fruits à la main. Lunettes de soleil sur le nez, sa fidèle casquette sur la tête, il se pose sur un bain de soleil et nous observe. Mon cœur s'emballe, et *exit* la détente.

Super, merci Calum…

Je tente alors de fermer mes paupières, repasse en chien tête en bas tout en essayant de me concentrer sur ma respiration, mais c'est sans compter le bruyant Noah qui sort sur la terrasse.

– Eh, les filles, vous faites quoi le cul en l'air ?

– On fait du yoga, Noah, grogné-je la tête en bas.

– Mais pour quoi faire ?

J'expire l'air par mon nez, et passe en posture du guerrier.

– Mais on fait du yoga pour se sentir bien dans notre corps, apaisées, plus légères…

– Oh, ah bon… ? Bah moi, pour me sentir plus léger et mieux dans mon corps, je fais caca, lâche-t-il en haussant les épaules.

À sa réponse, Miley éclate de rire et se casse la figure, tandis que Calum recrache sa boisson, hilare.

Oh, c'est pas possible...

Je lève les yeux au ciel, mais ne peux m'empêcher de rire à sa connerie.

– Qu'est-ce qu'on va faire de toi, Noah, sérieusement ? lâché-je.

– Sais pas, répond-il en haussant les épaules.

Scott qui sort sur la terrasse au même moment nous lance un regard interrogatif.

– Pourquoi vous riez comme ça ?

– Rien, c'est juste Noah qui vient de sortir une connerie, répond Miley.

– Mais c'est pas une connerie ! C'est vrai ! Je me sens vraiment plus léger après avoir fait caca, rétorque-t-il de son air sérieux.

Miley, dorénavant recroquevillée sur son tapis, se tord de rire. Scott n'a visiblement toujours rien pigé, puisqu'il nous regarde d'un air vraiment perdu.

– D'ailleurs, j'ai une autre blague ! lance soudainement Noah.

– Oh, punaise, qu'est-ce qu'il va nous sortir ce coup-ci ? lancé-je, amusée.

– Savez-vous pourquoi les tornades ont toujours des noms de fille ?

– Parce que les filles sont des tornades ? tente de répondre Scott.

– Mais non, ça, c'est stupide comme réponse, rétorque Noah.

– Ben, je ne sais pas, dis-nous.

– Ben parce qu'au début, elles arrivent chaudes et humides, mais après, elles repartent avec ta maison et ta voiture.

– Ah pas mal, s'exclame Calum, toujours assis sur son bain de soleil.

– Oh, moi, j'ai préféré le yaourt nature, bougonne Miley.

Je secoue la tête. Qu'est-ce qu'on ferait sans lui, je me le demande…

***

Le soleil ne va pas tarder à se coucher sur Cancún. Marchant dans le sable refroidi, nous avançons afin de nous installer confortablement pour manger nos pizzas et admirer le coucher de soleil. Mes espadrilles dans une main et des paquets de chamallows à griller dans l'autre, je marche aux côtés de Scott et Calum, qui tiennent les cartons de notre repas entre leurs mains. La bonne odeur qui s'en dégage me donne déjà l'eau à la bouche. Devant nous marchent Miley et Noah, packs de bières fraîches en mains. Les voir tous les deux bras dessus dessous en train de se picorer la bouche est vraiment mignon. Sans le savoir, ces deux-là étaient sur la même longueur d'onde lorsqu'ils se sont revus dès notre retour à Washington. Ça fait plaisir à voir ! Et je suis tellement soulagée de constater que ça ne change rien à la dynamique de notre groupe !

Nous trouvons enfin l'endroit idéal près d'un brasero. Je dépose sur le sable notre grande couverture pour y accueillir nos cinq popotins. C'est sans surprise que Miley s'avachit entre les jambes de son petit ami pour dévorer sa part de pizza tandis que je me trouve entre Scott et Calum, comme si ces deux-là étaient mes gardes du corps. Je me demande bien depuis quand j'ai autant de valeur aux yeux de Calum, mais je ne m'en plains pas, je trouve ça très agréable.

La nuit est tombée sur Cancún, les étoiles parsèment dorénavant le ciel. Le roulement des vagues qui s'échouent pénètre mes oreilles de son doux son mélodieux. Le feu qui crépite dorénavant entre nous fait craquer sa chaleur tout à l'intérieur de mon corps. Noah, qui a apporté sa guitare, commence à gratter les cordes pour nous chanter des chansons françaises que nous ne connaissons pas. Et c'est agréable à écouter. Sous ses airs de mec complètement barjot se cache une âme très artistique. Noah sait être sérieux quand il le faut. Ses doigts glissent sur les cordes, ses lèvres frémissent entre chaque note, ses paupières se ferment. Il vit. Il ressent la vibration de la musique contre son torse, la plénitude qui l'accompagne. Il ressent tout, comme moi quand je joue du piano. C'est beau à regarder, magnifique à écouter. La langue française est sublime à entendre, si bien que mes poils se dressent sur mes bras.

Lorsqu'il termine sa mélodie, il rouvre les paupières. Moi, je suis transpercée par la beauté de la musique. Je n'ai pas un excellent français, mais j'ai compris quelques paroles. Mon oreille musicale fait que je pourrais limite la rejouer au piano. D'ailleurs, je lui demande de la rejouer afin que je l'accompagne au chant. Mais avant qu'il entame sa première note, je le stoppe afin de le questionner sur le nom de l'artiste et du titre de la chanson.

– C'est « Je t'aimais, je t'aime et je t'aimerai » de Francis Cabrel.

– C'est somptueux, réponds-je.

– C'est le chanteur préféré de mon père, nous indique-t-il un sourire au coin des lèvres.

Il se concentre et nous rejoue la même mélodie. La petite

brise englobe ses notes, les mène partout autour de nous, les laisse glisser là où elle se promène. Le ciel étoilé accueille les sons qu'il émet tandis que je fredonne pendant qu'il chantonne les paroles. J'aimerais qu'il ne s'arrête jamais tant cette mélodie me fait frissonner. Mais comme toute bonne chose, celle-ci a aussi une fin. Je me promets qu'une fois de retour à la villa, je chercherai cette musique sur mon téléphone. J'aimerais pouvoir me délecter de chaque chanson que cet artiste chante. Quelle belle découverte Noah vient de nous offrir... J'ai l'impression de le redécouvrir, lui aussi.

Je pense aux six années qui nous ont séparés. Même si on se voyait les étés et quelquefois pour Thanksgiving, ce n'est pas la même chose que de se côtoyer au quotidien. Où sont passés nos 18 ans ? Je pourrais vouloir retourner à cet âge-là, mais il s'avère que non. Bien entendu, j'aimerais revivre certains moments, mais j'aime ma vie maintenant, j'aime mon évolution. Je n'ai pas peur de grandir encore, de mûrir et de vieillir. La vie est faite ainsi. Alors oui, j'ai parfois envie de revivre certains moments passés, mais ceux que je vis là s'impriment dans ma mémoire.

Mes yeux entrent en contact avec ceux de Scott qui me sourit, puis viennent percuter ceux de Calum. La lueur du feu crépite dans ses prunelles. L'or de son regard se fait sombre au manque de luminosité, mais les flammes qui luisent au fin fond de ses rétines les subliment. Je repense alors à ce baiser échangé lors de la tempête, à notre étreinte, et mon cœur s'emballe. Je veux tellement plus de lui…

Je tends machinalement ma main en direction de la sienne, ressentant la brûlante envie de le toucher. Lorsque mes doigts effleurent les siens, il tressaille et pose ses yeux là où nos deux corps se joignent. D'abord surpris, il fronce les sourcils, sans toutefois retirer sa main. Il me laisse faire, ce qui m'étonne. Alors, je glisse mon index sur l'encre qui marque sa peau. Cette date en chiffres romains qui n'était pas là quand nos chemins se sont séparés à la fin du lycée. Je suis obligée d'admettre que le nouveau Calum me fascine autant qu'il m'attire, encore et encore.

Soudain, les doigts de sa main opposée s'enroulent autour de mon poignet, comme si le fait que je touche son tatouage le dérangeait. Je lève alors les yeux dans les siens qui me somment d'arrêter. Sa mâchoire se contracte quand je cherche à reculer ma main. Il la retient et serre un peu plus fort mon poignet entre ses doigts. J'ai beau chercher à comprendre ce qu'il se trame, je n'en saisis aucun mot. Le sombre Calum est devenu si mystérieux dorénavant qu'il m'est impossible de démêler ce nœud au fond de ses yeux.

Que veut-il ? Que cherche-t-il ? A-t-il seulement la réponse ?

Sa paume chaude fait monter en moi une nuée ardente. Ça gronde tout au fond de mon ventre. Comment ai-je pu, en si peu de temps, passer de l'agacement à cette avidité qui creuse son chemin en moi ? Comment se fait-il que son regard m'hypnotise, que ses touchers m'électrisent, que son rire laisse une marque au niveau de mon abdomen ?

Le pire dans cette histoire, c'est que j'ai la sensation que le même orage gronde au fond de ses yeux. Comme si nous nous rencontrions pour la première fois, nous faisons à nouveau connaissance de l'autre. Mes lèvres ont envie de me présenter à lui : « Bonjour, je m'appelle Lexie, et toi ? » Alors qu'en réalité, je le connais, enfin, je pensais le connaître. Calum a cette flamme que je n'avais pas encore vue brûler en lui. J'ai envie de m'en approcher pour l'observer s'embraser. Je veux pouvoir la toucher, même si je sais pertinemment que je vais me brûler.

Car s'approcher de Calum, c'est comme évoluer en direction d'un gigantesque brasier. Rien de bon ne peut sortir d'un tel événement. Je ne pense pas simplement à Scott qui est son meilleur ami, avec qui il a conclu un pacte étant plus jeune, ou à notre bande d'amis qui pourrait en souffrir, non, je pense à autre chose. Bien que je ne sache pas clairement de quoi il en retourne, je sais qu'il serait dangereux pour moi de m'aventurer encore plus près de lui. Comme la biche pénètre la forêt, cherchant volontairement la compagnie du loup.

Il me laisse enfin retirer mes doigts et reporte son attention sur Noah qui joue une nouvelle chanson. Je ne saurais dire combien il en a joué depuis que je me suis perdue dans les méandres des billes brûlantes de Calum. Je tourne un instant le regard en direction de Scott qui pivote le sien au même moment vers Calum et moi. Mon cœur s'emballe. Nous a-t-il surpris en train de nous toucher et nous regarder ?

Ma peur s'estompe quand il m'envoie un sourire. Finalement, je pense qu'il ne nous a pas vus, mais de justesse ! Car s'il avait tourné la tête quelques secondes plus tôt, il nous aurait grillés. Mon cœur part une nouvelle fois sur une embardée, tandis qu'un coup de chaud s'invite, envahissant mon corps tout entier. Moi qui avais peur pour Miley et Noah, voilà que je fais pire, bien pire !

Car pour le coup, les conséquences ne seraient pas les mêmes…

13

LE MEILLEUR POISON

Lexie

Cette nuit-là, je ne parviens pas à trouver le sommeil. Il est deux heures du matin passé quand je me lève et quitte mon lit, pour me rendre dans la pièce où se trouvent piano et billard. Doucement, je m'installe sur l'assise en cuir devant le clavier et laisse courir mes doigts sur les lamelles blanches. S'il y a un sujet pour lequel je suis sûre de ne pas me planter, c'est bien la musique.

Mon index enfonce une touche, puis mes mains commencent leur danse, complètement emballées. Elles connaissent cette texture, cette chanson qui les accompagne au quotidien. Le piano, c'est plus que ma passion. Gamine, j'ai toujours eu la grande ambition de devenir une pianiste hors pair, et voilà que j'ai enfin atteint ce rêve. La mélodie qui se dégage de l'instrument me mène à fermer les yeux et à laisser ma pulpe courir sur le clavier. Je déconnecte mon cerveau et laisse ce ballet me porter. M'emporter. Les sensations sont telles qu'elles m'enivrent de bien-être et de béatitude. Je ne pourrais jamais cesser de jouer de cet instrument extraordinaire.

Lorsque j'ouvre un instant les paupières, mes cils papillonnent et je distingue à l'entrée de la porte une silhouette. Appuyée contre le chambranle, bras croisés, dans la lueur de la lune, elle ne bouge pas. Elle m'observe. Comme mes yeux se sont habitués à la pénombre du lieu, je sais parfaitement de qui il s'agit. J'attends à tout instant à ce qu'il me lance une de ses fidèles vannes, mais rien ne se passe. Il reste là, à m'observer jouer.

Soudain, je repense à notre étreinte endiablée : lui qui me taquine, qui me touche, qui me caresse, lui qui pose ses lèvres contre mon épiderme. Je rate une note. Mon cœur tape aussi fort que bat la mesure. Même si je me sens d'un coup fébrile, je ne m'arrête pas, je continue de jouer, jouer inlassablement. Tout autant que cet homme à quelques pas de moi qui m'observe, intarissablement.

À pas feutrés, il me rejoint et se poste de l'autre côté du piano. Sans le lâcher une seule fois du regard, je continue de faire danser mes doigts sur les touches blanches et noires. Son buste se penche en avant, ses coudes se posent sur le bois brillant, et tout en nichant sa tête entre ses mains, il observe le ballet de mes gestes. Au bout d'un moment, ses yeux or recherchent les miens, qu'ils trouvent aisément. Depuis que je l'ai aperçu à la porte, je n'ai de cesse de le regarder. Son visage me fascine. Je désire qu'il me touche encore, ardemment. J'ai soif de goûter à nouveau ses lèvres pleines.

Son regard me quitte et il commence à faire demi-tour afin

de quitter la pièce. Dès lors, mes mains cessent totalement leur activité. Face à ce silence soudain, il s'arrête et fait volte-face. Je ne veux pas qu'il s'en aille.

– Toi non plus, tu ne parviens pas à dormir ? murmuré-je.

Il me regarde, on dirait qu'il hésite entre partir ou me répondre.

– Non, lâche enfin sa voix rauque.

Il a visiblement choisi l'option deux.

– Moi non plus.

– Je m'en suis douté, ricane-t-il.

– Pourquoi es-tu venu ?

– Je voulais aller boire un coup, j'ai entendu de la musique, alors j'ai voulu venir regarder.

– Je ne savais pas que tu aimais le piano.

Il hausse les épaules.

– Tu joues bien, tu es très douée, me complimente-t-il sincèrement, ce qui me va droit au cœur.

– Merci, soufflé-je, touchée.

– Et sans partition ? m'interroge-t-il en haussant un sourcil.

– Ça dépend des fois, réponds-je avec un demi-sourire.

Son regard sombre s'enfonce profondément dans le mien. Mon cœur, dans sa course folle, en loupe un battement.

– Je vais aller me recoucher, m'indique-t-il en commençant à faire demi-tour.

– Non, Calum, attends, le retiens-je.

Il stoppe et se retourne à nouveau. Il m'interroge du regard, mains dans les poches de son short. Mon regard glisse sur son torse nu, et se perd un instant dans sa contemplation. J'ouvre la bouche puis la referme, ne sachant quoi réellement lui dire. Il est sublime, taillé à la perfection. Je ne sais pas trop ce que j'ai, ni ce qu'il me prend, mais je continue de l'observer inlassablement, me répétant sans cesse à quel point je le veux. Mon désir est si profond, intense, véhément, chimique. Tout mon corps se met en alerte quand il est là, il l'appelle. Pire qu'une appétence, cet instinct primaire qui me pousse encore et encore dans la volonté brute de foncer vers mon objectif : lui.

Comme les mots ne me viennent pas, je me lève de mon siège et m'avance dans sa direction. Ma concupiscence à son égard me coupe le souffle. Il m'observe me diriger vers lui sans bouger. Arrivée à quelques centimètres de son corps, je me hisse sur la pointe des pieds et effleure ses lèvres des miennes.

Les mains toujours dans les poches, il me laisse faire sans vraiment répondre à mes gestes. Ses paupières non closes, il me regarde l'embrasser, la mâchoire contractée. Je sens bien qu'il désapprouve mon geste. Toutefois, il ne me repousse pas, comme tout à l'heure lorsque j'ai effleuré sa peau sur la plage. Cela devrait me déstabiliser qu'il reste de marbre, mais je commence à connaître Calum. S'il n'en avait pas envie, il m'aurait repoussée depuis bien longtemps.

Comme il ne le fait pas – du moins pas encore –, j'en profite pour approfondir mon baiser. J'aventure mes doigts en direction de la peau de ses bras, remonte jusqu'à sa nuque que j'enlace.

Au bout d'un temps qui me paraît infini, il craque. Il inspire un grand coup lorsque ses mains viennent subitement se plaquer à l'arrière de mon crâne. Ses lèvres s'entrouvrent, elles m'accueillent. Sa langue se fraie un passage contre la mienne qu'elle vient caresser. Sa respiration devient de plus en plus saccadée, répondant au bordel phénoménal que fait la mienne. Un torrent de sensations et d'émotions se déverse en moi. Un feu commence à me ravager les reins, il se propage doucement au centre de ma poitrine, pour enfin tout saccager sur son passage. Le désir est tel que j'ai envie qu'il me prenne là maintenant à même le mur, ou peu importe où il veut.

Mais tout à coup, tout s'arrête, il recule vivement et secoue la tête.

– Calum, couiné-je face à son énième rejet.

– Non, Lexie, arrête.

– C'est à cause de Scott, c'est ça ?

– Oui et non.

– Si ce n'est pas qu'à cause de Scott, c'est quoi alors ?

Il secoue encore la tête, refusant toujours de me donner ses raisons.

– On a autant envie l'un de l'autre, alors pourquoi résister ?

– Je ne suis pas un mec pour toi, gronde-t-il.

– Parce que tu sais peut-être mieux que moi le genre de mec qu'il me faut ? lui demandé-je, le cœur encore sens dessus dessous.

– Je sais surtout qui je suis.

– Et qui es-tu, dis-moi ?

À nouveau, il secoue la tête. Quelle tronche de pioche !

– Tu es le genre de nana qui veut se poser. T'as aucun avenir avec moi.

J'effectue le pas qui nous sépare.

– Et qui te dit que c'est ce que je souhaite actuellement avec toi ? Oui, c'est vrai, peut-être que j'ai envie d'autre chose, c'est les vacances après tout, on est là pour profiter. Et… ce qu'il se passe à Cancún reste à Cancún, n'est-ce pas ?

Il hausse les sourcils.

– Oui, Calum, j'ai tout entendu, je sais que votre Bro Code a été suspendu le temps des vacances.

– Je ne veux pas d'attaches, tu le sais très bien, lâche-t-il les dents serrées.

– Je n'ai pas dit que je souhaitais plus.

Il fronce les sourcils.

– Toi, moi, juste du plaisir, rien que le temps des vacances.

Il ne dit rien, semblant soupeser mon idée. Il en crève d'envie autant que moi, je le sais, je le sens.

– On s'est trop longtemps fait la guerre au lycée, alors maintenant faisons l'amour.

– Je ne fais pas l'amour, je baise, lâche-t-il placidement.

– Alors, baise-moi, soufflé-je contre ses lèvres.

***

Calum

Je ne sais pas ce que je suis en train de foutre, mais j'attrape Lexie et l'embrasse comme je n'ai jamais embrassé personne. Un désir ardent me brûle les reins. Je sais pertinemment que je fais complètement n'importe quoi, allant à l'encontre de tout ce que je m'étais promis. Pourtant, depuis que ses lèvres m'ont supplié de la baiser, mon cerveau s'est complètement éteint. Je veux la posséder, la baiser jusqu'à m'en épuiser.

Lexie aspire ma lèvre inférieure, ce qui me fait littéralement perdre la tête. Je la soulève et la dépose sur le tapis du billard. Elle se laisse aller en arrière tandis que je butine son cou. Son souffle est court, sa poitrine se soulève et s'abaisse à un rythme phénoménal. Elle crève d'envie que je la possède encore, comme la dernière fois, tout autant que ma bite rêve de se fondre en elle. Je renifle son cou, là où naît la racine de ses cheveux, son odeur me fait complètement perdre pied. Je la prends et la retourne d'un coup sec. De ma paume, je plaque sa poitrine contre le tapis vert. Sa croupe tendue à ma vue, je me délecte du spectacle en me léchant les lèvres. Elle pousse un petit cri quand je m'empare de son cul pour venir le palper de ma main entière.

– Calum… soupire-t-elle, le visage bloqué contre la table.

– Oui ? soufflé-je près de son oreille.

– Prends-moi.

Sa supplique m'envoie un violent coup électrique dans les reins. Jamais une nana ne m'avait mis dans cet état, jamais je ne me suis senti perdre pied à ce point-là. Oh, oui, Lexie est mon poison, elle risque de me tuer à petit feu. Mais à cet instant, je la désire tellement comme un fou que j'en oublie tout. Je la soulève doucement et plaque son dos contre mon torse.

– Si tu savais tout ce que j'ai envie de te faire, lâché-je, la respiration hachée au creux de son cou que je butine, lèche et mordille.

Elle gémit, puis se retourne afin de me faire face. Bien qu'elle soit largement plus petite que moi, elle cale ses yeux noisette dans les miens.

Oompa Loompa sexy…

Elle soutient mon regard, sans jamais une seule fois le lâcher. D'un coup, Lexie me repousse légèrement et tombe à genoux devant moi.

Qu'est-ce qu'elle… ? Oh, bordel !

Elle défait lentement le nœud de mon short, puis le descend sans me quitter une seule fois des yeux. C'est une déesse, une putain de déesse, combinée à une sorcière. Et j'aime ça, oh, oui, j'adore son audace.

Ma puissante érection tressaute sous les pulsations du sang, puis pointe fièrement dans sa direction. Lexie s'empare de ma hampe à pleine main, puis commence doucement à me masturber. Mes yeux vrillent en arrière alors qu'elle promène sensuellement ses doigts fins le long de ma queue jusqu'à ma verge. Je suis instantanément submergé par un putain de plaisir de malade. Sans que je puisse me contenir, je plonge une de mes mains dans ses cheveux que j'attrape dans mon poing. À bout, je lui ordonne de manière significative de me prendre dans sa bouche. Elle répond à mon ordre, et ne fait enfin qu'une bouchée de moi.

Un violent coup électrique me traverse pour finir de se décharger au bout de ma bite. Sous le plaisir que ça me procure, je bascule la tête en arrière et appuie d'un coup sec sur la tête de Lexie, afin que mon gland bute contre sa glotte. Quand je sens enfin l'organe en question me frôler, je ne réponds plus de rien ; c'est moi qui mène la danse. Tout en maintenant fermement ses cheveux dans mon poing, je baise sa bouche. Pas violemment afin qu'elle puisse respirer, je ne suis pas un connard, mais assez fort pour bien lui faire comprendre que je ne fais pas dans les sentiments. Elle gémit, elle prend du plaisir à me sucer comme elle le fait.

Lexie est exceptionnelle…

Je deviens fou. Mes coups de reins augmentent. Sa langue s'invite, me lèche tandis que sa bouche m'avale goulûment. Cette vision me fait monter en pression et je sens que je ne vais pas tarder à gicler au fin fond de sa gorge. De sa main, elle continue de me branler, tout en gémissant de plaisir. Lorsque je sens sa gorge effectuer une sorte de déglutition, la sensation que cela me procure me renverse totalement. Jamais je n'avais ressenti un tel plaisir lors d'une pipe. C'est si fantastique que j'en jouis instantanément. De grands et longs soubresauts s'emparent de moi tandis qu'un feu embrase mes reins. Je me déverse en elle à en perdre la tête.

Lorsque je suis enfin vidé, elle se retire, puis se redresse, venant planter son regard dans le mien. Elle déglutit. Ma queue tressaute une fois de plus rien que de savoir qu'elle vient d'avaler ma semence. Lexie s'approche de mes lèvres, y dépose un baiser furtif.

Cette fille est carrément fantastique. Et elle ne connaît pas encore tous mes talents au lit. Même après une bonne éjaculation, je suis capable de bander durant des heures. Pourtant, j'ai l'air d'avoir une adversaire à ma taille, puisqu'elle s'empare de ma main et me tire derrière elle. Je récupère rapidement mon short pour que personne ne le retrouve demain matin, puis suis la déesse.

Lexie nous fait quitter la pièce afin de rejoindre sa chambre. Une fois à l'intérieur, elle ferme la porte à clé et me pousse en direction de son lit rond. La laissant faire, je me laisse tomber contre le matelas, curieux de ce qu'elle a à m'offrir. Je place mes bras derrière ma tête quand elle vient s'asseoir à califourchon sur moi. Ma queue encore gonflée se niche contre le tissu de son short, à quelques centimètres de son intimité que je devine bien trempée.

Doucement, elle commence à balancer ses hanches, tout en se mordant la lèvre. J'inspire profondément, je ne vais faire qu'une bouchée d'elle. Son petit bijou intime se fait sentir à travers le tissu et la sensation qu'il me procure quand elle se frotte à moi est délicieuse. Lexie ferme les paupières tout en gémissant. Un demi-sourire marque mon visage quand je comprends qu'elle est en train de se faire du bien sur ma queue. Ses petits doigts viennent chercher le bas de son débardeur qu'elle soulève, puis passe par-dessus ses épaules.

Un souffle meurt sur le bord de mes lèvres quand ses magnifiques seins bien ronds s'offrent enfin à ma vue. Ils sont parfaits. Lexie a toujours eu une belle et forte poitrine, je dirais un beau D. Elle penche sa tête sur le côté, m'observant de son regard brillant tout en continuant de se mordre la lèvre inférieure. Elle a conscience de l'effet qu'elle a sur moi, et elle en joue. Lexie est très forte à ce jeu-là, car je ne lui résiste pas. Je la chope par les épaules et la retourne d'un coup sec sur son lit. Surprise, elle pousse un petit cri avant de se mettre à rire.

Au risque de me répéter, je couche rarement plusieurs fois avec la même fille, encore une fois pour ces putains de raisons qui me sont propres. Mais il faut croire qu'avec elle, les choses se passent différemment. Une entorse à la règle est sans conséquences, tant que c'est que pour des parties de jambes en l'air. Moi, ça me va.

– Alors, que me réservez-vous ce soir, Don Juan ? me demande-t-elle d'une voix séductrice.

Je lâche un rire, mais ne lui réponds pas, préférant fondre sur elle. Ma bouche vient directement englober un de ses tétons. Elle gémit sous mes coups de langue. Ma tête explose quand elle remue le bassin sous moi. Son goût est si bon que j'en veux encore. J'amorce une descente en direction de son ventre que je cajole pour continuer à la lisière de son short. Alors qu'elle pense que je vais m'arrêter là, je continue ma descente jusqu'à sa cuisse, son genou, son mollet que je croque doucement avant de terminer vers ses pieds. Je m'empare de sa cheville que je masse, puis glisse mon pouce sous la plante. J'approche mes lèvres de ses orteils que j'embrasse doucement avant de mordre dedans. Elle couine un coup avant de lâcher un gémissement de plaisir. Je continue ma petite torture jusqu'à la sentir à point pour la suite. Peu de femmes le savent, mais les pieds peuvent s'avérer être une délicieuse zone érogène, Lexie est en train de le découvrir.

Sa respiration commence à devenir de plus en plus hachée, sa poitrine monte et redescend à un rythme effréné. Je décide alors que le moment est venu de passer à l'étape supérieure, ma partie préférée, et j'en crève d'envie. J'enroule fermement mes doigts autour de ses chevilles, et tire un grand coup dessus afin de rapprocher Lexie plus près de moi. Elle lâche un petit cri de surprise quand elle glisse non loin du bord du lit, ses chevilles toujours emprisonnées entre mes doigts. Je descends du matelas et me poste à genoux pile entre ses cuisses.

Ne pouvant plus attendre avant de voir sa magnifique chatte mouillée pour moi, je fais doucement glisser son short le long de ses jambes avant de le balancer par-dessus mon épaule. Son souffle devient plus court, tandis que son ventre se creuse de plus en plus à chacune de ses inspirations. Elle meurt d'envie que je pose ma bouche contre elle, que je lape son petit clitoris rose à lui en faire péter la cervelle. Et ce qu'elle ne sait pas encore, c'est que le cunnilingus est ma pratique préférée. J'adore ça… C'est si bon de voir la femme, les cuisses écartées à quelques centimètres de mon visage, offerte. Mais là, je me rends compte qu'avec elle, c'est bien plus. Bien plus que ça. Ce n'est pas n'importe quelle nana, et j'en ai bien conscience. Elle est celle que je désire depuis le lycée, celle que je rêve de sauter depuis que j'ai 16 ans, et aujourd'hui, elle m'offre encore mieux. Elle s'ouvre à moi. J'ai pleine vue sur ce qu'il y a de plus intime en elle.

Et ce piercing, mon Dieu…

Je connais très bien ce piercing : le *piercing hood*, avec sa *barbell* courbe. Mais jamais je n'en avais vu sur le corps d'une fille. Elle m'épatera jusqu'au bout. Le sien est encore plus beau que tous ceux que j'ai déjà pu voir en image. Le capuchon de son petit clito percé offre une *barbell* courbe somptueuse, surmontée d'un pendentif suspendu en forme de cœur taillé dans un diamant en zircon. Je me penche en avant et dépose le bout de ma langue sur son bijou. Elle se crispe, et tous ses membres se mettent à trembler. Oh, oui, elle est plus qu'à point. Quelques coups de langue et elle criera déjà mon prénom. Afin que je lui offre le plaisir qu'elle attend tant, elle écarte un peu plus les cuisses. Un demi-sourire prend forme sur mon visage.

– Je vais te bouffer toute crue, chuchoté-je avant d'effectuer un grand et lent coup de langue.

Aussitôt le dos de la belle se cambre au possible, tandis que sa jolie bouche lâche un juron. Je recommence encore plus lentement tout en appuyant bien sur son petit bouton.

– Putain de merde ! gronde-t-elle en s'emparant d'un coussin qu'elle plaque sur son visage.

Oh, non, chérie, je veux te voir quand tu prends du plaisir.

Je me redresse légèrement et balance les deux oreillers au sol. Elle m'observe, surprise par mon geste.

– Avec moi, tu jouis, t'assumes. Donc premièrement, je veux voir les traits de ton visage se crisper quand tu prendras ton pied, et deuxièmement, t'as envie de hurler, mais tu ne peux pas ? Alors tu te débrouilles, tu te mords les lèvres jusqu'au sang si tu veux, mais quand je lèche ta chatte, je veux que tu subisses chaque coup de ma langue jusqu'à ce que t'en crèves, c'est bien compris ? lui lancé-je d'un air autoritaire.

Sa bouche si tentatrice s'ouvre dans un magnifique « o » de surprise, tandis que Lexie hoche frénétiquement la tête. Visiblement, mon côté directif a l'air de lui plaire plus que de raison, car elle plaque sa main à l'arrière de mon crâne pour me pencher la tête sur son sexe avide de ma langue. L'idée de la faire languir me traverse l'esprit, mais j'en peux plus d'attendre. J'ai une trique d'enfer, je veux l'entendre jouir, me supplier de la baiser. Ce soir, son intimité sera définitivement mon plat préféré.

Sans attendre une minute de plus, je la lèche comme elle le désire. Son dos s'arque une fois de plus, ses cuisses tremblent de plus en plus fort. Elle se tortille tandis que je lui administre des coups de langue de plus en plus rapides. Elle gémit, mais pince les lèvres afin de se contenir. Mon excitation se décuple rien que de la voir souffrir de son propre plaisir. Mais la pression est si bonne que sa bouche s'ouvre en grand tout en lâchant des expirations que moi seul peux entendre. Comme je suis un putain de salopard qui aime la voir prendre à ce point son pied, j'insère mon index en elle. J'ai à peine le temps de faire quelques mouvements qu'elle explose littéralement autour de moi. Mais comme il est tellement dur pour elle d'être silencieuse, elle vrille violemment sur le côté afin de déverser son orgasme dans un morceau de la couette qu'elle mord de toutes ses dents.

La voir dans cet état me rend encore plus fou. Je m'empare de ses poignets que je plaque contre le lit, son petit corps revenant en même temps sur le dos. Ses yeux larmoyants m'observent.

– Ça va ? lui demandé-je.

Elle hoche la tête.

– Oui. Je n'ai jamais joui comme ça, lâche-t-elle la voix rauque.

– Qui est-ce qui disait que, je cite : « Tu ne saurais pas me satisfaire de toute façon, puisque j'ai entendu dire que tu n'étais pas bien monté » il y a quelques jours ? la taquiné-je.

– Je ne sais pas, dit-elle du bout des lèvres.

– Ce ne serait pas toi, par hasard ?

– Je n'aurais jamais dit ça, ça pue le mensonge, répond-elle en esquissant un sourire.

– Ah oui ? Et qu'aurais-tu dit à la place ?

– T'es le meilleur coup que j'ai jamais eu, souffle-t-elle.

– Ouh, alors là, tu offres un magnifique compliment à ma virilité. Et, pour te remercier, je propose que ma bite et moi-même te baisions toute la nuit, qu'est-ce que tu en penses ?

– J'attends que ça…

– T'as toujours pas de capote dans ta chambre, je suppose ?

– Non…

– Merde. Tu prends la pilule ?

J'ai envie de la posséder maintenant, sans perdre de temps.

– Oui, bien sûr.

– Donc, on n'en a pas besoin, je suis clean, je mets toujours une protection quand je baise, et je fais des tests tous les six mois, j'en ai fait un juste avant de venir, juste au cas où.

– Je suis clean aussi, j'ai…

Je ne lui laisse pas le temps de finir sa phrase que ma queue plonge déjà en elle. Lexie écarquille les yeux avant de basculer la tête en arrière. J'avoue que pour le coup, je suis dans le même état, non pas pour la seule raison que je suis en elle, mais surtout parce que c'est la première fois de ma vie que je baise sans capote.

La sensation est juste inouïe. Jamais je n'avais senti cette chaleur et cette humidité si proche de moi. C'est bien meilleur que tout ce que j'ai pu vivre lors de mes coups d'un soir. Mes hanches commencent à se mouvoir lentement, puis de plus en plus vite. Son petit corps est si parfait que jamais je n'ai envie de me retirer d'elle.

Lexie, ton poison est en train de se propager en moi, et tu sais quoi ? C'est le meilleur poison auquel j'ai jamais goûté.

14

GRILLÉE

Lexie

Ce matin, ce sont les oiseaux qui me réveillent. J'ouvre doucement les paupières, remarquant le soleil se lever doucement à l'horizon. Je devine qu'il est encore très tôt. Je cherche à m'étirer mais quelque chose de chaud se plaque contre moi. Un sourire vient alors égayer mon visage quand je devine que Calum est resté toute la nuit dans mon lit.

Les souvenirs de la fin de soirée se rappellent à moi ; c'était génial, parfait, une vraie explosion de sensations. Je viens de coucher pour la deuxième fois avec celui qui fut autrefois mon ennemi et j'ai envie de rigoler. Et dire que je pouvais à peine le supporter au lycée, voilà que je crève tout le temps de désir pour lui. Ce n'est pas pour rien que la vie est vraiment imprévisible, car tout ça n'est vraiment pas très rationnel.

Doucement, j'effectue un demi-tour afin de l'observer

dormir. Mais quand mes yeux rencontrent l'or des siens, je sursaute, ne m'attendant pas à ce qu'il soit réveillé.

– Salut, me lance-t-il avec un sourire charmeur.

– Salut, lui réponds-je. T'es encore là ?

Il sourit. *Craquant.*

– J'allais justement partir avant que tu n'ouvres les yeux.

– Tu reviens ce soir ? lui demandé-je alors qu'il se lève de mon lit, complètement nu.

Irrésistiblement irrésistible…

Je me mords la lèvre en parcourant son corps de mon regard affamé. Lorsque mes yeux retrouvent les siens, je remarque qu'il sourit.

– J'aurais bien voulu, mais on n'a pas le temps, répond-il à mon regard gourmand, tout en enfilant son short.

– Dommage, grogné-je en me fichant la couverture sur le visage.

Il s'assoit sur le bord de mon lit, puis retire la couette qui m'obstruait la vue.

– Ouais, je vais venir, mais on ne va pas rester dans ta chambre.

– Ah oui ?

– Oui, on va attendre que tout le monde dorme, on prendra la voiture, et on se cassera quelque part. Comme ça, tu pourras crier autant que tu veux, aucun de nos amis ne t'entendra.

Mon cœur loupe un battement, tandis que tout mon sang file se nicher au creux de mes cuisses.

– C'est une excellente idée, susurré-je avant de me redresser et de presser mes lèvres contre les siennes.

Il me rend mon baiser et je retombe sur le lit, l'emmenant avec moi contre le matelas. Sa langue me caresse, ses mains fourragent dans mes cheveux. Hélas, le moment est de courte durée, car il se recule avant de quitter ma chambre.

Une fois la porte refermée sur lui, j'émets un genre de couinement étrange avant de lever les yeux au plafond, un grand sourire aux lèvres. Le sourire de la fille heureuse et comblée car elle a baisé toute la nuit avec le plus beau gosse de tous les beaux gosses. Et le meilleur coup de tous les meilleurs coups ! J'ai actuellement le profil parfait de la nana remplie de clichés des personnages dans les films à l'eau de rose. Mais honnêtement, celles qui n'ont jamais connu ça ne peuvent pas comprendre. Exactement comme moi avant que Calum me fasse découvrir des parties de mon corps que je ne connaissais même pas.

Et pour la deuxième fois où l'on couche ensemble, je n'ai pas seulement eu un ou deux orgasmes, non, j'en ai eu plus que ça. Dans ses bras, je sais ce que veut dire « tête qui tourne », et pas d'amour, non, juste parce que j'ai tellement joui que j'en ai complètement perdu mon sens de l'orientation. Où était le nord, le sud, je n'en savais rien, et franchement c'est ce qu'il y a de meilleur. Ça ressemble un peu à moi bourrée au bout de deux verres.

Ouais, ça peut paraître peu, mais pour moi c'est beaucoup deux verres, pire encore si c'est du vin blanc.

Au début, je me foutais de la gueule des filles qui me disaient : « Ça a tellement été intense que quand j'ai voulu me remettre debout, mes jambes n'ont pas tenu et je suis tombée. » Ben franchement, c'est vrai. On a l'impression d'être un légume, plus rien ne nous fait tenir debout, sans parler de ce manège constant dans les synapses… Un vrai bordel, là-haut. Mais c'est tellement enivrant, bon sang ! Bref, Calum est de loin le meilleur coup de ma vie. Sans vouloir faire de l'ombre à son meilleur ami, ce n'est pas comparable. Avec Scott, c'était pas mal, mais ça n'a jamais été le feu d'artifice.

C'est sûrement dû au fait que mes sentiments n'étaient pas totalement amoureux envers lui.

Je fronce les sourcils à cette pensée. Mais alors, pourquoi avec Calum, c'est aussi puissant alors que je ne suis pas amoureuse de lui ? Enfin, je ne pense pas… Ou alors, c'est parce que Calum n'a jamais été réellement un ami proche, qu'on ne s'est jamais vraiment aimés.

Mais oui, c'est ça ! Sinon quoi d'autre ?

Miley avait raison, parfois derrière la haine se cache un profond désir.

Voilà tout simplement pourquoi. Bref, je vais arrêter de chercher des raisons à tout, et me lever.

Je file prendre une bonne douche, puis m'habille et me maquille. Lorsque je sors de ma chambre une heure plus tard, je retrouve Scott déjà debout dans la cuisine.

– Salut, bien dormi ? m'interroge-t-il alors qu'il fait griller des toasts.

– Euh, oui, très bien, réponds-je, me sentant rougir en repensant à la nuit très courte que j'ai passée avec Calum. Et toi ?

– Ouais, très bien.

– D'ailleurs, on n'en a pas reparlé, mais, ma cousine ? m'enquiers-je avec le sourire.

Il baisse la tête en lâchant un petit rire gêné.

– Oui, ça a été plus vite que prévu, même si tu m'as donné ta bénédiction, j'espère que ça ne t'a pas dérangé qu'elle vienne ici la dernière fois ?

– Mais vous faites ce que vous voulez ! rétorqué-je en levant les paumes de main et souriant de toutes mes dents.

J'ai bien couché avec ton meilleur ami... S'il y a quelqu'un de mal placé pour dire quoi que ce soit, c'est bien moi !

J'ai honte tout à coup... Lui est venu me voir au préalable pour m'en parler, et moi... Non, ce n'est pas pareil, on sait très bien qu'il aurait pété un plomb. D'ailleurs, s'il l'apprend... Je préfère ne pas y penser ! Pourtant, c'est ce que je suis en train de faire : j'y pense.

Rah !!!

– C'est cool que tu le prennes de cette manière, mais je veux que tu saches que c'était juste comme ça, on se plaisait mutuellement, on a couché une fois ensemble, mais voilà, ça en reste là.

– Ne te justifie pas, et puis tu es venu m'en parler avant, réponds-je, étonnée qu'il me donne autant d'informations.

– Non mais, je ne veux pas que tu penses que...

– Je ne pense rien, Scott, tu es libre de faire ce que tu souhaites, on est en vacances. Si vous étiez sur la même longueur d'onde avec Alyne, ça me va très bien. J'adore ma cousine, mais elle est libre de faire ce qu'elle veut également. Et puis, on n'est plus ensemble, t'inquiète, le rassuré-je.

Si seulement il pouvait voir les choses de la même manière pour Calum et moi...

Je devrais m'en vouloir à mort pour ce que je suis en train de faire, car si un jour il vient à le savoir, je risque de briser leur amitié, et la nôtre par la même occasion. Pourtant... pourtant, je n'éprouve aucun remords... OK, j'ai un peu honte, mais si c'était à refaire, je recommencerais mille fois multiplié par cent mille et un million de fois. Et je compte bien en profiter tant que Calum veut bien de moi.

On n'a qu'une vie après tout !

– Ouais, c'est vrai, tu as raison, je ne voulais pas que tu croies que j'utilise ta cousine lâche-t-il.

Je secoue la tête.

– Je te connais, Scott, t'es bien trop gentil pour faire du mal à une fille, donc déstresse, je ne vais pas te faire la peau.

C'est plutôt la mienne que toi, tu voudras…

– Je suis rassuré alors, car tu es vraiment effrayante quand tu t'énerves, lance-t-il en plaisantant.

– Ah parce qu'un Oompa Loompa, tu trouves ça effrayant, frère ? s'exclame Calum taquin qui débarque dans la cuisine.

Mon cœur loupe un battement au son de sa voix. Je pivote sur mes pieds afin de l'observer. Il sort visiblement de la douche. Il a revêtu un short chino marron, un tee-shirt bleu marine ainsi que sa fidèle casquette qu'il ne quitte que rarement. À sa vue, je ne peux m'empêcher de me dire qu'il est carrément canon. Et que s'il continue de me regarder comme ça, je risque de tomber par terre comme une adolescente fan de Justin Bieber.

– C'est vrai, tu as raison, lui répond Scott sur le même ton moqueur.

– Eh mais les gars, je suis là ! rétorqué-je en tapant l'épaule de Scott tout en riant de leurs bêtises.

Nous installons la table pour le petit déjeuner sur la terrasse, et commençons à manger quand les deux tourtereaux daignent enfin se lever. Miley vient m'embrasser la joue avant de prendre place à mes côtés. Elle se penche près de mon oreille.

– T'as foutu quoi cette nuit ? Tu t'es touchée ou quoi ? On n'a pas arrêté de t'entendre jouir, avec Noah.

J'écarquille les yeux, ce qui n'échappe pas à Calum, qui se met à me lancer son plus beau sourire ravageur en face de moi. Je rougis violemment. C'est vrai que la chambre de Miley est collée à la mienne.

– Euh, je, euh… balbutié-je bêtement, comme prise en faute, sans détacher mes yeux de l'enfoiré qui se marre discrètement en face.

– Lexie, j'ai un petit souci de fille, tu peux venir avec moi dans ma chambre ? me demande-t-elle en s'emparant de mon bras.

Elle me traîne jusque dans sa chambre où elle claque la porte.

– Punaise, ne me dis pas que ça y est, vous avez craqué ? me questionne-t-elle en sautillant limite sur place.

Dans ce genre de moment, je me demande si ma meilleure amie a bien 24 ans…

– Comment ça, on a craqué ? dis-je en feignant l'ignorance, alors que je sais pertinemment que je suis cramée.

– Calum et toi ! s'extasie-t-elle.

– Quoi ?! continué-je, creusant encore plus afin de m'enterrer.

Je lui tourne le dos, faisant mine d'observer d'un air intéressé la moustiquaire que je touche du bout des doigts.

– Oh, arrête, ça se voit comme un nez au milieu de la figure qu'il t'a fait du bien toute la nuit, s'exclame-t-elle en s'emparant de mon bras, ce qui m'oblige à faire volte-face.

– Mais chut, parle moins fort ! l'imploré-je.

– Mais il n'y a que toi et moi dans ma chambre, et les garçons sont dehors.

– Ouais, ben, parle moins fort quand même, la supplié-je.

– Oh, j'en reviens pas, ça y est ! Vous en avez mis du temps, bon sang !

– Miley, promets-moi que tu ne diras rien, c'est juste comme ça le temps des vacances.

– Bien sûr que tu as ma parole, je suis ta meilleure amie.

– Merci, soupiré-je soulagée.

– Par contre, il va falloir que tu sois un peu plus discrète.

– Pourtant, j'ai essayé de ne pas faire de bruit cette nuit.

– Je ne te parle pas de cette nuit, banane, je te parle de tous les jours, au quotidien. Parce que, là, t'étais pas discrète à le bouffer des yeux. Et lui qui sourit comme un benêt juste pour te foutre dans tous tes états…

– Oui, mais je suis un livre ouvert, aussi, bougonné-je en regardant mes doigts s'entortiller.

Ma meilleure amie attrape mes mains et m'oblige une fois de plus à poser mes yeux sur elle.

– Ben, tu le regardes pas, parce que lui, tu le connais, il va en jouer et ne va pas arrêter de te taquiner avec ça.

– T'as raison… Oh, mais Noah ! Il doit être au courant lui aussi, paniqué-je.

– Eh, *no stress*, il ne dira rien. Et d'ailleurs, il ne sait pas avec qui tu étais.

– Mouais…

– Et puis, je te couvrirai, si vous avez une envie pressante dans la journée, on trouvera un subterfuge.

Je ris.

– Bon, allez, on retourne à table, car sinon les garçons vont se demander ce qu'on fout !

Nous retournons nous installer. De mon côté, je réinvestis ma chaise tête baissée, bien décidée à ne pas croiser le regard de celui qui fait monter en moi un désir si puissant qu'il pourrait en faire exploser Cancún. Et je n'exagère pas ! Le risque est trop grand, et je ne veux vraiment pas que l'on se fasse choper. Cette bande d'amis fait partie de ce que j'ai de plus important dans ma vie. Je panique rien qu'en songeant au fait que je pourrais tout perdre. Et pourtant… Ce désir est bien trop puissant.

Plus fort que tout.

Comprenant que j'évite à tout prix ses yeux, je l'entends rire avant de me faire du pied sous la table.

Oh, mon Dieu, ça risque d'être encore plus compliqué que prévu…

Je lui donne un coup de pied, ce qui le fait encore plus pouffer de rire. Ah, ça y est, il m'agace ! Il y avait longtemps !

***

Cet après-midi, nous avons pris rendez-vous dans un spa Miley et moi, tandis que Scott et Noah sont partis réserver notre activité de demain. Calum, quant à lui, a préféré rester au bord de la piscine.

Nous claquons la porte avec ma meilleure amie, partant à pied en direction du spa qui se trouve non loin de la villa. Nous sommes pratiquement arrivées quand je me rends compte que j'ai oublié mon sac avec mon maillot de bain dedans. C'est tout moi, ça !

– Je te laisse commencer, je fais vite l'aller-retour et j'arrive, l'informé-je.

Mon amie passe les portes du spa. Je fais demi-tour en me pressant et pestant contre moi-même.

Quand je rentre enfin à la villa, j'entends Calum parler tout seul depuis la terrasse. Il a invité quelqu'un ? Curieuse, je m'avance dans sa direction et l'épie à travers la fenêtre entrouverte cachée derrière les lamelles de rideau.

– Tu es sûr que tu es prêt à retrouver ta maman ?

Je fronce les sourcils.

– D'accord, je comprends. Oui, tu peux en parler à Katherine, elle t'aidera sûrement. Oui, je suis en vacances au Mexique. Et oui, tu pourras y aller un jour quand tu seras plus grand. On se verra à mon retour et on pourra parler ensemble de ta maman.

Je suis confuse. Il est en communication avec un enfant ? Je connais Calum depuis longtemps, je sais qu'il n'a pas de frères, ni de sœurs.

Peut-être un petit-cousin ?

Il passe une main dans ses cheveux et son profil s'offre à ma vue. Au même moment, « I like to move it, move it[1] » commence à chanter dans ma poche.

Merde ! Mon portable !

Je sursaute et recule de quelques pas quand Calum remarque ma présence. Il lève le regard pour venir le planter dans le mien, avant de froncer les sourcils. Et flûte…

– Je dois te laisser, on se rappelle plus tard.

Sans lâcher mes yeux, il raccroche. Vu le regard qu'il me lance, je devine que j'ai mis le doigt sur un morceau de son secret. Calum avance à grandes enjambées en direction de la villa. Vite, il faut que je trouve un truc à faire, mais quoi ? Je l'ai espionné et il m'a vue. Je regarde bêtement autour

1. « I Like to Move It » est une chanson du duo de musique house Reel 2 Real (Erick Morillo avec la collaboration du rappeur de reggae The Mad Stuntman (Mark Quashie)), sortie le 6 octobre 1993.

de moi et l'envie de m'enfuir à toutes jambes m'effleure l'esprit, ce qui est complètement stupide puisque nous passons nos vacances tous ici, dans la même maison. Je pourrais prendre le premier avion et partir ? Non mais n'importe quoi ! Je suis bête parfois…

« I like to move it » retentit encore. Ce doit être Miley qui se demande ce que je peux bien faire. Calum arrive enfin vers moi et penche la tête sur le côté.

– Quand tu espionnes les autres, petit Loompa, il faudrait couper la sonnerie de ton portable. T'es pas discrète avec cette musique, qui plus est, lance-t-il en se moquant de moi.

– Tu vas pas me tuer, pour ensuite cacher mon corps ? lui demandé-je stupidement.

Il explose de rire.

– Non, pourquoi ? Parce que tu m'as espionné ?

– Euh, oui… Tu avais l'air fâché.

– Non, je ne suis pas fâché, tant que tu ne poses pas de questions… Par contre, je rêve juste de te donner une belle fessée.

J'avale ma salive.

– Qu'est-ce que tu fous là, d'ailleurs ? T'es pas au spa avec Miley ?

– Si, mais j'ai oublié mon sac.

– Comme d'habitude, me charrie-t-il.

– Je vais aller le chercher, l'informé-je en faisant demi-tour en direction du couloir.

– Attends, attends, dit-il en s'emparant de mon bras.

Des fourmis viennent s'installer et courir sur ma peau juste là où sont enroulés ses doigts. Je me retourne, puis l'observe.

– Qu'as-tu entendu ? s'enquiert-il en penchant la tête sur le côté.

Je le regarde comme un chat ébloui par les phares d'une voiture.

– Réponds, s'il te plaît, Lexie, me somme-t-il doucement.

– Euuuh, que tu parlais à un enfant, mais c'est tout.

– Hum, lâche-t-il tout en gardant son regard planté dans le mien.

– C'était qui ? lui demandé-je curieuse.

– C'était bien un enfant, mais le reste ne te regarde pas, je t'avais dit : « pas de questions », me rembarre-t-il gentiment.

Calum est bien trop mystérieux et secret… Je pince les lèvres quand soudain ma sonnerie retentit à nouveau, ce qui me fait sursauter.

– Tu devrais répondre à ta copine, dit-il un sourire aux lèvres.

Je m'empare de mon téléphone et réponds enfin à ma meilleure amie.

– Tu es où ? Tu t'es perdue ? raille-t-elle au creux de l'appareil.

Je remarque une secousse au niveau du torse de Calum et je relève les yeux sur lui. Il rit.

– J'arrive, lancé-je avant de raccrocher.

– Qu'est-ce qui te fait marrer ? lui demandé-je.

– J'étais en train de me dire que tu en aurais été bien capable.

– De quoi ?

– De te perdre.

Sa moquerie me fait sourire. Nos regards s'ancrent l'un dans l'autre et toutes sortes d'idées pas très catholiques me traversent l'esprit. Nous sommes seuls, on pourrait en profiter pour se faire du bien. Pourquoi pas là sur l'îlot de la cuisine ? Mais hélas, ma meilleure amie m'attend, sans parler des garçons qui peuvent rentrer d'une minute à l'autre.

Dommage…

– Ce soir, me souffle Calum qui lit en moi comme si je lui exprimais mes pensées à voix haute.

– J'ai hâte, réponds-je sur le même ton.

Il attrape ma nuque, me rapproche de lui et commence à poser ses lèvres au niveau du lobe de mon oreille. Ses dents rencontrent doucement ma chair, ce qui me fait vriller les yeux en arrière alors qu'une multitude de sensations agréables embrasent mes reins.

Le bruit de la porte d'entrée qui s'ouvre nous fait sursauter. Calum se détache de moi, tandis que je fais vite demi-tour en direction de ma chambre afin de récupérer mon sac et de filer rejoindre ma meilleure amie au spa. Quand je repasse près des garçons dans l'entrée, Scott m'interpelle.

– Ben, tu n'es pas au spa avec Miley ?

– J'avais oublié mon sac, lui réponds-je en levant l'objet en question devant moi.

Il rigole, tandis que je prends la porte. Au moment de la refermer derrière moi, mon regard intercepte celui de Calum.

15

UNE AMIE CATASTROPHIQUE, MAIS UNE AMIE FORMIDABLE…

Lexie

Nous nous prélassons dans le jacuzzi géant, profitant des bulles et des jets de massage avant le soin du corps que nous avons réservé pour deux dans une heure.

– Eh, tu crois que si je colle ma cuisse au jet puissant, ça va liquéfier ma cellulite ? me demande Miley d'un air amusé.

J'explose de rire en plein milieu du jacuzzi.

– Essaie, tu verras bien, réponds-je toujours aussi hilare.

Ma meilleure amie se colle contre la paroi et dépose sa cuisse juste devant le jet.

– Aïe, ça fait hyper mal, braille-t-elle.

Mon fou rire redouble, si bien que des larmes commencent à couler le long de mes joues.

– Ah, mais ça gratte après, ronchonne-t-elle en se frottant la peau.

– Arrête, tu vas me faire mourir avec tes conneries, dis-je tout en ne réussissant pas à me calmer.

– Ouais, je cesse, c'est de la torture, ce truc, grommelle-t-elle.

– En même temps, c'est pas fait pour ça, c'est pour masser le dos.

– Mouais. On va dans le hammam ?

Je ris et acquiesce.

Cette fille est pas possible… Mais qu'est-ce que je l'aime !

Ils se sont bien trouvés avec Noah. Les deux mêmes !

La pièce emplie de vapeur nous accueille avec une bonne odeur d'eucalyptus. Nous nous installons sur un banc à petits carreaux bleus et fermons les yeux. Soudain, la conversation de Calum au téléphone tout à l'heure me revient. Je ne sais pas pourquoi je me questionne autant sur cet appel, mais je ne sais pas, j'ai l'impression que ce mec a un jardin secret bien plus grand que ce que je pensais au début.

– Miley ? interpellé-je mon amie.

– Hum ? répond-elle, les yeux toujours clos.

– Calum a des frères et sœurs qu'on n'aurait jamais vus ? lui demandé-je alors que je connais déjà la réponse, mais sait-on jamais.

Ma meilleure amie ouvre les paupières et m'observe en fronçant les sourcils.

– Non, il n'en a jamais eu. Pourquoi cette question ?

– Je me demandais, réponds-je en haussant les épaules.

– Tu sais quelque chose que je ne sais pas ? me questionne-t-elle.

– Non, mais en y repensant, je réalise qu'on n'a jamais vu

ses parents, ni personne de sa famille. Il n'en parle jamais.

Elle fronce un peu plus les sourcils.

– C'est vrai… Mais pourquoi tu te poses toutes ces questions maintenant ?

– Je sais pas.

– T'es bizarre, lâche-t-elle.

– Bon, je t'en parle mais, comme d'habitude, tu le gardes pour toi.

Elle me regarde comme si j'étais profondément stupide.

– Mais Lexie, je suis ta meilleure amie, tu sais bien que ce qu'il se dit entre nous ne ressort jamais.

– Oui, mais je voulais m'en assurer.

Elle secoue la tête en riant.

– Bon, raconte-moi ce qui te chafouine.

– Tout à l'heure, quand je suis allée récupérer mon sac, j'ai croisé Calum, il était au téléphone. Il parlait à un enfant qui voulait revoir sa mère. Enfin, j'ai pas tout compris, c'était bizarre.

Je me demande bien qui ça peut être…

Elle fait mine de réfléchir.

– Peut-être que Scott sait.

– Je ne vais pas me ramener vers mon ex et lui dire : « Au fait, est-ce que tu sais pourquoi Calum parlait à un enfant au téléphone ? » Ça ferait trop bizarre, surtout qu'à la base entre Calum et moi, c'est pas la grande amitié. Ça fait très suspect…

– Oh, punaise ! lance mon amie en me tapant l'épaule.

– Aïe ! m'écrié-je sous le coup douloureux.

– Pardon. Mais je crois que j'ai compris !

– Quoi ?

– Et s'il avait eu un gosse avec une nana au lycée ? Si ça

se trouve, il est papa ! Oh, punaise ! lâche-t-elle en se tenant le front.

Je plisse les yeux. Il m'a dit n'avoir jamais enlevé le préservatif avec ses coups d'un soir. M'aurait-il menti ? Ou alors, s'est-il produit un accident avec la protection en question ? Ça peut arriver…

Mince alors…

– Si tu calcules bien, il pourrait avoir plus de 6 ans aujourd'hui.

– La vache, je crois que tu as raison. Mais pourquoi il nous l'aurait caché ?

– Je sais pas. Encore une fois, il ne doit y avoir que Scott qui est peut-être au courant.

Je pince mes lèvres avec mes doigts tout en réfléchissant.

– On a prévu de se revoir ce soir, je vais essayer de creuser un peu.

– Tu me diras !

– Curieuse !

– Autant que toi, chérie !

J'éclate de rire.

– Allez, c'est l'heure de notre soin ! s'exclame-t-elle.

Nous quittons le bain de vapeur. On récupère nos peignoirs qu'on enfile avant de filer en direction des salles de massage où deux esthéticiennes nous attendent. Dans leur tenue rose et blanche, les cheveux attachés en chignon, les deux jolies jeunes femmes nous invitent à aller nous changer et enfiler une culotte jetable horrible.

L'esthéticienne commence par un gommage du corps au sable blanc de Bora Bora. Les petits grains sur ma peau me relaxent. Mais cela est de courte durée, car mes pensées reviennent vite vers lui. Voilà que je songe de nouveau à Calum, à cette pseudo-relation qu'on entretient tous les deux, à sa « peut-être » paternité cachée.

– Lexie, arrête de penser, je t'entends d'ici, détends-toi, grogne Miley.

– Mais je me détends, très chère.

Elle pouffe de rire, puis le calme revient. La masseuse descend sur mes mollets, puis la plante de mes pieds.

Oh, punaise, c'est trop bon, ça…

Mais pas autant que les caresses de Calum hier soir au même endroit. Toutefois, je parviens doucement à le chasser de mon esprit le temps de profiter du moment.

Après le gommage, la masseuse applique une huile très agréable sur ma peau. Une odeur de monoï, de coco et de fleurs de frangipanier s'infiltre dans mes narines. Des doigts pressent et détendent mes muscles et j'en frissonne de bien-être. Soudain, un ronflement se fait entendre et je me retiens de rire quand je comprends rapidement que Miley s'est endormie.

Une heure plus tard, le soin se termine enfin et l'esthéticienne de ma meilleure amie tente de la réveiller doucement. Miley ouvre enfin les yeux, s'étire comme un chat qui a dormi toute la journée tandis que je descends de ma table de massage.

Sauf que l'huile encore présente sous la plante de mes pieds me fait glisser contre le sol et, comme je suis une éternelle catastrophe ambulante, je me casse littéralement la figure au sol. Heureusement, les paumes de mes mains amortissent le choc. Ma meilleure amie explose de rire.

– *Señorita, ¿se encuentra bien?*[1] s'inquiète la jolie masseuse en m'aidant à me redresser.

– *Sí*, lui réponds-je en attrapant la main qu'elle me tend.

La remontée se fait difficilement, puisque je ne cesse de glisser encore et encore. Mes pieds dérapent d'avant en arrière, jusqu'à me faire partir en presque grand écart au milieu de la pièce. Ma position décuple l'hilarité de Miley qui n'en perd pas une miette, pliée en deux sur sa table de massage. L'esthéticienne tente par tous les moyens de m'aider à me redresser, mais hélas, l'huile sur mon corps fait glisser ses doigts, ce qui rend la tâche encore plus difficile.

Heureusement, au bout d'une longue minute de lutte acharnée à faire du patin à glace sur le sol du salon de massage, je parviens enfin à trouver mon équilibre. L'esthéticienne s'empresse de déposer une serviette au sol, me proposant d'essuyer mes pieds encore enduits d'huile. Je la remercie, pendant que Miley essuie les larmes qui perlent au coin de ses yeux.

– Punaise, t'en loupes vraiment pas une, toi, me lance-t-elle en hoquetant.

– Quelle amie se moque si ouvertement ? m'enquiers-je en me mordant la lèvre afin de ne pas rire.

– Ben moi ! rétorque-t-elle en repartant dans son fou rire.

Je secoue la tête tout en frottant la plante de mes pieds contre la serviette. Une fois que je suis certaine de ne plus glisser, nous récupérons nos peignoirs et retrouvons les vestiaires afin de nous rhabiller et rentrer à la villa.

– Ça fait vraiment du bien un après-midi comme celui-là,

---

1. « Mademoiselle, ça va ? »

lance Miley tout en renfilant son short.

– Oui, vraiment agréable, lui réponds-je en brossant mes cheveux devant le miroir.

– La fin était très drôle, par contre.

– C'est ça, continue de te moquer, vilaine.

– Ne change jamais, c'est comme ça que je t'aime.

Je l'observe à travers le reflet du miroir, et je remarque à quel point ma meilleure amie est on ne peut plus sérieuse après avoir sorti cette phrase. Son regard se plante dans le mien tandis que ses pas la mènent à moi. Doucement, ses bras passent autour de mes épaules pour venir m'entourer affectueusement.

– Même si tu es la plus catastrophique, tu es aussi l'amie la plus formidable que j'aie jamais eue dans ma vie.

Mon cœur fond sous ses aveux. Je lui lance un sourire, tandis qu'elle presse ses lèvres contre ma joue.

– Oui, mais je culpabilise un peu quand même…

– Pourquoi, ma chérie ?

– Parce que si un jour, je venais à me fâcher avec la bande, tu seras toujours de mon côté. Tu prendras mon parti.

– Et alors, c'est normal, ce n'est pas ce que tu veux ?

– Si, bien sûr que si, me reprends-je, mais ce que je veux dire, c'est que ce sera au risque que, toi aussi, tu te fâches avec eux.

– Déjà d'un : ça n'arrivera pas, et de deux : les garçons savent très bien l'amitié qui nous unit, elle est plus forte que tout, donc c'est toi avant tout.

Une nouvelle fois attendrie par ses mots qui me touchent en plein cœur, je ne peux m'empêcher de sentir ma poitrine se réchauffer.

– Je t'aime, ma copine, dis-je.

Je noue mes doigts aux siens qui sont accrochés autour de mon cou sans la lâcher du regard.

– Moi aussi je t'aime, ma copine.

Quelques minutes plus tard, une fois rhabillées, nous quittons le spa et retournons à la villa où nous retrouvons les garçons en train de faire un water-polo dans la piscine. Alors que je marche en direction de la terrasse afin d'étendre mon maillot de bain au soleil, j'aperçois le téléphone de Calum posé sur l'îlot de la cuisine. Miley est déjà dehors et a rejoint les mecs dans la piscine. De mon côté, je suis bien tentée de faire ma curieuse.

Les doigts brûlants, j'hésite un instant en me mâchouillant les lèvres. Je sais que je ne devrais pas, ça ne se fait pas de fouiller dans le portable des autres, mais un désir sourd résonne en moi, je veux savoir ce qu'il nous cache.

Est-il vraiment papa ?

Non, je ne devrais pas, je commence à faire marche arrière mais je décide finalement de répondre à ma curiosité : je vais juste regarder son fond d'écran. S'il a un enfant, il y sera peut-être en photo ?

Je m'empare de son téléphone et appuie sur le bouton à droite du téléphone afin de le sortir de sa veille. Malheureusement, et comme je devais m'y attendre, son portable est pourvu d'un code de déverrouillage. Je suis bête, j'aurais dû m'en douter.

– Qu'est-ce que tu fais ?

La voix de Calum que je n'ai pas entendu rentrer me fait sursauter et je relâche rapidement l'appareil qui tombe sur l'îlot. Il fronce les sourcils.

– Tu fais quoi avec mon portable ?

Il s'avance dans ma direction, des gouttes ruisselant sur son torse nu. Si je n'étais pas autant dans l'embarras de la situation, je baverais sur lui. Mais mon cœur bat tellement la chamade de m'être fait surprendre que j'ose à peine le regarder dans les yeux.

– Euh… je voulais juste regarder la marque de ton téléphone, comme je veux changer le mien, trouvé-je comme excuse.

Il plisse les yeux, puis se poste juste devant moi.

– Pourquoi tu ne m'as pas simplement demandé ?

– Pas la peine, j'avais juste à regarder, réponds-je en haussant les épaules.

Il m'observe un instant, sceptique, avant d'acquiescer. Je crois qu'il me croit.

Ouf…

Calum se détourne de moi afin d'attraper une bière dans le réfrigérateur.

– Tu en veux une ?

– Non merci, réponds-je tout en l'observant en train de la décapsuler.

Il retourne à l'extérieur et je le suis.

– Alors, ce spa, c'était bien ? demande Scott.

– Oh, ben oui, répond Miley avant de lui raconter ma magnifique cascade à la fin.

Tout le monde se marre.

– Et on parle du fait que toi, tu t'es endormie comme une masse ? rétorqué-je afin de me défendre.

– Je plaide coupable, répond-elle en levant les paumes devant elle.

Ce soir, c'est au bord de la piscine que nous finissons la soirée. Assise sur la balançoire, Miley à côté de moi, nous observons le magnifique coucher de soleil. Mais la journée n'est pas encore finie et je me demande bien où va m'emmener Calum ce soir…

16

ESCAPADE NOCTURNE

Lexie

La nuit est enfin tombée, les garçons jouent au billard, Miley bouquine dans un fauteuil non loin d'eux, tandis que j'observe Calum à la dérobée tout en me languissant que tout le monde soit couché pour qu'on s'évade tous les deux.

Pour lui, ce n'est qu'une histoire de sexe, pour moi… C'est plus compliqué que ça, je crois… Il y a ce petit truc en plus qui s'insinue doucement en moi. Ce n'est pas de l'amour, je le sais, mais je ne saurais expliquer ce petit attachement que j'ai pour lui. Durant tant d'années, j'ai aimé le détester et ce, de tout mon cœur, mais je me rends compte que le temps a passé, et que dorénavant nous ne sommes plus ces lycéens qui se cherchent et se disputent pour un rien.

Nous sommes des adultes. Nous avons grandi, évolué, notre avenir est devant nous, nos études enfin achevées. Nous avons appris tout au long de ces années l'acharnement au travail, la volonté d'y arriver, de décrocher notre diplôme tant rêvé. Je sais qu'au fil du temps, un bout de l'enfant que nous étions reste en nous pour devenir un adulte accompli. Nous sommes les mêmes avec ce petit truc en plus. La vie nous a façonnés, et il nous reste encore tellement de choses à vivre. Je sais que cette relation que nous avons établie dorénavant entre nous n'a plus rien à voir avec l'animosité qui nous collait à la peau. J'apprends petit à petit à découvrir ce nouveau Calum, avec ses parts secrètes ainsi que ce qu'il veut bien me montrer de beau. Je sais qu'il n'est pas un connard. Du moins, il n'est plus ce connard qui m'agaçait tant.

J'aimerais entrer en lui, afin de le connaître un peu plus, car quelque chose chez lui me plaît. Au-delà de son apparence de beau garçon craquant, je sais qu'il cache une personnalité qui vaut le coup d'être découverte en plein jour. Pourtant, il persiste à vouloir garder au plus profond de lui ce qui le caractérise vraiment. J'aime, j'adore coucher avec lui mais je me surprends à en vouloir plus. Pas spécialement une relation de couple car ça, je sais qu'il ne me l'offrira jamais, il a été clair sur ce sujet, mais j'aimerais dorénavant que notre relation reste la même sur le point de l'entente. Je veux qu'il demeure mon ami, qu'on ne se fasse plus la guerre comme avant. Il se plaît toujours à me taquiner, et j'ai à cœur que ça ne change pas. Il me charrie, je rigole, et c'est très bien.

C'est sûr que si Calum était un homme qui voulait se poser avec une femme, je lui demanderais sûrement d'essayer de vivre ce qu'il y a à vivre entre nous, mais comme je sais que c'est impossible, je me force à ne pas y songer. Nous sommes en vacances, continuons de faire ce que nous faisons jusqu'à ce que l'été se termine. Une fois à Washington, chacun reprendra le cours de sa vie. Amis, nous serons juste amis. Cette idée me pince légèrement le cœur, mais Calum reste Calum. Rien ni personne ne peut pénétrer son cœur. Et je me demande bien pourquoi, d'ailleurs.

Dans le coin de mon œil, je vois Miley qui bâille. Elle referme son bouquin et annonce à tous qu'elle va se coucher. Avant de retrouver son lit, elle vient déposer ses lèvres sur ma joue, puis quitte la pièce. J'en fais de même, je souhaite une bonne fin de soirée aux garçons puis rejoins ma chambre. L'attente risque d'être longue avant que Noah et Scott se décident à aller se coucher, mais ce n'est pas grave, je vais patienter. D'un pas nonchalant, je me dirige dans ma salle de bains, où je me glisse sous la douche. Quelques minutes plus tard, je me retrouve sous mes draps. Impatiente, je consulte l'heure et soupire quand l'horloge m'indique minuit. Les mecs jouent encore à taper dans les boules, et moi, je me ronge les ongles d'attendre.

– Loompa ?

La voix de Calum me réveille et j'ouvre les paupières. Tout est calme dans la villa et je devine que tout le monde est enfin couché. Je tourne la tête et rencontre enfin le visage de Calum dans la pénombre de ma chambre. L'attente était si longue que je me suis endormie.

– Il est quelle heure ? lui demandé-je.

– Deux heures du matin, me répond-il.

– Vous en avez mis du temps, grogné-je.

– Les mecs n'avaient pas sommeil, dit-il en rigolant.

– Et malgré l'heure tardive, tu es quand même venu, ajouté-je avec le sourire.

– Tu veux rester ici, finalement ? Ou on sort quand même comme prévu ?

Un sourire se fend sur mon visage.

– Non, je me lève et on y va.

Je saute de mon lit, enfile mon short que j'ai laissé choir au sol, et nous sortons de ma chambre sur la pointe des pieds. Nous arrivons enfin dans le salon, Calum s'empare des clés du cabriolet quand la lumière s'allume dans le couloir. Je bondis et m'écrase au sol afin d'aller me planquer derrière le canapé. Et je fais bien, puisque Scott débarque en se frottant les yeux.

Bêtement, je commence à avoir peur et je prie intérieurement pour qu'il ne m'ait pas vue me ratatiner par terre. Doucement, je rampe jusqu'à un endroit où je suis sûre d'être invisible pour lui. Tout en prenant garde à ne faire aucun bruit, je glisse jusqu'à derrière l'assise du canapé. Soudain, le lampadaire vacille, et j'écarquille les yeux en me rendant compte que c'est à cause de mon pied qui a cogné dedans. Mon cœur se met alors à battre plus vite, plus fort.

Heureusement, Calum s'en rend vite compte et rattrape la lampe au vol avant qu'elle ne se fracasse au sol. Je risque alors un regard discret en direction de Scott. Le bruit n'étant pas passé inaperçu, il pivote la tête dans notre direction et sursaute en voyant Calum debout comme un con, les clés de la voiture dans une main, tenant le pied de la lampe dans l'autre. Prise de panique, je m'aplatis subitement au sol, le cœur battant la chamade. La respiration complètement en désordre, je plisse fortement les paupières comme si cela allait me faire disparaître.

– Punaise, bro, tu m'as fait peur ! Tu vas où ? lui demande-t-il en observant le trousseau qu'il tient dans la main.

– Un rencard, répond-il du tac au tac.

– Oh.

– Ouais, la nana de la dernière fois m'a rappelé, donc j'y vais.

J'ouvre subitement les paupières.

Quelle nana ? Il a vu une nana ?

– Je croyais que tu ne couchais pas plus d'une fois avec la même fille ? lui demande son meilleur pote.

Ce qu'il dit flatte mon ego, car nous avons couché ensemble deux fois et nous nous apprêtons à recommencer. Je souris. Ouais, là, le nez contre le parquet, dans une position inconfortable, je souris telle une niaise, alors que je tremble de tous mes membres à l'idée d'être découverte.

– Y a que les cons qui ne changent pas d'avis, réplique-t-il en haussant les épaules.

– T'as raison, profite bien ! lui lance Scott.

– Merci, répond Calum qui ne bouge toujours pas, attendant que son meilleur pote balaie le plancher.

– Ben, tu ne pars pas ? l'interroge-t-il en plissant les yeux.

– Oh, si, si, répond Calum l'air soudain gauche. D'ailleurs, j'y vais. Salut, à demain !

Il ouvre la porte puis la referme derrière lui. De ma cachette, j'entends qu'il allume le moteur. J'attends patiemment ou impatiemment que Scott retourne se coucher. Dès que la lumière du couloir s'éteint et que la porte de sa chambre claque, je me faufile discrètement à l'extérieur et rejoins rapidement Calum dans la voiture. Une fois que je suis installée, il démarre et nous prenons la route.

– Et ben, c'était moins une, lâché-je en riant nerveusement.

– Il a fallu qu'il se lève pour boire un coup pile à ce moment-là, lui. Lexie, je ne trouve pas ça marrant, c'est mon frère, et je risque gros en faisant ça, me dit-il l'air soudain agacé.

– Oui, pardon, excuse-moi, tu as raison, mais… c'était nerveux. J'avoue ne pas avoir fait la fière non plus… Si tu ne veux plus… on peut faire demi-tour et…

– Non, non, c'est bon. Je ne me l'explique pas, mais je ne résiste pas à l'envie de me barrer avec toi.

Je souris. La voiture sort de Cancún et nous longeons la mer.

– On va où ?

– Dans un endroit qui, je suis sûr, va te plaire.

– Oh, tu as donc prévu un truc, dis-je.

– Ouais, répond-il tout en pressant l'accélérateur.

Et après, ça se dit pas romantique…

La route est pratiquement déserte à cette heure-là, Calum en profite.

– Doucement, quand même.

– Ne t'inquiète pas, je suis vigilant, et c'est con d'avoir un cabriolet et de ne pas en profiter, j'ai pas raison ?

– Si, mais…

– Lexie, lâche prise un peu, parfois…

Bon, sur ce point, il a raison, je sais que par moments je peux me montrer coincée ou vieux jeu. Calum est un mec qui fait attention, en général, sur la route. Les quelques fois où je suis montée en voiture avec lui, il a toujours été un bon conducteur. Mais je ne sais pas, le fait d'avoir croisé Scott avant de partir me bloque un peu, comme si je n'avais pas le droit de profiter. Or, c'est faux ! Nous sommes deux adultes consentants qui savent très bien ce qu'ils font. C'est son meilleur ami, d'accord, mais cela n'empêche pas que nous ne faisons rien de mal!

Finalement, je me rends compte que je fais confiance à Calum. J'ai envie de m'amuser, moi qui lâche rarement prise, comme il le dit si bien. Je repense à ce que Miley m'a dit au tout début des vacances sur le fait que je devais profiter de cet instant à Cancún. Eh bien, c'est décidé, je vais le faire! Je suis actuellement avec Calum, on passe du bon temps, on s'éclate, alors vivons-le à fond!

J'esquisse un sourire à son intention.

– C'est vrai, lui réponds-je enfin.

Calum acquiesce tout en répondant à mon sourire, puis accélère encore un peu. Je lève les bras au-dessus de ma tête afin d'essayer d'attraper l'air qui passe entre mes doigts. Le ciel est noir, la lune est pratiquement pleine au centre de ces milliers d'étoiles qui scintillent. C'est magnifique, et un brin poétique. Bien que je sache pertinemment que ce n'est pas voulu, je ne peux m'empêcher de le penser.

La voiture file, elle avale les kilomètres. Une main sur le volant, l'autre reposant contre le rebord de sa fenêtre, Calum semble maintenant serein. Il ne parle pas, profitant d'un calme agréable et reposant. Je me risque à l'observer. Simplement éclairé par la lumière de la lune, je le trouve plus beau que jamais. Le vent fait tournoyer mes cheveux dans tous les sens, si bien que ceux-ci m'obstruent de temps à autre la vue quand ils viennent négligemment se plaquer contre mon front et une partie de mon visage.

Jamais je n'avais imaginé vivre des instants tels que celui-ci en présence de Calum, et pourtant, c'est bien ce qu'il se passe. Et le mieux dans tout ça, c'est que j'en ressens un plaisir immense. Mon cœur se met alors à battre plus fort rien qu'en pensant à ça. Je souris.

– Qu'est-ce qu'il y a, Lexie ? me demande Calum, sans toutefois détourner les yeux de la route.

– Rien, je te regarde, c'est tout.

– Et ce que tu vois te plaît ?

– Oui, soufflé-je.

– Ah oui ? s'enquiert-il tout en continuant de regarder les lignes défiler devant nous.

– Je te trouve vraiment très beau.

Un sourire vient illuminer son visage.

– Mais encore ?

– Je t'aime bien, en fait.

Et un peu plus, je crois…

Ce coup-ci, il rigole.

– Pourquoi cet aveu te fait rire ?

Il consent enfin à poser ses prunelles dorées sur moi.

– Tu m'aimes bien ? me cite-t-il tout en souriant de toutes ses dents.

– Oui, pas toi ? lui demandé-je, le cœur battant la chamade pour je ne sais quelle raison.

Il lâche mes yeux pour venir reposer les siens sur la route. Il secoue un instant la tête avant d'ouvrir la bouche.

– Oui, je t'aime bien, Lexie.

Je ne saurais dire si c'est sa façon de le dire, si c'est son inflexion à cet instant ou si c'est le fait qu'il m'apprécie, mais mon cœur se met soudainement à déraisonner. Je dois me rendre à l'évidence que ce que je ressens pour lui est un peu plus que de l'amitié. C'est une grande affection.

– Au fait, je sais très bien que tu ne regardais pas la marque de mon téléphone tout à l'heure, lâche-t-il d'un coup d'un ton calme.

Prise de court, je ne sais que répondre. Oui, il n'est pas con…

– Qu'est-ce que tu cherchais, Lexie ? me demande-t-il.

– Euh, rien.

– Tu me prends vraiment pour un crétin ? rigole-t-il doucement.

– Mais tu es un crétin, le taquiné-je.

– Fais attention à toi, sinon, je m'arrête, te dépose sur le bord de la route et je repars sans toi.

– Pas grave, je ferai du stop, et si ça se trouve je trouverai un mec encore mieux foutu que toi qui me fera monter au ciel toute la nuit.

Du coin de l'œil, il m'observe avant d'éclater de rire.

– Tu ne m'as pas dit ce que tu cherchais dans mon téléphone…

– Et mince, moi qui croyais que tu allais oublier, réponds-je d'un air innocent.

– Je t'en prie, je t'écoute.

– Je voulais voir ton fond d'écran pour peut-être en savoir plus sur qui tu avais eu au téléphone dans l'après-midi.

– Je t'avais dit que je ne voulais pas que tu me questionnes à ce sujet.

– Mais je ne t'ai pas questionné, j'ai…

– Oui, tu as préféré fouiller dans mon portable, c'est mieux, tu penses ? s'enquiert-il toujours d'un ton calme.

Il ne se fâche pas et j'ai bien de la chance car, pour le coup, il aurait tous les droits d'être en colère.

– Peut-être que je t'en parlerai un jour, abdique-t-il dans un soupir, voyant que je ne réponds pas. Mais ce n'est pas le moment. On est presque arrivés.

Pour moi, c'est comme une petite victoire. Arriver à ce que Calum me dise ça relève d'un exploit ! Donc, il cache bien quelque chose et ne souhaite pas que tout le monde soit au courant. Mais qu'est-ce qu'il a fait ? Il n'a pas tué quelqu'un tout de même ?!

Mais non, débile, sinon il serait en taule !

Ou alors, c'est un fugitif ?

Roh, n'importe quoi ! T'es vraiment quiche parfois !

La fin du trajet se passe dans un silence agréable, si bien que je réussis tout doucement à lâcher prise, prête à vivre pleinement chaque instant.

***

Après avoir roulé un bon moment, Calum se gare sur le parking du cénote de Dos Ojos, non loin de Tulum.

– C'est ouvert à cette heure-ci ? lui demandé-je, sceptique.

– Non.

– Mais…

– On va y aller discrètement, me coupe-t-il.

– Mais Calum, c'est interdit ! répliqué-je.

– Tu as peur de te faire choper ? me demande-t-il taquin.

– Euh…

– Tu veux jouer ou pas ? continue-t-il en me lançant son fidèle regard de charmeur.

Et franchement, ça m'excite.

– D'accord, allons-y, lancé-je.

Je ne sais pas dans quoi je m'embarque, mais j'y fonce tête baissée.

Dans cette folie avec lui.

Rien n'est rationnel, je vais me brûler les ailes. Mais de toute ma vie, je ne me suis jamais sentie aussi vivante. Il verrouille la voiture avant de s'emparer de ma main. Nous marchons doucement en direction de l'entrée du site. Nous arrivons enfin là où se trouvent les guichets, mais Calum nous entraîne sur la droite, où se trouve un grand portail vert clair.

– Tu te sens d'escalader ? me chuchote-t-il.

– Quoi ? m'enquiers-je sur le même ton.

– Il va falloir qu'on passe par-dessus le portail, ou alors le mur qu'il y a à côté.

– Mais il n'y a pas des caméras de surveillance ou des vigiles ?

– Sûrement, mais on va essayer de passer au travers.

– T'es complètement fou ! ris-je.

– Toujours partante ? me demande-t-il en plantant son beau regard dans le mien.

– Si on se fait prendre, on ne va pas s'en sortir comme ça.

– T'as peur ?

– Un peu.

– Ben, faut pas, si jamais on se fait repérer, on court le plus vite possible et on se casse.

– C'est ce que je disais, tu es cinglé, affirmé-je en riant à nouveau.

– Tu me fais confiance ?

Je hoche la tête. C'est complètement irréel, mais oui, je lui fais confiance.

– Alors, grimpe sur mes épaules, et passe par-dessus.

Il s'accroupit afin que je puisse monter sur lui. J'hésite un instant.

Oh, et puis, merde, vivons tant qu'on est vivants !

Je m'exécute et, lorsque je suis bien installée sur ses épaules, il se redresse afin que je puisse passer au-dessus du portail. Je saute de l'autre côté et attends qu'il grimpe à son tour. Une fois dans l'enceinte, il attrape à nouveau ma main et nous marchons discrètement en direction du dernier cénote, celui qui est le plus éloigné, puisqu'ici il y en a deux. Par chance, le site est recouvert par d'innombrables arbres. Personne ne semble surveiller le site et je n'aperçois aucune caméra à l'horizon.

Cette escapade fait monter mon palpitant. L'adrénaline s'insinue dans mes veines, si bien que je sens l'euphorie grignoter ma poitrine. La peur de se faire surprendre se transforme petit à petit en une grande excitation, et je ne tarde pas à avoir très envie que Calum me touche, qu'il me dévore comme il sait si bien le faire.

Rapidement, nous arrivons au premier escalier en bois. Toujours tout en discrétion, nous descendons en direction de l'eau. Je me déshabille entièrement sous le regard pétillant de Calum. Il en fait de même et je ne peux empêcher mes yeux de caresser son corps. Sa musculature est parfaite. Il n'en a pas trop, juste ce qu'il faut pour être beau. Les mecs gonflés à bloc, je trouve ça vraiment moche. Calum est sculpté à la perfection et son corps est un appel au désir, à la luxure. Mon regard descend sur son membre que je dévore. Ma langue passe entre mes lèvres et vient lécher la commissure de ma bouche, son goût se rappelant à moi.

Une fois complètement nus, on s'immerge dans l'eau fraîche. Je suis soufflée par la beauté du lieu, c'est magnifique ! D'où nous sommes, nous pouvons observer le ciel accompagné de ses étoiles. Calum m'offre une escapade ultra magique.

– L'eau est un peu froide, lancé-je joueuse.

– Je peux te réchauffer, m'indique-t-il tout en se rapprochant de moi, plongeant pleinement dans mon jeu.

Ses prunelles caressent mon visage, puis viennent se poser sur mes lèvres.

– Tu sais te montrer romantique sans en avoir une seconde conscience, lui indiqué-je.

– Je voulais juste me baigner dans un cénote la nuit, sans être emmerdé par les touristes, loin de moi l'idée d'être un mec romantique.

– Oh, je le sais bien, et pourtant, ça l'est quand même.

– Vu ce que je vais te faire, tu vas vite trouver ça moins romantique.

Je pouffe de rire.

Mon rire meurt contre ses lèvres quand celles-ci percutent les miennes. Elles me goûtent d'abord, pour enfin m'aspirer de plus en plus fort. Je gémis lorsqu'il insinue sa langue dans ma bouche et qu'il me caresse en même temps. Ses doigts glissent sur mon corps ; de mon cou, ils vont jusqu'à ma poitrine. Mes tétons sont vite emprisonnés par deux d'entre eux. Ils se font gentiment malmener, ce qui me mène sûrement vers un désir brûlant. Heureusement, où nous sommes, l'eau est peu profonde, ce qui fait que nous avons pied et que je peux me laisser aller sans couler.

Doucement, Calum nous dirige en direction d'un bord, afin

que mon dos se retrouve plaqué contre le rebord. La roche entre en contact avec ma peau, elle me griffe quelque peu, mais je n'en ai cure, car le bien que me procure Calum en ce moment est plus fort que n'importe quelle douleur. Sa bouche quitte la mienne et se retrouve rapidement autour d'un de mes tétons, qu'il lèche, puis mordille.

C'est si bon qu'un long gémissement m'échappe. Son corps se plaque un peu plus durement contre le mien, me faisant en même temps ressentir toute l'étendue de son désir. Ses mains continuent leurs investigations en descendant contre mes flancs. Elles caressent un instant mes fesses avant de revenir plus au sud. Calum ne passe pas par quatre chemins et introduit déjà un doigt en moi. Un soupir de plaisir passe la barrière de mes lèvres.

Déjà partie dans des nuages de coton, je laisse ma tête basculer en arrière. Je ne capte alors plus rien, sauf les sensations exquises qui sont en train de naître dans mon ventre. Je ne sais plus où je suis quand ses doigts se retirent, vite remplacés par son sexe qui me remplit d'un coup. Mes jambes s'enroulent d'elles-mêmes autour du corps de Calum, l'enfouissant encore plus profondément en moi.

Prenant appui contre la roche dans mon dos, il me pilonne à un rythme à m'en faire perdre la raison. J'ondule autour de lui, nous menant tout droit jusqu'à l'extase. Des baisers rencontrent ma gorge, des soupirs percutent mes lèvres, des grognements vibrent au creux de mes oreilles. Puis enfin une explosion, folle, intense, dévastatrice. Elle nous prend totalement de court. Ensemble, on se laisse porter par la vague de plaisir intense qui nous submerge, jouissant pratiquement sur le même tempo.

Les étoiles qui dansent sous mes paupières se calment pratiquement en même temps que ses soubresauts. J'ouvre alors les yeux, observant l'homme encore niché en moi. Calum pose une dernière fois ses lèvres contre les miennes avant de se retirer.

Rapidement, on sort de l'eau, on se rhabille avant de retrouver la direction de la sortie. Alors que nous sommes presque arrivés vers le portail, le faisceau d'une lampe torche se braque sur nous, m'éblouissant au passage. Je braque machinalement mon bras contre mes yeux agressés par la lumière qui m'aveugle.

– *¿Hey, quién eres tú? ¿Qué estás haciendo aquí?*[1] braille un surveillant du site.

– Là, c'est le moment de courir, me souffle Calum.

Ni une, ni deux, on s'élance, prenant nos jambes à notre cou.

– Hey ! nous interpelle toujours le Mexicain.

Rapidement, nous arrivons au portail, sous le coup de l'adrénaline et vu mon élan, je parviens à me hisser toute seule en haut du portail. Calum me suit, nous retombons de l'autre côté et nous filons à toutes jambes en direction de la voiture. Une fois que nous sommes installés, Calum démarre et nous filons à vive allure, laissant derrière nous un nuage de poussière. Lorsque le cabriolet retrouve enfin la route qui mène à Cancún, un soulagement mélangé à l'adrénaline ainsi qu'à toutes les émotions vécues lors de ce moment me font exploser de rire. Je ris à m'en plier en deux. Calum, surpris, m'observe, puis part enfin dans un fou rire à son tour.

---

1. « Eh, qui êtes-vous ? Qu'est-ce que vous faites ici ? »

– On est complètement barges ! crié-je.

Il m'observe, le regard brillant, un grand sourire illuminant son magnifique visage. Et à cet instant, je comprends que Calum est bien plus que tout ce que je m'étais imaginé.

Il a gagné mon cœur…

J'avais raison.

Échec… Et mat.

17

FUCKIN' PERFECT

Lexie

Lorsque j'ouvre les yeux au petit matin, mon lit est vide. Je n'ai pas regardé l'heure qu'il était quand nous avons regagné la villa. Je sais juste que Calum s'est endormi à mes côtés. Ce n'était pas prévu qu'il reste pour la nuit, mais lorsque nous sommes rentrés, nous sommes allés directement dans ma chambre, nous avons pris notre douche ensemble. Bien évidemment, nous avons recommencé une belle partie de jambes en l'air sous le jet chaud de la douche, et vu comme mon ventre crépite, il se souvient parfaitement à quel point c'était torride.

De toute ma vie, jamais un mec ne m'avait dominée de cette manière. Je ne saurais le définir, mais quand il me plaque sauvagement contre lui en tenant fermement ma nuque au creux de sa large paume pour me baiser, je ressens un immense plaisir mélangé à une sécurité incroyable. Dans toute cette puissance réside une part de douceur et de prévenance. Maintenant que je sais que mon cœur bat pour lui, je me sens comblée et heureuse.

Pourtant, réside aussi au fond de moi un vide que je peine à combler. Calum ne m'aime pas. Il ne m'aimera jamais. Je me sens dans l'impasse, et il fallait que je m'y attende. Le mieux serait de tout arrêter avant que mes sentiments ne grandissent encore plus, mais j'en suis incapable. Je veux continuer, tout en rêvant que ça ne s'arrête jamais. Et pourtant, ça s'arrêtera, c'est une certitude.

Je le savais, je le savais, putain ! J'ai voulu jouer, et j'ai perdu !

Il m'avait prévenue, pourtant, mais j'en ai fait qu'à ma tronche.

Je fais quoi, moi maintenant, avec mes sentiments ?! Je lui avoue ou je ferme ma bouche ?

Si je lui dis tout, il stoppera tout ce qu'il se passe entre nous et ce, bien avant que les vacances ne se terminent. Et ça, je ne veux pas. Je veux continuer à sentir sa peau, continuer à pouvoir le toucher, l'embrasser, mais je ne désire vraiment, vraiment pas que tout se termine.

Du bruit me parvient de la cuisine. Mes amis sont déjà levés et préparent le petit déjeuner. J'entends le rire de ma meilleure amie mêlé à celui de Noah. Un long et lent soupir m'échappe. Je n'ai pas envie, ni la force mentale de les rejoindre pour le moment. Et quand ce genre d'émotions m'assaille, je branche mes écouteurs à mon téléphone et lance de la musique à fond.

La première chanson qui vient est celle de Pink, « Fuckin' Perfect ». Comme si le refrain était écrit pour moi… Le volume réglé au maximum, je me laisse aller, laissant jaillir toutes ces émotions qui tourbillonnent en moi. J'ai déjà été amoureuse, mais je prends conscience que tout ce qu'il se passe en moi me bouscule, me dépasse.

Je me fourvoyais, je suis bel et bien raide dingue de lui. Peu importe ce qu'il cache, peu importe son secret, peu importe tout, il a su me montrer ce qu'il a de plus beau en lui. Sans le vouloir, il m'a laissée apercevoir une partie de ce qu'il y a en lui. En réalité, je crois bien que je n'ai jamais détesté Calum, mais que je l'aime depuis toujours. Dansant au milieu de ma chambre, me défoulant telle une fille complètement allumée, tout s'éclaire dans ma tête.

Cette colère constante contre lui… Oui, il m'énervait, mais ce n'était rien d'autre que des sentiments refoulés. Ça a toujours été *lui*.

« Pretty, pretty please
Dont you ever, ever feel
Like you're less than
fuckin' perfect
Pretty, pretty please
If you ever, ever feel
Like you're nothing
You're fucking perfect to me »
(« S'il te plaît, je t'en prie
Ne t'es-tu jamais senti
Comme si tu étais loin
D'être parfait
S'il te plaît, je t'en prie
Si tu as parfois l'impression

De n'être rien
Sache que tu es putain de parfait pour moi »)

La musique pulse au creux de mes oreilles, je ne devrais pas ressentir ça pour lui, mais pour rien au monde je ne veux que ça change. Même si ça fait mal, même si ce n'est pas réciproque et que ça ne le sera jamais, je veux l'aimer, bêtement, je veux continuer de l'aimer. Comme si j'étais seule au monde, je braille les paroles de la chanteuse à m'en briser les cordes vocales.

Je l'ai découvert hier : je me sens vivante avec lui, comme jamais je ne l'ai été auparavant. J'ai mal au cœur, mais je suis heureuse, et j'ai surtout l'air très con à me comporter de la sorte, à penser ça, mais je m'en fiche ! Je grimpe sur mon lit et danse en sautant comme si je voulais transformer tout ça en rage. Bien qu'aucune rage ne me ronge, je ressens le besoin d'expulser tous ces sentiments comme si j'étais une folle enragée, alors que c'est tout l'inverse. Je suis une folle amoureuse...

Le moral à nouveau revenu, je suis enfin prête à rejoindre mes amis sur la terrasse pour prendre mon petit déjeuner et profiter de ces derniers jours de vacances quoi qu'il advienne. Lorsque je pivote sur moi-même afin de descendre de mon lit, je sursaute et hurle de stupeur en découvrant ma meilleure amie à ma porte en train de m'observer, un sourcil relevé.

Me sentant sombrement conne, je retire mes écouteurs et lui envoie un sourire tout aussi débile que les sensations qui m'inondent.

– Tu vas bien ? me demande-t-elle.

– Oui, oui, j'avais juste besoin de me donner un petit coup de boost.

– Tu sais que je ne t'ai pas vue faire ça depuis le lycée.

– Ouais, et j'aurais dû le refaire avant, j'avais oublié à quel point ça remontait le moral au maximum !

– Pourquoi tu as besoin de te remonter le moral ? Tout va bien, non ?

– Euh, oui... mais... roh, j'ai besoin de me justifier ?

– Je ne t'ai pas demandé de te justifier, chérie, répond-elle en rigolant. C'est juste qu'on t'entend chanter, pardon, brailler depuis tout à l'heure, alors on se demandait ce que tu foutais.

– Hum, je vois... Je crois que ça ajoute une ligne de plus sur mon dossier à remettre à l'asile, c'est ça ?

– Ouais, déjà que ce n'est plus un dossier, mais un pavé, le truc... me charrie-t-elle en riant.

– Oh, vilaine ! crié-je en me ruant sur elle pour la châtier de mes chatouilles.

Elle hurle et file dans le couloir en courant. À ses trousses, je la suis à la trace jusqu'à la terrasse où elle tente de m'échapper en se ruant à l'autre bout de la table où les garçons petit-déjeunent en paix. Enfin, ça, c'était juste avant que nous débarquions tels des boulets de canon bruyants. Pour une fois que ce n'est pas Noah qui fout son cirque !

– Cours toujours, tu ne m'auras pas !

– C'est ce qu'on va voir !

J'amorce un pas à gauche de la table, elle part sur la droite. On tourne comme deux imbéciles autour, les mecs nous regardant faire comme si nous étions deux gamines. Rectification : nous sommes deux gamines ! J'ajouterai même : turbulentes.

Me voilà là où elle se trouvait il y a quelques secondes, tandis qu'elle se cache derrière la chaise de Noah.

– Vous avez pas fini ? s'enquiert Scott, amusé.

Je profite de ce que l'attention de Miley soit détournée pour bondir sur elle, l'attraper et la balancer dans la piscine. Sauf que cette vilaine m'emmène dans sa chute et c'est à deux que nous tombons lourdement dans l'eau fraîche du matin dans des cris stridents.

Honnêtement, j'ai l'impression que nous avons 17 ans, et quelle joie de retrouver cette insouciance ! Ces vacances me font le plus grand bien, j'ai l'impression que le temps s'est arrêté et que nous profitons à fond de ces instants merveilleux entre amis. Le soleil, la mer, la piscine, le bronzage, les cocktails, la fête, les potes, le sexe. Tout est absolument parfait.

On émerge de l'eau et on se marre, se balançant des trombes d'eau dans la figure. Cependant, mon estomac me rappelle vite que je n'ai pas encore mangé et qu'il a faim. Notre petite baignade improvisée se termine rapidement. Je rejoins mes amis à table afin de dévorer ce qui se trouve sous mon nez. Mes vêtements sont trempés, mais ce n'est pas grave, vu le soleil de plomb au-dessus de nos têtes, je ne vais pas tarder à sécher.

Une fois assise, je lance un coup d'œil à mon voisin d'en face qui boit tranquillement son café, un sourire au coin des lèvres. Son regard doré se met à briller lorsqu'il rencontre mes yeux noisette.

Comme la gamine que je suis depuis mon réveil, mon cœur s'emballe et tambourine comme un malade quand il constate que son sourire matinal n'est rien que pour moi. Il est taquin, certes, mais il m'est destiné.

Putain, qu'est-ce qu'on devient con quand on est amoureux…

Je ne réponds plus de rien, et plaide coupable de devenir complètement une flaque niaise quand son regard hypnotique se pose sur moi.

Le bruit de chaises tirées sur le sol me sort de ma contemplation. Scott et Noah quittent la table et retournent à l'intérieur. Miley m'observe, puis son regard dévie sur Calum avant de revenir sur moi. Son manège dure quelques secondes avant qu'elle ne se décide à quitter la terrasse à son tour.

– Bon, ben moi, je vais aller emmerder les garçons ! dit-elle avant de s'éclipser à l'intérieur, nous laissant volontairement seuls à l'extérieur.

Me sentant soudain gauche, je me racle la gorge.

– Tu as bien dormi ? me demande-t-il.

– Oui, ça va, même si la nuit a été courte…

– Ah bon ? Ta nuit a été courte ? lâche-t-il avec un sourire coquin.

– Oui, pas la tienne ? continué-je en rentrant dans une sorte de jeu.

– Oh non, je me suis couché très tôt, j'ai bouquiné un peu, et j'ai dû m'endormir vers neuf heures trente, reprend-il d'un air sérieux.

J'explose de rire en secouant la tête.

– Tu es parti à quelle heure ce matin, je ne t'ai pas entendu ?

– Il était cinq heures et demie, tu dormais bien, je n'ai pas voulu te réveiller.

– C'est gentil.

J'ai l'impression d'être sa sex friend avec des extras, et cette idée ne me déplaît pas. Je me demande si Calum a déjà offert ce genre d'extra à une autre fille que moi auparavant ? J'aime me dire – en rêve stupide – que je suis la première, que c'est inédit.

Pourrais-je réussir à en obtenir un peu plus ?

– Tu ronflais comme un tracteur, c'était abominable !

– Ce n'est pas vrai ! m'écrié-je en le regardant se marrer.

Hilare, il esquive un morceau de pain que je lui lance à la figure.

– Je plaisante, avoue-t-il, enfin toujours aussi amusé.

– J'espère bien, ça m'embêterait que tu quittes mon lit à cause de ça, parce que j'aime bien quand tu restes dormir avec moi, annoncé-je sans me rendre compte que j'en ai trop dit.

Je me fige un instant, attendant sa réaction. Son regard se plante dans le mien, et j'esquisse un petit sourire coincé, limite contrit. Dans ses prunelles passe, le temps de quelques microsecondes, de l'interrogation. Il plisse les yeux, pas dupe pour un sou.

Merde, c'est trop tôt pour qu'il se doute de quoi que ce soit…

– Lexie, on est toujours sur la même longueur d'onde, toi et moi ?

– Euh, oui, oui, bien sûr, je disais ça comme ça. Enfin… on passe de bons moments, c'est ça que je veux dire.

Je tente tant bien que mal de me rattraper en avouant des choses qui risquent moins de le faire fuir à toutes jambes. Et là, je prie tous les saints pour que cette petite honnêteté ne le fasse pas non plus flipper.

– C'est vrai. On rigole bien, répond-il enfin en souriant.

Oh, nom d'un sombrero, j'ai vraiment eu peur ! Attendez, il vient bien de dire qu'il passait lui aussi de bons moments avec moi ?!

Oh là là, un Mexicain joue des maracas dans ma tête ! C'est pas grand-chose, mais venant de Calum, c'est déjà beaucoup.

***

Cet après-midi, les garçons sont partis faire du ski nautique ensemble, tandis que nous sommes restées toutes les deux à la villa, avec Miley. Après s'être fait un bon jus de pastèque, on s'installe confortablement chacune les fesses dans une bouée, paille dans la bouche, prête pour parfaire notre petit bronzage, sans non plus mourir de chaud. C'est le compromis idéal !

– Je suis amoureuse, me lance ma meilleure amie en se faisant couler quelques gouttes d'eau sur le nombril, d'une manière détachée comme si elle m'annonçait avoir mangé une pomme ce matin.

J'abaisse mes lunettes de soleil sur le bout de mon nez afin de mieux la regarder dans les yeux.

– C'est fou, ça me tombe dessus comme ça, je ne pensais pas qu'on allait en venir là, lui et moi. Au début, j'étais juste attirée par Noah, je voulais simplement profiter des vacances pour qu'on s'amuse un peu, mais je me rends compte que ça va bien au-delà de tout ce que j'imaginais.

– Oh, Miley… soufflé-je, attendrie.

– Je ne voulais pas me maquer aussi vite, mais c'est une évidence.

– Et lui, il ressent les mêmes choses que toi ? m'enquiers-je.

C'est important ! Car si la pauvre se retrouve comme moi, face à un cœur entouré d'une forteresse, on est mal barrées…

– Il m'a dit qu'il m'aimait.

– Oh, réponds-je, telle une guimauve qui dégouline au soleil.

C'est un peu le cas en réalité, vu qu'on crame comme des saucisses sur un barbecue, actuellement.

– Bon, il y a plus romantique, mais il m'a avoué ça comme ça, pendant que je me brossais les dents.

J'éclate de rire. C'est vrai qu'il y a carrément plus imaginatif, c'est certain, mais il lui a dit, et en premier si j'ai bien compris, donc pour moi, c'est le principal et le plus important.

– Oh, mais c'est tellement mignoooooon ! braillé-je, retrouvant mon humeur de gamine que j'arbore depuis ce matin et qui ne m'a pas quittée de la journée.

– Oui…

– Et tu lui as dit en retour que toi aussi, tu étais folle d'amour pour lui ? demandé-je, tout en rajoutant des tonnes.

– Alors, pas tout de suite, puisque j'avais de la mousse plein la bouche et que je ne voulais pas lui postillonner des particules de dentifrice partout. J'ai donc d'abord craché, rincé ma bouche avant de lui rouler une pelle et enfin lui dire que moi aussi, je l'aimais.

– Oh, Miley, je suis tellement contente pour vous, c'est génial ! m'exclamé-je en lui tendant ma main afin qu'elle s'en empare pour la serrer fort contre ma paume.

– Et toi, comment ça se passe avec Calum ?

Soupir… Si seulement c'était aussi simple.

– Eh bien, disons que je suis dans la merde.

– Pourquoi ? s'enquiert-elle en se redressant dans sa bouée, ce qui fait résonner un vieux bruit grinçant.

– Ben moi, je suis amoureuse… avoué-je à ma meilleure amie.

– Oh, merde…

Elle a compris, elle sait, elle connaît Calum.

– Comme tu dis.

– C'était pour ça, la danse de boost ce matin, et ce poing en l'air.

J'éclate de rire en repensant à cette scène et surtout à quel point j'ai dû être vraiment débile.

– C'est ça, je me suis fixé comme objectif d'en profiter sans me prendre la tête et si je peux en plus grignoter tout doucement au niveau de sa poitrine afin de réussir à atteindre un tout petit peu son cœur, ce ne sera que du bonus.

Elle ferme un instant les paupières, car elle sait aussi bien que moi que ça risque d'être une tâche assez périlleuse. Soudain, elle les rouvre d'un coup et plisse les yeux.

– Qu'est-ce qu'il y a ? m'enquiers-je.

– Vous avez couché ensemble combien de fois ?

– Euuuh, je n'ai pas vraiment compté, mais je dirais beaucoup en peu de jours.

– On est d'accord toutes les deux sur le fait que Calum baise rarement avec la même fille plus de deux fois, au grand maximum. Clairement, vous avez largement dépassé les deux fois.

– Oui.

– Il reste dormir avec toi ? Ou il se barre juste après ?

– Euh, jusqu'à maintenant, il est resté pratiquement à chaque fois.

– Hum… Donc, si je résume : il couche avec toi, tu es la première avec qui ça se reproduit plus de deux fois, il reste dormir avec toi. J'ai remarqué quelques sourires, et beaucoup de regards dirigés dans ta direction sans que tu ne le remarques, vous rigolez bien tous les deux maintenant, énumère-t-elle en abaissant ses doigts à chaque point. Donc, je pense que tu as peut-être une infime chance.

Moi, je n'ai retenu que : « des regards dirigés dans ta direction sans que tu ne le remarques » et : « je pense que tu as peut-être une infime chance ».

– Ouais, mais je ne sais pas du tout comment m'y prendre avec lui, ni même si ça mènerait à quelque chose…

– Je pense qu'il faut que tu profites du moment, que tu restes toi-même, et tu verras bien à la fin des vacances. Malheureusement, il n'y a pas grand-chose à faire. On ne peut obliger un cœur à aimer. Surtout s'il s'agit de celui de Calum.

Je soupire. Elle a raison, je vais passer le plus de temps que je peux avec lui et advienne que pourra.

– Ne t'attache pas trop quand même, protège-toi, me dit-elle en resserrant ses doigts autour des miens.

– J'ai bien peur qu'il ne soit déjà trop tard…

Au même moment, un énorme plouf nous fait sursauter. Quelque chose se rue sous ma bouée afin de la retourner, me laissant à peine le temps de me demander ce qu'il se passe. Un cri m'échappe lorsque je bascule d'un coup sur le côté pour atterrir lourdement dans l'eau.

Quand ma tête sort et que je reviens à la surface, les cheveux aplatis en pieuvre sur mon visage, mes yeux rencontrent ceux de Calum, visiblement fier de son œuvre.

Auparavant, je lui aurais hurlé dessus en lui promettant de méchamment me venger, mais c'est tout l'inverse qui se produit. J'ai envie de me jeter sur lui, de l'embrasser à en perdre haleine et qu'on finisse par faire l'amour comme deux fous dans la piscine. Mon Dieu, il me dévergonde totalement, ça en devient maladif.

Docteur, ne me soignez pas ! Il est fuckin' perfect pour moi…

18

QUE ÇA MOUSSE !

Calum

Ce soir, on retrouve la cousine de Lexie dans la boîte de nuit où nous sommes allés la dernière fois. Ils promettent une soirée de folie en remplissant entièrement la salle de mousse. Tenue obligatoire : maillot de bain, pour tous.

Il est pratiquement minuit lorsque nous arrivons sur le parking où Alyne nous attend en bikini sexy, à côté de sa voiture. Il faut reconnaître que cette nana est plutôt canon. Dans la lignée Jones, il y a l'air de n'avoir que des avions de chasse… C'est vrai que ces deux blondes se ressemblent pas mal, pourtant, Lexie a ce petit truc en plus que je ne saurais décrire. N'ayant pas encore très bien saisi ce qui me pousse à retrouver son lit pratiquement tous les soirs, j'occulte tout ça pour profiter intensément de mes vacances au Mexique. Je ne peux inévitablement pas me passer de son corps pour le moment, c'est tellement un pur délice. À chaque fois que je glisse ma langue entre ses cuisses, c'est comme si je dévorais la plus succulente glace que cette terre ait jamais inventée. Un parfum envoûtant, un goût fascinant, le combo parfait, à en jouir comme un adolescent prépubère découvrant les délices du sexe pour la première fois. Car ouais, avec elle, c'est comme si je découvrais un peu plus chaque jour des plaisirs purs et bruts. J'en ai baisé des nanas, mais des comme elle, jamais. Elle est parfaite.

La sulfureuse blonde au carré court marche devant moi, elle a revêtu un maillot de bain une pièce plus que bandant.

Qui a dit que les deux pièces étaient les plus sexy ?

Honnêtement, de ma vie je n'ai rien vu d'aussi grisant… Un simple tissu de bain blanc recouvre ce qui m'intéresse le plus chez elle. Le dos est découvert jusqu'au bas des reins, des ouvertures sur le côté laissent apercevoir les petites traces de peau sur ses flancs que je me surprends à aimer embrasser et voir frissonner.

Et ces jambes…

Galbées par des escarpins noirs hyper vertigineux avec de simples petits liens qui entourent ses chevilles. Ça me donne directement des idées d'une violence érotique inouïe et carrément brûlante. Des jambes à se damner, qu'on crève de pouvoir un jour effleurer du bout des doigts. Putain, j'en ai vu des paires ; à l'envers, écartées, dans tous les sens, mais putain, ce sont les siennes que je préfère.

Alors que je mate ouvertement son magnifique fessier rebondi, elle se retourne et remarque que je la reluque sans vergogne. Quand mes yeux rencontrent les siens, j'y lis un désir brûlant et si puissant qu'il m'en vrille instantanément les reins. Mais bordel, je suis Casanova certes, mais un obsédé sexuel, ça jamais, c'est nouveau pour moi. Elle me rend complètement barjot du cul.

De son cul. De son corps tout entier.

Nous pénétrons enfin dans la boîte et je tente de replacer discrètement ma trique évidente dans mon short de bain. Scott, bien qu'il prétende le contraire, a l'air bien heureux de revoir Alyne. Noah entraîne déjà sa copine au centre de la piste de danse, là où la mousse commence à être lancée par tous les canons.

« We are the People » de Martin Garrix résonne autour de nous et Lexie commence à se trémousser. Je ne vais pas réussir à tenir toute la soirée sans lui sauter dessus si elle continue de m'exciter comme elle le fait, là. Et involontairement, qui plus est. Toutefois, voir toute cette mousse tomber en flocons pour venir s'amasser au sol me donne peut-être une idée…

Hâte de pouvoir la mettre en action.

En attendant, nous prenons place au même endroit que la dernière fois. Comme Miley se trouve déjà en train de danser avec mon pote, Lexie commande un cocktail pour sa meilleure amie, tandis que nous prenons des shots pour nous ainsi que pour Noah. Les deux blondes qui nous accompagnent boivent un coup, puis ne tardent pas à s'engouffrer dans la mousse qui monte haut à présent. Un nuage blanc recouvre pratiquement le lieu. D'où nous sommes, nous pouvons à peine apercevoir les gens qui dansent en contrebas.

– Alors, la chasse à la gazelle ce soir ? me lance Scott en s'enfilant un shot de vodka.

Oh, la gazelle pour ce soir est déjà trouvée, et rien que d'y penser, une pointe de culpabilité m'étreint la poitrine. Même si nous avons suspendu notre pacte et si cela fait plus de six ans maintenant qu'ils sont séparés. Et puis, chacun est passé à autre chose, non ? Bien que mon meilleur pote ne se soit pas remis avec une nana depuis Lexie, je sais qu'ils sont juste de très bons amis, maintenant.

– Pourquoi pas, réponds-je tout de même en m'emparant d'un shot à mon tour.

Il sourit.

– Ils ont l'air de bien s'amuser, ces deux-là, m'indique-t-il en montrant du menton Noah et Miley qui dansent pratiquement complètement recouverts de mousse.

Ils dansent lascivement, s'en foutant complètement du monde qui les entoure, ils sont complètement dans leur bulle. J'en trouverai ça presque mignon. Je dis « presque » car je ne suis pas un sentimental, mais voir mon pote heureux comme ça, ça fait plaisir.

– Bon et toi, avec Alyne, vous faites quoi ?

Mon meilleur ami hausse les épaules.

– Je sais pas trop, on s'était dit que c'était juste comme ça pour le cul, mais je me rends compte qu'elle me plaît bien. Je remettrais bien le couvert, lâche-t-il dans un rire.

– Ben, vas-y, qu'est-ce qui t'en empêche ?

– Boh, c'est la cousine de Lex'.

– Et alors, elle t'a dit qu'elle s'en fichait, donc il est où le problème ?

– Je sais pas, Lexie est mon ex.

Je plisse les yeux. Attendez…

– Tu ressens encore des trucs pour elle ? m'enquiers-je,

un peu plus inquiet que ce que je voudrais.

Si c'est le cas, c'est la grosse merde, car je me la tape, et si Scott a encore ne serait-ce qu'un peu de sentiments pour elle, je m'en voudrai à mort. Je parviens déjà difficilement à refréner mes pulsions quand il s'agit d'elle, savoir que j'ai déjà craqué me rend un minimum coupable, mais là si mon meilleur pote de toujours est toujours amoureux d'elle, je stopperai tout sur-le-champ, même si, je le sais, ma queue n'en sera pas ravie.

– Non, non, c'est juste qu'elle a beaucoup d'importance pour moi, tout autant que tu en as pour moi, tu vois ?

– Ouais, mais je ne vois pas le rapport avec sa cousine.

– C'est vrai.

– Te prends pas la tête, t'es en vacances, c'est toi-même qui l'as dit, profite et arrête, car tu commences à me faire flipper. Oh, tu ne vas pas te questionner comme ça à cause d'une nana. C'est jamais arrivé, alors pourquoi maintenant ? lui demandé-je tout en me moquant gentiment de lui.

Il rit, se sentant stupide.

– Ouais, t'as raison, j'suis con, dit-il en tapant mon genou. Je vais aller la rejoindre et lui offrir la meilleure nuit de toute sa vie, elle va pas s'en remettre !

– Ah voilà, ça, c'est le Scott que je connais ! lancé-je en brandissant un nouveau shot.

Mon meilleur ami rejoint Alyne. Quelques secondes plus tard, Lexie remonte pour venir s'installer sur la banquette à mes côtés.

– Où est Scott ? me demande-t-elle.

– Parti rejoindre ta cousine, tu ne l'as pas croisé ?

– Non, avec toute cette neige, j'ai perdu tout le monde de

vue, rit-elle avant de s'emparer de son verre et de prendre une grande goulée d'alcool.

Je l'observe s'abreuver, sachant très bien que d'ici quelques minutes elle sera pompette. Et j'aime quand elle est dans cet état. Lexie est incroyable lorsqu'elle est sobre, mais quand cette nana a un petit coup dans le nez, elle devient complètement extraordinaire.

L'humidité de la mousse a déjà commencé à mouiller son corps. Ses tétons pointent légèrement, et c'en est trop, je vrille. Je lui indique d'un signe de la tête de descendre et de me suivre. Je me lève en premier et prends les marches en direction de la masse blanche épaisse. Volontairement, je pénètre à l'intérieur et attends que Lexie me rejoigne. Quelques secondes s'écoulent avant que j'aperçoive la fille qui met en ébullition tous mes sens.

Je brûle littéralement.

En enroulant mes doigts autour de son poignet, je la dirige furtivement là où la mousse se fait plus haute et plus dense. Sûr d'être suffisamment planqué de tous, je la tire d'un coup vif contre moi. Son petit corps percute le mien et je fonds littéralement sur elle. J'investis sa bouche avec ma langue, impatient de la goûter à nouveau, je caresse toutes les parties de son corps comme si c'était la première fois que je la touchais. J'ai une trique d'enfer, un désir mortel de la baiser là, maintenant. Et pourtant, je n'en fais rien, profitant de cet instant qui me fait exploser la tronche tant cette transe est puissante.

Je quitte ses lèvres pour glisser les miennes dans son cou que je butine, avide de sa peau, de sa fragrance vanillée. Je remonte doucement, laissant traîner ma langue contre la chair fine là où bat frénétiquement son pouls.

Une fois de retour au niveau de son menton, j'accapare une nouvelle fois sa bouche, la léchant, la suçant, la mordillant. Lexie se liquéfie carrément contre moi, elle s'agrippe à mes bras comme si elle avait peur de glisser et de tomber dans un ravin. Et moi, je la retiens du plus fort que je peux afin qu'elle ne m'échappe pas. C'est brutal, limite bestial, mais ce sont toutes ces émotions que cette nana fait naître en moi. J'ai ce flot de sensations que je ne parviens plus à refréner, c'est puissant et dévastateur, telle une drogue dont on ne peut plus se passer. Je chancelle entre ce désir prééminent de continuer, aller plus loin, plus vite, plus fort, et cette barrière que je m'inflige chaque jour, chaque heure que j'avance dans ma putain de vie.

Lexie n'est qu'un simple aparté, un moment décalé et carrément hors du temps qui – je le sais pertinemment – ne sera que de courte durée. Il me faut donc en profiter. Ouais, c'est con, et je suis con de ne pas vouloir m'attacher, mais je suis incapable d'aller au-delà de cette règle que je me suis infligée. Je ne veux pas m'accrocher à quelqu'un, je ne veux pas tomber amoureux. Je ne veux pas… souffrir.

Un gémissement qui passe furtivement la barrière de ses lèvres me fait revenir à l'instant présent. Je chasse toutes pensées négatives afin de ne me concentrer que sur elle et sur le plaisir qu'elle fait naître en moi.

Tout en prenant soin d'être toujours bien planqué par la mousse, je descends doucement mes doigts par-dessus le tissu de son maillot de bain pour enfin sentir son téton pointé. Je l'attrape, le caresse puis le pince. Ma bouche suit le même chemin, arrive sur ce même petit renflement et commence à se refermer dessus. Le tissu me gêne un peu, mais je fais exprès ne pas pénétrer à l'intérieur du vêtement afin de la mettre dans le même état dans lequel elle me fout depuis que nous sommes arrivés ici.

Ma langue se met en action et je lèche son téton qui se met à pointer de plus en plus. Mon sang palpite si fort dans ma queue que j'ai l'impression qu'elle va exploser. Malgré la musique qui pulse autour de nous, je parviens à entendre ses petits gémissements de plaisir. C'est dur pour moi de ne pas glisser mes doigts sous son maillot de bain, mais je résiste du mieux que je peux, je veux la rendre folle. Ses lèvres doivent être, je le devine, déjà bien trempées. Or, je ne désire qu'une chose : qu'elle soit tellement excitée quand je la retrouverai ce soir dans sa chambre qu'elle ne pourra plus se retenir de jouir encore et encore. Je veux qu'elle soit à point, à moi, dans un tel état d'excitation qu'elle n'en saura même plus comment elle s'appelle.

Ses doigts fins fourragent dans mes cheveux tandis que sa respiration se raccourcit de plus en plus. Elle monte en puissance, je sens que je suis en train de la rendre folle. J'aime tellement ça. Motivé, je continue mon délicieux châtiment en descendant le long de son ventre. Je prends quand même soin de vérifier une nouvelle fois que personne ne nous voit, puis fourre enfin mon nez là où pulse tout son sang. Oh oui, elle mouille. Je peux sentir toute sa moiteur à travers le tissu de son maillot de bain, et ça me sonne complètement. Mes doigts glissent le long de ses flancs, suivant les courbes de son corps, jusqu'à venir contre ses fesses, que je caresse, puis palpe au creux de mes mains.

Le bout de ma langue sort pour venir agacer son bouton

parfait, jouant en même temps avec son petit bijou caché sous le vêtement blanc que je rêve, je l'avoue, d'arracher. Elle se tend d'un coup lorsqu'elle perçoit mes petits mouvements circulaires agacer son clitoris. Ses doigts agrippent mes cheveux pendant qu'elle écarte légèrement les jambes, m'invitant à repousser son maillot pour que je plonge enfin sur sa chatte excitée.

Luttant le plus possible, je résiste à l'invitation tout en continuant de la mettre dans tous ses états. Je sais qu'elle veut que je la libère, mais je veux qu'elle soit enfiévrée.

Jugeant qu'elle en a eu assez, je remonte doucement en direction de sa bouche de laquelle une plainte sort.

– Calum, pourquoi ? Encore, geint-elle.

– Encore quoi ? soufflé-je contre ses lèvres.

– Touche-moi, me supplie-t-elle le souffle court.

– Comment ? Comme ça ? lui demandé-je en plaquant ma paume contre son sexe palpitant.

– Oui, oh, oui, soupire-t-elle.

Doucement, je commence à frotter ma main, tout ça dans une lenteur extrême qui, je le sais, la met littéralement au supplice.

– Encore… plus vite… Caluuuuum…

– Tutututututut, rétorqué-je.

– Pourquoi ?

– J'ai envie de te torturer, et… tu sais qu'il y a plein de monde qui danse autour de nous…

Elle vérifie mes propos, mais remarque que je nous ai bien cachés du peuple qu'il peut y avoir dans la salle.

– Personne ne peut nous voir avec toute cette mousse, reprend-elle.

Je secoue négativement la tête. J'aime trop la voir dans cet état.

Impatiente et ne voulant écouter que son désir, elle descend ses doigts au niveau de l'entrejambe de son maillot de bain. D'une main, elle s'empare de mon poignet, de l'autre elle écarte le tissu qui cachait jusque-là son sexe affamé. Je résiste un peu, mais elle a vite fait de plaquer ma main contre ses chairs trempées. Doucement, elle fait bouger mes doigts contre elle. Je me mords la lèvre de la sentir si excitée. Son fluide coule contre ma paume, puis dévale mes phalanges. Je voulais la mettre dans un état second, mais je ne pensais pas avoir réussi à ce point.

– Maintenant, caresse-moi, je t'en supplie.

Elle a gagné, je ne résiste plus. Je frotte ma main contre sa peau lisse et douce, mouillée au plus haut point. J'insère un doigt en elle, puis un second. Elle exulte et bascule la tête en arrière. J'entame des va-et-vient puissants, lui offrant ce qu'elle souhaite depuis un bon moment. Je la baise de mes doigts sans retenue et sans relâche jusqu'à ce qu'elle puisse enfin expulser tout son plaisir au creux de mes oreilles.

Retenant difficilement mon désir d'enfouir ma queue au plus profond d'elle, je frotte mon éloquente trique contre elle. Mon pouce s'invite dans la danse, puis masse son clitoris tendu. J'ai à peine effectué un geste circulaire que ses chairs se contractent violemment contre mes doigts. Un fulgurant orgasme la secoue tandis que je continue mes supplices jusqu'à ce que ses soubresauts s'apaisent. Son cri de jouissance m'a percé les tympans, mais de toute ma vie, je n'ai entendu de chanson aussi belle que ses gémissements du plaisir que je lui inflige. Lexie est hyper réceptive, elle est et restera la femme qui m'aura le plus marqué.

C'est une certitude.

19

THE LITTLE PRINCE

Lexie

Il est pratiquement quatre heures du matin lorsque nous rentrons tous à la villa, trempés par la mousse – et aussi un petit peu bourrés, il faut l'avouer. Mon mascara a coulé, on dirait un panda qui vient de se prendre un poteau en pleine tronche. Mais sinon, à part ça, je vais bien.

Arrivée dans ma chambre, je me démaquille, file prendre une douche. Une fois sortie et impatiente de le retrouver, je n'attends pas qu'il me rejoigne et me hâte jusqu'à la chambre de Calum. Je veux terminer ce que nous avons commencé dans la boîte de nuit, cachés par cette masse blanche.

Jusqu'à présent, ce mec a toujours trouvé le bouton pour me faire partir au quart de tour, mais je n'étais pas au courant qu'au lieu d'en avoir qu'un, j'en étais pourvu d'une centaine… Pire qu'une télécommande. Il appuie sur n'importe lequel et je pars. C'est incroyable ! J'ai l'impression que mon corps n'est plus qu'un immense champ magnétique qui ne répond qu'à lui et seulement lui. Je ne crève pas seulement de désir pour lui, je meurs littéralement d'amour… Mes sentiments sont tels que j'ai envie de lui dire, besoin de tout lui avouer. Oui mais… si je délie ma langue, il me repoussera à tout jamais.

Que faire ?

Une fois que je me suis faufilée dans sa chambre, le bruit de l'eau qui coule dans la salle de bains me fait comprendre qu'il est en train de prendre sa douche. Je m'installe sur son lit pour l'attendre, humant l'odeur de sa fragrance masculine qui ravit tous mes sens. Mes yeux se baladent dans la pièce que je connais, mais que je n'ai pas vraiment pris le temps de détailler depuis qu'il a déposé ses valises ici, il y a déjà trois semaines. Que le temps passe vite… La fin de nos vacances arrive à grands pas, et je ne veux pas que tout s'arrête… Pas maintenant. Je ne suis pas prête.

Je ne serai jamais prête…

Lorsque mon regard se pose sur sa table de nuit, je découvre un paquet de préservatifs entamé. Par curiosité, je me penche afin de regarder dans la boîte en carton. Il n'en manque qu'un seul, ce qui veut dire que depuis que nous sommes ici, il n'y a eu que moi. Cette idée me fait sourire comme une gamine heureuse et limite triomphante. Avoir Calum rien que pour moi est carrément une victoire. Depuis que je connais ce Casanova des temps modernes, il n'a toujours eu que des conquêtes, pas de sex friends, et encore moins de petite amie, alors je me sens vraiment privilégiée, et ça me plaît plus que de raison.

Je repose la boîte en question sur sa table de nuit, quand mes yeux se portent sur un livre de poche abîmé et corné à force d'avoir été ouvert et lu. Je m'empare dudit bouquin pour en observer la couverture. Il s'agit d'un classique écrit par un auteur français traduit dans notre langue : *Le Petit Prince*[1]. Je ne savais pas que Calum aimait la littérature, et j'ai l'impression en cet instant de découvrir une nouvelle facette de lui. En effet, cet homme mystérieux cache bien des secrets.

J'ouvre cette œuvre que je connais, bien entendu, pour l'avoir lue à l'école et pour l'avoir adorée. Toutefois, je me demande bien quel rapport Calum peut bien entretenir avec cette histoire, vu comme son livre semble usé d'avoir tant et tant été tenu en main. Les pages se tournent d'elles-mêmes quand je tombe là où il a déposé son marque-page. Une citation est soulignée au crayon gris : *« Mais si tu m'apprivoises, nous aurons besoin l'un de l'autre. Tu seras pour moi unique au monde. Je serai pour toi unique au monde. »*[2]

Sans savoir pourquoi, cette citation me renverse et m'ébranle. Elle doit avoir une grande signification pour Calum. Mais laquelle ? Et pourquoi ?

Lorsque je relève les yeux du livre, Calum m'observe dans l'embrasure de la porte de sa salle de bains, une serviette nouée autour de ses hanches. Trop accaparée par mon investigation, je n'ai pas entendu l'eau se couper. Si je fais abstraction de son corps d'Apollon sexy sur lequel

1. *Le Petit Prince* est une œuvre de langue française, la plus connue d'Antoine de Saint-Exupéry. Publiée en 1943 à New York, simultanément à sa traduction anglaise, c'est une œuvre poétique et philosophique sous l'apparence d'un conte pour enfants.
2. Citation tirée du livre *Le Petit Prince*.

roulent des perles de pluie, je ne peux que constater le tourment qui danse dans ses yeux. Je sais, je sens que je vais un peu trop loin. D'abord, j'ai espionné son coup de téléphone étrange sur la terrasse, ensuite j'ai fait preuve de curiosité malsaine en voulant fouiller dans son portable, et là, encore une fois avec ce livre qui, d'un premier abord, peut paraître anodin, je touche vraisemblablement à quelque chose qui lui est cher.

Doucement, il s'avance dans ma direction, retire délicatement le bouquin de mes mains afin de le refermer et de le reposer là où je l'ai trouvé. Il prend alors appui sur mes genoux et s'accroupit devant moi, son regard pénétrant le mien. Et j'ai peur. Peur qu'il me rejette. Peur de ce qu'il peut bien garder en lui. Peur de ce qui le fait souffrir. Peur de tout.

– Calum… je… je suis désolée, je ne voulais pas…

– Je sais, lâche-t-il placidement tout en ne lâchant pas mes yeux.

Pourquoi est-il doux alors que le Calum d'avant m'aurait envoyé bouler ? Pourquoi tant de gentillesse et de patience à mon égard ?

– Ce livre a beaucoup d'importance pour toi, n'est-ce pas ?

– Oui, m'indique-t-il simplement en hochant la tête.

– Accepterais-tu de m'en dire plus… sur toi ?

Ses paumes quittent mes genoux quand Calum se relève. Il soupire, passe une main dans ses cheveux avant d'avancer en direction de sa fenêtre où il observe la nuit étoilée.

– Je ne peux pas… regrette-t-il.

– Pourquoi ? demandé-je tout bas.

Il se retourne tout en m'observant intensément.

– Parce que j'en suis tout bonnement incapable.

À mon tour, je me lève et pars le rejoindre. Je pose mes mains contre son dos musclé. Il se tend. Mon cœur s'emballe en comprenant que notre pseudo-relation est en train de prendre un tout autre tournant.

Ça passe ou… ça casse.

Une boule se forme dans ma gorge, rendant ma déglutition difficile et douloureuse. Une vive émotion vient se planter en plein dans ma poitrine quand je comprends que je n'aurai jamais ce que je désire le plus chez lui : son cœur. Il n'est pas prêt, je l'ai deviné. En réalité, je le savais déjà, mais je me voilais la face. Il ne le peut tout simplement pas. Mais pourquoi ? Que lui est-il arrivé pour refouler à ce point ce qu'il y a de meilleur dans la vie ?

– Je peux peut-être t'aider ? me risqué-je à lui proposer.

Pour ma part, il m'est tout bonnement impossible de baisser les bras. Je me sens trop concernée maintenant, j'en sais déjà beaucoup trop et pas assez pour faire marche arrière. Et cela va bien au-delà des sentiments que je ressens pour lui.

Il ricane. Toutefois, je sais que ce n'est pas contre moi.

– Non, tu ne peux pas.

Je le contourne pour me retrouver face à lui. Lentement, le cœur battant la chamade, je me risque à l'enlacer, non pas comme nous le faisons habituellement pour le sexe, mais plus tendrement. Je veux qu'il sache que je suis là pour lui, même si je sais très bien qu'il n'en a pas besoin, même si cela ne changera rien entre nous. Calum n'a besoin de personne, Calum est un solitaire, au fond.

Une âme égarée…

Je ne sais pas pourquoi cette pensée vient de percuter mon esprit, mais c'est ce que je ressens au plus profond de moi. Si je fais l'inventaire de ce qui l'entoure, je remarque qu'il n'a que nous en amis, il ne parle jamais de sa famille, je n'ai jamais vu ses parents, ni d'autres de ses proches, il est très secret sur sa vie. Je me rends compte qu'à part ce qu'il a bien voulu nous montrer de lui, je ne connais rien d'autre de sa vie.

Je noue mes doigts l'un à l'autre de l'autre côté de son dos et pose ma joue contre son torse. Les battements frénétiques de son cœur m'accueillent. Calum me laisse faire sans toutefois me retourner mon geste purement affectueux. Je me doute bien que cela doit l'ébranler, cependant il ne me repousse pas. Du moins, pour le moment. Son palpitant bat bien trop vite, quelque chose remue en lui. J'aimerais tellement en connaître la cause, en savoir plus. Savoir tout. Fermant les paupières, je me délecte de son odeur musquée, de ses pectoraux bandés contre ma joue, de la douceur de sa peau.

– Lexie.

Sa voix rauque résonne gravement dans le creux de mon oreille encore collée contre son torse. Sans relever la tête, ni ouvrir les yeux, je lui lance un « hum ». Il soupire, puis se résigne enfin à placer ses bras autour de moi. Son menton vient se poser au sommet de ma tête. Je le serre un peu plus fort.

– Et si moi, je t'apprivoisais ? chuchoté-je contre sa peau.

Son cœur s'élance subitement, me faisant ouvrir les paupières. Sa respiration s'accélère avant qu'il ne soupire et secoue la tête à la négative.

– Non, ne m'apprivoise pas.

– Pourquoi ?

– Parce que si tu m'apprivoises, nous aurons besoin l'un de l'autre, répond-il en reprenant le début de la citation.

– Et si je veux être unique au monde pour toi ? continué-je.

– Impossible, je n'en ai pas la capacité.

– Tu peux aimer, Calum.

– Je ne le désire pas.

– Pourquoi ? m'enquiers-je en levant le menton.

– Et toi, pourquoi parles-tu de ça ? On s'était mis d'accord ! Pas d'attaches ! siffle-t-il.

Mon cœur se fendille quand il m'administre son énième rejet. Il me repousse doucement et je quitte ses bras. Alors, je comprends que je suis allée trop loin. Il est en train de saisir mes sentiments à son égard. C'était sûr, de toute façon, je suis incapable de les réprimer, toutes mes émotions sont visibles sur mon visage.

– Je sais, soupiré-je.

– Lexie, j'espère que tu ne…

– Non, non, mens-je éhontément, cherchant une fois de plus à me cacher, cacher mes vrais sentiments, au risque de tout perdre.

Et puis de toute façon, je crois que tout est déjà perdu.

– Tu devrais partir, lâche-t-il.

Sa demande est dite calmement, mais pour moi, elle claque dans l'air. Elle me fait mal, elle me fouette, m'arrache, me brise. Littéralement. Je tente tant bien que mal de ravaler la boule qui m'obstrue les voies respiratoires, secoue la tête frénétiquement.

– Non, j'ai envie de toi…

Je sais, c'est lâche, mais j'espère l'avoir par le sexe. Qui suis-je après tout pour me réduire à ça ? Je l'aime tellement que je suis prête à continuer à être sa sex friend, au risque de souffrir parce que je n'ai pas plus ? Parce que je n'aurai jamais son cœur…

Sa mâchoire se contracte. Il reste silencieux un long moment, laissant un blanc limite inconfortable entre nous. Il n'est pas con, il a compris que je tente le tout pour le tout afin de le retenir.

– On devrait arrêter là, je suis déjà allé au-delà de ce que je fais habituellement avec une femme.

Il se dirige en direction de la porte de sa chambre et commence à actionner la poignée.

– Non ! m'écrié-je en m'élançant sur lui afin de refermer le battant. Je plaque alors mon dos entre lui et la porte.

– Lexie, soupire-t-il.

– Non… continué-je sur le même ton.

– Pars, s'il te plaît.

– Je ne veux pas.

Il soupire. Encore. J'ai conscience que je vais trop loin. Je lui avais promis que je ne voulais que du sexe, et c'est ce que je voulais. J'étais sûre de moi, je m'en sentais capable, du moins je le pensais, mais je me suis fourvoyée. J'ai lamentablement échoué et j'ai l'horrible sensation de l'obliger à chuter avec moi.

Mais je refuse de me faire jeter comme ça ! Car c'est ce que Calum a l'habitude de faire avec les autres, mais je ne suis pas les autres ! Ça ne va pas lui plaire, il risque de se mettre en colère, mais je veux qu'il me dise pourquoi.

– Lexie, je ne t'aime pas ! me balance-t-il rageusement au visage.

Mes joues se vident alors de tout leur sang, mon cœur tente de s'échapper dans ma gorge tandis qu'un flot de larmes livre bataille pour déborder et inonder mon visage. Je m'attendais à tout, sauf à ça.

Et bordel, qu'est-ce que ça fait mal...

Il serre très fort les mâchoires, puis secoue inlassablement la tête avant de lâcher d'une voix rauque :

– Je ne t'aimerai jamais...

Ça pète, ça claque, ça gifle.

Ça me tue. Sur place.

Un sanglot fait vibrer ma gorge. Comme je ne veux pas qu'il remarque le mal qu'il me fait, je me retourne vivement, prends la porte et me rue dans ma chambre. Une fois enfermée à double tour, je me vautre sur mon lit et déverse toutes les larmes de mon corps. J'étais sûre qu'il allait me pulvériser, mais j'étais loin d'imaginer à quel point j'aurais mal, mal, mal, horriblement mal. Je pleure, pleure encore, laissant sortir tout mon désespoir, toute ma rage, tout mon saoul contre mon oreiller.

Je n'aurais pas dû mettre les pieds dans sa chambre, je n'aurais pas dû fouiner dans ses affaires. J'aurais dû m'en remettre au plan. Il m'aurait rejointe dans ma chambre, il m'aurait baisée comme il sait si bien le faire. J'aurais pris du plaisir comme à chaque fois, et puis quoi ?

OUI, QUOI ?

Ça se serait fini comme ça, de toute façon. Voilà maintenant que je rigole toute seule comme l'aliénée que je suis. Je pouffe, tellement je me sens conne d'avoir espéré, d'avoir cru que moi, Lexie, je pouvais le faire changer d'avis, peut-être même le faire tomber amoureux de moi.

MAIS LA BONNE BLAGUE !!! IL N'EN EST PAS CAPABLE, STUPIDE FILLE !

Les larmes remplacent une nouvelle fois mes rires. Je devrais regretter de l'avoir poussé à ce que l'on recouche ensemble, mais c'est tout le contraire. Je souffre comme Juliette qui a perdu son Roméo, mais pour rien au monde je ne regrette ce que l'on a vécu. Jamais de ma vie je n'avais été aussi heureuse, jamais je n'avais pris autant de plaisir. Il m'a fait découvrir des facettes de mon corps que je ne connaissais même pas.

Il m'a révélée à moi.

Mes soubresauts se calment, mes pleurs se tarissent. Je tourne la tête en direction de ma baie vitrée tout en observant le soleil commencer son ascension en direction du ciel. Une nouvelle journée se lève sur Cancún, mais c'est la nuit qui demeure dorénavant dans mon cœur. Je n'ai plus le goût de rester ici, avec lui à côté. Que vont devenir ces journées maintenant ? Le temps risque d'être d'une extrême longueur jusqu'à notre retour à Washington.

Je veux rentrer…

« On risque de pleurer un peu si l'on s'est laissé apprivoiser. »[3]

Antoine de Saint-Exupéry avait tort. Je ne pleure pas un peu, je pleure, beaucoup.

---

3. Citation tirée du livre *Le Petit Prince*.

20

MA ROSE

Calum

Il fallait qu'elle parte. À tout prix. Sinon, j'allais littéralement péter un câble. Loin de moi la sensation d'être fâché contre elle. Je le suis contre moi. Contre ce connard qui s'était promis de ne partager que du sexe avec cette fille alors qu'en réalité, il commence à s'attacher. Il fallait qu'elle parte, ça devenait trop dangereux, dangereux pour moi.

Putain, mais ça me fait mal de lui avoir balancé ça, droit dans les yeux. J'ai bien vu que je l'ai brisée, mais je l'avais prévenue, bordel ! Elle n'en a fait qu'à sa tête et voilà maintenant qu'elle se retrouve avec des sentiments à mon égard, dont je ne peux rien faire. Je ne peux pas lui offrir ce qu'elle attend de moi et, de mon côté, j'ai déjà rompu tous mes engagements en m'attachant à elle. Ah ouais, j'ai bien envie de rire. Moi qui pensais encore hier soir que ce n'était qu'une putain d'attirance… Mais quand je l'ai vue là, assise sur mon lit, mon livre entre les mains, quelque chose s'est cassé la gueule en moi. Elle a pénétré mon intimité. J'ai vu dans son regard qu'elle avait compris quelque chose, qu'elle commençait à percer à jour qui j'étais vraiment au fond de moi. J'ai flippé. Putain, comme un gamin, j'ai flippé. Mais je ne peux pas, merde ! C'est au-dessus de mes forces.

Tournant en rond dans ma piaule, je m'arrache les cheveux quand je perçois quelques bribes de sanglots étouffés provenant de la chambre de Lexie.

Putain, elle pleure ?!

Mais quel enfoiré je suis pour lui faire ça ?! Rageusement, je m'empare de mon bouquin et le balance à travers la chambre. Le livre s'abat alors violemment contre le mur avant de retomber, ouvert à même le sol. Ma respiration monte et descend à un rythme effréné. En deux grandes enjambées, je me retrouve devant l'œuvre qui m'accompagne depuis que j'ai 10 ans. Pris de remords de l'avoir malmené de cette manière, je le ramasse et découvre la page sur laquelle le livre se trouve ouvert.

« – Adieu, dit-il…

– Adieu, dit le renard. Voici mon secret. Il est très simple : on ne voit bien qu'avec le cœur. L'essentiel est invisible pour les yeux. C'est le temps que tu as perdu pour ta rose qui fait ta rose si importante. »

Lexie est ma rose, mais je n'ai pas perdu mon temps… Sans le savoir, elle m'a déjà apprivoisée… Et contre mon gré, je me suis attaché à elle.

Qu'est-ce que je peux bien faire maintenant ? Aller la chercher et vivre un conte de fées : « Ils vécurent heureux, se marièrent et eurent beaucoup d'enfants » ? Non mais, laissez-moi rire, à d'autres…

Le livre toujours entre les mains, je me dirige en direction de mon lit, repose ledit bouquin à sa place, celle qui était la sienne avant qu'il ne traverse la pièce sous mon coup de colère. Je m'assois sur le rebord de mon pieu, là où était installée Lexie quand je suis sorti de la douche. Ce que je vais faire plutôt, c'est continuer de profiter de ces vacances entre potes, baiser d'autres nanas, car il le faut, je dois me sortir cet aparté de la tête. C'est bon, le goujat que je suis s'est tapé Lexie. C'était dément, d'accord, ça, on ne me l'enlèvera pas. Jamais je ne retrouverai ça, je le sais bien. Mais étant donné que je ne suis pas capable d'autre chose, je vais me cantonner à mon plan : celui que je me suis promis de suivre depuis que je suis en âge de comprendre que l'amour, peu importe lequel, est mauvais pour ma santé mentale. Je suis incapable de subir un second échec, une quelconque séparation si tout devait partir en éclat.

Un énième abandon…

La vie est une chienne. Il vaut mieux être un pitbull, la dresser avant qu'elle n'ait le temps de te bouffer. Telle est ma devise.

Je retire ma serviette, la dépose sur le portant dans la salle de bains, puis éteins ma lampe et me couche. Demain est un autre jour. Lexie doit m'oublier, je n'ai rien de bon à lui apporter.

21

SECRET EN DANGER

Lexie

Quatre jours se sont écoulés depuis que j'ai quitté la chambre de Calum et que j'ai chialé comme une Madeleine. Depuis, il ne m'adresse plus aucun regard, comme si j'étais devenue littéralement invisible à ses yeux. Le fait qu'il me méprise me vrille encore plus les entrailles.

Mais je me dois de ne pas m'apitoyer sur mon sort. Après tout, c'est moi qui l'ai cherché. On va tout reprendre comme avant : il ne m'apprécie pas et moi, je vais faire en sorte de le détester à nouveau. En effet, c'était tellement plus simple. Sentiments cachés, face voilée, menton levé et on fait comme si tout allait bien dans le meilleur des mondes. C'est vrai, il nous reste encore quelques jours ici avant de rentrer chez nous, autant en profiter.

Aujourd'hui, nous avons prévu de visiter et de nous baigner

dans le cénote d'Azul, non loin de la plage del Carmen. Un coin magnifique, où nous allons passer un super après-midi. Hélas, je ne peux m'empêcher de repenser à la fois où Calum m'avait emmenée à celui de Dos Ojos. Cette fameuse nuit, où nous avons contourné la loi afin de plonger dans l'eau fraîche et de profiter d'une étreinte charnelle qui m'a fait complètement tourner la tête.

Nous nous garons sur le parking, puis déchargeons nos affaires du coffre. Tout en marchant en direction du guichet d'entrée, je crois surprendre un regard de Calum dans ma direction. Je ne saurais dire si c'est mon imagination ou si cela a réellement été le cas, mais je me risque à mon tour à tourner la tête dans sa direction. J'ai fait erreur, ses yeux sont braqués droit devant lui. Casquette à l'envers, il a l'air heureux d'être là, comme si rien ne s'était jamais passé entre nous.

Mais comment fait-il ?

Ah oui, il ne m'aime pas... Dépitée, je reporte mon regard sur mes espadrilles, quand Miley vient poser son bras sur mes épaules.

– Allez, ma puce, relève la tête, me souffle-t-elle.

Bien sûr, ma meilleure amie est déjà au courant, puisque au petit matin de cette nuit-là, quand elle m'a entendue pleurer pour la seconde fois, elle est directement venue toquer à ma porte. Je lui ai à peine ouvert qu'elle s'est jetée dans mes bras. Elle avait compris.

– C'est dur, je m'étais promis de le haïr, mais c'est encore plus difficile que ce que je pensais.

– Tu veux que j'aille lui parler ? me demande-t-elle de sa toute petite voix.

– Pas la peine, ça ne mènera à rien, il a toujours été clair depuis le début et encore bien plus ce soir-là, il ne m'aime pas et ne m'aimera jamais.

– Ça me fait mal de te voir souffrir comme ça… Tu veux qu'on plante le groupe et qu'on aille se manger une tonne de glace sur la plage ?

Sa proposition me fait sourire.

– Ah, je préfère voir ça sur ton joli visage, m'indique-t-elle en plantant un de ses doigts dans ma joue. Bon, et cette tonne de glace, alors ?

– Non, on va rester avec eux, et ce serait dommage de ne pas profiter de ce cénote.

– C'est vrai, mais tu sais très bien que pour toi, je suis prête à tout louper si c'est pour te redonner le sourire et rendre un peu de joie à ton cœur.

Miley me touche en pleine poitrine.

– Merci, soufflé-je, émue.

– C'est normal, à quoi je servirais sinon ?

– Ben à rien, on le sait très bien, la taquiné-je ayant retrouvé un petit peu de moral.

– T'as de la chance que tu sois en mode chouinouille, sinon je t'aurais fait la peau pour ce que tu viens de dire, lance-t-elle en me chatouillant sans vergogne au niveau des côtes.

Je me mets aussitôt à crier et éclater de rire. Voyant que sa tactique fonctionne, ma meilleure amie redouble d'efforts afin de faire continuer cet éclat de joie. Je tente de m'échapper, les larmes au bord des yeux tant je ris, mais en vain, elle est bien trop tenace. Quand je bascule ma tête sur le côté, mes prunelles percutent celles de Calum. Son regard or pénètre alors le mien comme un avion transperce un nuage. Mon cœur s'emballe quand je remarque qu'il sourit en nous regardant chahuter.

Il me manque…

Non, je dois le détester, j'ai dit !

Mais comment faire… ?

Il est si beau, son sourire est si renversant, sans parler de son rire qui éclate tout autour de nous quand Noah nous imite et qu'il fonce sur son pote afin de lui administrer le même châtiment que Miley. Ma meilleure amie me lâche et relève le nez en direction des garçons.

– Non, mais, il est en train de se moquer de moi, là ? s'enquiert-elle, amusée.

Elle se rue sur eux tout en cherchant à se venger sur son petit ami.

– Ouais ! Câlin général, lance le grand benêt, continuant de se moquer de Miley.

– Tu vas voir si c'est un câlin général, raille-t-elle.

– Mais si ! Scott, à ton tour ! lance-t-il à l'intention du brun qui continuait de marcher tout en les regardant faire les cons.

Il s'arrête tout en secouant la tête, amusé, avant de finalement se ruer sur eux pour les enlacer, rentrant dans leur jeu.

– Lexie, rejoins-nous, il ne manque plus que toi ! me braille Noah.

Mon regard se porte en premier sur Miley qui grimace, comprenant la bataille qui se livre dans ma tête actuellement : foncer sur eux, tout en faisant mine de rien, ce qui veut dire que j'enlacerai par la même occasion le mec qui m'a brisé le cœur, ou au contraire, refuser et partir à toutes jambes pour pleurer ?

– Bah, alors tu fous quoi ? continue Noah.

Je secoue doucement la tête, me sentant incapable de sentir à nouveau son odeur, sentir son corps frôler le mien. Comment je vais faire quand on va rentrer ? Car hors de question de me priver de mes amis, Calum ou pas Calum.

Machinalement, mes yeux quittent ceux de ma meilleure amie pour se poser dans ce doré qui me renverse tant. Calum me fixe, impassible, comprenant sûrement pourquoi j'hésite tant. Pourtant, un sourire se matérialise tout doucement sur son visage, m'offrant par la même occasion la réponse à mon hésitation. Mes pieds commencent alors à se mouvoir dans leur direction, quand je me fais rapidement alpaguer par deux paires de bras qui me plaquent contre la boule que nous formons.

Dans cette étreinte complètement débile, ma joue se retrouve carrément collée à l'épaule de Calum. Son odeur qui m'a tant manqué s'insinue dans mes narines, embarquant progressivement ma tête dans un manège tournant à vive allure. S'il pivote son visage ne serait-ce que de deux centimètres, ses lèvres se retrouveront à quelques millimètres des miennes. Et c'est ce qu'il fait… Mon cœur loupe un battement quand son regard pénètre à nouveau le mien. Je crève alors d'envie qu'il réduise la distance entre nos deux bouches, qu'il m'embrasse comme il l'a déjà fait, me promettant de tout oublier afin que l'on recommence tout à zéro.

Mais hélas, rien ne se produit, il détourne la tête, coupant par la même occasion le contact visuel. Au même instant, le câlin collectif prend fin. Lorsque nous nous détachons tous, je ne peux m'empêcher de sourire. Je souris comme une cruche, car je me rends compte à quel point ma bande d'amis est délurée et qu'elle compte pour moi. Je souris, car peu importe ce que je décide, mon cœur aura toujours le dernier mot. Le détester en théorie, c'est bien facile, mais en pratique, l'exercice s'avère impossible. Même si ça fait mal, l'amour reste la plus belle chose au monde. Je suis une putain de sadomasochiste, et il faut croire que ça me plaît. Je préfère avoir Calum dans ma vie en tant qu'ami que de ne plus l'avoir du tout.

C'est pourquoi, lorsque nous posons nos serviettes au bord de ce magnifique cénote à ciel ouvert, je m'installe à ses côtés. D'abord surpris, il m'observe étrangement, avant de m'offrir un demi-sourire entendu.

– Le dernier à l'eau fait la vaisselle ce soir ! lance Noah en se dirigeant en direction du bain turquoise.

– Mais on a un lave-vaisselle ! lui rétorque Miley qui éclate de rire en voyant son petit ami faire une bombe comme s'il avait 5 ans d'âge mental.

Et nous savons tous qu'il les a réellement. Ma meilleure amie ressort sa GoPro afin de filmer notre petite escapade. Scott, lui, se lève et part rejoindre son ami.

– Oh, vous devriez venir, elle est vraiment très bonne ! lance-t-il une fois dans l'eau.

Miley repose son appareil, lance un coup d'œil dans notre direction, à Calum et moi. Lui, assis, jambes repliées devant lui, et moi en tailleur en train de pianoter nerveusement sur mes cuisses.

– Je vous laisse, je pense que c'est le bon moment pour discuter un peu, me chuchote-t-elle avant de se lever et de rejoindre Noah et Scott qui barbotent comme des poissons dans la flotte.

Le regard rivé devant lui, Calum ne me décroche aucun mot. Faisant de même, j'observe ma meilleure amie descendre les marches en bois qui mènent à l'eau tout en lâchant des petits : « ouh », « ah », « oh », « mais elle est pas chaude » qui me font éclater de rire. Même Calum semble amusé par la scène.

– Mon préféré restera celui de Dos Ojos, lâché-je tout bas après m'être raclé la gorge.

Le beau gosse à mes côtés tourne la tête dans ma direction pour m'observer. Dire que mon cœur reste calme tel un lac en plein hiver serait un très gros mensonge, pas beau ! Il s'emballe tel le moteur d'une moto lancée à deux cents kilomètres/heure, plutôt ouais ! Calum plisse les yeux.

– On avait passé un bon moment, continué-je en haussant les épaules.

Il ne répond toujours pas.

– C'était la première fois de ma vie que je faisais un truc comme ça, c'était tellement euphorisant cette idée de nous faire surprendre à pénétrer dans ce lieu en pleine nuit, continué-je face à son mutisme.

Le même blanc continue. Calum ne me décroche pas un mot. Je soupire.

– Que cherches-tu, Lexie ? me demande-t-il.

Ah enfin, il parle. Bon, je m'attendais à autre chose qu'à ça, mais on ne va pas se plaindre, il m'adresse la parole.

– Je ne cherche rien, je partage juste de bons souvenirs avec la personne qui les a vécus avec moi.

– Hum, lâche-t-il avant de regarder à nouveau devant lui.

MAIS MERDEUUUH !

J'ai envie de le secouer afin qu'il me parle et qu'il arrête de me faire la gueule.

– Tu…

– Je vais rejoindre les autres, me coupe-t-il avant de se lever et partir en direction de l'eau.

FAIT CHIER !

Sous le coup de la colère, je m'empare de ce qui me tombe sous la main et lui balance dans le dos mon espadrille. Elle vole et éclate parfaitement entre ses deux omoplates.

Dans le mille, Émile !

Calum s'immobilise et fait volte-face en comprenant que je lui ai lancé un projectile. Il baisse alors le regard et tombe sur ma chaussure. Il l'attrape et alors que je pense qu'il va me la rebalancer, il l'envoie directement dans le cénote non loin de la tête de Noah. Je bondis sur mes pieds.

– Ma chaussure ! m'écrié-je en voyant mon espadrille faire un gros plouf.

– Eh, mais Cal', t'es fou ou quoi ? T'as failli m'assommer ! braille le blond aux cheveux bouclés.

Je fusille du regard l'homme qui me rend complètement folle d'amour et de désir, même là, alors qu'il vient de balancer ma godasse dans la flotte. Je cours et plonge dans l'eau afin d'aller la récupérer. Heureusement, Noah me la retrouve rapidement. Pressée de la récupérer, je nage dans sa direction et remercie mon ami lorsqu'il la dépose dans ma main.

– Qu'est-ce qu'il se passe entre vous ? me demande Noah, pas si bête que ça.

Je tire sur ma chaussure afin qu'il la lâche, ce qu'il refuse de faire.

– Rends-moi mon espadrille.

– Je te rendrai ta pompe quand tu m'auras répondu, je vois bien qu'il y a un truc de louche entre vous depuis quelques jours.

Un soupir m'échappe.

– Parle, femme.

Je lève les yeux au ciel en riant. Voyant qu'il résiste encore à me laisser récupérer ma chaussure, j'abdique.

– OK, c'est bon, t'as gagné, on a couché ensemble. Voilà, t'es content ? lui chuchoté-je.

– Heeeeeein ?! s'écrie-t-il.

– Mais chut, tais-toi ! Scott n'est pas loin, le reprends-je. Le souci, c'est qu'il m'a jetée quand il a compris que je commençais à avoir des sentiments pour lui.

Voilà que je suis tellement désemparée par la situation que j'en viens à me confier au petit ami de ma meilleure amie…

On aura tout vu.

– En même temps, quelle idée de te frotter à Calum, il est pire qu'un cactus ce mec, tu m'étonnes que ça pique après…

– T'as pas fini avec tes comparaisons débiles ? bougonné-je.

– Bah, en même temps, tu connais Calum… Eh mais… Il me regarde d'un coup, les yeux ronds comme des soucoupes. Heeeeeeeeein, mais vous avez couché ensemble ?!

Il est con ou il le fait exprès ? Ah non, il percute seulement…

Quand je dis que ce mec sait jouer au neuneu parfois… Les yeux toujours aussi ronds, la bouche entrouverte, il me regarde, puis pivote sur Calum avant de revenir sur moi. Il effectue au moins cinq allers-retours avant que je le frappe à l'épaule afin qu'il cesse.

– Punaise, mais Noah, arrête, bordel ! grogné-je en voyant

Scott qui nage au loin tourner la tête dans notre direction.

– Comment vous êtes passés de : « Je te déteste » à « Je te baise » ? me demande-t-il en baissant le ton.

– J'en sais rien, c'est ça, le pire.

– Vous vous êtes vraiment foutus dans la merde, car quand Scott va apprendre ça, il ne va pas du tout, du tout, être content.

– Ah, mais il ne le saura pas !

Il plisse les yeux.

– Il n'en saura rien, hein, Noah, tu vas tenir ta langue ? Promets-le moi… le supplié-je.

Il soupire, puis secoue la tête.

– Je ne sais pas garder un secret, moi ! geint-il.

– Oui, ben là, tu vas le faire, hein, tu vas le faire ? Noah ? Noah ? grondé-je.

– RaaaaaAAAAAAH ! Vous êtes chiants !

– Promets-le moi, s'il te plaît…

– Bon, d'accord, d'accord, je vais essayer.

J'expire l'air que j'avais contenu dans mes poumons.

– Mais si un jour il a des doutes et qu'il me pose la question, je ne suis pas sûr d'être capable de lui mentir.

– Oh, merde, Noah, gémis-je.

– Oui, ben crotte de bique !

– Qui dit encore crotte de bique de nos jours ? lui demandé-je.

– Moi ! Vous m'enquiquinez, mais bon, je vais essayer de ne pas bourder.

– Merci, mille mercis, Noah, m'exclamé-je en l'embrassant plusieurs fois sur la joue.

– Pour la peine, tu me feras des crêpes tous les matins !

– Tout ce que tu voudras, lâché-je en riant.

– Gentille fille.

– Eh ! ris-je en lui envoyant une giclée d'eau.

– Oh, la vilaine !

Je hurle alors que Noah m'asperge d'eau, je nage le plus vite possible en direction des marches. Je sors de l'eau et repose mon espadrille trempée à côté de ma serviette. J'espère qu'elle n'est pas fichue, vu la tasse qu'elle vient de boire… Au soleil, elle devrait vite sécher.

– Ah, Calum ! Tu viens nager, mon ami ? lance Noah à son pote qui vient de le rejoindre.

En entendant son nom, je lève la tête et remarque le grand bouclé me lancer un gigantesque clin d'œil, pas du tout discret. Calum remarque cet échange et se tourne dans ma direction, le regard interrogatif. Je me cache aussitôt la tête entre les mains.

Oh, punaise, je ne sais pas si j'ai bien fait de lui partager notre secret…

22

OUPS, QUE JE SUIS MALADROITE

Lexie

Sur le retour de notre baignade au cénote, nous nous arrêtons à un petit bar en bord de plage afin de boire un coup. Nous prenons place à table et attendons qu'une serveuse vienne prendre notre commande. Sans surprise, les garçons partent sur une Corona, tandis que nous choisissons un mojito à la fraise, Miley et moi. Scott, derrière ses lunettes de soleil, observe les gens se baigner au loin. Un pincement au cœur se fait sentir quand je repense à ce que nous avons fait avec Calum.

Les paroles de Noah tout à l'heure m'ont vraiment fait réaliser les conséquences que pourrait avoir notre craquage. S'il vient à l'apprendre, je sais que Scott pétera littéralement un câble contre son meilleur ami. Je connais Scott, je sais que c'est un homme au grand cœur, prêt à tout pour ses amis, sauf que je le connais aussi en colère. Sous ses airs de gentil, il n'en est pas du tout un. C'est vrai qu'il faut bien le chercher pour le trouver, mais une fois que le démon sort de son corps, il devient une tout autre personne. Pour l'avoir déjà vu à l'œuvre, je peux dire qu'il va carrément lui péter la gueule, et ça, j'en suis quasiment certaine. Rien que d'imaginer les deux mecs les plus importants de ma vie se mettre sur la tronche à cause de moi me fait mal au bide.

Hélas, c'est ce qu'il risque de se produire si un jour il l'apprend. D'autant plus que là, tout le monde autour de cette table est dans la confidence sauf lui… Ma culpabilité grandit quand nos boissons sont servies et qu'il trinque avec nous, un grand sourire aux lèvres. Le pire vient quand il me lance un petit clin d'œil gentillet après avoir remonté ses lunettes de soleil sur sa tête. Je me mords très fort la lèvre pour cacher tout ce qui ne demande qu'à sortir.

Il va nous tuer… Eh ben, ma cocotte, c'était avant qu'il fallait te lamenter… C'est fait, c'est fait, vous ne pouvez pas revenir en arrière !

Ouais, ben si c'était à refaire, je le referais ! Je suis folle amoureuse de lui, et les sentiments, ça ne se contrôle pas ! On ne peut deviner qui notre cœur choisira, on n'est pas maître de qui on va tomber éperdument amoureux. Et visiblement, c'est Calum que j'ai choisi. Donc, si demain il me tend la main pour me demander de venir avec lui pour partir très loin, eh bien, je le ferai. Je quitterai tout. C'est fou et sûrement complètement stupide, mais l'amour que je ressens pour lui me rend complètement accro et incapable de réfléchir avec rationalité.

Je suis encore dans mes pensées quand la serveuse revient

vers nous, une énième Corona à la main. Elle dépose la bouteille devant Calum, un sourire aux lèvres.

– Cadeau de la jeune fille au bar, lui indique-t-elle en lui montrant la nana en question.

Nous suivons tous son regard. La gonzesse se retourne, lui lance un grand sourire charmeur auquel Calum répond vite avant de se lever de sa chaise.

Euh… mais oh, il fait quoi là ? Il ne va tout de même pas… Ah ben si, il va la rejoindre !

J'ai juste envie de hurler, mais comment peut-il faire ça sous mon nez ?

– Ah, ça, c'est mon frérot, rigole Scott en regardant son meilleur ami s'installer près de la fille en question au bar.

Miley détourne tout de suite les yeux sur moi, sentant qu'un cataclysme n'est pas loin d'arriver.

Il joue à quoi ?

De la fumée sort de mes oreilles, j'aspire tout le liquide restant dans mon verre et me lève d'un bond. Ma meilleure amie me fait les gros yeux.

– Qu'est-ce que tu fais ? me lance-t-elle tout bas.

– Je vais me chercher un autre verre ! dis-je platement, la colère ne demandant qu'à sortir.

Je quitte mes amis à table, déambule entre les chaises avant de me poster au bar, pile entre Calum et la brune – que je déteste déjà, cela va sans dire –, les coupant en même temps dans leur discussion.

– Lexie, à quoi tu joues ? grogne Calum.

– Rien, je viens juste me chercher un autre verre, réponds-je avec un grand et faux sourire.

– Et tu ne pouvais pas te mettre ailleurs qu'au milieu ?

– Oh, pardon, je vous dérange ? Excusez-moi, continué-je sur le même ton.

– Lexie…

– Un mojito, s'il vous plaît, avec beaucoup de rhum ! commandé-je.

– Tu ne vas pas te bourrer la gueule quand même ?

– Noooon, du tout !

En attendant que ma boisson soit servie, je ne bouge pas de ma place, faisant bien exprès de prendre le plus d'espace possible. Calum vient carrément de déterrer en moi la sombre connasse qui sommeillait, et qui ressort quand on me cherche. Il va savoir comment je m'appelle. Qu'on me taquine et qu'on me coupe les cheveux en plein cours de biologie, c'est une chose, mais qu'on joue ouvertement avec mon cœur, ça, je ne le conçois pas !

Ma boisson est enfin déposée sur le bar. Je m'en empare, pivote d'un tiers, puis fais mine de trébucher et renverse le contenu de ma boisson, glace pilée comprise, dans le décolleté de l'autre pouffe. La brune pousse un cri de surprise avant de se lever d'un bond.

– Lexie ! s'insurge Calum.

– Oh ! mince, je suis vraiment maladroite ! Je n'ai vraiment pas fait exprès, je suis désolée ! fais-je mine de m'écrier le plus faussement possible.

La fille, outrée, fait demi-tour, puis se casse en tapant des pieds.

Bon débarras !

– T'as pas osé faire ça ? gronde Calum.

– Osé faire quoi ? le questionné-je d'un air innocent. J'ai trébuché, pardon…

Alors que je pense que sa colère va m'exploser au visage, il s'empare de mon bras et me tire afin que je le suive. Au loin, j'aperçois Scott se lever de sa chaise afin de venir voir ce qu'il se passe, mais d'un geste de la main Calum lui intime de se rasseoir. Miley nous observe les yeux ronds, tandis que Noah pose une main sur le torse de Scott qui hésite à venir malgré le refus de son meilleur ami. Alors que Calum me traîne sur le côté du bar, là où il est sûr qu'on ne nous verra pas, j'aperçois Scott se réinstaller, l'œil toutefois inquiet.

Lorsque nous sommes bien cachés de notre bande, l'homme à l'origine de tous mes tourments me plaque sans ménagement contre le mur. Posant ses paumes de part et d'autre de mon visage, il plante son regard doré, devenu sombre, dans les profondeurs du mien.

– Pourquoi tu as fait ça ?

– Et toi, pourquoi tu as fait ça ?

– C'est moi qui pose les questions !

– Et depuis quand ? rétorqué-je.

– Pourquoi ? Réponds ! m'intime-t-il.

– Mais parce que je t'aime, putain ! Je t'aime, Calum ! Je suis raide dingue de toi, tu ne le vois pas ça, que je crève d'amour un peu plus chaque jour pour le gros goujat que tu es ! m'écrié-je tout en commençant à partir en sanglots.

Trop de colère, de culpabilité, de peur, d'émotions, d'amour, de tout. J'en peux plus, je dépose les armes et lui crie au visage à quel point je suis éprise de lui.

Il claque ses paumes contre le mur, ce qui me fait sursauter avant qu'il ne recule et fasse les cent pas, se fourrageant les cheveux.

– Merde ! Merde ! Merde ! rage-t-il.

– Pourquoi ? Pourquoi tu as fait ça, Calum ? lui redemandé-je, des sanglots dans la voix, et les larmes dévalant dorénavant mes joues.

Ses poings se serrent, sa mâchoire se contracte, puis il lance un grand coup de pied dans la poubelle présente non loin de nous. Le plastique d'ordures vole en l'air et atterrit quelques mètres plus loin, éparpillant ses détritus au large.

– Calum, réponds-moi, le supplié-je.

Il plante à nouveau ses yeux dans les miens et ce que j'y lis me retourne le ventre. Il me renvoie de la colère, du désarroi, de la douleur, mais aussi… du chagrin.

– Je voulais essayer de te chasser de ma tête, mais c'était vraiment irréfléchi et stupide, visiblement.

Je plisse les yeux.

– Quoi ? Mais pourquoi ? Je ne comprends pas…

– Parce que t'as gagné, Lexie, me lance-t-il en revenant vers moi.

– J'ai gagné quoi ? Qu'est-ce que j'ai gagné ? lui demandé-je, ne captant toujours pas où il veut en venir.

– Tu m'as apprivoisé… lâche-t-il enfin.

Mon souffle se coupe et je laisse échapper d'énormes sanglots. Épuisée, vidée, je laisse absolument tout ressortir.

– Mais je ne peux pas, rajoute-t-il, ce qui me donne le coup de grâce.

La douleur est si fulgurante que je me plie en deux afin de soulager ce qui me broie de l'intérieur.

– Lexie, cesse de pleurer, s'il te plaît, m'implore-t-il.

– Comment veux-tu que j'arrête quand tu m'avoues à

demi-mot que tu es un tant soit peu attaché à moi et que la seconde suivante, tu me fais comprendre que même ça n'y changera rien ?

– Je suis désolé…

– Mais pourquoi, bordel ? Pourquoi, pourquoi tu me fais ça ?! éructé-je en ruant son torse de coups.

Il stoppe mes gestes en retenant mes doigts dans ses poings.

– Je te l'ai dit, je ne veux pas de relation, je ne veux pas m'engager au risque de prendre ne serait-ce qu'une seule fois le risque de tout perdre un jour ! m'avoue-t-il rageusement.

– Quoi ?

Mes pleurs se calment quasiment instantanément face à sa demi-révélation.

– J'ai été abandonné, Lexie, la voilà, ta putain de raison ! J'ai été un gamin non désiré, rejeté, balancé telle une pauvre merde ! me crie-t-il au visage. Et je ne veux plus jamais ressentir ça, compris ?

J'écarquille les yeux, choquée par ce qu'il vient de m'annoncer. Soudain, tout s'éclaire, et je m'en veux de ne pas avoir compris avant. Le fait qu'il ne parle jamais de sa famille, ni de ses parents, sa façon de se comporter, son désir de ne pas s'attacher, de passer de nana en nana, son arrogance parfois, son rejet continuel, toutes ces raisons, et encore bien d'autres que je dois oublier. Et tout à coup, je me sens conne, honteuse de l'avoir poussé à me révéler tout ça alors que c'est un sujet tellement douloureux et sensible…

– Je suis désolée…

– Oh, non, je ne veux pas de ta pitié !

– Non, non, je suis désolée d'avoir été si insistante avec toi.

– Tu ne pouvais pas savoir…

– Mais tu ne voudras donc jamais vivre une relation amoureuse avec quelqu'un ?

– Non, enfin, j'en sais rien. Je ne me sens pas encore prêt pour le moment.

– Alors, je peux t'attendre.

– Non, je ne veux pas que tu te berces d'espoirs. J'ai été clair pourtant dès le début, que du sexe, pas d'attaches, mais…

– Je n'ai pas écouté, le coupé-je pour finir sa phrase.

– Je n'aurais pas dû céder à mon désir pour toi.

– Au contraire, tu as eu raison, j'ai pris un putain de pied phénoménal ! lui avoué-je en me remémorant ces innombrables orgasmes complètement fous qu'il m'a offerts.

Il sourit. Un point pour moi.

– Et j'aimerais bien recommencer, murmuré-je.

Second sourire. Deux points pour moi.

– On ne devrait pas…

– Juste une fois.

Il secoue négativement la tête.

– Jure-moi que tu n'en crèves plus d'envie.

Ce coup-ci, il rigole. Que c'est bon de le voir sourire et de l'entendre rire. Ça m'avait manqué.

Il m'avait manqué.

– Non.

– Non, tu n'en as pas envie ?! m'enquiers-je, certaine qu'il ment.

– Non, je ne te le dirai pas.

C'est à mon tour d'éclater de rire.

– Donc, tu as encore envie de moi.

– Je t'ai dit que je ne te répondrai pas.

– Tu sais que tu te comportes comme un enfant ?

– Absolument, me taquine-t-il.

Ça aussi, ça m'avait manqué. Je sais que ce qu'il m'offre là est une mini victoire, toutefois je n'ai pas encore remporté la bataille. Alors, c'est ça, Miley n'avait pas tort, j'avais une toute petite chance. D'accord, il n'est pas amoureux de moi, il m'a juste avoué d'une certaine manière que j'avais réussi à créer un lien entre lui et moi. Il m'a aussi avoué son plus gros secret. Bien que je ne sache pas encore tout, je me sens déjà victorieuse d'être parvenue à fendre sa carapace.

– Tout va bien ? demande la voix de Scott qui nous fait sursauter.

– Oui, on a réglé notre petit différend, lui répond Calum.

Par contre, moi, il va vite falloir que je trouve rapidement une raison au pourquoi j'ai renversé volontairement mon verre sur la brune qui voulait tenter de me voler ce que j'ai de plus précieux.

Même s'il n'est pas vraiment à moi, je sais, blablabla…

– On en reparle ce soir si tu veux, me chuchote-t-il tandis que nous suivons Scott en direction de notre table.

– Tu m'expliqueras tout ?

Il soupire.

– Oui, je t'expliquerai tout.

Une fois réinstallée, je me sens vraiment plus légère qu'à notre arrivée. Je commande pour la énième fois un mojito, que je compte bien garder et boire ce coup-ci. Ma meilleure amie me lance un regard interrogatif, curieuse de savoir ce qu'on s'est dit, mais surtout de savoir si tout va bien. Je la rassure d'un sourire, puis lève mon verre afin de trinquer à nouveau avec ma bande de potes.

– À la fin de nos vacances à Cancún ! lancé-je.

– À la fin de nos vacances à Cancún ! répètent-ils tous en chœur tout en répondant à mon geste.

– Qu'est-ce qu'il s'est passé, entre vous deux ? nous demande soudain Scott.

Ah oui, une excuse ! Vite !

– Euh, j'ai voulu taquiner Calum comme avant, mais je crois que je suis allée trop loin dans notre jeu : « je te déteste – moi non plus. » Je me suis excusée, du coup.

Je baisse la tête, faisant mine d'être honteuse, et c'est ce que je suis au fond, car cette pauvre fille n'avait rien demandé.

– Vous n'êtes pas croyables tous les deux, quand même ! Même six ans plus tard, vous êtes autant des gamins ! se moque-t-il.

Alors ma petite excuse passe ?

J'ai de la chance, car si jamais il était venu à poser plus de questions, je sais que Noah aurait eu du mal à mentir à Scott. Donc, pour le moment, nous sommes sauvés. Hélas, j'ai bien peur qu'à force de jouer avec le feu, on se brûle les doigts…

La journée se termine plutôt bien, finalement. D'accord, tout n'est pas encore arrangé avec Calum, mais mon cœur s'en trouve tout de même apaisé de savoir que j'ai réussi à ce qu'il s'attache un minimum à moi. Il a quand même fallu que je le provoque pour en tirer quelque chose, mais bon… La partie n'est pas encore terminée. Vivement ce soir que j'en sache un peu plus ! Peut-être pourrons-nous trouver une solution. Du moins je l'espère…

Le cœur de Calum est visiblement très bien enfoui sous toute cette masse de pierre et je me rends compte qu'il est encore plus difficile à atteindre que ce que je pensais.

Mais j'y arriverai, je me promets d'y arriver, peu importe le temps que ça prendra…

23

IMPOSSIBLE

Lexie

De retour à la villa, Scott propose une partie de billard aux garçons. Je grogne d'impatience quand ils acceptent et partent en direction de leur table de jeu. Je brûle de savoir ce qu'à Calum à me raconter. Il faut que je comprenne toute l'histoire, que je sache pourquoi il se refuse autant le bonheur…

De notre côté, nous rejoignons la terrasse avec Miley. Nous nous installons sur la large balançoire et observons le ciel et ses milliers d'étoiles. Elle m'interroge sur ce qu'il s'est passé tout à l'heure au bar, tout en me félicitant pour mon petit coup de mojito dans les seins de la pimbêche qui draguait ouvertement Calum. En y repensant, je pouffe, la pauvre n'y était vraiment pour rien, mais tant pis, il fallait que Calum comprenne qu'il ne pouvait pas se comporter comme ça.

Or, maintenant, moi, je comprends. Ce n'est pas pour lui

trouver des excuses, mais je connais bien la psychologie de la personne abandonnique[1], puisque j'en ai moi-même été victime. Mon père a quitté ma mère quand il a su qu'elle était enceinte de moi. Ça peut paraître anodin, alors que ça ne l'est absolument pas. J'en ai beaucoup souffert enfant. Je me pensais nulle, pas digne d'être aimée d'une figure paternelle, je me dévalorisais tout le temps et étais clairement en échec scolaire. Heureusement, cela a été vite détecté par un de mes professeurs d'école, et ma mère m'a emmenée voir les bons spécialistes. Quand je me suis sentie mieux, plus apaisée, c'est là que Stanley m'a adoptée. Il a bouclé la boucle. Depuis, je ne souffre plus de ce sentiment d'abandon et de rejet.

Alors, pour l'avoir vécu et en avoir pâti, je ne peux que comprendre Calum qui, lui, a été abandonné carrément par ses deux parents. Comme cela doit être dur pour un gamin de se construire avec ça sur la conscience… Ce sentiment de n'être jamais à la hauteur, d'être mauvais, nocif, pas à sa place… Cette difficulté à créer des liens affectifs, cette peur perpétuelle de l'engagement, vite suivie par celle d'être à nouveau rejeté, abandonné. Je sais que, quand on souffre d'abandonnisme, tout fout une horrible trouille. Une simple situation peut être hyper mal vécue.

Et là où je m'en trouve très épatée, c'est à quel point il a réussi avec brio à nous cacher ça, à tous, même à moi qui en connais les symptômes. Il s'est planqué, sûrement honteux d'être qui il est. Toujours à rechercher ce contact physique, cette affection auprès des filles sans jamais une seule seconde souhaiter aller plus loin. Je comprends mieux aussi pourquoi il m'a repoussée quand il a compris mes sentiments envers

1. Personne souffrant du syndrome de l'abandon.

lui, ou pourquoi il a été voir cette fille sous mes yeux. Les gens comme lui ne peuvent pas s'empêcher de rejeter sans cesse l'amour des autres. Je sais, car je l'ai fait avec Stanley au début, je ne voulais pas de lui, car il m'aimait comme sa fille. J'avais peur, peur qu'il m'abandonne si je lui rendais cet amour. C'est stupide et pourtant, c'est bel et bien le cas, ma pédopsychiatre de l'époque l'avait dit. Il a été fort, très fort.

Calum est un roc. Il souffre en silence, ne montre rien, et continue d'avancer avec ce poids sur son cœur. Je crois que j'en tombe encore plus amoureuse maintenant que je connais son secret. Non pas parce que je ressens une quelconque pitié ni même de la compassion – enfin, si, j'ai un minimum de compassion –, mais j'en tombe encore plus amoureuse, amoureuse de sa force et de toute sa bravoure.

Et je sais que je peux l'aider. J'ai surmonté ce fléau, je peux lui montrer le chemin à suivre. Il peut s'assurer qu'avec moi il ne craint rien, qu'avec moi il ne souffrira pas. Encore faut-il qu'il soit arrivé dans cette phase-là, car lui seul en détient la clé. Il lui suffit d'ouvrir un minimum son cœur afin de me laisser entrer, juste une petite faille pour que je puisse gagner sa confiance et l'aider à faire ce qu'il faut pour se débarrasser de ses idées complètement fausses : il ne vaut pas moins bien qu'un autre, il ne sera pas forcément abandonné !

Et quand ce moment sera venu, il sentira cette légèreté que j'ai ressentie, ce poids continuel sur les épaules ne sera plus. Il respirera. Profondément. L'oxygène gagnera ses poumons et il comprendra alors que l'avenir est devant lui. Calum a du caractère, beaucoup de caractère, il ne se laissera sûrement pas faire comme ça. Il repoussera mon aide, car il voudra s'en sortir seul, et je sais qu'il en est pleinement capable.

Je raconte à ma meilleure amie ce qu'il s'est à peu près passé, je lui livre le secret de Calum, je sais qu'elle ne dira rien, mais surtout elle sait aussi à quel point ce sentiment affreux peut détruire une personne. Une vie.

– Donc, c'est bien ce qu'il me semblait, Calum te veut depuis le lycée, mais il n'est jamais passé à l'action car il pensait que tu valais mieux que lui.

– Tu crois ?

– J'en suis sûre.

– Mais j'étais avec Scott, en même temps.

– Oui aussi, c'est un point à ne pas négliger en effet.

J'éclate de rire. Ma meilleure amie m'enlace. Je laisse ma tête reposer contre son épaule, tandis que nous nous laissons bercer par le mouvement de la balançoire. Une heure plus tard, nous sommes rejoints par le reste de la bande qui vient se poser autour de nous afin d'observer les étoiles.

– Timon ? lance Noah à Scott.

– Mouuui ? répond ce dernier.

Je fronce les sourcils et les regarde, amusée.

– « Tu t'es déjà demandé ce que c'était que ces petits points brillants, là-haut… ? » reprend Noah.

Je comprends alors qu'ils reprennent les répliques du *Roi lion*.

Amusant… De vrais gamins.

– « Pas la peine que je me le demande… Je le sais ! » rétorque Scott.

– « Oh ! Et c'est quoi ? »

– « Des lucioles, Pumba. Des genres de vers qui restent

collés sur cette espèce de machin bleu marine… »

J'explose littéralement de rire. Déjà que dans le dessin animé, cette scène est marrante, mais là, racontée par ces deux gros benêts, elle me fait partir dans un fou rire.

– Oh… Tiens. Moi, je pensais que c'était des bulles de gaz qui brûlaient à des billions de kilomètres de nous !

– Toi, à part le gaz, y a pas grand-chose qui t'intéresse…

Je suis morte. J'en peux plus de rire, si bien que des larmes dévalent mes joues. Miley n'est pas mieux que moi, visiblement. À nous deux, nous faisons trembler la balançoire.

– Vous êtes vraiment cons, les gars, lance Calum avant de se lever. Allez, moi, je vais me coucher.

Je lève le nez sur lui et constate avec peine qu'il ne rigole pas. Mon rire se stoppe d'un coup quand je remarque qu'il a l'air… mal.

– Ça va, frérot ? s'enquiert Scott.

– Ouais, je suis juste naze.

– T'es sûr ? insiste-t-il en se redressant, afin de se lever.

– Non, c'est bon, t'inquiète, le rassure-t-il en l'incitant à se rasseoir.

– OK, d'accord, mais vraiment si tu as besoin, tu sais où me trouver.

Calum hoche la tête à l'intention de son meilleur ami, suivi d'un sourire qui n'atteint, hélas, pas ses oreilles.

Que se passe-t-il ? Est-ce en rapport à ce qu'il m'a avoué tout à l'heure ?

Alors qu'il amorce un pas en direction de la baie vitrée, mon regard rencontre ses yeux ternes. Son or, habituellement si beau et si brillant a perdu de son éclat. Cette constatation me pince violemment le cœur. Avant qu'il ne quitte la terrasse, il me lance un petit geste de la tête qui m'indique de le suivre. J'attends quelques minutes avant de prétendre être fatiguée à mon tour et de partir me coucher.

Une fois dans le couloir, je toque doucement contre la porte de la chambre de Calum. La porte s'ouvre, il me laisse entrer, puis referme derrière moi. J'ai subitement envie de me jeter sur lui, mais je réunis toutes mes forces afin de ne pas céder à la tentation.

– Je peux ? lui demandé-je en montrant le bord de son lit du menton.

– Oui, oui, assieds-toi.

Tout à coup, je me sens comme timide et limite fébrile de me retrouver dans sa chambre alors qu'il y a quelques jours encore, sa tête était entre mes cuisses. Un frisson me traverse entièrement rien qu'en repensant à ces souvenirs délicieux. Une tonne de questions que je rêve de lui poser se bousculent alors dans ma tête, mais je n'en fais rien, attendant plutôt qu'il se décide à me rejoindre et qu'il prenne la parole. Ce qu'il fait au bout d'un moment, qui me paraît être une éternité.

– Bon, eh bien, que veux-tu savoir ?

J'inspire un grand coup.

– Si j'ai bien deviné, tu as été…

– Abandonné, oui, tu peux le dire, ça ne me fait pas mal de le dire, ni de l'entendre.

– D'accord. Donc, tu as été… abandonné quand tu étais enfant ?

– Oui, dès ma naissance.

– Oh. Et est-ce que tu as été…

– Adopté ?

Je hoche la tête.

– Oui, vers l'âge d'un an. D'après ce que j'ai pu reconstituer, j'ai été trouvé alors que je n'avais que quelques jours, sur les marches d'une église. J'ai ensuite été placé dans une famille d'accueil, puis confié à l'adoption.

– Mais… tes parents adoptifs ? Tu n'en parles jamais…

– Mes parents… ricane-t-il. Ils ne pouvaient pas avoir d'enfants, c'était un couple bourré de fric qui s'entendait assez mal, même avant que je n'arrive. Ils ont divorcé quand j'avais 10 ans. Au début, ma mère m'a beaucoup remonté contre mon père, mais j'étais trop jeune pour comprendre ou pour m'opposer, ce que j'ai un peu regretté ensuite. Il est mort à l'aube de mes 18 ans, quelques jours avant notre diplôme. C'est peu de temps après son décès que j'ai découvert quel père il était vraiment : un homme qui m'aimait, mais bien trop fier pour montrer ses sentiments. Il a été élevé « à la dure » comme il disait souvent. Pour lui, un homme n'avait pas le droit d'être faible, ni de pleurer. Ce qui est faux, en réalité. Pourtant, il m'a un peu éduqué de cette manière, sans pour autant me plonger la tête dedans. Il savait que, gamin, il en avait souffert, il ne voulait pas reproduire ce schéma avec moi.

Mais tout ça, je l'ai appris en découvrant une des lettres qu'il m'avait écrites avant sa mort. C'est aussi grâce à ce même papier que j'ai su qu'il avait un cancer depuis plus d'un an mais, une fois de plus, il a gardé ça pour lui. Trop fier pour avouer à son ex-femme et son fils qu'il souffrait. Encore cette foutue éducation… Il n'a pas voulu suivre de traitement, préférant mourir et accepter le sort de la vie. Bref, j'ai appris tout ça bien trop tard. Une situation que j'ai vécue encore comme un abandon, en quelque sorte.

– Je suis désolée que tu aies découvert ça trop tard… Mais tu ne nous as jamais rien dit sur le décès de ton père, remarqué-je.

– Non, il n'y a que Scott qui savait.

Waouh, j'en reviens pas… Tout ce qu'il a gardé pour lui…

– Et tu as des grands-parents ?

– Non, nous étions une famille – si je peux appeler ça une « famille » – assez isolée. Ni mon père ni ma mère n'étaient proches de leurs parents. Nous avions une vie qu'on peut définir en « vase clos ».

– Donc, tu ne sais pas tellement ce que c'est qu'une famille ?

– Non. Je me suis toujours promis de ne jamais me marier, et encore moins avoir des enfants. J'ai longtemps pensé que c'était parce que j'étais mieux seul et que je n'aimais pas les gamins. Mais un jour, j'ai compris que c'était surtout parce que je n'avais sûrement rien à leur transmettre. Rien de bon.

– C'est horrible de penser ça de toi-même…

– C'est pourtant le cas.

– Tu n'es pas mauvais, Calum.

Il hoche les épaules. Ça me fend le cœur…

– Mais du coup, c'était qui au téléphone avec toi, la dernière fois ?

– Tu fais référence au coup de fil que j'ai eu alors que tu m'espionnais sur la terrasse ? m'interroge-t-il, un sourire au coin des lèvres.

– Je ne t'ai pas…

Il me fait les gros yeux, amusé.

– OK, OK, c'est vrai, je t'ai espionné.

Il rigole.

– C'était Matthew, un petit de l'association où je suis bénévole.

– Oh, tu es bénévole ! Et c'est quoi comme genre d'association ?

– C'est une association à Washington qui s'occupe d'enfants, adoptés ou non. Ça fait quatre ans maintenant que j'en fais partie. Même si je ne me suis jamais senti utile, j'ai vite compris que c'était les autres qui me diraient avec le temps qui je suis réellement. Et j'espère aussi que c'est ça qui me permettra peut-être d'aller de l'avant.

– C'est beau, ce que tu fais, je trouve.

– Mouais…

– Si !

– Si tu l'dis, lâche-t-il, peu convaincu.

– Et sinon, tu as quel genre de lien avec ta mère ?

– Je n'en ai pas vraiment. Chez nous, on exprime l'affection par des cadeaux, de l'argent. Nous ne sommes pas très proches. Je dirais que ce sont des relations cordiales.

– En fait, tu n'as pas été adopté afin d'entrer dans une famille. Tes parents avaient décidé de s'occuper d'un enfant, mais pas de le faire « entrer dans une famille », vu que tu n'as pas vraiment de grands-parents ni d'oncles et tantes.

– C'est un peu ça.

– Donc, tu n'as pas vraiment le sentiment d'appartenir à une famille.

– Pas vraiment, non.

Ses révélations sont dures et elles me scotchent sur place. Ça me touche, bien plus que ce que j'avais pensé.

– Je vais bien, tu sais, reprend-il, je ne veux juste pas m'engager pour le moment.

– Oui, mais tu m'as avoué être attaché à moi, non ?

Il soupire.

– Je tiens à toi, plus que je le voudrais, mais je ne tomberai pas amoureux de toi, Lexie. Il faut que tu me sortes de ta tête.

Je baisse le menton. Ce qu'il me dit me fait mal… Mes larmes remontent une nouvelle fois.

Non ! J'en ai marre d'être triste, marre de pleurer ! Habituellement, je ne suis pas comme ça…

Pourtant, depuis que j'ai compris que j'étais amoureuse de lui, j'ai l'impression que tout a changé. Que mes perceptions ne sont plus les mêmes, que mes émotions s'en sont retrouvées décuplées. J'ai l'impression de ne plus respirer comme avant, que mon oxygène s'en trouve plus puissante, comme si Calum, par le simple fait d'exister, m'offrait tout l'air dont j'ai besoin pour rester vivante. Même si ses sentiments ne sont pas les mêmes à mon égard, j'ai tout de même la sensation de vivre mieux, plus fort, plus intensément.

– Je suis désolé, Lexie, et je suis aussi désolé de m'être comporté avec toi comme un enfoiré, et cela va bien au-delà de cet après-midi avec la fille au bar, bien au-delà de nos vacances ici. Je sais que tout remonte à nos années au lycée. J'ai été un connard car tu me plaisais et je ne pouvais pas t'avoir. Du moins, je n'avais rien de bon à t'apporter.

Alors, Miley avait définitivement raison, c'était bien pour ça…

Mais oui ! Les personnes victimes d'abandonnisme se comportent de cette manière aussi ! Pour ma part, ça n'a pas été le cas car je n'étais encore qu'une enfant, mais ces comportements se retrouvent parfois chez les adultes et jeunes adultes, et bien souvent, chez les hommes… Je secoue la tête.

Pourquoi je n'ai rien vu avant, bon sang… ?

– La seule chose que je trouve à faire, c'est faire du mal et repousser toutes les personnes qui me veulent du bien, je suis incapable de les accepter pleinement dans ma vie. Il n'y a que Scott qui y est parvenu, parce que nous avons ce lien depuis gamins. En réalité, ce sont les parents de Scott qui m'ont trouvé sur les marches de cette foutue église… D'ailleurs, j'ai vu que tu regardais mon tatouage la dernière fois, il représente une date, mais ça, je pense que tu l'avais deviné. Et cette date correspond à ce fameux jour…

J'ouvre la bouche et écarquille une nouvelle fois les yeux.

Putain…

Je comprends alors ce lien puissant qui unit les deux. Je comprends pourquoi ils sont proches comme des frères, pourquoi ils ont monté ce pacte afin que jamais leur amitié ne soit brisée. Et là, c'est comme si je me recevais une gifle en pleine tronche, Calum a poignardé son frère de cœur dans le dos. Et maintenant, je m'en veux, je m'en veux horriblement.

– Mais, mais Scott, il… on l'a…

– C'est à moi de subir cette culpabilité, pas à toi. Et puis, c'était inévitable, Lexie… Tu m'attirais trop, on était attirés comme des aimants. S'il l'apprend, il comprendra…

– Tu crois ?

– Je l'espère…

– Tu vas lui dire ?

Il soupire.

– Ça me tue de mentir à mon frère. Il va falloir que je lui avoue un jour. C'est malhonnête, et je ne suis pas comme ça.

– Je comprends, réponds-je en hochant la tête. Mais tu as raison, c'était inévitable…

– Donc, cesse de te tourmenter, on était attirés, on s'est laissés embarquer et voilà.

Je pose mes mains sur les siennes qui reposent sur ses genoux, et sens alors cette électricité qui nous anime tant et tant.

– On l'est encore, soufflé-je.

Il retire ses mains afin de rompre notre contact.

– Il faut cesser maintenant, soutient-il en secouant la tête.

Je comprends. Oui, maintenant, je comprends. Pourtant, mon cœur refuse. Il le faut. Il n'est pas prêt.

– Je sais… soupiré-je.

Le cœur serré, je relève mon regard afin de le poser sur son visage. C'est fou comme il est beau à tomber. Ces yeux si particuliers, cette couleur si exceptionnelle. Ce visage dur, qui tente de cacher un passé si compliqué, une enfance houleuse. Cette mâchoire carrée recouverte d'une fine barbe de quelques jours que je rêve de toucher, de caresser.

Sans m'en rendre compte, mes doigts avancent en direction de sa peau et je me surprends à l'effleurer. Ma pulpe rencontre ses joues, où elle se fait agréablement griffer par cette petite repousse. Calum m'observe, surpris. Il n'émet pour l'instant aucune opposition. Ressentant le besoin puissant de le presser contre moi, je me laisse aller contre son torse, et passe mes bras autour de son cou. Le nez au creux de sa clavicule, je renifle à pleins poumons son divin parfum. Il enroule ses doigts au niveau de mes biceps afin de me repousser, mais je résiste.

– Laisse-moi profiter quelques secondes, s'il te plaît.

Il met alors un peu de temps avant de desserrer sa prise, acceptant ma requête. Ses mains me lâchent alors pour venir retomber le long de ses flancs.

– Enlace-moi, lui demandé-je.

J'entends qu'il prend une grande inspiration.

– Lexie, soupire-t-il.

– S'il te plaît…

Il expire, faisant voler quelques fines mèches de mes cheveux. Ses bras viennent doucement se refermer autour de moi. Une fois de plus, mes fichues larmes affluent au niveau de mes paupières closes. J'ai envie de pleurer tout mon amour, sangloter toute ma tristesse de savoir qu'il se refuse le bonheur pour de mauvaises raisons.

Au bout de quelques secondes, et à contrecœur, je le délivre de ma prise. J'embrasse sa joue, puis quitte sa chambre, le cœur en mille morceaux.

24

S'ENVOYER EN L'AIR

Lexie

Aujourd'hui, c'est notre avant-dernier jour à Cancún, et nous avons réservé la plus attendue de nos activités cet après-midi. En effet, nous allons faire du parachute ascensionnel au-dessus de la mer des Caraïbes, tractés par un bateau. Même si mon cœur a mal, il me faut profiter à fond de nos derniers instants ici, surtout avec cette super expérience que nous allons vivre.

Une fois sur place, nous déposons nos affaires sur la plage, où restera Scott, accompagné de ma cousine, pendant que nous, nous irons nous envoyer en l'air, sans mauvais jeux de mots ! Notre ami a la phobie du vide, il ne peut donc pas venir avec nous, mais cela n'a pas trop l'air de le déranger, puisqu'il semble heureux de passer du temps seul avec Alyne. Je sais qu'ils se sont revus, malgré le fait qu'ils ne souhaitaient qu'une nuit ensemble, et je suis plutôt contente pour eux. Nous les quittons quinze minutes plus tard, afin d'aller enfiler l'équipement nécessaire et de partir en bateau.

Notre accompagnateur démarre, puis met les gaz. Le vent commence alors à s'engouffrer dans mes cheveux, la vitesse m'euphorise, me faisant pratiquement oublier la douleur qui me broie les côtes. Tous les quatre assis à l'avant du bateau, nous observons la mer se fendre légèrement en deux sur notre passage. Je pose mes bras contre la rambarde métallique, puis colle mon menton dessus afin de profiter de l'instant sans penser que dans deux jours, nous serons de retour chez nous. Nos vacances ici sont passées à une vitesse fulgurante, et je n'ai pas envie que ça se termine.

Je nous observe tous : nous sommes bronzés, pratiquement aussi noirs qu'une saucisse oubliée sur le barbecue. Mais je crois que celui qui a le plus bruni ici, c'est Calum. Sa peau ressort magnifiquement avec ses mèches blondes et ses yeux dorés. Je n'ai de cesse de me le répéter, mais ce mec est vraiment beau à regarder, beau à tomber. Quand il remarque que je l'observe, il me lance un sourire tendre. Je sais qu'il n'est pas fait pour me charmer, ni pour me faire plaisir, il est sincère. Même s'il ne m'aime pas comme j'aimerais qu'il le fasse, avoir le droit à son attention et sa bienveillance m'apporte le réconfort dont j'ai besoin, pour l'instant.

Lorsque nous sommes suffisamment éloignés, notre accompagnateur éteint le moteur, puis commence à nous énumérer les instructions, et enfin nous explique ce qu'il va se passer. Ce sont Miley et Noah qui passent en premier, puisqu'il n'y a que deux places, tandis que nous irons au prochain tour avec Calum.

Ma meilleure amie récupère sa perche, ainsi que sa GoPro. Elle ne veut perdre aucune miette de cette expérience et encore moins de la tête de chacun lorsque nous volerons tout là-haut. Je sens que son vlog va être le plus beau de tous ceux qu'elle aura faits. En même temps, je crois que la raison est tout simplement que ces vacances au Mexique sont les plus belles que nous avons jamais vécues, tous ensemble.

Munis de leurs gilets de sauvetage, Miley et Noah enfilent une sorte de culotte balançoire à mousquetons, avant de s'installer sur la bouée jaune qui flotte sur l'eau, derrière le bateau, juste au-dessous du parachute. Ma meilleure amie, tout excitée, se laisse attacher et mettre en sécurité par l'accompagnateur. Une fois les deux prêts, le moteur se remet en route, et les voilà partis. Leur parachute se gonfle et part dans les airs. Les cris de Miley nous font éclater de rire. Ses cheveux volent dans tous les sens, elle bat des pieds, lève les bras en l'air. Je souris lorsque je vois Noah enrouler ses doigts autour des siens. Ils sont tellement mignons tous les deux que quelques larmes s'échappent de mes yeux.

Mais qu'est-ce que j'ai à chouiner tout le temps et pour rien, moi ?

Le bateau accélère un peu et nous partons pour la balade, les deux amoureux volant au-dessus de nos têtes. À cet instant, avec Calum à mes côtés, je me sens bien. Me laissant aller, je pose ma tête contre son épaule. C'est un repose-tête amical, non ? Il me laisse faire et je profite du moment qu'il m'est donné de vivre avec lui. Bientôt, nous serons de retour chez nous, et je sais que ce sera bel et bien fini. Nous reprendrons notre chemin et notre quotidien. L'été laissera place à l'automne, puis à l'hiver. Même si nous continuerons de tous nous voir, je sais que des instants comme ceux qu'on vit actuellement ne se reproduiront qu'exceptionnellement. C'est pourquoi je m'en délecte autant que je peux.

Une demi-heure plus tard, c'est à notre tour de passer. Nous montons sur la bouée jaune et, bien sûr, moi et ma maladresse légendaire glissons et nous cassons la figure, manquant par la même occasion de tomber dans la flotte. Heureusement, je suis rattrapée *in extremis* par les bras puissants de Calum qui m'aident à ne pas plonger la tête la première et dire bonjour aux petits poissons.

Sa main dans mon dos me plaque contre son torse, m'offrant par la même occasion tout le loisir de sentir sa fragrance. Sans que j'en prenne conscience, mon cœur commence à palpiter plus fort, mes jambes se transforment en coton, tandis que mon regard fond littéralement dans la profondeur du sien. Cette petite pépite si belle. Sa brillance et son éclat m'éblouissent par leurs lumières que je décèle. L'or a de la valeur sur cette terre, et pourtant, je n'en ai que faire car, pour moi, le plus précieux est celui de ses yeux…

Cet instant dure à peine deux secondes, mais il aura suffi à renverser toutes mes émotions. J'aime sentir ses paumes chaudes contre moi, j'aime renifler l'odeur de sa peau, j'aime sentir son cœur battre contre ma poitrine. J'aime absolument tout. Et je l'aime, surtout, plus que tout. Une fois mon équilibre retrouvé, il me relâche doucement, puis nous nous installons côte à côte. Nous nous laissons attacher pour enfin nous envoler. J'aime m'envoyer en l'air avec Calum, mais il faut reconnaître que là, c'est aussi une belle manière de le faire.

Une fois tout en haut, je laisse un grand sourire marquer mon visage. J'inspire à pleins poumons et vis à fond ce petit morceau de bonheur hors du temps. Le cœur battant avec déraison, je croque le ciel, tente d'attraper les nuages. Comme Noah l'a fait tout à l'heure avec Miley, Calum attrape ma main et enroule ses doigts autour. Je pivote la tête afin de le regarder. Son regard me transperce et fait encore plus s'emballer mon cœur. Il brandit nos deux poings liés dans les airs avant de lâcher un grand « wouuuh ». Je le suis et nous crions ensemble comme deux fous. Je sais que son geste veut dire beaucoup. Il s'ouvre un peu à moi, cherche à apaiser mes maux, et je pense qu'il ne se doute pas à quel point cela me fait un bien phénoménal. La brise sur mon visage, alors que je vole au-dessus de la baie de Cancún, agit comme un antidépresseur. L'air s'infiltre dans ma poitrine, me donnant la sensation d'être plus légère, tel un oiseau qui se laisse porter par la beauté du lieu.

D'où nous sommes, nous pouvons jouir d'une vue spectaculaire sur la zone hôtelière glamour de Cancún, sur la lagune Nichupté, la magnifique Isla Mujeres et la mer turquoise des Caraïbes qui, pour moi, est le plus sublime des paysages. Les doigts de Calum toujours enlacés aux miens, je me repais le plus possible de cet instant magique en présence du mâle le plus sexy du monde. Je pensais que nous allions aller plus vite, mais la vitesse de croisière est parfaite. D'abord le cénote en pleine nuit, maintenant cette balade en plein ciel tout en ayant Cancún à nos pieds… Finalement, sans le vouloir, Calum aura vraiment réussi à m'offrir des moments romantiques. Tout en souriant, je m'oblige à garder cette information pour moi, car je le sais, si je le lui rapporte, il grognera en levant les yeux au ciel. Ce mec ne se pense pas romantique pour un sou, même si je sais qu'au fond de lui se cache un grand cœur. Et rien à voir avec la pierre qu'il prétend posséder.

– Tu passes un bon moment ? me demande-t-il au bout de quelques minutes de vol.

– Génial, et toi ?

– Oui.

– Tu sais, « toutes les grandes personnes ont d'abord été des enfants, mais peu d'entre elles s'en souviennent », lui dis-je, citant volontairement un passage de son livre de chevet.

Son visage se fend d'un sourire.

– C'est vrai.

– Pourquoi ce bouquin ?

– Je ne sais pas… Peut-être parce qu'au fond, ce petit prince me fait un peu penser à moi.

– Tu as raison. Tu as l'air de beaucoup y tenir.

– Oui, un jour, quand nous avions environ 8 ans, je l'ai trouvé dans la bibliothèque des parents de Scott. Et puis, à chaque fois que je retournais chez lui, je retrouvais toujours cette bibliothèque et ce livre. Un jour, mon meilleur ami m'a dit de repartir avec, qu'il me l'offrait.

Je souris en pensant à Scott et Calum enfants. Je me demande quelles bouilles ils pouvaient bien avoir.

– J'aime aussi beaucoup cette histoire.

– Ah oui ?

Je hoche la tête.

– Tu sais, moi aussi, j'ai été abandonnée par mon père, lui avoué-je.

Il plisse les yeux.

– Stanley n'est pas mon père biologique, dis-je en réponse à son interrogation silencieuse. Mon vrai père a quitté ma mère quand il a appris qu'elle était enceinte de moi.

– On n'est pas si différents que ça l'un de l'autre, alors.

– Non, nous ne le sommes pas. D'autant plus que moi aussi, je suis passée par ce que tu traverses, sauf que j'étais une gamine et que je l'ai vécu un peu différemment.

– Ah oui ?

– J'étais agressive avec tous les hommes que je pouvais croiser, je n'en avais que pour ma mère, à vouloir la surprotéger. J'avais des soucis à l'école, autant avec le professeur qu'avec mes camarades de classe. Tous sauf Miley. C'est elle qui a été ma bouée, tout comme toi avec Scott.

– Je ne savais pas tout ça.

– Tout simplement parce qu'on n'a jamais vraiment pris le temps de discuter, tous les deux. Et le premier rapprochement qu'on a eu nous a un petit peu empêchés de le faire, lâché-je en éclatant de rire, faisant référence à nos nombreuses parties de jambes en l'air.

– Ce n'est pas faux, me répond-il, un grand sourire égayant ses lèvres.

***

Ce soir, afin de finir cette magnifique journée en beauté, nous nous préparons pour aller fêter notre avant-dernière soirée à Cancún avant notre inévitable retour à Washington. La boîte de nuit où nous avons pris l'habitude d'aller organise la nuit des bracelets lumineux. Le principe est simple : dès l'entrée, nous indiquons notre situation, à la suite de quoi, nous aurons le bracelet qui correspond. La couleur verte indique que nous sommes célibataires ; le rouge, que nous sommes en couple et donc de ce fait indisponibles ; l'orange signale une relation compliquée ; et enfin le bleu, une union libre.

Miley et Alyne sont venues me retrouver dans ma chambre. Et, pendant que ma cousine se maquille dans ma salle de bains, ma meilleure amie me boucle les cheveux. Assise sur un des fauteuils de ma chambre, Miley s'applique à la tâche.

– Il faut que tu sois la plus canon ce soir, m'indique-t-elle en enroulant une mèche autour du lisseur.

– Ah bon ? Et pour quelle raison ? m'enquiers-je en rigolant.

– Eh bien, pour peut-être te trouver un mec sexy qui pourra, je l'espère, te faire oublier ce très cher Calum, rien que le temps d'une nuit.

Je soupire.

– Mais je n'en ai pas envie…

– Mouais, je savais que tu allais me répondre ça.

– Ben alors, pourquoi me l'avoir dit ? continué-je en riant toujours.

– J'ai juste tenté, au cas où ça marche.

– N'importe quoi !

– Ou alors, essaie juste de flirter avec un autre afin d'essayer de faire réagir Calum ? Peut-être que le fait de te voir prendre un verre avec un autre pourrait faire monter en lui des sensations qu'il ne connaît pas.

– Oui, mais non… hésité-je.

– Pourquoi ? me demande ma meilleure amie, qui lâche mes cheveux pour venir se planter devant moi, le fer chaud entre ses mains.

– Mais parce que ce n'est pas mon genre de faire ça ! Et puis surtout, parce que je l'ai hyper mal pris quand Calum a fait la même chose la dernière fois, au bar.

– Ce n'est pas pareil ! Il t'a bien dit qu'il ne parviendrait jamais à tomber amoureux de toi, c'est bien ça ?

– Euh… oui, réponds-je en sentant mon cœur se serrer en repensant à ses mots.

– Donc, tu ne lui appartiens pas, il ne va pas te garder prisonnière toute ta vie, tu as le droit de vivre.

– Pas faux… murmuré-je.

– Dooooonc, d'un : tu fais ce que tu veux, et de deux : on va lui montrer, à ce Calum chéri adoré, qu'il a bel et bien un cœur qui bat sous cet amas de muscles et de pierres.

Je rigole face à Miley, qui, encore une fois, fait son énumération à l'aide de ses doigts.

– Mouais…

– Mais si ! C'est un mal pour un bien, ma chérie !

– Je valide, ta meilleure amie a raison, ajoute Alyne qui ressort de la salle de bains au même moment.

– Ah, tu vois ?

– Bon, OK, alors admettons que je fasse ce que vous me dites, vous pensez que ça peut marcher ?

– Franchement, j'en sais absolument rien, mais ça vaut au moins le coup d'essayer, tu ne crois pas ? s'enquiert ma meilleure amie qui retourne me boucler les cheveux.

Je réfléchis un instant à sa proposition.

Qu'est-ce que je risque à tenter ma chance ? Rien.

Et Miley a raison sur un point : je n'appartiens pas à Calum.

Soupir.

On ne couche plus ensemble.

Deuxième soupir.

Donc, je suis en droit de faire ce que je veux. OK, ce n'est pas trop mon genre de faire ça, et je n'ai pas aimé quand Calum me l'a fait, mais si on y réfléchit bien, c'était différent. Lui savait que j'avais des sentiments pour lui, et il l'a fait. De son côté, il n'en a pas pour moi – troisième soupir –, alors les filles ont raison. Et peut-être que ça marchera, qui sait ? Si je n'essaie pas, je ne pourrai pas savoir…

– En plus, avec le bracelet vert que tu auras, tu verras que tu en auras vite quelques-uns qui vont venir te tourner autour, surenchérit ma cousine.

– Bon, OK ! Vous avez raison ! lancé-je tout en me redressant d'un coup. Aïe !

Une douleur au niveau du crâne me retient pratiquement à mi-chemin.

– Ben oui, fais attention, j'ai le lisseur encore entortillé dans tes cheveux, me lance Miley.

– J'avais oublié, grogné-je en me rasseyant.

– Je mets quelle robe ? nous interroge Alyne en nous montrant deux jolies tenues.

L'une est rouge, courte et à fines bretelles, tandis que l'autre est noire à manches courtes et un peu plus évasée en bas.

– La rouge, répondons-nous en chœur avec Miley.

Parfait, ce sera la rouge !

– Vous en êtes où, avec Scott ? lui demandé-je.

Elle grimace tout en se laissant tomber sur mon lit.

– Je ne sais pas trop, je l'aime beaucoup, mais le souci, c'est que vous repartez pour Washington après-demain. Et puis, je ne sais pas… Je ne pourrais pas vraiment vous expliquer mon ressenti, mais je ne le sens pas… tout à fait « libre ».

Je fronce les sourcils.

– Ah bon ?

– Ouais, je ne sais pas, c'est bizarre.

– Après, connaissant Scott, il a toujours été le plus sérieux de la bande, il sait qu'il va partir bientôt et donc, il n'ose sûrement pas se « lâcher » complètement, intervient Miley, toujours dans mon dos.

– Ça doit être ça… répond ma cousine.

– Possible, dis-je, n'en sachant pas plus qu'elle. Ceci dit, si vous décidez de continuer ensemble, ça pourra te donner l'occasion de venir plus souvent me voir !

Elle rigole doucement.

– Ouais, je ne sais pas… Scott est très sympa, mais il faut se rendre à l'évidence, il habite Washington, et moi, j'ai toute ma vie construite ici.

– Ah oui, c'est sûr, en effet. Je ne sais pas trop quoi te dire, je pense que le mieux, c'est que vous viviez à fond les moments partagés ensemble et que vous en discutiez avant notre départ.

– Oui, tu as raison, voyons comment vont se passer les choses. Je vais essayer de ne pas me prendre la tête, de profiter, et on aura sûrement une petite conversation à ce sujet demain.

– En tout cas, Scott est vraiment quelqu'un de bien, il ne partira pas d'ici sans en avoir parlé avec toi, ajoute Miley.

– Elle a raison, confirmé-je à Alyne.

– Bon, ça me rassure un peu… Et puis ce soir, on s'prend pas la tête, on fait la fête !

– Exactement ! ajouté-je en lui faisant un *high five*.

– Voilà, j'ai fini ! lance Miley toute fière d'elle.

Je me redresse afin d'aller voir le résultat dans le miroir. Depuis que nous sommes arrivés ici, je constate que mes cheveux ont bien poussé et qu'ils ne sont dorénavant plus si courts que ça. Ils m'arrivent presque au niveau des omoplates et je reconnais que cette longueur me plaît bien. Arrivée devant la glace, je m'observe attentivement.

– Tu es vraiment très belle, fait Alyne tout en touchant une boucle blonde.

– Merci, lui réponds-je.

– Calum finira bien par comprendre que tu es la femme de sa vie, ajoute Miley qui arrive dans mon dos.

– Ouais… Bon, allez, assez parlé de Calum ! Je crois que ça va être l'heure d'y aller ! Prêtes ?

– On ne peut plus prêtes ! lâchent-elles en chœur.

– Alors, c'est parti !

Nous quittons ma chambre et retrouvons les garçons qui sont – encore – en train de taper dans les boules de billard.

– Waouh, les canons, nous lance Noah lorsqu'il nous voit arriver.

– T'as vu ça ? chantonne ma meilleure amie qui tournoie sur elle-même.

Calum, qui vient d'empocher une boule, se redresse et pose son regard sur nous, puis enfin sur moi. Il penche la tête sur le côté en lâchant un beau sourire. Je vois que ma petite tenue sexy lui plaît. En effet, comme me l'ont proposé les filles, j'ai enfilé les plus beaux vêtements que j'ai emportés dans ma valise. Je porte un top noir assez simple dans l'ensemble, mais qui se démarque grâce à une ficelle qui remonte jusqu'à mon cou où une bande de tissu brillant le recouvre légèrement et l'entoure comme un collier. En bas, j'ai enfilé une jupe courte à sequins rose poudré. Enfin, ma tenue se termine par de beaux escarpins noirs vernis.

L'effet que je fais à Calum est immédiat, et je le vois directement. Commençant à très bien le connaître maintenant, je peux facilement remarquer quand le désir s'empare de son corps et qu'il enflamme tout doucement la prunelle de ses yeux. Il aura beau me repousser et rejeter toute forme de sentiment, son appétence, elle, est toujours bel et bien présente.

À mon plus grand plaisir !

Je compte bien mettre toutes les chances de mon côté, et en jouer ce soir. Je m'en fais la promesse : je ne repartirai pas de Cancún tant que nous n'aurons pas partagé une nuit ensemble.

Calum, tu joues les gros durs, mais quand il s'agit de sexe, je sais que tu n'y résistes pas. 3, 2, 1, c'est parti…

25

DE TOUTES LES COULEURS

Lexie

Dès notre entrée, un bracelet vert m'a été donné, que j'enfile autour de mon poignet. Miley et Noah ont opté sans surprise pour un rouge, ce qui indique qu'ils sont en couple, tandis que Scott et Alyne se sont mis d'accord sur un orange, celui qui indique que la situation est compliquée. Ils ne sont pas véritablement un couple, mais le temps que nous sommes encore là, ils souhaitent profiter des moments qu'ils ont pour eux, et ne veulent pas de ce fait rencontrer quelqu'un d'autre ce soir. Ce que je comprends.

Mon cœur se pince quand Calum enfile son bracelet vert. Eh oui, ce Don Juan est, à mon plus grand dam, bel et bien célibataire, et cette fichue couleur verte me le rappelle bien. Mais n'oublions pas le plan que les filles ont élaboré pour moi, je dois me dégotter un mec – beau si possible, c'est mieux –, discuter avec lui, boire un verre et flirter un minimum dans le viseur de Calum afin de chercher au plus profond de lui une quelconque émotion. De la colère, de la jalousie ou autre, peu importe, ce que je souhaite juste, c'est qu'il ait une réaction. S'il parvient à en avoir une, alors cela me prouvera que j'ai raison d'espérer. Car un seul sentiment d'amour pour moi, un seul, même un unique bien enfoui me permettra sûrement de le faire doucement changer d'avis sur cette idée d'engagement. Bon, même si au fond il me sera difficile de le faire, je me suis promis d'essayer.

Nous pénétrons dans la salle déjà bien enflammée. Les gens se bougent, se collent, se trémoussent, dansent tout autour de nous, égayant la piste de milliers de couleurs grâce à leurs bracelets lumineux. Comme nous en avons pris l'habitude maintenant, mon groupe d'amis réserve notre table sur la mezzanine, sauf que ce soir, je ne suis pas la troupe. À la place, je pars m'installer sur un tabouret du bar, et commande un shot de vodka au barman. Il me le sert rapidement tout en m'adressant un clin d'œil après avoir scruté mon poignet, et donc mon bracelet vert. Je lui réponds par un grand sourire, le remercie en brandissant mon verre en l'air, puis penche la tête en arrière afin de faire glisser le liquide cul sec dans ma gorge. Je repose le petit verre sur le comptoir. Le charmant barman m'en repropose un que j'accepte volontiers. Ce soir, j'ai envie de repousser mes limites, jouer avec le feu, sortir de ma zone de confort, et pour cela, je compte bien aller au-delà du verre qui me rend simplement pompette. Je ne compte pas me prendre une grosse cuite non plus comme j'ai pu le faire lors de la fameuse soirée *beer pong*, mais juste ingurgiter la quantité d'alcool suffisante. Celle qui me permettra de tout oublier, profiter de notre dernière sortie ici avant notre retour. Lors de mes premières années au lycée, à une soirée, j'ai tellement bu qu'il me reste encore un trou noir de la fin de cette fameuse fête, elle ne m'est toujours pas revenue aujourd'hui, d'ailleurs… Donc, il me faut tout de même être prudente. Je me connais bien, il me suffira de ne pas dépasser quatre verres. Au cinquième, ça devient critique, surtout s'il se trouve que ce sont des shots de vodka.

Comme ce soir est une soirée particulière, le mec qui se trouve aux platines prend le micro et demande à quelques célibataires volontaires de venir sur la piste pour une danse endiablée. L'alcool qui coule déjà dans mes veines me rend carrément impétueuse. Je me laisse glisser de mon tabouret et rejoins le *dance floor*. Une fois au centre, un mec au bracelet vert s'approche de moi.

– Tu veux danser ? me demande-t-il.

J'hésite une seconde. Après tout, je suis là pour ça. J'acquiesce et nous commençons à remuer l'un à côté de l'autre. L'homme en question n'est pas trop entreprenant pour le moment, gardant volontairement cette distance polie le temps qu'il faut avant de se rapprocher doucement de moi quand il sent que je suis prête.

Tout en dansant, je jette furtivement un œil au niveau de mon groupe d'amis à la recherche de Calum. Quand mon regard trouve enfin le sien, je remarque qu'il plisse les yeux, se demandant à quoi je joue. Je le vois s'emparer de son verre et se l'enfiler cul sec, sans une seule fois me quitter du regard. Quand mes prunelles glissent sur ma meilleure amie, je vois celle-ci brandir discrètement son pouce en l'air. Je lui réponds par un large sourire avant de reporter toute mon attention sur le beau brun qui m'accompagne. « Get Low » de DJ Snake se met à résonner autour de nous.

– Je vais demander à tous les bracelets verts de se réunir au centre de la piste, on veut du sexy, on veut du chaud ce soir, alors enflammez la piste !

Mon nouveau cavalier pose une main au niveau de mes reins, ce qui rapproche instantanément son corps du mien. Ses hanches dorénavant collées contre les miennes, il me mène dans une danse un peu plus sensuelle. Cela me procure une sensation bizarre de me frotter à un autre homme que Calum, mais je fais taire toutes mes émotions afin de me laisser aller et de profiter de cette danse lascive. Je ne compte bien évidemment pas aller plus loin avec ce jeune homme, aussi charmant soit-il, je dois le reconnaître. Je souhaite tout simplement faire réagir Calum d'une quelconque manière, tout en profitant un minimum des joies que m'offre mon célibat. Je retiens de toutes mes forces mon regard qui ne demande qu'une chose : se poser sur le beau spécimen qui a volé mon cœur le temps d'un été. À la place, je ferme les paupières et me laisse porter par la danse. Le charmant inconnu reste respectueux, ses mains ne descendent pas sur mes fesses, il ne tente pas de faire autre chose que de danser avec moi. Cela devient rare de nos jours. Je prends alors l'initiative de placer mes bras autour de son cou, et de prendre un peu plus d'aise dans la danse. Je laisse mes hanches onduler un peu plus sensuellement contre lui.

– Comment tu t'appelles ? me demande-t-il à l'oreille afin de se faire entendre.

Je rouvre les yeux et recule quelque peu le visage afin de le regarder. Je ne parviens pas trop à distinguer la couleur de ses yeux dans la pénombre, mais je reconnais que ce mec est plutôt pas mal.

– Lexie, et toi ? lui réponds-je.

– Tu es magnifique, Lexie. Moi, c'est Jeff.

– Merci, Jeff, dis-je en souriant.

– Tu viens d'où ?

– J'habite Washington, on est venus en vacances ici avec une bande de potes, et toi ?

– Même chose que toi, sauf que nous venons de Phoenix.

– Oh, de l'Arizona, donc, conclus-je.

– C'est ça.

La musique se termine, il se recule de quelques centimètres.

– Tu veux boire un verre ? Je t'invite.

– Euh, pourquoi pas ? me laissé-je tenter.

Jeff s'empare de ma main et me mène délicatement en direction du bar, non loin d'où j'étais installée tout à l'heure. Nous prenons place sur les tabourets, quand il me demande ce que je veux boire.

– Hum, une tequila, réponds-je.

– L'alcool phare du Mexique, bon choix, je prendrai la même chose.

Pendant qu'il passe commande auprès du barman, je ne peux m'empêcher de chercher un contact visuel en direction de mon groupe d'amis, surtout bien évidemment celui de Calum. Lorsque j'entre en contact avec lui, je remarque qu'il m'observe, le regard dur. Il n'y a pas que lui qui me scrute de cette manière-là, il y a aussi Scott et Noah. Visiblement, cela n'a pas trop l'air de leur plaire que je boive un coup avec un inconnu. Je peux comprendre après tout. Je tente de les rassurer d'un sourire, tout en mimant un « ça va » du bout des lèvres. Je les vois alors quelque peu se détendre, sauf Calum qui continue de m'observer les poings serrés.

Oh, serais-je parvenu à lui faire ressentir une petite émotion ?

Vu son regard, je pencherais pour de la méfiance mêlée à une sorte d'agacement.

– Tiens, ton verre.

Je romps le contact visuel, puis reviens sur Jeff qui fait glisser mon verre de tequila devant moi. Je m'en empare, puis commence à tremper mes lèvres.

– Ça fait longtemps que vous êtes arrivés à Cancún ?

– Oui, on part après-demain.

– Ah, nous, on vient d'arriver.

Je hoche la tête.

– Tu vois les deux qui dansent là-bas ?

Je tourne la tête dans la direction qu'il me montre et tombe sur deux mecs avec des bracelets verts qui profitent de la soirée non loin de nous. Tous les deux bruns, comme Jeff.

– Ben, ce sont mes amis.

Je m'en fiche un peu, mais bon, je fais semblant d'être un minimum intéressée, bien que je ne veuille pas non plus lui donner trop de faux espoir. Si Calum ne réagit pas vite, j'essaierai de m'éclipser gentiment et je ne doute pas que Jeff trouvera une autre fille à cette soirée.

– Ah d'accord !

– Allez, à la tienne, dit-il en brandissant son verre, m'incitant à en faire de même.

Je réponds à son geste puis avale une grande gorgée de mon breuvage. Je dois reconnaître que cette boisson est vraiment très bonne. J'avale quelques autres gorgées.

– Tu veux retourner danser ? me demande-t-il en finissant son verre cul sec.

– Oui, pourquoi pas ? réponds-je en terminant le mien.

Jeff m'aide à descendre du tabouret et me guide jusqu'à un coin assez reculé de la salle.

– On ne va pas au centre ? lui demandé-je surprise.

J'espère qu'il ne va pas tenter quoi que ce soit, parce que je ne suis pas intéressée, je voulais juste passer du bon temps, mais surtout amener Calum à réagir vis-à-vis de moi. Jusqu'à preuve du contraire, je n'ai pas laissé entendre que j'étais prête à autre chose qu'un flirt en boîte à ce mec. Mentalement, je me prépare à me défendre au cas où il deviendrait trop tactile.

– Non, je voulais qu'on soit juste un peu tranquille pour continuer de discuter tout en dansant, me rassure-t-il.

– Oh, d'accord.

Je me sens un peu bête d'avoir songé ça, mais il vaut mieux se méfier de tout, et surtout de n'importe qui. On a beau être dans un lieu public bondé de monde, cela n'empêche pas de se faire agresser. Mais bon, depuis le début, cet homme m'a l'air sincère et sa compagnie ne m'est pas désagréable. Finalement, j'aurais presque préféré un gros lourd que j'aurais moins culpabilisé d'utiliser pour rendre jaloux Calum.

Je reprends doucement ma danse quand ma tête commence à tourner un peu. Mince, eh oui trois verres, c'est normal. Je fais fi de ces sensations qui m'assaillent, puisque je les connais et continue de danser.

Or la boîte de nuit tangue de plus en plus, les lumières qui partent dans tous les sens deviennent de plus en plus floues.

Je ne comprends pas. Je plaque alors mes deux paumes contre mes tempes. J'ai chaud, froid, de la sueur dégouline le long de mon dos. Tout tourne autour de moi.

– Tout va bien ? me demande Jeff, inquiet.

– Non, je… ça tourne…

– Viens, je t'emmène prendre l'air.

– Oui… je… je veux bien.

Je me laisse alors guider jusqu'à la sortie, peinant à mettre un pied devant l'autre. L'homme à mes côtés m'aide en me retenant par la taille. Nous arrivons enfin à l'extérieur, où l'air de la nuit m'apporte un peu d'oxygène. Ma tête tourne encore intensément, si bien que j'en perds la notion du temps.

– Viens, je t'emmène dans un endroit calme, où tu pourras respirer tranquillement, il y a trop de monde amassé devant la boîte.

Il me guide dans un endroit un peu plus reculé où en effet l'effervescence se fait moins forte. Malheureusement, j'ai de plus en plus de mal à marcher, mes pieds traînent contre le sol.

– Là, voilà.

Ma tête bascule en arrière, j'ai l'impression que je vais tomber dans les pommes.

– Eh ben, mon vieux, quelle belle pêche, tu nous as dégotté un canon, là ! braillent des voix inconnues.

Je tente d'ouvrir les paupières, mais c'est trop dur. Je suis trop épuisée.

– Vous avez vu ça, ultra bandante.

Quelque chose se pose sur la peau de mon cou, est-ce une bouche ?

Calum ? Hum, oh, oui, est-ce que c'est Calum ? Oui, je veux qu'il continue…

Je gémis.

– T'aimes ça, ma belle ?

– Hum, parvins-je seulement à répondre.

– Elle est à point.

– Lexie ?! Lexie ?!

– Oui ? soupiré-je du bout des lèvres, peinant à répondre.

– Merde ! Il faut qu'on se casse !

– Porte la fille, dépêche-toi !

– Lexie ?!

– Calum… marmonné-je.

– Lexie !!!

Je me sens d'un coup secouée. Mon corps lourd se fracasse au sol, ma tête cogne violemment contre le bitume, puis plus rien. Le noir complet.

26

LA FUREUR

Calum
Quelques minutes plus tôt

À quoi elle joue ? Et qu'est-ce qu'il lui veut, cet enfoiré ? La scène qui se trame sous mes yeux ne me plaît pas du tout. Le mec qui danse avec Lexie ne m'inspire pas confiance. Il a une petite gueule d'enfoiré, et ce genre de bâtard, je peux les sentir à une centaine de kilomètres. Toutefois, je me suis promis de me retirer cette nana de la tête, alors je la laisse faire sa vie tout en gardant un œil sur elle, afin de surveiller que ce blaireau ne tente rien. Au bout d'un moment, je les observe aller s'asseoir au bar, où il lui offre un verre.

Je te préviens mon gars, tu n'as pas intérêt à poser tes sales pattes sur elle, sinon je risque de te briser la nuque.

Je ne sais pas si Lexie cherche à me rendre jaloux, mais tout ce que je comprends pour l'instant, c'est que si c'est le cas, elle y parvient avec brio. Je bous de rage, je ne supporte absolument pas de la voir flirter avec un autre, ça me donne des envies de meurtre. Pourtant, je reste là, à l'observer.

Quand son regard se porte sur notre groupe, pour enfin venir se faufiler sur moi, je ne cille pas. Il ne faut pas qu'elle sache à quel point j'ai envie de descendre pour la prendre par le bras et de la sortir d'ici afin de la baiser bien fort pour lui faire comprendre à quel point je n'apprécie pas son affront. Elle détourne les yeux puis les reporte sur le brun chétif. J'aimerais vraiment avoir des pouvoirs en cet instant afin d'entendre ce qu'ils peuvent bien se dire. Je plisse les yeux quand je l'observe lui montrer du doigt deux gars.

Alors que Lexie regarde dans la direction qu'il lui indique, je le vois sortir quelque chose de sa poche qu'il verse dans son verre. J'ai à peine le temps de comprendre ce qu'il se passe que Lexie boit déjà une grande goulée de liquide. Mon sang ne fait qu'un tour, mon cœur bondit dans ma poitrine.

Je vais le tuer, ce gars est mort !

D'un coup vif, je saute sur mes pieds, informe rapidement les garçons de la situation avant de dévaler les escaliers. Ce qui me met encore plus dans tous mes états, c'est qu'il me faut parcourir la foule entière avant de rejoindre le bar qui se trouve à l'autre bout de la grande pièce. Derrière moi, j'entends les mecs qui dévalent les marches pour me suivre. Je me fonds dans la foule, tentant de repousser les corps qui me gênent. Je lance un regard dans la direction de Lexie, mais je ne la vois plus. Ils ont disparu. Mon cœur se met à battre de plus en plus fort, la panique me gagne.

Putain, pas ma Lexie !

J'arrive enfin au niveau du bar quand je les cherche du regard.

Où l'a-t-il emmenée, ce salopard ?

Noah et Scott dorénavant à mes côtés cherchent dans tous les sens. Mon meilleur ami interpelle des gens afin de leur demander s'ils n'ont pas vu une petite blonde avec un grand brun, mais hélas, personne ne les a vus. Tu parles, personne ne fait vraiment attention dans ce genre de lieu et les catastrophes arrivent vite. J'aurais dû descendre quand j'ai tout de suite senti que ce gars ne me revenait pas.

J'aurais dû me fier à mon instinct, putain !

Soudain, mon regard capte le gars en train de traîner Lexie en dehors de la boîte.

– Les gars ! crié-je tout en partant à ses trousses.

Mes potes me suivent et nous les suivons tout en tentant de ne pas le perdre de vue. Hélas, lorsque nous arrivons dehors, plus aucune trace d'elle.

– Où l'a-t-il emmenée, bordel ?! éructé-je tel un fou en train de s'arracher les cheveux.

Je ne perds plus de temps, je cours en hurlant son prénom inlassablement. Je fouille le parking en long, en large et en travers, mais ne la trouve nulle part. Mon inquiétude grandit de plus en plus.

Je vais mourir si je ne la retrouve pas…

– Lexie ?! Lexie ?! hurlé-je.

Je ne prends pas le temps de voir où sont mes potes, ce qui m'importe, là maintenant, c'est elle.

– Lexie ?! lancé-je une fois de plus à m'en arracher les cordes vocales.

Je fais demi-tour et cours vers un coin sombre et reculé de la boîte de nuit, quand soudain j'aperçois un groupe de mecs. Je regarde avec plus d'insistance et reconnais ma jolie blonde préférée complètement droguée.

– Lexie !!!

Je cours comme un fou dans leur direction et donne un grand coup dans la mâchoire du brun qui lui a fait avaler la drogue. Il lâche Lexie, la laissant s'effondrer au sol. Il cherche à prendre la fuite, mais je le rattrape vivement par le bras et commence à lui assener un enchaînement de coups.

– T'as cru que tu pouvais t'en prendre à elle, hein ?! Regarde-moi, sale chien ! hurlé-je avant de lui en recoller une.

Mes amis ne tardent pas à arriver mais, au lieu de refaire le portrait des autres enfoirés, ils m'attrapent par les épaules et m'obligent à reculer.

– Arrête, tu vas le tuer, Calum !

La voix de mon meilleur ami me ramène à la réalité et je constate alors que dans ma fureur, j'ai carrément perdu les pédales. Le mec tombe au sol, la gueule en sang.

– J'ai appelé les flics pendant qu'on la cherchait, ils ne devraient plus tarder, m'informe Noah.

À ces mots, le mec se relève, puis prend ses jambes à son cou, disparaissant au bout de la rue.

– Et merde ! ragé-je.

– Ils le retrouveront sûrement, l'important c'est qu'ils n'aient rien pu faire à Lexie, m'indique Scott.

Heureusement, je suis arrivé à temps. Ses vêtements sont intacts, mais elle est inconsciente.

– Oh, merde ! Lexie ! hurle Miley qui nous retrouve et se rue sur elle.

Sa meilleure amie tombe à genoux devant elle tout en

déversant toutes les larmes de son corps.

– Ça va aller, la rassure Noah tout en la prenant dans ses bras.

Alyne débarque alors à son tour, les yeux exorbités par ce qu'elle découvre. Scott tente de la réconforter, tandis que je soulève doucement Lexie afin de la prendre dans mes bras.

– Je l'emmène à l'hôpital, déclaré-je.

– Je viens avec toi ! lance directement Miley, des larmes dévalant ses joues.

– Moi aussi ! intervient Alyne.

– OK. Les gars, je vous laisse attendre les flics pendant qu'on s'occupe de Lexie ?

– Ça marche, répondent-ils.

Ce qui devait être une super soirée se termine en fiasco. Heureusement, nous avons évité le pire. Mon cœur peine à se calmer. La tête de la jolie blonde bascule contre mon torse et je ne peux m'empêcher de poser mes lèvres dans ses cheveux qui sentent divinement bon la vanille. Le trajet jusqu'à la voiture se fait dans le silence. Lexie, lovée dans mes bras, n'a toujours pas repris connaissance, il a dû lui mettre une sacrée dose, l'autre violeur. Rien que d'y penser, j'ai envie de faire demi-tour, de le retrouver et de lui éclater la gueule par terre. Mais la priorité revient à Lexie, je ne la laisserai pas tomber.

***

Lorsque nous arrivons enfin devant l'hôpital, Lexie ouvre à peine les yeux et penche la tête sur le côté afin de vomir.

– Oh, merde.

Je l'aide alors à se redresser, lui dégage le visage de ses cheveux lorsqu'elle recrache une nouvelle fois le contenu de son estomac.

Alyne grimace, tandis que Miley se remet à pleurer.

– Allez vite prévenir l'accueil que nous allons avoir besoin d'un médecin, leur ordonné-je un peu sèchement sous le coup du stress.

Les filles s'exécutent. De mon côté, je retiens Lexie afin qu'elle ne tombe pas, tout en caressant ses cheveux. Elle vomit encore.

– Ça va aller, recrache, je suis là.

Je l'entends gémir puis pleurer, ce qui me lance une violente douleur dans la poitrine. Lorsque ses haut-le-cœur se calment enfin, je l'aide à rentrer à l'intérieur. Un médecin arrive au même moment et nous mène à une salle d'auscultation. Les filles s'installent en salle d'attente, tandis que j'aide délicatement Lexie à s'installer sur la table.

– Si j'ai bien compris vos amies, elle a été droguée, c'est bien ça ? m'interroge-t-il.

– Oui, réponds-je alors que la main de Lexie s'accroche à la mienne, sans la lâcher une seule seconde.

– Comment vous sentez-vous ?

– Mal… répond difficilement Lexie d'une voix rauque.

– Avez-vous des nausées, ou bien avez-vous vomi ?

Elle hoche la tête, alors que ses paupières se referment.

– Oui, elle a vomi avant d'arriver, réponds-je plus en détail.

– Hum, d'accord. Bon, c'est bon signe, son corps élimine la substance toxique.

Il l'examine doucement, palpe son ventre, observe la dilatation de ses pupilles avec sa petite lampe.

– Bon, rien de grave, elle risque juste d'être malade encore trois bonnes heures, le temps que son corps ait tout évacué. On va toutefois faire quelques analyses pour confirmer mon diagnostic et la garder en observation.

– D'accord, merci. Pourrions-nous avoir une chambre avec une salle de bains, afin qu'elle puisse se doucher, s'il vous plaît ?

– Oui, sans aucun problème, me répond-il.

Quelques minutes plus tard, Lexie est amenée dans sa chambre. Doucement, nous l'emmenons dans sa salle de bains, où sa meilleure amie prend le relais, afin de l'aider à prendre sa douche.

– Tu peux rentrer à la villa et aller prendre ta douche aussi, je m'en occupe, ne t'en fais pas.

Mon envie serait de rester auprès d'elle, mais premièrement, Lexie m'a vomi dessus, il me faut me changer, et deuxièmement, cela ferait trop suspect si je restais ici pour la nuit, alors que Miley et Alyne sont à son chevet. C'est donc à contrecœur que j'acquiesce. Avant de quitter la pièce, j'embrasse le front de Lexie, puis marche en direction de la porte.

– Calum ? m'interpelle Miley.

– Quoi ?

– Merci. Pour ce que tu as fait pour elle.

– C'est normal, réponds-je avant de quitter la chambre d'hôpital.

***

Une fois de retour à la villa, je rassure les gars en leur disant qu'elle ne court aucun danger, qu'elle reste en observation pour la nuit, et que les filles sont restées près d'elle.

Une fois dans ma salle de bains, je retire mes vêtements tachés par le vomi de Lexie et file sous la douche. Le jet brûlant qui frappe contre mon dos ne m'aide cependant pas à me détendre. Le palpitant encore dans tous ses états, je plaque mon front contre le carrelage frais. Ce qu'il vient de se passer ce soir me fait prendre conscience que Lexie ne m'a pas seulement apprivoisé. Elle a réussi à entrer là où personne n'a jamais réussi à pénétrer.

Mon cœur.

27

DERNIÈRE NUIT À CANCÚN

Lexie

Lorsque j'ouvre à nouveau les yeux, c'est pour vomir, encore. Miley, allongée à côté de moi, me tient la bassine tandis que je déverse encore et encore le peu qu'il me reste dans l'estomac. Je n'en peux plus, je suis épuisée. Lorsque mes spasmes se calment, je me rallonge sur le dos. Ma tête ne tourne plus, c'est déjà bien. Je ne me souviens pas très bien de ce qu'il s'est passé mais, selon les dires de ma meilleure amie, un homme aurait tenté de me droguer avec du GHB et ce serait Calum qui m'aurait retrouvée avant que le pire n'arrive. Pourtant, j'ai beau chercher au fin fond de ma mémoire, rien ne me revient.

Le bruit de la porte qui s'ouvre me fait tourner la tête. Calum pénètre doucement dans ma chambre d'hôpital et pose ce qui ressemble à des vêtements, sur une chaise. Quand il remarque que mes yeux sont ouverts, il vient s'asseoir près de moi.

– Comment te sens-tu ? me demande-t-il en posant sa large paume contre mon front.

– Un peu mieux, réponds-je.

– Elle vient encore de vomir, lâche ma meilleure amie qui veille sur moi depuis que nous sommes ici, tandis qu'Alyne s'est assoupie dans un fauteuil à mon chevet.

Calum secoue la tête avant de se passer une main sur le visage. Je l'entends inspirer, puis expirer bruyamment.

– Tu devrais te rendormir, demain ça ira mieux, me dit-il d'une voix douce.

Je hoche la tête, puis ferme les paupières à bout de force. Gagnée par l'épuisement, je sens à peine ses lèvres se poser contre mon front et je sombre dans le sommeil.

***

Le lendemain, ce sont les rayons doux du soleil qui me réveillent. Je constate que Miley a quitté ma chambre, sûrement pour aller se chercher un café, me laissant me reposer. Je m'étire puis me redresse doucement. Ma tête ne tourne plus du tout, la nausée a disparu et, mieux, je meurs de faim. Lorsque je tourne la tête, je découvre Alyne qui sort de la salle de bains.

– Oh, tu es réveillée, comment te sens-tu ? s'enquiert-elle en me rejoignant à grandes enjambées.

– Je me sens beaucoup mieux, lui réponds-je.

– Tant mieux, je suis soulagée.

Au même instant, la porte s'ouvre sur ma meilleure amie,

deux cafés fumants entre les mains. Ce que je remarque en premier, ce sont les cernes sous ses yeux. Miley a dû passer une nuit blanche auprès de moi, à veiller à ce que j'aille bien. Chaque jour que m'offre cette vie, je sais combien j'ai une amie en or. Une fois encore, elle vient de me prouver à quel point j'ai de la chance de l'avoir à mes côtés.

– Oh, ma chérie, s'exclame-t-elle en posant les gobelets sur la table contre le mur avant de me rejoindre.

– Comment vas-tu ? Mieux ?

Je souris, puis lui offre la même réponse qu'à Alyne. Rassurée, elle embrasse ma joue.

– Tu veux boire quelque chose, de l'eau, un thé, un café ? Tu as faim ? Tu veux que j'aille te chercher à manger ?

Je pouffe face à son flot de questions.

– Je veux bien un café.

– Tiens, prends le mien, m'indique ma cousine en me tendant un des deux gobelets fumants, tu en as plus besoin que moi.

– Merci, lui réponds-je avant de porter le liquide bien chaud à mes lèvres. La caféine glissant sur ma langue me fait instantanément du bien.

– La police va venir te voir ce matin, afin de t'interroger et de prendre ta déposition. Tu te souviens un peu de ce qu'il s'est passé ou c'est encore un peu flou ?

Je cherche dans ma mémoire, où quelques morceaux de la soirée commencent doucement à se rassembler comme des pièces de puzzle.

– Un peu, réponds-je.

– Bien, de toute façon, on sera là, on ne bouge pas.

– Merci. Pour tout, dis-je aux filles.

– C'est normal, me répond Miley avant de m'embrasser une nouvelle fois la joue, tandis qu'Alyne m'envoie un sourire tendre. Mais on n'a pas été toutes seules, il y a eu Calum aussi. D'ailleurs, il t'a apporté des vêtements propres. Il les a posés sur la chaise.

Mes souvenirs de cette nuit passée sont tellement bancals que j'en avais oublié sa venue hier soir. Me reviennent alors sa présence alors que j'étais malade, ses bras et son attention. Mon cœur se réchauffe à cette pensée. Il a été là.

Pour moi.

***

Trois heures plus tard, après avoir porté plainte et après avoir eu l'autorisation de sortie par le médecin, nous voilà de retour à la villa. Lorsque nous entrons à l'intérieur, le salon ainsi que la cuisine sont vides, mais des voix venant de la terrasse me font comprendre que les garçons sont dehors.

– Tu veux que je te cuisine quelque chose ? Des œufs brouillés ? Un café ? me demande Miley.

– Je veux bien tout ça, lui réponds-je en riant.

– D'accord, va te poser sur un transat sous le parasol et je te prépare tout ça.

– T'es un amour, merci.

– Non, c'est normal, tu es ma meilleure amie, et je t'aime.

Elle m'enlace avant de se faufiler dans la cuisine.

Lorsque je sors, je découvre Scott et Noah en train de barboter dans la piscine. En revanche, je ne vois pas Calum. Où est-il ? Est-il dans sa chambre ? Ou alors, m'évite-t-il après ce qu'il s'est passé ?

Je chasse cette pensée négative, marche en direction des transats abrités par le soleil, et m'y installe. Alyne me suit à l'extérieur et vient s'asseoir près de moi, tandis que les garçons nagent dans ma direction.

– Ça va ? me demande Noah.

Je hoche la tête.

– Tu nous as fichu une de ces trouilles, ajoute Scott.

– Je suis désolée, réponds-je en baissant la tête.

– Eh, ce n'est pas de ta faute, me rassure ma cousine en me faisant relever la tête. Ça aurait pu arriver à l'une d'entre nous. Tu n'as pas à te sentir coupable. L'important, c'est que tu n'aies rien.

– Oh, juste l'impression d'avoir pris une grosse cuite, rétorqué-je en riant.

Mes amis me sourient, quand Miley revient avec une tasse de café fumante.

– Tiens, bois déjà ça, les œufs arrivent.

– Merci, dis-je en récupérant le mug.

Les garçons sortent de l'eau, passent chacun leur tour embrasser mon front avant d'aller se sécher. J'ai vraiment des amis en or…

Pourtant, il en manque toujours un… Et le plus important à mon cœur.

Son absence me comprime un peu la poitrine, j'aurais aimé qu'il soit là à mon retour. C'est son visage que je voulais voir plus que tout.

– On va devoir y aller, on avait prévu de faire du jet-ski, on te laisse avec les filles. Ça va aller ? me demande Scott.

– Mais oui, les gars, je vais bien, réponds-je en souriant. Allez-y.

– S'il y a quoi que ce soit, tu nous appelles, d'accord ?

– Oui ! Calum sera avec vous ? demandé-je, sans pouvoir m'en empêcher.

– Oui, il nous retrouve là-bas. Là, il vient de nous envoyer un message, il vient de terminer et sort de la gendarmerie. Bon après-midi, lancent-ils avant de filer.

Oh, il était parti témoigner… Donc, il ne m'évite pas ? Enfin, j'espère…

***

La nuit est tombée depuis longtemps maintenant, et tout le monde doit dormir depuis un moment. Demain midi, nous prenons l'avion, retour Washington. Je n'ai pas hâte, et encore moins envie de dormir. Cet après-midi, les filles ont pris soin de moi tandis que les garçons participaient à leur dernière activité. Calum m'a horriblement manqué. C'est bête, mais après tout ce qu'il s'est passé, c'est lui et seulement lui que je voulais. J'ai attendu toute la soirée que tout le monde aille enfin se coucher pour aller le rejoindre. J'ai besoin de le voir, de le sentir et de me blottir contre lui.

À pas de loup, je quitte ma chambre et toque doucement à la porte de la sienne, mais aucune réponse. Je retente alors. Peut-être qu'il dort et qu'il ne m'entend pas ? Ou alors, j'ai eu raison de m'inquiéter ce matin, il m'évite ? Je prends alors l'initiative d'ouvrir le battant et de pénétrer à l'intérieur. Mais une fois que je referme la porte dans mon dos, je remarque qu'il n'est pas là. Son lit est vide et ses draps ne sont pas défaits. Me demandant où il peut bien être, je regarde dans sa salle de bains, allume la lumière, mais aucune trace de lui.

Je fais alors demi-tour, quitte sa chambre et marche en direction de la salle de billard, mais encore une fois, je ne le trouve pas. Inquiète, je vérifie dans la cour si la voiture est encore là. C'est le cas, la décapotable est bien garée dans l'allée.

Mais alors, où peut-il bien être ?

Personne dans le salon, ni dans la cuisine. Je passe alors la porte de la baie vitrée et le découvre au bord de la piscine les pieds dans l'eau, la tête baissée. Progressivement, je laisse mes pas me mener jusqu'à lui. Une fois à sa hauteur, je m'assois à ses côtés, trempant à mon tour mes pieds. Il lève le visage dans ma direction et m'offre un demi-sourire.

– Tu ne dors pas ? me demande-t-il.

– Je n'arrivais pas à dormir et je voulais être avec toi.

– Ah bon ?

– Oui, tu m'as manqué aujourd'hui, soufflé-je avant de poser ma tête contre son épaule.

– Comment te sens-tu ?

– Bien mieux.

– Tant mieux. Comment ça s'est passé avec les flics ?

– Bien, ils ont pris ma déposition. J'ai réussi à me souvenir un peu de ce qu'il s'est passé. Et toi ? Les garçons m'ont dit que tu y as été ce matin.

– Bien, aussi. Je me souviens bien de la tronche que cet enfoiré avait. Ils ont tout ce qu'il faut pour tenter de le retrouver, et j'espère qu'ils y parviendront afin que ce connard ne puisse pas recommencer.

Je relève la tête, avale ma salive.

– Merci, Calum.

– De rien, me répond-il avant de poser ses lèvres sur mon front.

Mon cœur s'emballe.

– Je peux te demander quelque chose?

– Oui, dis-moi?

– Est-ce que tu accepterais une dernière fois, avec moi?

Son regard pénètre intensément le mien. Il semble soupeser ma proposition.

– C'est notre dernière nuit ici. Après, il n'y en aura plus d'autres, déclaré-je tout en rapprochant mes lèvres des siennes.

J'entends sa respiration se faire plus profonde au fur et à mesure que je remplis l'espace qui nous sépare l'un de l'autre. Ma bouche n'est plus qu'à quelques millimètres de la sienne. Je lui laisse alors le choix de décider ce qu'il souhaite. Ses yeux descendent en direction de mes lèvres avant de venir se reposer dans les miens.

– Une dernière nuit? demande-t-il d'une voix rauque, son souffle percutant ma peau.

– Une dernière nuit, réponds-je dans un murmure.

D'une manière délicate, que je ne lui connais pas, Calum pose ses lèvres contre les miennes, et m'embrasse comme jamais il ne m'a embrassée.

Délicatement, il m'incite à me lever et il nous mène dans l'herbe fraîche où il m'allonge. De son corps, il vient surplomber le mien. Ses doigts caressent avec langueur la peau de mon cou, avant de glisser le long de mes flancs. Sa bouche quitte alors la mienne, pour venir déposer de délicats baisers partout dans mon cou, puis descend au niveau du décolleté de mon débardeur. Jamais il n'a été aussi tendre et aussi prévenant. Même si j'adore le Calum bestial, j'avoue que cette facette de lui me plaît bien. Il glisse son visage au niveau de mes seins qu'il caresse à travers le tissu. Mon cœur se met à battre de plus en plus fort tandis qu'une douce chaleur se propage dans tout mon ventre.

Doucement, il m'aide à retirer mon vêtement qui le gêne avant de plonger sur ma poitrine découverte. Il cajole un moment mes tétons tendus, avant de me retirer mon short. À son tour, il se déshabille, me laissant à pleine vue son sexe très irrigué pointer dans ma direction.

Qu'est-ce qu'il m'avait manqué…

Calum se rallonge délicatement sur moi, puis lentement il me pénètre. À cette sensation exquise, mes yeux vrillent tandis que ma tête bascule en arrière. Avec lenteur, il commence à se mouvoir en moi. Emportée par le plaisir du moment, je joins mes ondulations au rythme des siennes. Je comprends alors que cette nuit, Calum ne me baise pas, mais qu'il me fait l'amour, pour la première fois.

28

WASHINGTON

Lexie

Cela fait maintenant trois semaines que nous sommes rentrés chez nous, à Washington. Comme je ne me voyais pas réemménager chez mes parents le temps que je trouve un appartement, j'ai investi une des chambres d'amis de la colocation de Noah et Scott, tandis que Calum a emprunté la seconde de libre le temps qu'il trouve, lui aussi, son appartement. Miley, quant à elle, a déjà déposé ses affaires dans la piaule de Noah. Depuis que nous sommes rentrés, rien n'a changé entre eux, c'est toujours autant le grand amour !

Hélas, je ne peux pas en dire autant en ce qui nous concerne, Calum et moi. Malheureusement, comme c'était prévu, ce qu'il s'est passé à Cancún est bel et bien resté à Cancún. Depuis, nous nous croisons un peu moins, lui ayant commencé son nouveau travail, et moi le mien où je m'épanouis beaucoup, d'ailleurs ! Il m'a aussi appris il y a quelques jours que, grâce au portrait-robot qu'il leur avait dressé, le mec qui a tenté de me violer s'était fait repérer dans un autre bar à Cancún. Pris la main dans le sac en train de recommencer, en plus ! Il s'est alors fait interpeller, lui, mais également ses deux autres comparses. Aujourd'hui, je vais bien et je ne me sens absolument pas perturbée par ce qu'il s'est passé – puisque je n'en garde aucun souvenir, mais il était important tout de même qu'ils ne brisent pas la vie de tas d'autres femmes, qui n'auraient peut-être pas eu la même chance que moi.

Nous sommes samedi soir et nous avons prévu une petite soirée tous ensemble. Je retrouve Noah avachi sur le canapé devant une série pendant que Calum et Scott sont partis chercher de quoi boire et manger pour ce soir. Le fait d'être encore là, tous présents dans cette coloc, c'est comme si nous avions un petit peu prolongé les vacances, le farniente en moins, mais bon, dans la vie peu importe le lieu, c'est les personnes avec qui tu es qui est le plus fondamental. Malgré ce qu'il s'est passé entre Calum et moi au Mexique, je constate que notre bande d'amis n'en souffre pas, que rien n'a changé et je m'en trouve extrêmement soulagée. De même pour Noah et Miley qui sont toujours aussi mignons ensemble !

La porte s'ouvre, les garçons rentrent des courses, les bras chargés. Ils filent dans la cuisine, puis reviennent au salon quand rentre au même moment une Miley en colère. Nous nous retournons tous en même temps dans sa direction, découvrant ma meilleure amie en train de bougonner.

– Qu'est-ce qu'il se passe ? lui demandé-je en me levant et marchant dans sa direction.

– Je viens de sortir de chez le coiffeur, et un oiseau a eu la bonne idée de me chier dans les cheveux ! Je suis dégoûtée !

– Oh, non, fais voir ! lui demandé-je tout en me retenant de rire.

– C'est pas drôle, ronchonne-t-elle.

– Ah mais, je ne ris absolument pas, lâché-je avant de pouffer quand je découvre l'énorme crotte en plein milieu sur sa tête.

Et d'ailleurs, il n'y a pas que moi qui ris, puisque tout le monde me suit dans mon hilarité.

– Non, mais arrêtez de vous marrer, je vais devoir aller les relaver, alors qu'elle m'avait fait un super beau brushing !

– Et d'ailleurs, vous savez comment s'appelle un oiseau qui ne se gratte que d'un côté ? s'enquiert Noah.

Nous pivotons tous la tête dans sa direction. Il y a bien longtemps qu'il ne nous avait pas sorti une de ses blagues vaseuses.

– Vous ne savez pas ? reprend-il voyant tous nos yeux braqués sur lui, attendant qu'il nous sorte sa vanne.

– Non, on patiente, répond Scott, les bras croisés.

– Un oiseau mi-gratteur.

– Amusant, râle sa petite amie, je viens de me faire chier dans les cheveux et toi, tu nous sors ta vanne débile. Je ne trouve vraiment pas ça drôle.

Elle fait demi-tour en tapant des pieds et monte en direction de l'étage. Noah se lève brusquement du canapé, puis la suit jusqu'à l'étage.

– Non mais, mon amour, elle était rigolote, ma blague, boude pas, ma chérie, je vais te shampooiner les cheveux si tu veux.

Nous entendons la porte de leur chambre se refermer, puis je me laisse aller à rire. J'ai toujours dit que j'étais bon public, surtout devant ce genre de blagues bien pourries. Scott et Calum me regardent, amusés, quand je pars toute seule dans un fou rire. Je ne sais même pas si je rigole encore pour cette blague ou si je me tape une barre toute seule pour rien. Le seul truc que je sais, c'est que je me fends bien la gueule en solo.

Toujours hilare, je monte à mon tour dans ma chambre afin d'aller prendre ma douche. Lorsque je pénètre dans ma salle de bains, mes yeux tombent sur la plaquette de ma pilule vide. Je plisse les yeux tout en me demandant depuis combien de temps je l'ai terminée, car je n'ai toujours pas mes règles. Si je calcule bien, j'arrive à huit jours, huit jours que je l'ai arrêtée, et toujours rien, pas une goutte de sang. C'est vraiment bizarre, alors que je suis censée recommencer une plaquette ce soir. Je fronce les sourcils. Machinalement, je baisse le regard sur mon ventre et palpe mes seins, avant de secouer la tête. Non, impossible, je n'ai pas oublié ma pilule une seule fois pendant notre voyage et je n'ai pas mal aux nénés non plus. Oh, je pense qu'elles vont arriver, j'ai juste un peu de retard… Oui, ça doit être ça. Je hausse les épaules, me déshabille et pénètre sous la douche.

Je me savonne tranquillement quand soudain, j'écarquille les yeux et que je percute.

– Oh, putain de merde ! crié-je toute seule.

Je me rince promptement, enfile les premières fringues qui me passent sous la main et sors de ma chambre en trombe.

– Qu'est-ce qu'il se passe ? Je t'ai entendue crier, me demande Calum qui passe dans le couloir.

– Euh, rien, rien, je… je me suis cogné le front contre la

porte, mens-je avant de filer en direction des escaliers que je descends quatre à quatre.

Je prends la porte et cours dans la rue comme une foldingue en direction de la première pharmacie que je trouve. C'est essoufflée et les cheveux encore trempés que j'arrive près de la vendeuse.

– Bonjour, que puis-je faire pour vous ?

– Il me faudrait un test de grossesse, s'il vous plaît, et le plus fiable que vous avez.

– Bien.

La jeune femme part chercher le bâton qui me révélera si oui ou non, je suis enceinte. Elle revient cinq secondes plus tard avec la boîte en question.

– Je vous conseille de l'utiliser dès le matin…

– Oui, je sais, pardonnez mon impolitesse, mais je vous dois combien ? Je dois filer.

– Euh, ça fera quatre dollars et quatre-vingt-dix cents, s'il vous plaît.

Je règle, puis pars à toutes jambes en direction de la coloc. Une fois de retour, je claque la porte derrière moi et fonce dans ma salle de bains sous l'œil interrogateur des autres habitants de la maison. Une fois enfermée, j'inspire un grand coup avant de sortir le test de son emballage. Mon cœur part sur une embardée.

Non, je ne peux pas… Pas toute seule.

Je sors de la pièce et fonce appeler ma meilleure amie depuis la porte de ma chambre. Quelques secondes plus tard, elle sort de la sienne une serviette de toilette sur la tête.

– Qu'est-ce qu'il y a ? Pourquoi tu cries comme ça ? s'enquiert-elle, inquiète.

– Entre, lui demandé-je.

Elle s'exécute et je referme vivement la porte derrière elle, dans tous mes états. Comme je peine à lui expliquer tant ma respiration est hachée, je brandis devant elle le test de grossesse neuf. Miley écarquille les yeux.

– Quoi ? Quoi ? T'es enceinte ? me demande-t-elle tout bas.

– Je ne sais pas, je ne l'ai pas encore fait.

– Mais tu attends quoi ?

– Je ne me sentais pas de le faire toute seule…

– Eh bien, allons-y, s'exclame-t-elle en me poussant en direction de la salle de bains.

Une fois à l'intérieur, j'ouvre enfin le capuchon.

– J'ai peur…

– Ça va bien se passer, je suis là, inspire, expire, voilà. Tu veux que je sorte le temps que tu fasses pipi sur la bandelette ?

– Non, reste avec moi, je t'en supplie.

– Bon, ben, je me retourne au moins, alors.

– Si tu veux, réponds-je la voix tremblante.

J'inspire un grand coup puis me lance enfin. Peu importent les conseils de la pharmacienne, je sais très bien que le mieux est d'attendre le lendemain matin, mais je suis une impatiente, je ne peux pas attendre la bouche en cœur que le soleil se lève demain matin, impossible.

– Bon, c'est fait, indiqué-je à ma meilleure amie une fois reculottée et la bandelette protégée par le capuchon. Plus qu'à attendre…

– OK, maintenant, tu vas me dire comment ça se fait que je me retrouve là, avec toi dans cette salle de bains, en train de faire un test de grossesse ?

– Tu te souviens quand j'ai ingéré le GHB ?

– Oui, ben ça, je m'en souviens, oui, comment oublier !

– Eh bien, cette nuit-là, quand j'ai vomi mes entrailles, j'ai aussi recraché ma pilule.

– Ouais, mais je ne vois pas pourquoi tu serais tombée enceinte alors que ça faisait plusieurs jours que vous ne couchiez plus ensemble avec Calum.

– Ben justement, il y a un détail que j'ai oublié de te dire…

Elle fronce les sourcils.

– La dernière nuit que nous avons passée à Cancún, j'ai retrouvé Calum, il était dehors vers la piscine. Et… on a fait l'amour. C'est cette fois-là où nous avons couché ensemble pour la dernière fois, c'est-à-dire le lendemain où j'ai vomi ma pilule.

– Donc, si je résume, vous avez couché ensemble, sans préservatif alors que les effets de ta pilule ont été annulés à cause de tes vomissements.

– C'est ça, réponds-je dans une grimace.

– Combien de jours de retard ?

– Huit…

– Huit ?!

Je cligne plusieurs fois des paupières, me sentant con de ne pas avoir pensé sur le coup que ce serait un risque de faire l'amour avec Calum le lendemain. J'ai pas réfléchi…

– Lexie ?

– Hum ?

– Ça fait cinq minutes…

Je ferme les paupières, sentant mon cœur partir dans tous les sens. Ma respiration se coupe quand je lève le bâton en direction de mes yeux et que je prends connaissance de ce qu'il y a d'inscrit dessus. Je fonds littéralement en larmes quand je lis sur l'écran digital un smiley qui sourit. Miley me tire le test des mains et découvre le résultat.

– Oh, merde, tu es enceinte… souffle-t-elle en posant sa main contre sa bouche.

Je hoche la tête, des perles salées roulant inlassablement sur mes joues.

– C'est… une bonne nouvelle ? m'interroge-t-elle.

– Je ne sais pas… Je crois…

– Tu es contente quand même, même si ça n'était pas du tout prévu ?

Je hoche la tête. Oui, je suis contente, une nouvelle petite vie est en train de se former dans mon ventre, alors oui, je suis heureuse. Le souci, c'est que le père n'est pas au courant, et est encore moins prêt à recevoir ce genre de nouvelle. Ma meilleure amie me prend alors dans ses bras et me serre du plus fort qu'elle le peut.

– Comment je vais l'annoncer à Calum ? me demandé-je tout haut.

– Tu veux le garder ?

– Oui, je crois, soufflé-je. Ma mère n'a pas avorté quand ça a été le cas pour moi… Et puis, j'ai l'âge d'avoir un bébé, j'ai terminé mes études, j'ai un travail, donc de ce fait, une situation. Il ne me manque plus que l'appartement, car je ne peux pas élever un enfant dans une coloc, et surtout, surtout, il me manque le papa… Si jamais Calum refusait d'assumer, alors j'hésiterais peut-être. Je sais ce que c'est de ne pas être désiré par son père et je ne suis pas sûre de pouvoir infliger ça à mon enfant. Mais je crois en lui, il ne me laissera pas, hein ?

Miley m'observe d'un air que je ne saurais définir.

– Quoi, qu'est-ce qu'il y a ?

– Oh, mon Dieu, je vais devenir tata, lâche-t-elle avant de fondre en larmes à son tour.

Noah et elle se sont vraiment bien trouvés, à réagir toujours quinze ans plus tard à chaque situation.

– Oui, réponds-je, sentant mes yeux piquer à nouveau.

– Une mini Lexie ou un mini Calum. Le mélange des deux, oh, ça va être trop miiiiignoooooon, chouine-t-elle en m'enlaçant à nouveau.

Voilà, bravo, elle a gagné, je recommence à pleurer.

Au bout de cinq bonnes minutes, nous nous séparons et séchons nos larmes.

– Bon, assez chialé, maintenant il va falloir que je trouve le bon moment et surtout le courage de l'annoncer à Calum.

Ma meilleure amie fait la grimace.

– Et il y a Scott aussi du coup.

Je ferme les paupières.

– Oh, meeeeeerde… soupiré-je.

– Oui, comme tu dis…

– Calum m'a dit avant de partir qu'il comptait lui annoncer, mais qu'il attendait le bon moment.

– Ben là, vous n'aurez pas d'autre choix que de le faire bientôt.

– Oui, punaise… Mais actuellement, ce n'est pas la réaction de Scott qui me fait le plus peur, mais celle de Calum, tu vois ? Car Scott, il sera très en colère, certes, ça risque aussi de tout péter, mais Calum, lui, n'est déjà pas prêt à vivre une relation amoureuse, alors de là à fonder une famille ! Oh, mon Dieu, dans quelle merde je me suis fourrée ? gémis-je tout en me laissant retomber sur l'abattant des WC.

– Une très belle merde, qui dans neuf mois deviendra un magnifique et beau bébé.

– Vu comme ça… ris-je.

– Je sais que la situation te fait hyper peur, mais ma chérie, tu portes en toi la plus belle chose qu'une femme puisse créer sur cette terre ! Tu portes la vie ! Tu vas devenir maman, alors ce que peut penser Scott, ça passe un peu au second plan, non ?

– Oui, mais pas Calum… Je l'aime, Miley, je l'aime plus que ma propre vie… soupiré-je.

– Il te reviendra, je t'en fais la promesse.

– Hum pas sûr, et s'il flippait et prenait ses jambes à cou ?

– Moi, je ne pense pas. Regarde, je ne me suis pas trompée quand je t'ai dit qu'il te voulait au lycée ? Eh bien, là, crois-moi quand je te dis qu'il va te revenir. Jusqu'à présent, il n'était pas prêt car il n'a jamais été confronté à ça mais, ma chérie, je peux t'assurer que ce fameux soir où tu as failli te faire agresser, j'ai vu un Calum fou. Tu l'aurais vu, il était dans tous ses états, s'il avait pu tuer le gars, il l'aurait tué, et puis après, c'est lui qui t'a portée, lui qui t'a tenu les cheveux quand tu vomissais tripes et boyaux.

Je grimace.

– Oui, c'est dégueulasse et tu te sens peut-être honteuse qu'il t'ait vue dans cet état, mais je peux t'assurer que lui, ce n'était pas du dégoût qu'il ressentait, mais de la peur, oui, beaucoup de peur et d'inquiétude. Après ça, quand tu étais allongée et que tu dormais, il a attendu à la villa que les gars aillent dormir et est revenu te voir pratiquement toutes les heures dans ta chambre d'hôpital. Je soupçonne même qu'il ait passé la nuit dans la salle d'attente. Il savait que je veillais sur toi, et pourtant ça ne l'a pas empêché de venir encore et encore, et ce, jusqu'au petit matin. Il n'a pas dû dormir de la nuit, pas une seule seconde.

J'écarquille les yeux, surprise.

– Eh oui, tu ne savais pas tout ça, et pourtant c'est bel et bien ce qu'il s'est passé. Et je peux te dire une fois de plus qu'à chacun de ses passages, l'inquiétude dans ses yeux disparaissait petit à petit pour laisser place à de l'amour. Je ne te l'ai pas encore dit, car je voulais attendre que Calum soit prêt à te l'avouer, mais c'est bel et bien le cas. Il est fou amoureux de toi. Alors, certes, il le garde pour lui, et il ne sait pas que je suis au courant, mais ces choses-là, je les vois, je les sens. Il t'aime, ma chérie. Fais-moi confiance, il va te revenir.

Le souffle court, j'observe ma meilleure amie finir de me dévoiler tout ce qu'elle a à me dire, et pour la énième fois depuis trente minutes, je me remets à pleurer. J'ai envie de la croire et, en fait, je la crois, car tout ce qu'elle vient de me raconter sur ce que Calum a fait pour moi cette nuit-là me touche du plus profond de mon cœur. Je la crois aussi, car le lendemain, il a accepté notre dernière nuit, et puis surtout, cette fois-là, j'ai bien senti que Calum me faisait l'amour, alors que jusque-là, il ne m'avait jamais vénérée comme ça.

Il ne me reste plus qu'à lui avouer qu'il va devenir papa. Malgré tout ce que Miley vient de me dire, j'ai toujours aussi peur de lui annoncer, si ce n'est plus. Pourtant, il faut que je le fasse…

Peut-être que cette nouvelle bousculera les choses entre nous si ça se trouve ? Peut-être que ma meilleure amie a une nouvelle fois raison ?

Tout l'amour que je ressens pour lui me submerge totalement. Je suis tant et tant éprise de lui que je suis prête à tout pour lui. Calum mérite le bonheur, il faut qu'il cesse de repousser tout le temps tout le monde comme ça. C'est d'ailleurs déjà un grand pas pour lui de l'avoir remarqué et de l'exprimer à voix haute. Maintenant, il faut qu'il accepte le fait qu'il a le droit d'être aimé, tout autant qu'il peut aimer sans rejeter, ni avoir peur de souffrir en retour…

29

LE MOMENT EST VENU

Calum

Il est neuf heures du matin en ce dimanche quand je passe la porte de l'association. Le petit Matthew est déjà là, et me saute dans les bras quand il me voit arriver. Ce petit bonhomme âgé d'à peine 8 ans aime me retrouver ici tous les dimanches matin, disons que c'est notre petit rituel. Quelque chose chez ce gosse a fait que le courant est vite passé et je me suis attaché petit à petit à lui au fil des années. Eh oui, c'est con quand on pense que ma plus grande crainte, c'est celle-là. Avec lui, je ne me suis pas trop posé de questions, j'y suis allé au feeling, et les choses se sont faites naturellement. Je repose le bonhomme au sol quand Katherine, la présidente de l'association, vient m'accueillir.

– Bonjour, Calum, comment vas-tu ? Tes vacances au Mexique se sont-elles bien passées ?

– Salut, Katherine, très bien, je te remercie, réponds-je en retirant ma veste.

– Café ?

– Ah oui, je veux bien.

Katherine est une femme de 50 ans et gère cette association d'une main de maître. Elle est aussi celle qui m'a beaucoup aidé dans mon processus d'acceptation de moi-même et de ce que j'avais vécu plus jeune. Car clairement, je n'étais pas le même quand je suis entré ici pour la première fois. Sans dire qu'elle m'a changé, j'affirmerais juste qu'elle m'a aidé à me révéler. Elle a toujours été là quand j'en avais le plus besoin, même quand je ne le souhaitais pas et que je lui sortais mon caractère de gros dur, elle était là. À me supporter, il faut le dire. Même si ça me fait mal de le reconnaître, je crois bien que je me suis attaché à elle aussi. J'hallucine en fait, j'ai l'impression que je réalise enfin aujourd'hui que je suis capable de m'attacher aux gens, alors qu'il y a quelques semaines encore, je pensais tout l'inverse. Mais ça, c'est parce que je suis amoureux… Katherine, sans que je m'en rende compte, m'a mené tout ce temps sur le chemin de la guérison, et puis Lexie est revenue dans ma vie pile au bon moment. Ce moment où la boucle avait besoin d'être bouclée… Je prends conscience de tout. Absolument tout.

J'en ai mis du temps, bordel !

Katherine revient près de moi, une tasse de café fumant entre les mains. Elle la dépose sur la table sur la droite où elle m'invite à m'installer.

– Ça fait plaisir de te revoir. Mais… j'ai l'impression que tu as changé. Tu as bronzé, mais c'est plus que ça.

– Katherine, es-tu une sorcière ou quelque chose comme ça ? l'interrogé-je.

– Non, pourquoi dis-tu cela ? me demande-t-elle, surprise par cette question.

– Comment fais-tu pour constamment lire comme ça, au fond des gens ? Ça m'a toujours étonné.

– Je ne sais pas, c'est un don qui me vient de ma mère, je présume, elle avait le flair pour ça.

Je secoue la tête tout en riant.

– Il y a quelque chose que tu veux me dire ?

– Eh bien, disons qu'il y a bien un truc de changé, en effet. C'est assez inédit pour moi, je dois dire.

– Ça te fait peur ?

Je secoue négativement la tête.

– Plus maintenant.

En effet, je réalise que je ne suis plus vraiment flippé. J'ai plutôt envie à la place d'y aller et de vivre ce que j'ai à vivre. Et il me semble bien que cela grandit en moi depuis cette fameuse nuit où Lexie a failli se faire agresser. J'ai eu la peur de ma vie. Elle était complètement folle et irrationnelle et pourtant, c'est carrément ce que j'ai ressenti, une frousse pure et dure, une comme je n'ai jamais eue auparavant dans ma vie. Moi, l'éternel cœur de pierre lorsqu'il s'agit d'amour, moi, qui me suis toujours imposé cette ligne de conduite qui est celle de ne pas s'attacher, encore moins de tomber amoureux… Cette nuit-là j'ai vécu le pire moment de mon existence, car j'ai eu peur. Oui, j'ai eu peur pour elle, peur de la perdre. J'ai alors compris. C'était trop tard… J'étais déjà complètement fou d'elle… À présent, cet amour va bien au-delà de cette angoisse vis-à-vis de ce syndrome de l'abandon qui me colle à la peau depuis gamin… Alors, je ne prétends pas être totalement passé au-dessus, mais aujourd'hui je peux enfin lever le voile, voir un peu plus loin que les nuages qui m'obscurcissaient la vue.

Katherine sourit.

– Qu'y a-t-il ? lui demandé-je.

– Je vois, me répond-elle. Tu es amoureux.

Comme un con, je ne peux pas m'empêcher de laisser un demi-sourire fendre mon visage.

Alors, c'est ça, aimer ? C'est se sentir pleinement stupide, mais heureux ?

D'accord, je prends.

– Et je suppose que jusqu'à maintenant, tu l'as toujours repoussée parce que tu ne te sentais pas capable de l'aimer ?

– C'est ça, réponds-je, me sentant vraiment tel un imbécile.

– Normal. Tu n'étais pas prêt. Mais maintenant, tu l'es. Et quel a été le déclic ? Car il y en a forcément un. Tu avais bien avancé, mais de là à faire un tel bond en avant, il y a dû forcément se passer quelque chose, n'est-ce pas ?

– En effet, elle a failli se faire violer et je l'ai retrouvée *in extremis*, lâché-je, sentant la colère remonter en moi.

– C'est bien ce qu'il me semblait, le déclic. Je suis désolée de ce qu'elle a dû vivre mais ravie de voir que tu es arrivé au bout du chemin.

– Elle va bien, rassure-toi. Et je te remercie.

– Tu vois le petit Matthew comme il te regarde ? Il m'a raconté l'appel téléphonique que vous avez eu lorsque tu étais en vacances, il a l'air on ne peut plus prêt à retrouver sa mère biologique.

Ce gosse a été déposé ici par sa maman, qui est très jeune,

il y a presque trois ans, car elle ne pouvait subvenir à ses besoins, mais a promis de venir le rechercher une fois que sa situation se serait améliorée. En attendant, le petit a été placé en famille d'accueil. Quelques mois avant que je ne parte en vacances, sa maman est revenue afin de nous annoncer qu'elle avait enfin trouvé du travail depuis quatre mois, qu'elle avait un appartement et qu'elle allait pouvoir subvenir aux besoins de son fils. Sauf que les choses ne se font pas aussi facilement, il va falloir du temps avant que Matthew puisse retourner chez sa mère. Et surtout, il était très important que le garçon soit prêt à la retrouver. Ça paraît étrange dit comme ça, mais il arrive qu'un enfant en veuille tellement à son parent biologique qu'il ne souhaite pas retourner avec lui. Cela est très rare, mais quand ce genre de choses arrive, le juge tient parfois en compte la volonté de l'enfant, et celui-ci est alors adopté ou retourne dans sa famille d'accueil.

Nous discutons encore une petite heure avec Katherine. Avoir pris conscience de mes sentiments, c'est une belle chose, mais maintenant, il me faut trouver le courage de les avouer. Trois semaines que je n'ose même plus la regarder tant j'ai honte de l'avoir repoussée et de l'avoir fait souffrir. En plus de ça, avant de lui révéler tout ce que je ressens, je dois absolument régler un autre problème : Scott. En effet, je n'ai pas encore trouvé le moment parfait – et le courage nécessaire – pour lui raconter ce que j'avais fait durant nos vacances. Même si le pacte était levé le temps de ces quelques semaines, même si je n'ai laissé que mon désir parler, même si c'était inévitable, même si c'était plus fort que tout, et bien plus fort que notre amitié, j'ai quand même brisé notre pacte.

Quel bâtard peut faire ça à son meilleur ami, son frère ?

Il faut croire que j'en suis. Pourtant, je ne regrette aucune des minutes que j'ai passées avec elle, aucune des putains de secondes. À la place de Scott, je sais que je péterais littéralement un câble, je le virerais sûrement de ma vie. Et c'est tout ce que je mérite, après tout. Il va vouloir ma peau, car je sais que Lexie a toujours été sa perle. Même s'il ne nourrit plus de sentiments amoureux à son égard, je sais que cette fille était *la fille*.

L'intouchable…

Aujourd'hui, si je devais faire un choix, je sais que celui-là se porterait sur Lexie. Putain, c'est horrible de penser ça. Je me sens honteux ! Scott est mon frère depuis toujours, et pourtant… Lexie, Lexie… Elle est clairement plus qu'un désir d'adolescent, plus qu'une passade de vacances, plus qu'un beau petit cul ou une belle paire de seins, plus qu'une beauté, plus qu'un diamant brut. Elle est celle qui m'a fait recouvrer la vue, et rien que pour ça, je lui en serai éternellement reconnaissant. On s'était toujours promis avec Scott qu'aucune femme ne passerait jamais avant notre amitié. Pourtant… j'ai failli à ma promesse.

Allez, assez tergiversé !

Ça fait trois semaines que je me fais des nœuds au cerveau, il est temps d'arrêter.

J'ai pu dire à Katherine que j'étais amoureux, je suis donc bien capable de l'avouer à voix haute, bon sang !

Je dois aller annoncer à Lexie que je suis enfin prêt, je dois annoncer à mon meilleur ami ce qu'il mérite de savoir. La tâche risque d'être périlleuse. Dans le pire des cas, il va me tomber dessus et m'administrer la plus belle raclée de ma vie. Raclée à laquelle je ne m'opposerai pas, car il aura tous les droits d'être en colère. Alors, je le laisserai m'en coller une. Ou dans le meilleur des cas, il va comprendre. Cette éventualité-là, je n'y crois guère.

Je ne veux pas attendre une minute de plus et, vu l'heure qu'il est, Miley et Noah doivent déjà être partis à un repas de famille chez les parents de la brune. Ce qu'il fait qu'il n'y aura plus que Scott, Lexie et moi. Je pense donc qu'aujourd'hui est le moment parfait. Nous ne serons qu'entre nous.

J'enfile ma veste, embrasse Matthew, remercie Katherine pour le café, puis quitte enfin l'association d'un pas décidé.

30

QU'EST-CE QUE JE VAIS FAIRE DE MON CŒUR ?

Lexie

Avachie sur le canapé du salon, je retourne dans tous les sens la façon dont je pourrais annoncer sa paternité à Calum.

« Salut, Calum, au fait, tu vas être papa ! »

Non, trop brutal…

« Calum, et si on discutait ? Je sais, tu ne veux pas t'engager, encore moins avoir un enfant mais voilà, surprise, tu vas pouvoir changer d'avis ! »

Non, non, non, trop stupide ! Ou alors, je lui montre le test. *Oh, j'en sais rien…*

Miley est partie depuis trente minutes chez ses parents avec Noah et je me sens bien seule. J'aurais tant aimé qu'elle soit là, avec moi, mais je sais très bien que je dois m'en occuper seule.

– Lex', je peux t'emprunter ton tube de dentifrice ? Le mien est vide ! me demande Scott en haut des escaliers, ce qui me fait sursauter et sortir de mes songes.

– Euh, oui, oui, dans ma salle de bains ! réponds-je.

– Merci !

Oui donc, comment je vais bien pouvoir lui annoncer ça… ?

Mon cœur se serre. J'ai peur, terriblement peur… Et s'il m'accusait de l'avoir fait exprès pour le prendre dans mes filets ?! Oh, non, ça, ce serait le pire des scénarios. Mon pouls s'emballe d'un coup tant je me sens angoissée. Soudain, j'écarquille mes yeux, et me lève d'un bond du canapé.

– NON, PAS LA SALLE DE B…

Dans mon élan, mon corps percute quelque chose de musclé. Je relève doucement le menton en direction de Scott qui m'observe étrangement.

– Lexie ? C'est quoi, ça ? me demande-t-il en brandissant mon test devant mes yeux.

– Euuuuh, un test de grossesse, réponds-je tout bas.

Nerveusement, je sautille sur place, tout en remettant une mèche derrière mon oreille.

– Oui, j'avais cru comprendre…

– Alors, pourquoi tu me le demandes ? l'interrogé-je tout en me grattant la nuque, le cou, la joue, le menton, puis le front. Mon cœur s'emballe.

Et si je claque des doigts, je peux disparaître ?

– Parce qu'il est positif. Tu es enceinte, Lexie ?

– Euuuuh, joker ! lâché-je, avec un sourire forcé.

– Donc, tu l'es. Je connais le père ?

– Scott, écoute, je… je…

Comme un problème n'arrive jamais seul, c'est ce moment que choisit Calum pour rentrer. Il débarque à son tour dans la pièce où nous nous trouvons. Il se stoppe net quand il remarque que je suis pétrifiée sur place.

– Qu'est-ce qu'il se passe ? nous interroge-t-il avant de poser les yeux à son tour sur ce que tient Scott entre les mains.

Mon cœur se met à battre violemment. Il pulse si fort qu'il m'en martèle les tempes. Mes jambes se mettent à trembler, de la sueur dégouline de mon front. Sans parler de mon teint qui doit sûrement être en train de virer aussi blanc qu'un comprimé effervescent. D'ailleurs, c'est vraiment l'impression que ça me donne : de fondre et de me liquéfier pour enfin disparaître dans une petite mousse au goût dégueulasse. Hélas, je suis encore là, debout au milieu de ce salon, prête à tomber dans les pommes, alors qu'en réalité, je rêve que le sol se dérobe sous mes pieds et que je m'effondre avec.

– C'est à qui, ça ? demande-t-il en attrapant le bâton des mains de Scott avant de le tourner dans tous les sens. Un bonhomme qui sourit, ça veut dire quoi ?

– Que Lexie est enceinte, répond Scott.

Sa phrase sort calmement, mais le meilleur ami de Calum n'a pas conscience à cet instant qu'il vient de lancer la bombe qui fera tout exploser. Ça éclate dans l'air comme un pétard qui explose près de nos oreilles. J'ai alors l'impression que tout s'effondre autour de moi. Quand les yeux de l'homme que je chéris du plus profond de mon âme se plantent dans les miens, mon souffle se coupe, tous mes sens se mettent en alerte. Ma tête se met à tourner violemment, des taches noires dansent devant mes yeux. Il faut que je m'assoie, je vais vomir…

– Que Lexie… Quoi ? lâche Calum qui lâche en même temps le test des mains.

Le bâton se fracasse au sol. Et c'est alors que des larmes affluent au niveau de mes yeux. Le regard de l'homme que j'aime me scie sur place. L'incompréhension, la peur et la colère dansent telles des flammes ardentes au fond de ses rétines. Sans plus de cérémonie, il tourne les talons et prend la porte qu'il claque dans son dos.

– Ben, qu'est-ce qui lui prend ? m'interroge Scott.

La douleur est si fulgurante que je tombe à genoux au sol. Des sanglots que je ne parviens plus à retenir font se déverser des torrents sur mes joues.

– Eh, Lexie… s'inquiète Scott en venant s'accroupir à mes côtés. Il me frotte affectueusement le dos.

J'ai si mal, mon Dieu, j'ai si mal. Je penche la tête en avant, si bien que je me retrouve pliée en deux à même le sol du salon. Je pleure, je pleure à ne plus pouvoir m'arrêter.

– Eh, bichette, ce n'est pas grave, tu vas trouver une solution.

Nous sursautons quand nous entendons un vacarme. Scott se redresse subitement afin de voir ce qu'il se passe. Je relève le menton, me lève à mon tour, et découvre Calum qui est en train de tout casser. Il s'empare d'une des chaises de jardin pour venir la balancer à travers l'allée. Les verres qui traînaient de la veille sur la petite table basse volent à leur tour, puis se fracassent contre la devanture de la maison.

– Mais qu'est-ce qui lui prend ? s'enquiert Scott qui ne comprend rien.

Mes sanglots reprennent de plus belle, puis soudain le meilleur ami de Calum comprend. Il se fige, puis plante ses yeux dans les miens.

– Attends, ne me dis pas que…

Sa tête fait un aller en direction de Calum qui est en train de ravager le salon de jardin, puis revient vers moi, en train de déverser mon désespoir. Ce n'est pas du tout comme ça que j'avais espéré lui annoncer qu'il allait devenir père. Pas comme ça que j'avais envisagé les choses.

– Vous… vous… C'est Calum, le père, c'est ça ?

C'est si fort, si violent que je tombe sur les fesses sur le canapé.

– Lexie, c'est mon meilleur ami, le père ?

Ne pouvant plus le cacher, je hoche la tête.

– Putain de merde !

Scott se passe les mains dans les cheveux.

– J'en reviens pas… Mon meilleur pote. Avec toi. Mon ex…

Il s'empare de la télécommande et l'envoie valser à travers la pièce.

– Je vais le tuer ! siffle Scott avant de détaler à l'extérieur.

– Non, noooooon !

Brusquement, je me relève de mon assise et cours à l'extérieur afin de le rejoindre. Calum se retourne, puis le voit arriver telle une furie sur lui. Son regard sombre passe furtivement dans le mien dévasté avant de le reposer sur son assaillant. Une seconde plus tard, un coup de poing vient percuter la mâchoire de Calum. Sous la violence du coup, il part en arrière et s'étale de tout son long au sol.

Ne pouvant me contenir, je hurle. Scott, fou de rage, n'a pas l'air d'en avoir terminé, il se rapproche une nouvelle fois quand Calum se redresse. Il lui laisse à peine le temps de se relever qu'il lui en administre un autre, puis encore un autre. N'étant pas capable de quoi que ce soit d'autre, je continue de lui crier d'arrêter. Je pleure à m'en faire mal. Je veux que tout s'arrête. Alors que Scott lève à nouveau son poing afin de massacrer le pauvre visage de l'homme que j'aime et qui bizarrement ne réagissait pas jusque-là, ce dernier parvient à le retenir dans la paume de sa main, et repousse son pote. Scott attrape alors Calum par le col de sa veste et colle son front contre lui.

– T'as baisé mon ex, y a des tonnes de nanas ici, il y en avait des tas à Cancún, mais il a fallu que tu foutes ta putain de queue là où il ne fallait pas, et qu'en plus de ça, tu la foutes enceinte ! éructe Scott, transcendé par la rage.

Calum tourne alors le visage dans ma direction, puis me regarde, étonné.

Quoi ? Il pensait que ce bébé était d'un autre ? Comment peut-il penser une chose pareille ? Je lui ai dit que je l'aimais, pourquoi en douter ?

– C'est le tien, Calum, lui confirmé-je en posant une main contre mon ventre.

Son regard change. Je ne parviens pas, hélas, à saisir ce qu'il ressent. Est-il en colère ? Apeuré ? Dévasté ?

Scott repousse vivement Calum puis lui envoie une nouvelle droite. Je suis prise de terreur et mes pieds se mettent soudain à courir vers eux.

– Scott, stop, j'étais consentante, il n'est pas le seul responsable !

Il tourne subitement la tête vers moi, des éclairs plein les yeux.

– Et toi, qu'est-ce qui t'a pris, hein ? Qu'est-ce qui est passé par ta putain de tête ?!

– Laisse-la, sort la voix rauque de Calum.

– Pourquoi tu réagis comme ça ? Ça fait six ans qu'on n'est plus ensemble, Scott, et ne me dis pas que c'est votre foutu pacte, parce que je n'y croirais pas ! lancé-je.

Scott se fige, puis se tourne dans ma direction.

– Parce que je t'aime encore, Lexie !

– Quoi ?

Dans le coin de mon œil, je vois Calum s'accroupir, puis plaquer les mains contre son visage en soupirant.

– Ouais, je suis con, hein… J'ai toujours nourri l'espoir en moi que quand tu rentrerais de New York, on pourrait tout reprendre là où en était.

– Mais Scott… soufflé-je.

– Je m'étais trompé, n'est-ce pas… ?

Je me passe la main dans les cheveux. Ce n'est pas possible, c'est un cauchemar, et je vais me réveiller.

– Et Alyne ? demandé-je, perdue.

– Je dois reconnaître que j'ai eu un petit faible pour ta cousine, c'est vrai… Elle a réussi à te chasser un peu de mes pensées…

Je secoue la tête, ne sachant quoi dire.

– Alors voilà, mon pote, voilà pourquoi je tenais tout particulièrement à ce Bro Code… reprend-il en se retournant une nouvelle fois vers Calum.

L'homme que j'aime tant relève la tête puis se redresse le visage dans un sale état.

– Je suis désolé, lâche-t-il enfin. Si j'avais su que tu l'aimais encore, je n'aurais pas…

Scott secoue la tête.

– Ce n'est qu'une histoire de cul ou tu l'aimes ? demande son meilleur ami en le coupant.

Mon cœur se remet alors à tambouriner si fort que mes oreilles bourdonnent. Je veux entendre ce que Calum a à dire. Je veux entendre sa réponse qui tarde à venir.

– Réponds-moi, est-ce que c'était juste pour le plaisir de la sauter, ou alors tu es amoureux d'elle ?

Le regard or de Calum se pose sur moi et la vue de son visage tuméfié s'impose à mes yeux trempés par les larmes qui n'ont cessé de couler.

– Je l'aime, avoue-t-il enfin.

Ma bouche s'ouvre, et c'est comme si une énorme goulée d'air pénétrait mes poumons, comme si l'oxygène revenait à moi, comme si je respirais pour la première fois. L'inspiration se fait profonde, comme quand on remonte à la surface de l'eau après avoir retenu sa respiration le plus longtemps possible. Mes pleurs ne se tarissent pas. Non, mes larmes roulent encore plus. Mais ce coup-ci, ce ne sont plus des larmes de douleur ni de désespoir, ce sont des larmes d'amour.

– OK, lâche Scott. OK.

Sans qu'on ne s'y attende, le meilleur ami de Calum – enfin, ce qu'il en reste – se jette à nouveau sur lui tout en cherchant à le frapper encore. Je me rue sur Scott afin de le faire cesser, ne supportant pas qu'ils se fassent du mal comme ça, à cause de moi.

– STOP, ARRÊTE ! JE L'AIME, MOI AUSSI PUTAIN, LAISSE-LE !

Dans son élan, Scott ne voit pas que je suis là, une droite part, je me la prends en plein visage. Le coup est si violent que je bascule en arrière et tombe lourdement au sol.

– Merde, Lexie ! crie-t-il.

Les deux garçons se lâchent enfin et se précipitent sur moi. Ma tête cogne et ma joue me lancine violemment.

– Je suis désolé, ce n'était pas pour toi ! s'excuse-t-il à genoux près de moi.

Je gémis, puis Calum m'aide à me relever. Doucement, il me ramène à l'intérieur pour venir m'installer sur le canapé. Scott revient vite avec une poche de glace qu'il dépose délicatement contre ma joue endolorie.

– Aïe, me plains-je.

– Quelle idée de venir en plein milieu aussi ? grogne-t-il.

– Je voulais que vous arrêtiez…

Calum soupire avant de se pincer l'arête du nez.

– On n'en a pas fini tous les deux, gronde alors Scott, la mâchoire serrée.

– Stop, arrêtez !

Scott, le visage encore rouge de colère, n'a qu'une envie, c'est de massacrer son ami. Mais je l'implore du regard.

– Scott, je t'en supplie, arrête, laisse-le, je l'aime, je l'aime depuis le lycée, je l'aime depuis toujours.

Il inspire profondément, puis après un temps qui me paraît interminable, il lève ses paumes en l'air. Je me tourne alors vers Calum.

– Ce n'est pas comme ça que je souhaitais que tu l'apprennes, mais oui, je suis enceinte. C'est le tien. Je te jure que ce n'était pas fait exprès, ni voulu, mais… c'est arrivé. Cette nuit-là, quand j'ai vomi pour évacuer le GHB, j'ai aussi dû vomir ma pilule. Je… je sais que tu n'es pas prêt, que tu veux encore moins d'un enfant dans ta vie, mais je veux le garder.

Je l'entends inspirer profondément. Il ne répond pas. Il a avoué qu'il m'aimait, mais est-ce assez ? Ses sentiments envers moi sont-ils assez puissants pour qu'il accepte de s'engager et de fonder une famille ?

– Je t'en supplie, dis quelque chose…

– Je te jure, mon gars, je n'ai qu'une envie, c'est de t'en refoutre une dans la gueule, mais tu as la chance que j'aime suffisamment Lexie pour l'écouter et t'épargner. Maintenant, la balle est dans ton camp. Si tu la plantes alors que tu l'as mise dans cet état, là c'est clair que je te bute ! lance Scott.

Calum tourne la tête dans la direction de son meilleur ami tout en le regardant d'un air grave, avant de la reporter sur moi. Ses prunelles se plantent au fin fond des miennes.

– C'est bon, je sais, reprend Scott. J'ai compris que je ne la récupérerai pas, mais toi, toi, tu as la possibilité de la rendre heureuse, alors ne fais pas n'importe quoi ! Ta volonté de ne pas t'engager à cause de ta putain de peur de l'abandon, il va falloir l'oublier. Elle attend ton enfant, donc c'est soit tu portes tes couilles, soit tu te barres, mais je te jure que tu as intérêt à partir loin avant que je te retrouve et que je te tue !

– Calum… parle-moi, l'imploré-je.

– Je flippe, ouais là, je flippe à mort, Lexie, mais la seule chose que je vois, la seule chose qui soit plus forte que cette peur, plus fort que tout, c'est que tu vas m'offrir ce que je n'ai jamais eu : une famille, souffle-t-il.

Mon cœur cesse de battre, tout mon sang quitte mon visage. Je peine à croire ce qu'il vient de sortir de sa bouche.

– Je suis désolé, Scott, profondément désolé.

Son meilleur ami l'observe d'un œil vraiment mauvais.

– J'ai brisé notre pacte, tout ça sans savoir que tu avais

encore des sentiments pour elle, et j'en suis vraiment, sincèrement désolé. Je n'en suis pas spécialement fier, mais aujourd'hui, si on en est là, c'est parce que je l'aime, et qu'elle en vaut la peine.

Je fonds d'amour. Scott, quant à lui, le fixe impassiblement.

– Je sais qu'elle en vaut la peine… répond-il enfin.

– Mais il y a quelque chose que tu dois savoir.

– Je t'écoute.

– J'ai toujours voulu garder ça pour moi, car jamais je n'aurais pensé un jour en venir là avec Lexie, mais… Tu te souviens de cette soirée que Noah avait organisée chez ses parents lors de notre première année de lycée ?

– Oui, répond-il, la méfiance dans le regard.

– Moi aussi, j'y étais, je m'en souviens, du moins un peu… soufflé-je.

– Oui, c'est la soirée où tu es allée un peu au-delà de tes limites côté alcool, m'informe Calum.

Comment sait-il ça ?

Je ne me souviens pas de le lui avoir dit.

– Eh bien, justement, ce soir-là, Lexie, tu es venue vers moi, et tu m'as dragué ouvertement.

J'écarquille les yeux, il reprend :

– Tu es venue me voir alors que j'étais seul dans le jardin. Tu t'es assise à côté de moi sur ce muret, tu m'as avoué que je te plaisais et que tu voulais m'embrasser. Tu ne m'as pas laissé le temps de te répondre que tu avais déjà posé tes lèvres contre les miennes. Tu étais si belle, tu sentais si bon, que je me suis laissé faire. Tu m'as roulé une de ces galoches, d'ailleurs, rit-il.

Je cherche au plus profond de mes souvenirs. En effet,

cette soirée est celle où j'ai bu de l'alcool pour la première fois de ma vie. C'est aussi à cette soirée où je me suis pris la plus grosse cuite de ma vie, et aussi celle où je me suis tapé mon premier black-out…

Pas franchement un super souvenir…

Je me souviens par contre que Calum dit vrai. Avant de rencontrer Scott, j'avais d'abord flashé sur son meilleur ami, sans savoir qui il était à cette époque. Calum me plaisait beaucoup, mais je savais aussi quelle réputation il avait déjà à cette période-là, ce qui a fait que, sobre, je n'ai jamais réussi à lui adresser le moindre mot. Je me souviens aussi avoir voulu boire un peu d'alcool afin de me donner le courage nécessaire pour aller lui parler. Malheureusement, jusqu'à présent, je n'avais pas du tout le souvenir que j'avais réussi mon coup, et encore moins que je l'avais embrassé. Cette pensée me fait sourire.

– Je crois que c'est ce jour-là que je suis devenu dingue de toi, sauf que j'étais trop con pour m'en rendre compte. Après ce baiser démentiel que tu venais de m'administrer, tu m'as demandé de te faire l'amour à même l'herbe du jardin de Noah. J'ai bien entendu refusé. Tu étais bien trop bourrée pour que je profite ainsi de toi. Et malgré la déception qui régnait au fond de mon bide de ne pas pouvoir aller plus loin avec toi à cause de ton état, tu m'as quand même cloué sur place quand tu m'as sorti : « Ben, c'est pas grave, tant pis pour toi, connard ! » et que tu es partie, me laissant comme un con à l'extérieur.

– J'ai dit ça ? m'esclaffé-je.

– Oui, me répond-il le sourire aux lèvres.

– OK, donc si je résume, tu as embrassé Lexie ce soir-là.

Et c'était quoi ? Quelques semaines avant que je sorte avec elle ? demande Scott.

– C'est ça, résume Calum.

Je ferme les paupières et cherche au fin fond de ma mémoire ce moment dont j'aimerais vraiment me souvenir, mais qui ne me revient pas.

– Et qu'est-ce qui me prouve que c'est bien la vérité, puisque Lexie ne s'en souvient pas ?

– Je ne vois pas pourquoi je te mentirais là-dessus.

– Eh bien, je me demande, puisque tu m'as bien menti pendant des semaines, lui balance-t-il au visage.

– Il dit vrai, les interromps-je. D'accord, je ne me souviens pas de tout, mais Calum a raison, j'avais bien eu un faible pour lui au début avant que l'on se rencontre. Et, ce soir-là, j'avais bel et bien l'intention de boire un peu d'alcool afin d'avoir le courage d'aller lui parler.

Scott pince ses lèvres.

– Pourquoi ne m'avoir rien dit ?

Calum soupire avant de secouer la tête.

– Quand tu as enfin fait la connaissance de Lexie quelque temps plus tard et qu'elle t'a tapé dans l'œil, je n'ai pas voulu m'opposer. Je l'avais cernée dès le début : elle n'était pas de celles qui se contentent d'un coup d'un soir. Alors, malgré le fait qu'elle m'intéressait, j'ai préféré te la laisser. Je ne souhaitais pas de relation, je ne pensais qu'à baiser, alors que toi, toi, t'es un mec bien, dit-il en posant sa paume sur l'épaule de son ami. Toi, tu étais parfait pour elle. Alors, j'ai fermé ma gueule et je t'ai laissé sortir avec. Pour que la sentence soit moins difficile, j'ai rendu la vie de Lexie impossible afin qu'elle me déteste le plus possible car, de cette manière, j'étais sûr et certain que jamais, jamais je ne craquerai. Mais j'ai échoué, j'ai quand même craqué…

Scott l'observe mais ne bouge pas d'un cil. Il ne repousse pas la main de son pote encore présente sur son épaule. Il le regarde simplement, ne laissant transparaître aucune émotion.

– Et ce « craquage », ça s'est produit quand ? lâche enfin Scott d'une voix plate.

– Est-ce que ça a vraiment de l'importance ? répond Calum.

– C'était quand, pendant les vacances ? Au début ? Au milieu ? À la fin ?

– Qu'est-ce que ça peut faire ?

– Je veux savoir, gronde Scott.

– Au milieu, réponds-je enfin. C'est ma faute, c'est moi qui suis allée le chercher, il ne voulait pas, à cause de ce pacte qu'il avait avec toi, même si je sais que vous aviez plus ou moins mis de côté votre Bro Code durant les vacances. Oui, je vous ai entendus en parler. Il refusait aussi à cause de son entêtement à croire qu'il ne pouvait pas s'attacher à quiconque, mais j'ai insisté, je le voulais.

– J'ai besoin de temps, annonce-t-il avant de se lever du canapé et de monter à l'étage.

– Scott… tenté-je de le retenir.

– Non, laisse-moi.

Je baisse la tête.

– Je suis désolée, Calum, d'avoir semé la zizanie entre vous.

L'homme que j'aime me relève le menton et m'oblige à le regarder.

– Eh, ne le sois pas, tu es la plus belle chose qui me soit arrivée.

– C'est vrai ? lui demandé-je, le cœur au bord des lèvres.

– Oui. « *Je ne suis pour toi qu'un renard semblable à cent mille renards. Mais, si tu m'apprivoises, nous aurons besoin l'un de l'autre. Tu seras pour moi unique au monde. Je serai pour toi unique au monde...* »[1]

Un sanglot remonte dans ma gorge, laissant tout un flot d'émotions me submerger. Il enlace ses bras autour de moi, laissant ma tête reposer contre son torse. Doucement, il me berce contre lui.

– « *C'est une folie de haïr toutes les roses parce qu'une épine vous a piqué, d'abandonner tous les rêves parce que l'un d'entre eux ne s'est pas réalisé, de renoncer à toutes les tentatives parce qu'on a échoué... C'est une folie de condamner toutes les amitiés parce qu'une d'elles vous a trahi, de ne croire plus en l'amour juste parce qu'un d'entre eux a été infidèle, de jeter toutes les chances d'être heureux juste parce que quelque chose n'est pas allé dans la bonne direction.* »[2]

Je relève la tête, plonge mon regard dans le sien avant de poser tendrement mes lèvres contre les siennes. Sa chaleur m'accueille, son cœur m'emprisonne, nous envoyant à des milliers de kilomètres de là, sur cette planète qui n'appartient qu'à nous.

Lorsque nous nous détachons, Calum se lève, part ramasser le test de grossesse au sol avant de venir se rasseoir près de moi. Il fait tourner le bâton en plastique devant nous avant de le poser sur le tissu de canapé.

– Je n'ai jamais vraiment eu de famille, Lexie. Alors oui,

---

1. Citation tirée du livre *Le Petit Prince*.
2. Citation tirée du livre *Le Petit Prince*.

te dire que je n'ai pas peur serait te mentir, mais je suis prêt maintenant, prêt à toi, pour toi. Prêt à t'aimer chaque jour que la vie nous offrira. L'ancien Calum aurait pris ses jambes à son cou en découvrant ça, mais le nouveau, celui que tu as fait de moi, se sent tellement submergé qu'il ne sait pas comment mettre de l'ordre dans ses sentiments afin de te dire à quel point il est profondément heureux que tu lui offres la chance de construire sa propre famille à lui. À nous.

Ses mots me touchent et me percutent. Jamais je n'avais pensé qu'un jour Calum allait me dire ça. Jamais je n'avais ne serait-ce imaginé qu'il m'ouvre à ce point ses bras. C'était si inespéré… Je crois que depuis plus de trente minutes, mes larmes n'ont pas cessé une seule fois de couler. Calum pose doucement une main contre mon ventre, qu'il regarde tendrement.

– Je ne sais pas quel papa je serai ni si je serai un bon père, mais je te fais la promesse de ne jamais vous abandonner, de l'aimer autant que je t'aime. Bienvenue à toi, mini Loompa.

Mon rire se mêle à mes pleurs. Je ris, je chiale, je ne sais même plus comment je dois réagir. Remplie d'un amour inconditionnel, je plaque ma bouche contre celle de l'amour de ma vie.

Des pas dans les escaliers nous font tourner la tête. Nous découvrons Scott, une valise à la main. Mon corps se fige.

– Tu fais quoi ? lui demandé-je, le cœur battant de nouveau la chamade à l'idée que nous perdions tous notre meilleur ami.

– J'ai besoin de prendre un peu de distance. Je retourne chez mes parents le temps de mettre mes idées au clair.

– Mais…

Il dépose son bagage dans l'entrée avant d'avancer doucement vers nous.

– Lexie, je t'ai aimée du plus profond de mon cœur, et je t'aime encore. Sache que je suis encore très attaché à toi. Quant à toi, Calum, je sais à quel point tu as pu souffrir gamin, je sais aussi toute la force que tu as puisée en toi pour combattre ce fléau qui t'a tant et tant empêché de vivre la vie que tu mérites. Alors, je te la laisse. Tu resteras toujours mon frère, et toi, Lexie tu resteras toujours la fille qui comptera le plus pour moi. Vous avez ma bénédiction. En réalité, je suis aussi heureux pour vous que je suis peiné pour moi, mais c'est la vie. J'ai juste besoin de temps. Soyez heureux, mes amis.

Sur ces mots, il fait demi-tour, mais je l'interpelle avant qu'il ne franchisse le seuil de la porte. Scott tourne la tête dans notre direction.

– Merci, soufflé-je.

– Merci, répète Calum.

Un sourire sincère naît au creux de ses lèvres, puis enfin la porte se referme sur lui. Je me laisse aller dans les bras de l'homme que j'aime, triste d'avoir fait de la peine à notre meilleur ami.

– Il reviendra… Il a juste besoin de temps.

– Tu es sûr ?

– Non, mais je l'espère.

– Et comment le vis-tu par rapport à cette peur ? Ton frère vient de partir…

– Ça me fait très mal, mais j'ai beau chercher encore et encore, je n'ai pas trouvé de solution autre que ce qu'il vient de se produire. Il t'aime toujours, et je peux te dire que j'en culpabilise encore plus. Mais je ne veux pas renoncer à toi. Je ne peux pas. D'une part, parce que j'ai pris conscience que je t'aimais trop, parce que te voir souffrir me déchire les entrailles, parce que Scott m'a demandé de prendre soin de toi. Et puis d'autre part, maintenant, il y a lui, le mini Loompa, répond-il en descendant le regard sur mon ventre.

– Oui… lâché-je avec un petit sourire.

– Je suis responsable de ce que j'ai apprivoisé. Il m'était inconcevable de te faire à toi ce que ta mère a subi quand ton père s'est barré. Je ne veux pas que mon enfant souffre de ce même mal qui nous a rongés. C'est hors de question. Je t'aime.

Une envolée de papillons dorés chatouille mon cœur de leurs ailes. Calum emprisonne mon menton entre son pouce et son index, puis avance mon visage en direction du sien. Une multitude d'émotions me renverse complètement quand mes lèvres retrouvent les siennes. Sa langue investit ma bouche puis commence délicatement à caresser la mienne. Je ferme les paupières et me laisse m'envoler loin, tout là-haut dans le ciel. Là où brillent un millier d'étoiles.

« Les étoiles sont éclairées pour que chacun puisse un jour retrouver la sienne. »[3]

Eh bien moi, j'ai trouvé la mienne…

---

3. Citation tirée du livre *Le Petit Prince*.

ÉPILOGUE 1

Lexie
Cinq mois plus tard

– J'ai mal au dos, grogné-je.

– Ne t'inquiète pas, on est bientôt arrivés, mon Loompa chéri.

– Mais qu'est-ce qu'il nous a pris d'accepter la proposition de Noah d'aller les retrouver dans leur chalet dans les Alpes pour les vacances de Noël ? continué-je bougon.

– Tu te rappelles, mon amour, c'est toi qui étais super heureuse quand Miley t'a passé ce coup de téléphone ?

Oui, rembobinons la cassette.

Ça n'existe plus depuis des années ? Ce n'est pas grave, rembobinons la cassette quand même. Car rembobiner un Blu-Ray, ce n'est pas possible. Bref !

Depuis cette fameuse annonce de ma grossesse, beaucoup de choses se sont passées. Noah, après en avoir parlé au préalable avec sa petite amie, a accepté un poste qu'on lui a proposé à Paris. Ce qui fait que lui et ma meilleure amie sont partis vivre, il y a plus de trois mois, dans cette magnifique capitale de la France. L'absence de Miley n'est pas facile à vivre au quotidien, mais elle a le droit de faire sa vie, elle aussi, d'être heureuse. Et puis, j'ai Calum, et notre bébé qui viendra au monde dans quatre mois. Entre-temps, nous avons eu aussi quelques nouvelles de Scott. Il est carrément parti voyager aux quatre coins du monde, et nous recevons une carte postale de temps en temps. Il mérite d'être heureux.

Aujourd'hui, la maison où nous avons tous vécu en colocation à Washington a été rendue à son propriétaire. Y réside maintenant une famille avec deux enfants. Avec Calum, nous avons acheté notre maison dans la banlieue de Washington, et nous nous épanouissons dans nos emplois respectifs.

Mais pour l'heure, ce sont les vacances de Noël, et nous filons tout droit en direction de Paris, où nous attendent Noah et ma meilleure amie, pour deux semaines dans une station de ski. Hélas, je ne pourrai pas trop en faire à cause, ou grâce à mon état, mais je pourrai faire des balades en raquettes, c'est bien aussi, les raquettes !

***

Une heure plus tard, me voilà enfin dans les bras de ma meilleure amie qui m'a tellement manqué. Nous ne partons que demain pour les Alpes. En attendant, nous prenons le chemin en direction de leur appartement en plein cœur de Paris. Dans la voiture qui nous mène à notre destination, je m'émerveille à chaque coin de rue. C'est la première fois de ma vie que mes pieds frôlent le sol de cette ville. Quand j'aperçois au loin la tour Eiffel, je pétille de joie. Certains diront que ce n'est qu'une tour de fer, qu'il n'y a pas besoin de se comporter comme une enfant qui voit le Père Noël, mais moi, je trouve ça tout simplement fantastique !

Vingt minutes plus tard, nous voilà enfin en train de pénétrer dans leur magnifique appartement parisien et waouh, j'en ai des frissons partout tant c'est sublime. Un parquet brillant, des moulures au plafond… Ce logement de type haussmannien, très commun ici, me charme instantanément. Et pourtant, je ne suis pas au bout de mes émotions, car quand nous arrivons dans le salon, je découvre que Scott est là, assis sur le canapé. Émue de le revoir, je me mets tout de suite à sangloter. Déjà que je suis une hypersensible dans la vie, mais là, avec ces fichues hormones, je ne retiens plus rien. Scott se lève, puis fixe Calum, impassible. Le temps me paraît subitement arrêté.

– Mon frère, lâche enfin Scott avant de marcher rapidement dans notre direction et de prendre Calum dans ses bras.

– Oh, couiné-je en chialant de plus belle comme une Madeleine en voyant mon petit ami enlacer Scott.

– Tu m'as manqué, indique Calum qui le serre très fort.

– Toi aussi.

Ils se séparent enfin, puis Scott pivote dans ma direction. Son regard se pose un instant sur mon ventre qui a un peu gonflé depuis que nous l'avons quitté cinq mois auparavant, avant de revenir sur mon visage.

– Lexie, tu es radieuse. Allez, viens dans mes bras.

Je ne me fais pas prier et rejoins mon ami pour l'enlacer du plus fort que je peux.

– Toi aussi, tu m'as beaucoup manqué, me chuchote-t-il.

– Tu m'as énormément manqué aussi. Je suis tellement contente de te voir.

– Notre bande de potes, c'est pour la vie, m'indique-t-il avant de se détacher de moi.

***

Une semaine plus tard

Nous voilà enfin arrivés dans notre chalet dans les Alpes de Haute-Savoie. Le paysage est à couper le souffle, d'autant plus que la neige tombe en masse la nuit pour nous laisser un soleil radieux briller toute la journée, si bien qu'on meurt vite de chaud dans nos combinaisons de yetis, comme le dit si bien Noah. Hier, nous sommes allées faire une balade en raquettes, Miley et moi, pendant que les garçons étaient partis affronter les pistes rouges et les pistes noires du massif.

Ils sont fous !

Ce soir, nous allons pour la troisième fois manger du fromage. Je vais finir aussi ronde qu'une boule de bowling si je continue de dévorer autant de graisse, mais ceci dit, je n'y suis pour rien ! Depuis que Noah m'a fait goûter à ce délicieux fromage français, sa raclette et sa fondue savoyarde, je ne peux plus m'en passer. La seule chose que je regrette, c'est de ne pas pouvoir goûter aussi à tous ces délicieux vins blancs…

Frustration…

Enfin, c'est bien la seule, car Calum, la nuit venue, me la fait bien vite oublier en me faisant tourner la tête d'une belle autre manière. Et sur ce point-là, je peux affirmer que rien n'a changé, c'est toujours aussi explosif, tout aussi jouissif. Il n'a pas peur de mon ventre rond, non, il continue de me prendre comme il sait si bien le faire. Bon d'accord, il fait quand même attention à ne pas me faire mal, mais franchement une fois qu'il sent à quel point je suis à l'aise, il n'hésite pas à donner encore et encore ce qu'il a de plus puissant en lui. Et je jouis, je jouis à m'en exploser la cervelle…

Et dire qu'il a été mon ennemi, puis mon sex friend, pour enfin devenir l'amour de ma vie, et bientôt le père de notre magnifique petite fille.

Ah oui, d'ailleurs, nous n'avons pas encore annoncé le sexe de notre bébé à nos amis, il va falloir qu'on remédie à ça !

Mais avant cette annonce, et avant notre bon repas de ce soir, nous avons rendez-vous pour une balade en chiens de traîneau, un de mes nombreux rêves ! Nous avons réservé le créneau où nous pourrons admirer le coucher du soleil.

***

Les chiens sont tout excités, ils savent qu'ils vont bientôt pouvoir courir pour une balade. Une fois que le *musher*[1] leur indique qu'ils peuvent courir, les toutous ne demandent pas leur reste et nous voilà partis. Et waouh, ils tirent vraiment fort, puisque le traîneau ne tarde pas à prendre de la vitesse. Cela me rappelle ce moment où nous nous sommes envolés en parachute au-dessus de la mer des Caraïbes avec Calum. Nous n'étions pas encore totalement ensemble, mais j'ai vécu ce moment comme l'un des plus beaux. Aujourd'hui, vient s'ajouter à cette liste cette balade fantastique et hors du temps.

---

1. Un *musher*, parfois aussi dénommé « meneur de chiens » ou « pilote d'attelage », est un conducteur de traîneau à neige tiré par un attelage de chiens.

La neige commence à tomber en de lents flocons quand notre traîneau suit un chemin visiblement connu sur le bout des pattes par les huskies. Les traîneaux de nos amis s'élancent, puis nous suivent. Nous nous engouffrons enfin entre les sapins. Le soleil de cette fin de journée amorce doucement sa descente à l'horizon, faisant scintiller de mille feux la neige qui craque sous notre passage. Encore une fois, voilà un moment on ne peut plus romantique vécu en présence de l'homme le plus fantasmagorique de la Terre.

Et je l'aime, je l'aime à en perdre la tête !

Je bascule la tête en arrière, euphorisée par l'instant. Calum dépose ses lèvres contre mon front, me berçant de tout son amour.

Quelques minutes plus tard, le *musher* fait stopper les chiens. Là où nous sommes, c'est comme si nous pouvions dominer le monde. De la neige à perte de vue, et juste en face le soleil qui se couche. Notre *musher* propose à Calum de lui montrer comment piloter l'attelage, et surtout comment l'arrêter. Il nous laisse partir faire un tour pendant que sa femme et sa fille montrent à nos amis comment faire. Mon petit ami parvient à mener les chiens du premier coup. Toujours au chaud à l'intérieur, je me laisse mener par les boules de poils, guidés par Calum. Nous nous baladons sur pas mal de mètres avant qu'il ne demande aux huskies de s'arrêter. Il vient à ma rencontre, me tend la main, m'aide à sortir du traîneau. Une fois à l'extérieur, la neige craque sous mes pas.

– C'est beau, n'est-ce pas ? dit Calum en observant la boule de feu se coucher à l'horizon.

– Sublime…

– Oh, regarde, là-bas, il y a un renard ! m'indique-t-il en tendant la main.

J'observe dans la direction qu'il m'indique et découvre le petit rouquin qui fait sa vie.

– Je ne suis pour toi qu'un renard semblable à cent mille renards… commence-t-il.

– … Mais, si tu m'apprivoises, nous aurons besoin l'un de l'autre… continué-je.

– … Tu seras pour moi unique au monde…

– … Je serai pour toi unique au monde, terminé-je.

– Lexie, est-ce que tu veux m'épouser ?

– Quoi ?

Je tourne vivement la tête dans sa direction et le découvre à genoux devant moi, un écrin ouvert entre les mains. Mes yeux se brouillent instantanément de larmes, quand je plaque ma main recouverte de ma moufle conte ma bouche.

– Oui ! Oui ! Mille fois oui ! réponds-je, la voix pleine de sanglots.

Calum se redresse, me retire mon gant pour me glisser une magnifique bague surmontée d'un diamant autour du doigt. Quand ses lèvres s'écrasent contre mes lèvres, nous entendons les « Wouuuuuuh » de nos amis non loin de nous, que je n'avais pas du tout entendu arriver. Alors, ils étaient tous dans la confidence en réalité. Je les aime tous d'un amour phénoménal.

Lorsque nous nous détachons, nous ouvrons les bras afin d'accueillir toute la bande pour un grand câlin collectif comme celui que nous nous sommes fait au cénote. Que ce soit à Cancún, à Washington, Paris, en Haute-Savoie, qu'il fasse chaud ou qu'il fasse froid, ce sera toujours cette bande d'amis délurés qui réchauffera, de la plus belle manière qui soit, mon petit cœur d'artichaut…

– Attention à notre fille ! lance Calum.

– Ah bah oui, attention au bé… Eh, mais tu as dit « fille » ?! percute Noah.

– Oui, notre fille, réponds-je.

– Oooooh, je vais être tata d'une petite fille ! Je suis trop contente ! braille Miley.

Nouveau câlin général. Quand je dis que ma bande d'amis est la plus formidable de tous !

– À votre mini Loompa ! lancent-ils tous en chœur.

– Je t'aime, me chuchote Calum.

– Je t'aime aussi, lui réponds-je.

***

Lexie

Sept mois plus tard, sur une plage paradisiaque de Cancún

Avant d'aller me placer afin de lancer mon bouquet de mariée, je pose furtivement un regard en direction d'Alyne et Scott. Ma cousine tient entre ses bras notre petite Calie, qui dort paisiblement. Elle m'offre un grand sourire, que je lui retourne en retour. Scott la rejoint, enlace sa taille avant de me sourire à son tour.

Ah oui ! Scott a enfin posé ses valises à Cancún, il y a de ça deux mois. Son voyage s'est terminé au Mexique. Entre-temps, il a revu ma cousine, et voilà, les deux tourtereaux sont en couple, un couple très amoureux. Et je suis vraiment très heureuse pour eux ! Scott mérite le bonheur. Mes yeux se posent ensuite sur Miley qui est déjà en place et bien déterminée à attraper mon bouquet. J'explose de rire en la voyant limite en position de Haka. Calum entrelace ses doigts aux miens, puis me guide au centre, devant une armée de nanas prêtes à s'arracher le chignon afin d'avoir la chance de subtiliser mon bouquet de mariée. Il pose sa paume contre ma joue, puis m'embrasse tendrement. Ça y est, nous l'avons fait, nous avons fondé notre famille. Calie, le prénom de notre princesse, est la contraction de nos deux noms : « Cal », pour le début de « Calum » et « ie », pour la fin de « Lexie ».

Il y a un an jour pour jour, notre idylle prenait vie ici. C'est d'ailleurs sur ces terres que notre fille a été conçue, et c'est pour cela que nous avons souhaité nous dire oui là où toutes les plus belles choses de notre vie sont apparues. Voilà que nous concrétisons le tout par notre union.

Fin prêt, Calum se retire afin de me laisser me retourner et lancer mon bouquet.

– 1, 2, et…

Au lieu de lancer le bouquet comme prévu, je me retourne sous les yeux surpris des filles. J'avance doucement jusqu'à ma meilleure amie, puis lui tends mon bouquet. Miley ne comprend pas tout de suite ce qu'il se passe, jusqu'à ce que Noah se matérialise et qu'il se mette à genoux devant elle. Ma meilleure amie ouvre alors en grand la bouche et fond en larmes. Calum me rejoint et caresse tendrement mon dos. C'est quand je sens une goutte tomber sur ma poitrine que je remarque que moi aussi, je suis en train de pleurer.

– Miley Cyrus, Miley tout court, ou Miley mon amour, me ferais-tu le plaisir et le grand honneur de devenir ma femme ?

Ma meilleure amie acquiesce avant de hurler oui. Les yeux encore inondés de larmes, elle se laisse placer l'anneau au doigt avant d'enlacer son fiancé.

Et voilà notre bande d'amis une fois de plus réunie, une bande indestructible dont le lien fort qui les unit les mènera à s'aimer pour la vie.

ÉPILOGUE 2

Lexie
Trois ans plus tard

Il est quatre heures de l'après-midi, le soleil brille sur Washington en cette fin de mai. Dans quelques semaines, nous nous envolerons pour nos vacances à Cancún. Eh oui, cette destination est dorénavant devenue notre QG !

Beaucoup de choses ont évolué : Miley et Noah sont mariés depuis un an, ils sont revenus vivre à Washington après une belle année passée en France. Quelle joie d'avoir retrouvé ma meilleure amie ! Scott et Alyne sont aussi venus s'installer ici et attendent leur premier enfant ! Notre bande d'amis inséparables est encore plus soudée aujourd'hui. Surtout, le lien entre Calum et son frère de cœur est redevenu comme avant, voire encore plus fort. Tout le monde a trouvé l'amour, son bonheur, sa moitié. Notre bande est déjà notre famille, mais nous construisons en plus chacun la nôtre dans une petite bulle de joie à part.

Même si mes amis se trouvent être mon ancre, aujourd'hui, je possède un bien d'une plus grande valeur : mon mari et notre fille. Entre Calum et moi, c'est toujours aussi fort, aussi puissant. Cela fait maintenant près de quatre ans que nous sommes ensemble ; la vie n'a jamais été aussi belle qu'à ses côtés. Mon meilleur ennemi-sex friend-amant-amour-mari me comble de bonheur chaque jour que nous offre la vie. Quatre années d'un amour fou, d'une passion complètement dévorante.

Aujourd'hui, Calum est pratiquement débarrassé de cette peur qui lui bouffait l'existence avant, c'est un mari et un papa formidable. Il se sent dorénavant utile dans cette association pour enfants abandonnés, adoptés ou non. Même s'il y avait déjà toute sa place avant, maintenant, il sait pourquoi il y va. Il offre de lui, de son temps, de sa personne, et s'y épanouit, si bien que nous passons actuellement l'après-midi avec Katherine, la présidente, ainsi que le petit Matthew et sa maman qui sont venus prendre le goûter chez nous ! Calum s'est beaucoup attaché à ce petit bonhomme et ne s'en cache plus. Il a été d'une grande aide pour cet enfant quand sa maman, Caroline, est venue récupérer son fils.

La vie est belle quand même. D'accord, parfois, elle peut se montrer d'une violence déconcertante, mais quand j'observe, à cet instant, ces deux femmes sourire à mes côtés, Matthew et notre fille jouer au ballon dans le jardin, puis enfin Calum en train de se gaver de biscuits au chocolat dans la boîte à gâteaux de sa fille, je me dis que oui, ma vie est super belle. Je le savais, je l'ai toujours su, Calum est *fucking perfect* pour moi. Il ne m'offre que du bonheur, la joie d'être la mère de sa fille et l'honneur incommensurable d'être sa femme.

Je souris quand je repense aux vilaines crasses qu'il m'a faites au lycée, et il ne manquait pas d'imagination, le petit con ! Les cheveux coupés en cours de biologie, ma tronche dans la pizza, les lacets de mes chaussures qui avaient disparu, le sel dans mon coca, le poivre dans mon café, la mousse à raser dans mon dos, le fond d'écran de mon portable qu'il avait changé pour l'image d'un Oompa Loompa, le marqueur sur mon sac où il avait écrit en gros : « Calum, je suis folle de toi », si bien que je me suis baladée avec ça tout le restant de ma scolarité, ne voulant pas céder et lui montrer que ça m'avait agacée. Mon ego et moi-même avons décidé de tenir bon contre cet imbécile jusqu'au bout.

Qu'est-ce qu'on est bête à cet âge-là…

Mes pensées vont un peu plus loin dorénavant : vers ce fameux jour où tout a basculé, où j'ai tout de suite su que tout allait changer. Ce regard échangé dans le salon de la coloc dès notre retour à Washington, juste avant notre départ pour Cancún… Une plongée, juste une, dans l'or de ses iris, et c'était fini… J'avais retrouvé mon Calum, mon chiant, mon meilleur ennemi.

L'amour de ma vie.

D'apparence, rien n'avait changé, alors qu'en réalité, tout était différent. Cette étincelle qui crépitait déjà entre nous au lycée s'est enflammée pour devenir un gigantesque brasier. Ce désir, cette divine attraction qui nous a collé à la peau jusqu'à ce qu'on cède l'un à l'autre. Une attirance si forte qu'on a sauté dedans à pieds joints ; ce fut l'apothéose. Nos deux corps se sont enfin liés, transportés par cette avidité féroce. Jamais ma peau n'avait vécu d'étreinte si charnelle : Calum m'a brûlée, consumée. Littéralement. Souvent, le feu peut vite vous calciner le cœur. Or, celui qui vivait au fond de lui m'a réchauffée de la plus belle des manières.

Aujourd'hui, il est dorénavant ma lumière, ma force, ma chaleur.

Mon foyer.

Quand mon regard se pose sur notre fille qui joue avec Matthew, je ne peux empêcher mon cœur de fondre éperdument. Calie a hérité de la blondeur de nos cheveux. Son visage mutin est carrément celui de son père : le même sourire quand cette chipie le fait tourner en bourrique, des pommettes qu'on a sans cesse envie de croquer, et ces yeux… D'un or profond, celui qui me rappelle le métal précieux que je retrouve dans le regard de son père ; j'y récupère alors ma chaleur, ma lumière et tout mon foyer. Ils sont mes amours, ma famille, ma maison.

J'éclate de rire en voyant notre fille s'approcher de son père et lui voler des mains le gâteau qu'il s'apprêtait à manger. La chipie laisse à peine le temps à Calum de comprendre ce qu'il se passe qu'elle part en courant, foulant l'herbe de ses petites jambes de bambin. Mon mari se lève et commence à lui courir après.

– Ouh, la coquine ! Je vais t'attraper et te chatouiller !

Calie hurle tout en laissant son rire fendre l'air.

Je m'en retrouve attendrie quand je vois mes deux amours courir sous mes yeux, Calum faisant semblant de ne pas réussir à la rattraper, et Calie qui est morte de rire. Au bout d'un moment, Calum la soulève puis la bascule doucement en position allongée afin d'approcher sa bouche contre son minuscule ventre qu'il fait semblant de grignoter. Notre puce éclate encore plus de rire, si bien que le gâteau tombe au sol.

Le tableau sous mes yeux est ma définition du bonheur.

Le mien.

***

La nuit ne va pas tarder à tomber, Calum est parti lire une histoire afin d'endormir notre fille tandis que je range le bazar qu'il y a dans la cuisine. Je débarrasse ce qu'il reste sur l'îlot central, quand ma maladresse et moi trébuchons contre la porte du lave-vaisselle ouvert. Je tente alors de me rattraper au plan de travail, mais en laisse échapper le verre en plastique licorne de Calie.

– Merde, soufflé-je, en priant pour ne pas avoir fait trop de bruit afin de ne pas déranger notre fille dans son endormissement.

Je me baisse pour ramasser l'objet, qui a bien évidemment roulé sous les tabourets de la cuisine, mais une main s'en empare avant moi.

– Alors, on fait tout tomber, Miss Disaster ? me souffle une voix grave à l'oreille.

Je tressaille, puis sens une envolée de frissons tracer son chemin de mes chevilles jusqu'à ma nuque. Je pivote la tête et lève les yeux pour venir plonger mon regard dans cette lumière dorée que j'aime tant. Mon pouls s'accélère quand je décèle le désir qui brûle au fond de ses iris.

– Je ne t'ai pas entendu revenir, murmuré-je, déstabilisée.

C'est fou ! Même après tout ce temps, quand Calum me regarde comme ça, j'en perds toujours autant mes moyens. Il me renverse, me rend fébrile, complètement éprise.

– Je pense que c'était parce que tu devais être encore en train de penser à moi, et à ce que j'allais bien pouvoir te faire une fois qu'on serait seuls.

Je déglutis. Mon cœur palpite comme un fou, alors que

le bas de mon ventre commence à se contracter délicieusement.

Calum ramasse le verre en plastique, puis se redresse afin de le poser dans l'évier. Je me relève à mon tour et me retrouve vite coincée entre le corps chaud de mon mari et le plan de travail. Une de ses paumes vient se poser contre ma joue, tandis que son regard me transperce. Mon cerveau se met sur *off*, je n'ai plus qu'une envie : qu'il me dévore.

Comme à chaque fois, il le devine très vite à ma façon de me mordiller la lèvre. Il ne résiste pas et fond sur moi. Ses lèvres me percutent, sa langue caresse la mienne, augmentant mon souffle ainsi que mon rythme cardiaque.

Doucement, il me soulève et me dépose sur le plan de travail. Machinalement, j'enroule mes jambes autour de lui. Brûlante de désir pour l'homme qui fait tambouriner mon cœur, je lui retire son tee-shirt afin d'avoir le loisir de l'embrasser dans le cou, partout. Il en fait de même avec moi, et il retrouve rapidement mes seins qu'il aspire et dévore goulûment. Je halète quand la pression dans mon ventre se fait plus pressante. Ma tête bascule en arrière quand ses dents mordillent mon téton sensible.

N'y tenant plus, je dépose mes mains en coupe autour de son visage, l'incitant à relever la tête dans ma direction. Quand ses yeux voilés par un désir brut percutent les miens, je fonds sur sa bouche, l'embrassant avidement. Calum me soulève, pivote un coup et me plaque contre le mur. La tension monte encore d'un cran. Sa puissante érection frotte contre mon intimité brûlante de désir. Les battements frénétiques de son cœur tapent si fort que je peux les sentir tambouriner contre mes seins.

Les doigts plantés dans la chair de mes cuisses, il ondule son bassin comme s'il me faisait l'amour, faisant monter en moi un besoin pressant : celui qu'il me prenne maintenant !

Calum, ayant sûrement le même empressement, me repose au sol où il retire sans plus de cérémonie mon short et mon sous-vêtement. S'agenouillant devant moi, il s'empare d'une de mes jambes qu'il dépose sur son épaule, s'offrant une vue parfaite sur mon intimité complètement prête pour lui. Un sourire étourdissant fend son visage, puis il souffle doucement contre mes chairs avides, avant de plonger sa langue contre mon bouton rose et complètement excité. Délicatement d'abord, puis de plus en plus rapidement. Il joue avec mon piercing qu'il aime tant, me faisant monter en puissance.

Calum s'empare alors de ma seconde jambe qu'il dépose sur son épaule opposée. Alors que je suis seulement retenue entre le mur et son corps, il m'administre la meilleure et la plus étourdissante des tortures. Sa tête nichée au centre même du plus grand de mes plaisirs, il me lèche, me lape à m'en faire perdre la tête. C'est si bon que je ne peux m'empêcher de gémir, de couiner, jouir.

Avec Calum, c'est ça, depuis le premier jour, ça n'a toujours été que ça : du sexe totalement explosif. Il a la petite étincelle qui me fait partir au quart de tour, qui me rend ivre de désir pour lui. Peu importe le lieu, typique ou atypique, une manière différente ou non de le faire, il trouve toujours quelque chose qui me fait monter dans les tours.

Alors que sa langue s'agite sur mon clitoris, je sens tous mes membres trembler. Je perds tout contrôle. Il me lèche encore et encore, il ne s'en lasse pas, il aime ça. Soudain, mon orgasme éclate, et tels des morceaux de verre, il part en un million d'éclats tout autour de nous. Alors que mon corps vit un feu d'artifice, il ralentit sans toutefois s'arrêter, prolongeant mon plaisir encore et encore.

Une fois que mes spasmes s'apaisent, il repose délicatement mes jambes au sol, avant de se redresser et venir m'embrasser comme si c'était la dernière fois qu'il le faisait. Mon goût contre sa langue me fait chavirer, et sans que j'en prenne conscience, je sens sa queue pointer à l'entrée de mon intimité. Perdue dans les nuages brillants de mon précédent plaisir, je ne l'ai pas senti retirer le reste de ses vêtements.

– J'ai envie de toi, de te goûter encore et encore, je veux te croquer, te manger, te faire l'amour jusqu'à ce que j'en devienne fou. Putain, je t'aime Lexie, je t'aime comme c'est pas permis.

Il finit à peine sa phrase qu'il m'emplit lentement. À son passage, je sens mes chairs s'ouvrir à lui, se contractant par la même occasion par les bienfaits qu'il provoque au plus profond de moi.

Quand sa puissance est enfin enfouie au creux de mon ventre, il commence sensuellement à me faire l'amour. D'abord dans une lenteur extrême, puis de plus en plus fort. À nouveau, il soulève mes jambes et me prend comme un fou à même le mur de la cuisine. C'est si bon, si puissant, que je m'arrime à lui. Je le veux au fond de moi, que nos deux sexes ne cessent jamais de s'aimer comme ils le font, aussi fort que nos deux cœurs battent à l'unisson.

Mes mains liées derrière sa nuque, je l'incite à me regarder. Son regard brûlant me scie sur place, bien que je sache pertinemment toutes les choses qu'il veut me dire, j'en reste à chaque fois coite tant ce que j'y lis est renversant. Ses iris plantés dans les miens, il continue de me pilonner, inlassablement. Sa verge coulisse puissamment en moi, m'emmenant de plus en plus près des étoiles. Je vrille des yeux quand je sens l'orgasme proche.

– Non, Lexie, regarde-moi.

Je réunis toutes mes forces afin d'accéder à sa requête, mais c'est difficile tant c'est bon. Je ne vais pas tarder à jouir, et tenir son regard à ce moment-là est une tâche compliquée. Toutefois, voir tout l'amour qu'il a pour moi au fond de ses yeux m'offre la force de continuer à l'observer.

Mon plaisir se décuple, je suis au bord. Ses traits quant à eux commencent à se crisper, sa respiration s'affole. Sa queue s'active encore plus vite, plus fort. Il n'est pas loin. Le voir prendre autant de plaisir alors qu'il me baise littéralement contre le mur de notre cuisine me fait perdre la tête.

Je ne tiens plus quand je le remarque se mordre violemment la lèvre inférieure et jouir puissamment en moi. Ma tête bascule brusquement en arrière et je hurle de plaisir. Nos orgasmes en harmonie, nous jouissons jusqu'à ce que le bien-être nous submerge. Enfin repus, nous nous arrêtons de bouger. Son sexe toujours niché en moi, son cœur cogne comme un fou contre le mien.

C'est bon, c'est doux autant que c'est brut, c'est renversant, fort, beau, puissant, éclatant. C'est nous.

Les iris pailletés de son regard doré et enfiévré caressent amoureusement mon visage avant de fondre dans mes yeux.

– « *Il était une fois un petit prince qui habitait une planète à peine plus grande que lui et qui avait besoin d'un ami…* »[1], commencé-je à l'intention de mon mari.

– Et il trouva bien plus qu'un ami. Il trouva l'amour de sa vie…

Calum et Lexie, c'est dorénavant pour toujours et à jamais… pour la vie.

FIN

Je dédie ce livre à toi qui te reconnais dans ce Petit Prince, en Calum. À tous ces enfants ayant vécu un jour cet abandon, ou autre, à ces adultes aujourd'hui, vous êtes bien plus forts que vous ne le pensez. Ayez confiance en vous. N'oubliez pas que, avant d'aimer les autres, il faut savoir s'aimer soi-même.

---

1. Citation tirée du livre *Le Petit Prince*.

REMERCIEMENTS

Un premier et grand merci à toi, ma lectrice (ou mon lecteur ?), toi qui as partagé avec moi les aventures de Calum, Lexie et toute la bande. Une fois de plus, mon cœur battait entre les lignes. L'écriture est quelque chose de fou et de complètement enivrant. J'aime coucher les mots sur le papier, écrire tout en me laissant transporter par la musique qui rythme chacun de mes doigts. J'aime parcourir les lieux comme si j'y étais, tout en vibrant par cette multitude de sensations, d'émotion et surtout d'amour.

Si tu me connais déjà, tu sais que je suis une fleur bleue ainsi qu'une éternelle romantique. C'est pour cela que, pour ce roman, je suis sortie de mes sentiers battus. En effet, ça n'a pas été simple d'écrire un personnage masculin plus dur, plus « connard » au début, sa psychologie ainsi que son tourment m'ont fait me poser beaucoup de questions. J'ai douté, j'ai voulu m'arracher les cheveux, mais je ne l'ai pas fait, et tu sais pourquoi ? Pour toi. Toi, ma lectrice (ou mon lecteur), toi qui es peut-être nouvelle (nouveau) et qui me découvres, ou toi qui me suis depuis le début avec *Campus Rules*. Peu importe qui tu es, d'où tu es, sache que ce n'est rien que pour toi. Bon, d'accord, il y en a aussi pour moi, mais la passion ne serait pas complète si tu ne faisais pas partie de l'équation…

Alors voilà pourquoi je te fais passer en premier dans mes remerciements, car sans lecteur, il n'y a pas d'auteur.

Mon deuxième merci va à mon éditrice adorée, Émilie. Depuis le début, c'est toi qui suis les aventures de mes héros. C'est toi qui corriges, qui ajoutes toujours cette petite perfection qui manque à ce moment-là dans le texte, toi qui, avec le temps, es devenue plus qu'une éditrice ordinaire pour moi. Sans toi, je ne serais pas là, non plus. C'est toujours un grand plaisir de travailler avec toi, de rire avec toi, de pleurer avec toi, mais surtout de recevoir ton grand OUI. Alors merci, merci du fond du cœur, Didmilie.

Mon troisième merci va à… Vous vous en doutez, j'suis sûre ! Camilla Simon ! Eh oui, ma copine, mon binôme, mon double. Bien plus qu'une amie, mon âme sœur livresque. Que dire, à part me répéter ? Merci pour ta présence, tes heures à m'écouter me plaindre parce que je n'arrive pas à m'en sortir avec un Calum réfractaire à aimer. À me conseiller, me rassurer, à me dire que c'est bien alors que je vois tout l'inverse. Tu deviens de plus en plus importante à mes yeux. Je ne me vois pas passer une journée sans papoter avec toi par message. Une amitié qui vaut de l'or et qui a pris encore bien plus de valeur depuis que je t'ai enfin vue (pour de vrai cette fois) devant le portail de ta maison, ce fameux dimanche d'août. Te quitter m'a fait vraiment (très) mal au cœur, mais nous deux on sait que ça se reproduira encore et encore. Merci pour tout.

Mon quatrième, cinquième, sixième, septième… (blablabla, vous savez compter, hein, haha) vont aux Miss Pipelettes : Laura Black, Nina Loren, Jeanne Pears. Des filles et amies en or. Merci infiniment, les filles. Merci à Anne Ferra pour ces petits moments de bavardage, d'échanges et de soutien. T'es une femme formidable et je t'adore, ne change pas !

Ma Paup's adorée, ma Titia chérie, ma Laëtitia bichette, mon Elina lapinette, des bêtas d'enfer, des instagrameuses juste génialissimes que je Luv plus que tout.

À toutes les autres instagrameuses, bloggeuses des réseaux sociaux qui me suivent depuis le début ou depuis peu, sachez que c'est grâce à vous que j'ai terminé ce manuscrit, grâce à vos coups de pied aux fesses et vos petits mots doux. Merci pour vos petits messages envoyés en privé juste pour répondre à mes stories déjantées, mais aussi à vos partages, enfin à tout en fait. Merci, merci, merci, je vous Luv tellement…

Merci à ma maison d'édition d'être celle qu'elle est. Merci à toutes les éditrices formidables (les nonettes étaient bonnes ? Hahaha) ; merci à Carole et Orlane pour leur boulot à la communication ; merci à notre super graphiste, qui mérite d'être félicité pour son travail et les belles couvertures qu'il nous concocte ; merci à Papa Addictives, lui qui sait où il met les pieds, lui qui valide les titres et les visuels pour nos bébés, autrement appelé Dani (enfin, à ce qu'il paraît, hahaha). Merci aux correctrices. Bref, j'en oublie sûrement, mais merci à toute l'équipe, vous êtes tous géniaux, j'adore bosser avec vous et j'espère que ce n'est pas près de se terminer.

Merci à cette bande de potes délurée (ben quoi ? je les remercie aussi) qui m'a fait exploser de rire, surtout Noah (oui, je ris à mes propres conneries, enfin, celles de mes héros). Mais surtout, merci à Calum et Lexie, pour les émotions qu'ils m'ont procurées, pour toutes ces sensations vivifiantes et enivrantes, pour cet amour puissant qu'ils ressentent l'un pour l'autre. À chaque fois, c'est la même chose, je m'attache tellement à mes héros que c'en est difficile de les quitter… Mais ils sont à vous, c'était le but de la manœuvre, n'est-ce pas ? :)

Voilà, je crois que j'ai fait le tour, en espérant n'avoir oublié personne. Quoi qu'il en soit, merci.

Allez, je file, car je parle beaucoup trop !

Je vous embrasse bien fort et vous dis à bientôt pour de nouvelles aventures (oui, parce que j'en ai une autre qui me trotte déjà dans la tête, et il y a aussi un nouveau quatre mains sur le feu, hihi).

Big Luv de l'amour qui tue !

Mélodie, complètement allumée et déjantée, mais qui vous aime de tout son derrière (j'voulais pas dire le gros mot, sinon ça l'fait pas…) car il est plus gros que son cœur.

À Maya et William, April et Thomas, Lorelei et Jackson, Elyssa et Zane qu'on n'oublie pas…

addictives

Rose Becker
Le Bébé, mon milliardaire et moi (aussi en poche)
Torride, sexy & dangereux
Forever You – saisons 1 et 2
Dangerous

Aimée Bianca
B.O.S.S. Beau, Odieux, Sexy, Snob

Phoebe Campbell
Lui résister… ou pas – l'intégrale
You Again
Single Daddy. Try Me if You Can

Mia Carre
Bad for You
Teach Me Everything
Charmant connard !

Mélodie Chavin
Campus Rules
Fucking Wedding
Coloc avec mon ennemi

Alexia Clemens
Red Python. Save Me

Sonia Eska
Ne me tente pas

Emma Green
Toi + Moi : L'un contre l'autre (aussi en poche)
Toi + Moi : Envers et contre tout (aussi en poche)
Toi + Moi : Seuls contre tous (aussi en poche)
Call Me Baby – volumes 1 et 2
Call Me Bitch
Love Me if You Can
Kiss Me if You Can
Bliss. Le faux journal d'une vraie romantique – volumes 1 et 2
Jeux interdits
Jeux insolents
Jeux imprudents
Une toute dernière fois

Fallait pas me chercher! – volumes 1 et 2
Corps impatients (aussi en poche)
Cœurs insoumis (aussi en poche)
Âmes indociles (aussi en poche)
Cent facettes de Mr Diamonds – l'intégrale
Bliss. Le faux journal d'une vraie romantique – l'intégrale
(Im)parfait
Love Me if You Can – l'intégrale
Kiss Me if You Can – l'intégrale
It's Raining Love!
The Boy Next Room
Call Me Baby – l'intégrale
Call Me Bitch – l'intégrale
PS: Oublie-moi!
Fallait pas me chercher! – l'intégrale
Recherche coloc: emmerdeurs, râleurs, lovers… s'abstenir!
10 bonnes raisons de te détester!
Just 17
Love & Lies on Campus
Bien plus forte que toi!
If You Wanna Be My Lover…
The Boy on Fire

Megan Harold
Breaking the Rules
Initiation with My Boss

Ludivine Hart
Arrogant & Tattooed

Amy Hopper
Gone Boy
Le Coloc

Julie Huleux
Alpha Player

Charlie Lazlo
Mon insupportable boss

Sienna Lloyd
Mords-moi!

Caroline Mongas
Mariage forcé. Un contrat indécent

June Moore
Étreinte – volumes 1 à 3

Zoé Murat
Stepbrother Love
Boss Me Around

Clara Oz
Arrogant

Lina Parker
Campus at Sea

Gaëlle Sage
Kiss, Kill & Ride
Lost Rider

Ana Scott
Dark Ride
Last Ride
Vicious Ride
The Dominant
Evil Ride
Sensual Stepbrother
Un enfoiré mais un coup d'enfer!
Say Yes to the Boss
Le Meilleur Ami de mon frère

Camilla Simon
Le voisin parfait est un enfoiré
Initiation with My Enemy
Le mec parfait est un inconnu… ou presque!
Le rockeur parfait est insolent et tatoué

Ève Souliac
Sexy Mistake

Liv Stone
Love Lessons

Lisa Swann
Adore-moi! – l'intégrale

Louise Valmont
Toi & moi, c'est compliqué!
Campus Initiation
Mon insupportable voisin!

Chloe Wilkox
Extreme Lover – l'intégrale
Immoral
Dominant Boss. Apprends-moi
The Virgin's Price

Ana K. Anderson
Indompté
Scottish Bastard

Sophie Auger
Be with Me

Sonia Birdy
L'Initiation
Touchdown. Campus Star

Laura Black
Dark Initiation
Games of Desire
H.A.R.D. Hot, Arrogant, Rebelle, Déterminé
Sulfurous Bad Boy

Margot D. Bortoli
Too Young

Juliette Brunel
Delicious

Anne Cantore
Promets-moi. Louise et Marco

Sarina Cassint
Avec toi… peut-être
Insolent Boss

Romy Cole
Never Kiss a Soldier

Mary Ann Davis
Coach Me Love

Gwen Delmas
Noël, toi & moi
Sex Friends. Pas de contraintes, que du plaisir !

Sarah Dheilm
Hot Reward

Eugénie Dielens
Imprévisible boss
The Boss Next Door

Cléa Dorian & Ninon Vars
Dark Love

Laurie Eschard
Love Naked

Lil Evans
Savage Rider
Crash & Burn
Boss Affair

Lou Garance
Can You Keep a Secret ?
Foutu coloc !

Alexandra Gonzalez
Shades of You

Erin Graham
Teach Me Love
The Boss
Secret Stepbrother
Strong Addiction
Coloc avec mon boss
The Initiation

Joh Harper
Crazy Love
Broken but Alive

Marie Hayle
Under Control
Lover Next Door

Ellie Jade
About Last Night

Emma S. James
Under the Rain

Lucie F. June
Fight with Darkness

Sara June
Rider in the Dark
Sexy Wild Rider

Emily Jurius
Love to Hate You

Antinea Kane
In Love with My Enemy

Allie Krown
High School Challenge

Marion Laurent
Mr Alpha
I Want You in My Bed!

Pauline Libersart
Tiger. Entre ses griffes

Nina Loren
Breaking the Ice
Teach Me Again. Impossible Desire

Ella Lores
Mariée par accident à un connard arrogant rencontré la veille…
My Best Enemy

Jessica Lumbroso
Emma X. Secrète et insoumise

Lili Malone
Coloc avec un inconnu

Mila Marelli
Dark Man in Love
Crazy Wedding

Mag Maury
My Hipster Christmas

Billie Morgan
Free Fighter

Aurore Nox
Foutu menteur!

Alix Parks
Never Kiss the Boss

Jeanne Pears
Insupportable coloc
Colocs & Sex Friends
H.O.T. Hypnotique, Obstiné, Ténébreux
The Most Insolent Man

Alexia Perkins
Arrogant Fake Lover

Sophie S. Pierucci
L'Inconnu de l'ascenseur & Moi (aussi en poche)
My Stepbrother. L'initiation

Silvia Reed
Darkest. La dernière heure
Too Close

Anita Rigins
No Rules
My Rules

Isla A. Rowley
Le coloc de mon frère

Avril Rose
Coffee, Sex & Law

Jana Rouze
Effet de vague – saisons 1, 2 et 3

Wendy Roy
Une seule fois (ou presque)

Ana Scott
À corps brisés

Adora Sky
Decadent Lover

Léana Soal
Fight & Hope

Cara Solak
Perfect Obsession

Izia Soley
Fauve
Initiation. On Your Skin

Liv Stone
Initie-moi. Mes jours contre tes nuits

Lena K. Summers
Perfect Bad Boy
Donovan, roi des connards

Kaly Swann
Austin. Breathe with Me

Lily Tortay
Dance for Me

Flore Valier
Ta peau contre la mienne

Anna Wendell
Arrogant Bad Boy
Apprends-moi le désir
Colosse. Le maître du jeu
Break Your Chains

Mina Zadig
Just Sex & Tattoos
Arrogant Highlander

New adult addictives

Sonia Birdy
California High School

Mélodie Chavin
Stepbro' Next Door

Sianna Milano
High School Initiation

Isla A. Rowley
Toxic Games

addictives POCHE

Rose Becker
Le Bébé, mon milliardaire et moi (aussi en grand format)
Désirs & Désastres

Marjorie Burbaud
The Campus Teacher

Phoebe Campbell
Tes ordres sont mes désirs

Olivia Dean
À lui, corps et âme – volumes 1 et 2

Sonia Eska
My Last Chance

Lou Everly
Bad Boy Crush

Erin Graham
Nos amours contraires

Emma Green
Seuls contre tous (aussi en grand format sous le titre *Toi + Moi : Seuls contre tous*)
L'un contre l'autre (aussi en grand format sous le titre *Toi + Moi : L'un contre l'autre*)
Envers et contre tout (aussi en grand format sous le titre *Toi + Moi : Envers et contre tout*)
Corps impatients (aussi en grand format)
Cœurs insoumis (aussi en grand format)
Âmes indociles (aussi en grand format)

Kim Grey
Fausse fiancée & vrais ennuis

Megan Harold
Sublime-moi !

Charlie Lazlo
Kiss Me I'm Famous
The Duke

Jeanne Pears
Jamais avec mon coloc !

Sophie S. Pierucci
L'Inconnu de l'ascenseur & Moi (aussi en grand format)
Deep & Dark

Lise Robin
Forbidden Stepbrother

Alexane Tolley
The Boss Rules

Chloe Wilkox
Your Game, My Rules

Le rockeur parfait est insolent et tatoué
Camilla Simon

Elle est sage et stricte. Il la veut libre et sauvage.
Maura, jeune réalisatrice, a besoin d'une vie rangée et équilibrée pour son fils, Mason. Et Colton, l'un des membres du groupe de rock qu'elle doit suivre en tournée, est le contraire même de l'équilibre !
Rien que le soir de leur rencontre, il l'a prise pour une autre, a débarqué dans sa chambre d'hôtel et l'a menottée ! Alors, qu'est-ce que ce serait si elle le faisait entrer dans sa vie ? Elle préfère ne pas le savoir ! Pas de chance, le musicien sexy ne semble pas prêt à la laisser décider…

Auteure : Mélodie Chavin

Edisource – Éditions Addictives
100, rue Petit, 75019 Paris
Imprimé par FINIDR – Lipova cp. 1965 – 73 701 Cesky Tesin,
République tchèque
Dépôt légal : septembre 2022 – Achevé d'imprimer : août 2022
ISBN : 978-2-37126-519-6
Réf. contrat : ZCUN_001